古典文獻研究輯刊

二八編

曾永義 主編

第1冊

〈二八編〉總目

編輯部編

諸神的誕生：《封神演義》源流考

常 明 著

國家圖書館出版品預行編目資料

諸神的誕生：《封神演義》源流考／常明 著 -- 初版 -- 新北市：
花木蘭文化事業有限公司，2023〔民 112〕
序 6+ 目 2+280 面；19×26 公分
（古典文學研究輯刊　二八編；第 1 冊）
ISBN 978-626-344-445-4（精裝）
1.CST：封神演義 2.CST：研究考訂
820.8   112010476

ISBN-978-626-344-445-4

古典文學研究輯刊
二八編 第 一 冊
ISBN：978-626-344-445-4

諸神的誕生：《封神演義》源流考

作　　者　常 明
總 編 輯　杜潔祥
副總編輯　楊嘉樂
編輯主任　許郁翎
編　　輯　張雅淋、潘玟靜　美術編輯　陳逸婷
出　　版　花木蘭文化事業有限公司
發 行 人　高小娟
聯絡地址　235 新北市中和區中安街七二號十三樓
　　　　　電話：02-2923-1455 ／傳真：02-2923-1452
網　　址　http://www.huamulan.tw 信箱 service@huamulans.com
印　　刷　普羅文化出版廣告事業
初　　版　2023 年 9 月
定　　價　二八編 18 冊（精裝）新台幣 47,000 元

〈二八編〉總目

編輯部　編

《古典文學研究輯刊》二八編　書目

《古典文學研究輯刊》二八編
各書作者簡介・提要・目次

第一冊　諸神的誕生：《封神演義》源流考

作者簡介

常明，筆名馭筆峰居士、雨亭，著作有《先秦諸子述林》（中國致公，2019年）、《水滸瑣語》（浙江古籍，2021年）。在《語文學刊》、《名作欣賞》等刊物發表多篇論文，《水滸璅語》、《封神演義源流考》、《說岳全傳考》系列文章在古代小說網進行連載，深受業內好評。

提　要

本書分為內外兩篇：內篇主要考證《封神演義》的成書過程，與它書或文章的論述不同，本書提出，《封神演義》是說經文學與講史文學兩種文學傳統下共同作用的產物，通過為《封神演義》劃定年譜，根據情節中紀年的矛盾之處分析說經文學和講史文學是如何共同作用的，同時以此為線索考證每部分重要人物形象和情節的來源，其中在太一的考論中特別提出了楚國巫教對於中國文化的影響，在龍王的考論中則從文字學的角度重新對「龍」、「鳳」等文字進行了闡發；外篇是主要是對《封神演義》在歷史上的重要改編本進行評介，包括《封神天榜》及《封神榜鼓詞》等，其中對於《封神天榜》及周信芳《封神榜》的評介側重於《封神天榜》對於《封神演義》的文學改造，也即是側重其文學屬性而非戲劇屬性，《封神榜鼓詞》等則屬於民國舊書，目前在市面上難得一見，故此進行了詳盡的評論和分析，同時作者也閱讀了《申報》、《繁華雜誌》等大量的民國舊刊，對當時的《封神演義》的續書和研究做了一番評介與研究，此外還寫了通過對《封神演義》索隱派的鉤沉證實了索隱派並非只存在於《紅樓夢》研究，並通過二者的共性對索隱派進行了公

正的評價。要之，本書作為一部研究《封神演義》的學術研究類的著作，具有一定的獨特性。

目 次

第二冊　思想史視野下的焦循戲劇觀念研究

作者簡介

　　譚菲，女，1994 年 5 月。北京大學文學學士、文藝學博士（五年制直博），曾於 2019 年～2020 年赴東京大學綜合文化研究科聯合培養一年。主要研究方向為文藝美學。現為中山大學中國語言文學系（珠海）助理教授，碩士生導

師。曾參加香港、澳門、東京、北京等多個城市的國際會議上發表論文，並在國內刊物《文藝評論》、《海南大學學報（人文社會科學版）》、國外刊物 Cultural and Religious Studies 等發表論文多篇。

提　要

揚州學派的中堅人物焦循在治經之外嘗試戲劇研究，帶著儒學的思想關懷和治學方法，探索通俗文學文化觀念，在思想史和戲劇史上都極具研究價值。焦循的戲劇研究不僅僅反映了他致力於彌合儒家理念世界與日常生活倫理的分裂的意圖，也體現了對傳統通俗文學藝術觀念的繼承與新變。

面對此一時期儒學思想「經世致用」的焦慮，焦循在思想層面上關注民間的「移風易俗」，成為他從事代表通俗文化形式的戲劇研究的內在動力。同時，作為清朝中葉的經濟文化中心，揚州地區的戲劇活動和治學風格為戲劇進入焦循的視野提供了可能。焦循在其「文學一代有一代之所勝」的文體嬗變觀念中確立了「性情」是一種文學文體作為時代代表的標準，並指出需要注重文體的「本色」和「因變」，這形成了焦循的「性靈」觀念。焦循對戲劇虛實觀念的考察，不僅僅是戲劇史或文學史的範疇內部的討論，還將戲劇作為社會事件、知識形式和敘事語言，多角度地討論縫合語言表達形式與歷史日常經驗裂隙的方法。焦循的戲劇教化觀念同時注重「理」和「情」，表達了他的戲劇觀念向經學思想靠攏的傾向。焦循的戲劇雅俗觀念主要表現為在「花雅之爭」中重視花部戲劇，主張確立「曲文俚質」的文辭觀念，為文學傳統中「雅」的觀念注入了新的內涵。

目　次

第三、四　冊　宋金戰爭與南宋文學研究

作者簡介

　　劉春霞，女，漢族，1978 年 2 月生，湖南省澧縣人，文學博士。現為廣東開放大學、廣東理工職業學院教師，副教授。華南師範大學訪問學者，中國古代散文研究會會員，劉禹錫研究會會員。主要從事唐宋文化與文學、宋代儒學與兵學方向研究。在《華南師範大學學報》、《海南大學學報》、《山西師範大學學報》等學術期刊上發表學術論文三十餘篇，出版專著一部，參與國家社會科學基金項目兩項、省級課題兩項，主持省級課題一項、校級課題三項。

提　要

　　宋金南北對峙長達一個多世紀。宋金對峙時期，雙方戰爭不斷，戰爭作為一種狀態長期存在。這深刻地影響了南宋文人的思想、心理、行為及文學。

　　首先，以具體的戰爭事件為中心，文人就對金國採取是戰還是和的政策提出建議，並形成了不同的政治集團與文人群體。

　　其次，在宋金戰爭的時代背景下，形成了南宋文人特定的心理情感，並

最終形成具有鮮明戰爭內涵的士林風尚，包括「恢復」情結、「中興」理想、英雄意識與隱逸追求等。

再次，宋金戰爭的文化生態環境影響了南宋文人的行為。文人普遍談兵論戰、研習兵學，形成一時談兵勃興的現象；文人開府治邊，或受辟入幕充當幕府僚屬，擔當起抗金衛國的責任；文人出使金國，或按常規之需如賀正旦、賀生辰等出使，或因臨時之需如商談和議等出使，都具有鮮明的戰爭色彩。

另外，宋金戰爭對南宋文學產生了深遠影響，產生了幾類具有突出時代特徵的文學作品，包括戰亂文學、幕府軍旅文學與使金詩等。

最後，宋金戰爭也影響了南宋的文學思想。詩論中強調「言志」的思想，強調詩歌反映社會現實；詞學理論中「復雅」呼聲高漲，要求賦予詞載負時代精神的功能。

本文在宋金戰爭對峙的文化生態下，重點探討南宋文人的戰爭觀與文人關係、文人論兵與兵儒思想的融合，文人入幕、使金等行為的文化內涵，探討南宋戰爭文學與文學思想。

目　次

上　冊

第五冊　詩國之城：漢唐長安空間與文學關係之演變

作者簡介

徐邁，1984 年生，江蘇邳州人，浙江大學文學博士，副編審。現為北京大學出版社編輯。著有《歐陽修詞校注》（與胡可先教授合著），發表論文《杜甫詩歌自注略論》《杜詩自注與詩歌境域的開拓》等。

提　要

唐長安文學創作所處的環境正是在都城空間變革與帝京文學轉型的交結處，漢、唐長安城特殊的空間關係為詩歌注入了多層次的時空內涵，而都城

文學演變至六朝也給唐詩留下深刻影響，最終在唐人有關帝京題材的詩歌創作中完成了帝京文學形象的空間轉向和文體轉向。本書以漢、唐長安城的空間關係影響下的長安文學為研究對象，選取具有典型意義的都城空間形態與文學塑造的空間意象進行歷時性考察，進而揭示都城文學空間傳承與演變的歷史。

目　次

第六冊　一木一浮生：中國古代小說中的植物文化

作者簡介

　　嚴豔，女，安徽滁州人，文學博士，佛山科學技術學院教授，主要從事

明清文學及域外漢文學整理與研究，已在《東南亞研究》、《廣西民族大學學報（哲學社會科學版）》、《暨南學報》、《國際漢學》CSSCI 期刊等發表論文二十餘篇，出版學術專著《越南如清使漢文文學研究》一部，主持國家社科基金兩項、省部級項目兩項。

提　要

　　一花一世界，一葉一菩提。植物在中國小說中已經成為蘊含中國社會生活中各類文化的載體。本書從中國古代小說的植物大千世界中，選取生活中常見又在中國古代經典小說中反覆出現的植物類型進行梳理分析。書中闡述在中國古代小說中，小說家對各色植物的描寫並非簡單羅列，而是巧妙將其融入整部小說中。他們或借植物進行行文謀篇，圍繞植物的性能、特徵虛構一個或一連串事件；或將植物作為伏筆、線索等推進小說的情節發展；或以植物來進行小說人物形象塑造；以及圍繞植物形成了特定的宗教、民俗文化。本書也注重分析具體案例中植物在古代小說中對環境烘托、情節推動及人物塑造的作用。同時書中還注重借助於中國古典小說名著中讀者熟知的經典片段，帶領讀者一起考證小說中融入植物的知識之趣，分析其中的植物文化意蘊。本書兼具學術思辨性與語言的通俗化，並結合相關圖片，在學術知識性基礎之上，注重突出趣味性與可讀性，以期滿足社會各界讀者對這一領域的思考與探索。

目　次

第七冊　王維論叢

作者簡介

　　譚莊，重慶市人，自由撰稿人，主要從事古籍整理。

提　要

　　王維乃唐詩大宗匠之一，亦為盛唐詩名之冠首者，其詩歌甚有認真作研琢之價值，其行實亦有仔細作稽考之必要。雖然當前學術界對王維行實與詩文之研究在大體上已無異議，但個別問題仍存有爭論，間或到了眾多而雜亂之境地，迄今猶無一個基本共識，而在今後相當長的一段時期內，諒亦未必會有。本書就目前學術界諸家歧說的矛盾處，予以研判，評析中允、考辨審慎，以期引起進一步之探究。

目　次

第八、九冊　八仙俗文學研究

作者簡介

　　吳黎朔，二零二一年世新博士班畢業，曾任救國團助理編輯、十八至二十一國家講座暨五十八至六十一屆學術獎採訪撰稿者、雲林科技大學暨世新大學講師，現任世新大學兼任助理教授。

　　以神話、小說、民間文學為主要研究方向，作品：《先秦母神信仰與發展初探》（東吳大學，2011）、《哲學思考》（天空數位圖書，2018）；〈聚舊成新——類書《白孔六帖》初探〉（《有鳳初鳴年刊》2008）、〈丹陽展卷見風骨河嶽開冊憶英靈——殷璠及其選集考析〉（《東吳中文研究集》第十五期，2009）、〈論《斬鬼傳》與鍾馗〉（《東吳中文研究集刊》第十六期，2010）、〈也談唐、宋雜劇〉（《世新中文研究集刊》第十一期，2015）。

提　要

　　八仙對人們的影響，在日常生活中隨處可見，許多地方都有祭祀八仙的廟宇，民間藝術亦常以八仙為題材，製作成石雕、木雕、竹雕、剪紙等工藝品，裝置在居家顯眼之處，除了美觀，也有祈求八仙庇護意味，所以宗教與民俗領域中，八仙可說是一個極為重要的課題，而宗教與民俗與俗文學關係密切，故本文以「俗文學」為主要材料，探討八仙與民眾間的關係。

　　八仙的出現與「神仙信仰」、「數字崇拜」有關係密切，而八仙事蹟能在民間廣泛流傳，則是借助於俗文學力量。唐宋時期的八仙傳說，皆為短篇形式出現，它們大多為宗教的宣傳品，其中揚善懲惡的故事情節，極具社會教育意義。元代以後，八仙中長篇小說出現，小說家改寫整合舊有傳說、戲曲，雖然情節仍未脫離道教修練、成仙等思想，卻也有部分擺脫宗教束縛，呈現了仙人世俗與鮮活的個性，使他們更平易近人。在戲曲方面，在宋代社火就有八仙小戲出現，元代以降，八仙戲曲倍增，它們性質、功用各有不同，作

者藉由它們抒發對神仙世界的嚮往之情，或是對現實生活無常的感嘆。八仙
戲曲引人入勝的情節與精彩的肢體表演，使其廣受民眾歡迎，因此許多地方
劇種也對它們加以改編、演出，使八仙故事更加普及，與民眾的生活、情感
愈加貼近，進而成為華人心中和諧、圓融的象徵。

目　次

上　冊

下　冊

第十冊　蘇軾寺院作品研究

作者簡介

陸雪卉，1990 年生，祖籍山東。2013 年畢業於東北大學秦皇島分校金融學專業，碩、博就讀於四川大學道教與宗教文化研究所，並於 2019 年獲得哲學博士學位，主要研究方向為中國佛教與蘇軾的哲學思想。

提　要

蘇軾一生曾創作過大量關於寺院話題的作品，這些作品不僅體現了豐富的佛教哲理與佛學思想，也涵蓋了蘇軾生活的諸多方面，可謂是蘇軾佛學思想研究領域的一個分支。作為士大夫，蘇軾的寺院作品也體現了一般僧人作品中少有的特色，他不僅擅長說理，同時也喜好融入個人情感與政治立場。

對於蘇軾而言，儘管他曾認為學佛不過是「取其粗淺假說以自洗濯」，但寺院這樣一個特殊的宗教環境也催化了他對佛教的認知。作為一位忠君愛民的士大夫，早期的蘇軾對宗教信仰的認知保持著更多理性與中立，對禪宗以及僧人的親近更多是將之作為生活的調味品與心靈的淨化劑。但當這種訴求不能滿足個人內心的情感寄託時，便會滋生出感性化的宗教情感。這種情感並不是一種主觀上的選擇，而是在經歷了生活創傷後不得已的無奈和依賴。儘管當身處寺院並且經歷了宗教體驗時，他卻鮮有對這種感受的直白描述，而是借用夢境虛幻類的譬喻以及輪迴觀來表達自己的情感，這樣一方面維護了自己「致君堯舜」的政治理想，同時又在佛教中實現了情感救贖。

目　次

第十一冊　古典與比較續集（論文集）

作者簡介

徐志嘯，復旦大學歷史系 77 本科生，復旦大學中文系 79 碩士生，北京大學 86 博士生。復旦大學文學碩士，北京大學文學博士。復旦大學中文系教授，比較文學、古代文學雙專業博士生導師。中國作家協會會員，中國屈原學會名譽會長。甘肅省首屆特聘飛天學者、講座教授，上海交通大學人文藝術研究院客座教授。已出版學術專著及論文集 10 多部，發表學術論文近 200 篇。曾應邀赴美國哈佛、耶魯、普林斯頓、哥倫比亞大學及日本東京大學等講學或作學術演講。

提　要

本書是作者近十年來發表的學術論文匯編，內容涵蓋中國古代文學、比較文學和海外漢學。作者從宏觀和微觀相結合的角度，對《詩經》《楚辭》及文學史發展等各個方面，作了屬於作者個人獨立思考前提下的梳理與探索。作者的視野還涉獵了世界範圍的中國文學史，提出了一系列個人的獨到見解。書後的附錄部分，介紹了作者近十年的學術活動和相關信息，俾供讀者參考。

目　次

第十二、十三冊　慕思集——文史散論

作者簡介

　　杜貴晨，山東省寧陽縣人。1982 年畢業於中國人民大學語文系。短暫在全國人大常委會法制工作委員會工作。先後執教於曲阜師範大學中文系、河北大學人文學院、山東師範大學文學院，任教授，古代文學、文藝學博士生導師，博士後合作導師。兼任中國《三國演義》學會副會長，山東省古典文學學會第四、第五屆副會長秘書長，山東省水滸研究會創會會長、第二屆會長。出版各類著作 20 餘種，在《中國社會科學》《文學評論》《北京大學學報》《人民日報》《光明日報》等發表文章 300 餘篇。

提　要

　　本集共收十四篇文章，大致有三個方面的內容：

　　其一是《黃帝形象對中國「大一統」歷史的貢獻》等五篇，主要關於黃帝、泰山、周公研究，據《管子》等記載和諸史所稱，論述黃帝是中國「大一統」思想與實踐的第一人。又夏、商以前「泰岱為中」，黃帝生於後世稱「孔子故里」的曲阜，其封禪泰山和傳說泰山升仙等「神跡」，以及泰山為「神山」

的形象，明確標誌了秦漢以前曲阜—泰山為華夏文化唯一「主軸」，而最終實現西周統一的「周公東征」，其在駐軍曲阜—泰山之間寧陽所發起的「踐奄（曲阜）」決戰，則實際開啟「齊魯文化」之先河，從而以黃帝—周公—孔子之人生事業及其影響為標誌，曲阜—泰山又進一步為中國上下五千年文化的「主軸」。文中又對比「一切歷史都是當代史」「一切歷史都是思想史」等流行著名史學觀，提出「一切歷史都是形象史」的認識。《「蟲二」考論》雖因清人筆記小說《堅瓠集》校點而作，但泰山「蟲二」石刻是其具體所關重要內容之一。

其二是《〈水滸傳〉「厭女」「仇女」「女色禍水」說駁論》等七篇，是分別關於《水滸傳》《西遊記》《堅瓠集》《聊齋誌異》和米蘭・昆德拉小說《不能承受生命之輕》的研究。其前三篇是傳統方法的小說考論，從題目已可見大意；後四篇則是拙說「數理批評」應用於中外小說的實驗，目的在進一步驗證其在文學研究中的普適性。

其三即最後兩篇是關於詩文家的研究，一為拙作《劉楨集輯撰》（山東文藝出版社 2023 年出版）的《前言》，一為拙注《高啟詩選》（商務印書館 2002 年 7 月版）的《導言》。「建安七子」中的劉楨是吾鄉先賢，高啟是我喜歡的作家，兩篇可見此二人並拙著兩種之大概。

目　次

上　冊

自　序

第十四至十八冊　中國美學縱橫新論

作者簡介

　　周錫山，上海藝術研究中心研究員、中國作家協會會員。兼任中國古代文學理論學會理事、中國《水滸》學會學術委員會副主任、上海比較文學研究會名譽理事；福建省老子研究會顧問、撫州湯顯祖國際研究中心學術委員會委員、鎮江賽珍珠研究會顧問等。

　　在文學、歷史、美學、藝術學領域出版著作約 50 種，論文約 200 篇。著作獲文化部首屆（1979～1999）文化藝術科學優秀著作獎（《王國維美學思想研究》）、山東省社科優秀著作特等獎（集體項目）、全國古籍整理優秀著作二等獎（3 次：1978～1987 年度《金聖歎全集》4 冊 220 萬字、2013 年度《西廂記注釋匯評》3 冊 147 萬字、2017 年度《牡丹亭注釋匯評》3 冊 198 萬字）、中國圖書獎（《西廂記評注》《水滸記評注》）等。另出版中國社會科學院創新工程資助項目兼國家級戰略出版項目（《王國維美學思想研究》增訂本）、國家十三五重點出版項目兼國家出版基金資助項目（復旦大學中文系的項目《中國戲曲縱橫新論》）和國家十四五重點出版項目（北京大學藝

術學院的項目《俞振飛評傳》《華文漪評傳》)、上海高校高峰高原學科建設專項資金資助項目（上海戲劇學院藝術學理論專業的項目《金聖歎文藝美學研究》《湯顯祖和明代文學》《紅樓夢藝術和美學新論》和論文多篇）、北京大學建設世界一流大學專項資金資助項目（國際學術研討會美學論文 1 篇）和國家社科基金藝術學重大項目的著作（《中國戲曲劇種全集‧崑劇》《崑曲皇后華文漪評傳》）等。

提　要

　　本書是作者在中國美學專業的第 15 種著作，共收入論文和評論 66 篇、90 餘萬字。

　　本書第一部分總論，評論中國美學的巨大成就、研究方向、話語建設的設想和方法；並論述中國美學的 6 個重大問題。本書堅實論證中國美學不僅在著作數量上大大超過西方，在學術成就上也高於西方。

　　第二部分是作者首創的意志悲劇和意志喜劇說、神秘現實主義和神秘浪漫主義的語彙和理論、首創的中國文藝理論研究和評論西方名著的研究方法。其首創的理論和研究方法，涵蓋古今中外的文學和藝術名著。

　　第三部分是道家文化和美學研究；第四部分名家名作，評述了明代王世貞、湯顯祖，清代金聖歎、石濤，現代宗白華和王元化的美學思想，另有《王國維美學思想研究》出版後發表的關於王國維的天才說、靈感論的一篇新論。

　　第五、六、七、八部分是清代詩壇領袖王士禛、現代哲學大家馮友蘭和當代文藝理論領域的文壇領袖徐中玉的研究專題。

　　第九部分當代理論思考和研究，論述歷史題材作品的價值觀、文藝人才培養和教育，皆是當代面臨的重大問題。

　　第十部分是名作的書評，第十一部分是針對當代狀況的短評。

　　全書以中國和世界美學與文學為背景的廣闊視野，研究和評論中國美學（兼及文學理論）及其多位名家的重大成就，觀點新穎而獨到，角度寬廣而獨特，評論全面而具體。

目　次

諸神的誕生：《封神演義》源流考

常明 著

作者簡介

常明，筆名馭筆峰居士、雨亭，著作有《先秦諸子述林》（中國致公，2019 年）、《水滸瑣語》（浙江古籍，2021 年）。在《語文學刊》、《名作欣賞》等刊物發表多篇論文，《水滸璞語》、《封神演義源流考》、《說岳全傳考》系列文章在古代小說網進行連載，深受業內好評。

提　　要

　　本書分為內外兩篇：內篇主要考證《封神演義》的成書過程，與它書或文章的論述不同，本書提出，《封神演義》是說經文學與講史文學兩種文學傳統下共同作用的產物，通過為《封神演義》劃定年譜，根據情節中紀年的矛盾之處分析說經文學和講史文學是如何共同作用的，同時以此為線索考證每部分重要人物形象和情節的來源，其中在太一的考論中特別提出了楚國巫教對於中國文化的影響，在龍王的考論中則從文字學的角度重新對「龍」、「鳳」等文字進行了闡發；外篇是主要是對《封神演義》在歷史上的重要改編本進行評介，包括《封神天榜》及《封神榜鼓詞》等，其中對於《封神天榜》及周信芳《封神榜》的評介側重於《封神天榜》對於《封神演義》的文學改造，也即是側重其文學屬性而非戲劇屬性，《封神榜鼓詞》等則屬於民國舊書，目前在市面上難得一見，故此進行了詳盡的評論和分析，同時作者也閱讀了《申報》、《繁華雜誌》等大量的民國舊刊，對當時的《封神演義》的續書和研究做了一番評介與研究，此外還寫了通過對《封神演義》索隱派的鉤沉證實了索隱派並非只存在於《紅樓夢》研究，並通過二者的共性對索隱派進行了公正的評價。要之，本書作為一部研究《封神演義》的學術研究類的著作，具有一定的獨特性。

自　敘

　　毛宗崗繼承乃父的志願，評點《三國志演義》畢，欣然在卷首置下一篇《讀〈三國志〉法》。我的野心還要大些，試圖為一切中國章回小說尋到一條可能的詮釋和批評的途徑，在現在看來，應該便是立足於文學史，即將小說回歸到文學史上去，站在當時的文化背景和社會結構中，窺視小說成書的動因、過程及當時社會對小說的接受。在拆解了十數本小說後，發現中國章回小說的題材無外乎宋人耐得翁在《都城紀勝》中對當時說話藝術的歸納，計有世情、武俠、講史、說經四種。世情文學和武俠文學的形成多半是襲用前人的敘事母題和敘事套路，惟有說經和講史是連帶將從前的故事也吸收在內的。《封神演義》一書兼有說經和講史兩種路數，這便引發了我的興趣，於是將它選做材料，希望能夠探尋到章回小說沿革的三昧。

　　《封神演義》的說經，說的是道經。道教起源於中國的巫教，又參考佛教的觀念與方法及先秦道家的思想與典籍使其宗教化，但巫教卻是它的根底。故在道教中，科儀每每包含一定巫祝的儀式，諸如煉丹術、五雷法等，這些巫教的遺跡對中國的民間影響尤深。事實上，巫教與巫術是世界上最早的文明，凡是一個民族或一種文化的興起，無不來源於當地、當時的種裔的巫文化。《說文》釋「巫」字：「祝也。女能事無形，以舞降神者也。象人兩褎舞形。」可見巫最初是上古時代能與神通靈之女子，所謂「巫文化」即是指上古時期對於自然神的崇拜。中國的傳統時代屬農業社會，依賴於土地及自然氣候的變化，故將風雨雷電、地震冰雹等無不神化，並加以崇敬。故此，能夠在人神之間溝通的「巫」便猶如後世基督所謂之主教，最大的巫師則猶如教皇般受到人們的崇拜，在有商一代，最大的巫師始終是商王本人。

　　基於這樣的傳統，巫師在對人們加以統領的同時，勢必要對自然規律有所掌控，即通過舊有經驗的總結完成對未來事務的指引，這便有了對卜筮原則的歸納，在上古的各個時期各自形成一種學術系統，即鄭玄所謂「夏曰連山，殷曰歸藏，周曰周易」。同時也有專人對過往的事實進行歸納和總結的，這便是中國最早的史官。故此，中國的文化是由巫史傳統衍生的，巫教的科儀在周代終於演進成了更具人文性質的周禮，史家對文字的修飾則成了中國最早的文學。周禮衍生了當時的社會制度和後世的社會道德——儒家的「聖」、「智」、「仁」、「義」、「禮」等原則無不由於周禮而發源，文學則衍生出了中國最早的詩學，我們的種種審美無不是來源於此的。

　　於是，我們不難見到巫文化的力量，即如威爾・杜蘭所說：「文學、藝術、政府，以及一切的一切，莫不受到宗教的影響。我們可以這樣說，你不研究埃及的神，便休想瞭解埃及的人。」不過，威爾・杜蘭所謂之宗教乃是指某些民族而言，對於中國而言，則有其調整的空間。我們相信，一個民族的肇建並不如馬克思所說是來自階級的分化，而是來自對共同人格神的敬服。當這位或這些人格神發展為全民族所信仰的宗教的時候，如印度教或猶太教，那麼這宗教對於當地人精神世界的影響是不言而喻的。但對於中國來說，人們所奉行的儒家思想是從建立伊始便試圖擺脫巫教傳統的，如孔子解釋上古傳說「黃帝四面」和「夔一足」時，分別說：「黃帝取合己者四人，使治四方，不謀而親，不約而成，大有成功，此之謂四面也」，「堯曰：夔一而足矣，使為樂正。故君子曰：夔有一足，非一足也」。等到戰國陰陽家盛行後，則又以「天人合一」與「天人感應」之道，強行將巫文化納入到自家的人文傳統中。在此情形下，儒家這一中華民族的共同思想以其獨特的意志對可能出現的宗教意志或擺脫或融合，中國傳統對神祇的崇拜則被壓抑為民間宗教，形成了一種獨特的信仰範式。

　　佛教的傳入與漢化則是問題的另一方面。儘管中文中用「宗教」對應英語中的 religion 是十分晚近的事情，但在佛教的歷史上自來使「宗」與「教」並稱，佛教將原教旨主義的佛法稱為「教」，稱派生的支派為「宗」，如淨土宗、禪宗、密宗等。但利用「宗」、「教」二字作為原教旨和支派的譯名，本身是佛教向中國本土文化認同的一種模式。《說文》釋「宗」字：「尊祖廟也」，即宗族之意，故佛教每擬其師弟關係猶如中國傳統的人倫大妨，各宗派之間對其師師授受尤為森嚴；又釋「教」字：「上所施，下所效也」，彼此之前強調人文的

教化而非觀點的征服。其實，宗教誕生之際征服欲十分旺炎，如《聖經·出埃及記》中，上帝因以色列人不信服基督教而使其漂泊四十年，《藥師經》則直接表明「外道典籍恭敬受持，自作教人俱生迷惑，當墮地獄無有出期」。但佛教到了中土以後，人文的教化便漸次取代了征服屬性，使之更偏重於經義的普適而非對持異議者的恐嚇。既重授受，必然需要研製出一種譜系；又講教化，必然向世俗的價值做回歸。洎漢魏之時，作為儒家系統的史書《漢書》有《古今人表》確立對古今人物的品評，民間人物品評之風亦興盛，影響到佛教使之成為禪宗，這便給那基於巫教而產生的思想巨擘道教以壓力。於是，民間宗教的神祇終於在道教的文化需求下統一起來，形成了《真靈位業圖》為代表的神譜，這便是中國最早的一張「封神榜」，將當時民間的信仰一網打盡。這些信仰大抵以歷史人物，特別是去當時晚近的歷史人物為主，無論其是否具有仙跡，更無暇為其杜撰師承。隨著佛道兩家新神的融入，民間和官方不斷自我造神，中國的神譜也愈發廣大，神的品類愈發龐雜。這就難免使信眾好奇神的品階、個性、生活種種，於是皇甫謐杜撰《神仙傳》，彼時大約民間已有神仙的傳說，皇甫謐不過聊為整理，作為那張古老「封神榜」的外傳。等到民間說話藝術興起後，又出現了講道情的寶卷和說經的平話，這些都是《封神演義》的源頭。

　　同時，《封神演義》又是一部以歷史為背景的書。作為書中最主要線索的故事，乃是儒家歷史上的第一個公案即武王伐紂。筆者在讀《史記》的時候曾設想過，為什麼列傳七十，獨以《伯夷列傳》推為第一？後來想到，在這篇只有 828 字的文章裏，屬於「其傳曰」的部分僅占 223 字，不足文章的十分之三，文章前後的議論探討的是漢代著名的議題，即湯武受命放殺是否合理。其實，這個議題在傳統社會一直備受爭議，直到西方民主思想傳入之前無論是知識階層還是民間各界均未能取得共識，《封神演義》竟然不避艱難，以民間的立場對此開展想像，實在是獨樹一幟的。同時在敘述這一故事時，書中又以道教的神祇凌駕於儒家的聖人之上，如以春秋時的老子為開周的武聖姜尚的師伯，先後以道教中神霄派和內丹道的教義改造故事中原有的儒家立場，其立場也頗值得玩味。

　　於是按圖索驥，尋找出這部作品的源流。自《武王伐紂平話》以降，這一故事不斷演變，產生許多平話、雜劇，終於被《封神演義》的幾代整理者薈萃一爐。套用顧頡剛先生講上古史的話說，這部《封神演義》其實是「層累」起

來的。正因如此，一部小說裏面，有的批判暴政的，如羅列紂王的種種劣跡；有的是基於歷史的英雄傳奇，如黃飛虎、聞仲等人的故事；有的講神仙源流，如姜子牙下山和哪吒出世；有的是神魔鬥法的戰陣故事，如十絕陣、黃河陣等；有則近似於神仙收魔，如羽翼仙、馬元被收降等。歷代整理者雖然有心把不同的故事整合到一起，但因為在流傳過程中觀眾或讀者對上述故事已經產生了既定的印象，所以即便用力加工，也不可能把所有的情感情感都改掉。加之全書最終的寫定者並不是文人，甚至出現了許多史實和邏輯上的牴牾，更遑論將成書過程中出現的複雜立場統一為一種系統的思想。故現有一切試圖《封神演義》主題詮釋的著作，最多只能淪為郢書燕說而已。而筆者的不揣鄙陋，探索《封神演義》的故事源流，則是冀圖還原在本書寫作過程中出現的種種思想和情感上的傾向，為讀者盡力還原每一代整理者的思想邏輯和行文立場。這是一件集腋成裘的工作，最終的成果便是本書的內篇《封神演義成書考》，算是筆者一些淺薄的見解。

本書既要考察《封神演義》的成書，難免涉及諸神的產生軌跡，於是便有了文中關於姜子牙、哪吒、龍王等形象的來源探討。這些題目其實是很有意思的，要信馬由韁地探討下去，還有很多問題可供參考。理論如那條被《山海經》宣傳為「青首，食象」的巴蛇是否即在巴地？古來巴蜀並稱，「蜀」字從「蟲」，「蟲」便是虺的本字，「鐲」字又以「蜀」為聲旁，近似於團龍之形，三者是否有所關聯？這些都是足以讓人想入非非的題目，也難免讓人多讀幾部書，諸如道藏本的《搜神記》、《三教源流搜神大全》以及清人姚東昇輯錄的《釋神》。尤其讀到《釋神》時，見到裏面敘述了許多我們日常貫見而不詳其本末的神竟然一一有了名字和形象衍變的軌跡，令筆者讀後興味盎然，乃至有了要做《廣釋神傳》的衝動。但中國的神既多，即便圍繞《釋神》所敘述的神祇展開也無疑會攀藤附葛，所以只選取與《封神演義》有關係的神祇展開，掛一漏萬之處，還請讀者見諒。

繼而順著演義流變這個題目次第開展下去，讀到《封神天榜》十八冊書，發現在乾嘉的時候，封神故事的主題已經由武王伐紂的歷史探討變成論證聖天子通過暴力革命坐帝位的合理性了。但到了周信芳的《封神榜》劇本，則又變成了對後革命時代的質疑，他將湯武革命當成辛亥革命或各種以革命為由頭的亂象的象徵，對亂政失望之餘卻又對真實的民主有所期待，這也是身處大時代人思想形成的必然。我們這一代人大概都記得頗有一陣宣揚黃炎培

的熱潮，記得他的歷史週期律的意見，卻忘記了魯迅《小雜感》裏早就預見過：「革命，反革命，不革命。革命的被殺於反革命的。反革命的被殺於革命的。不革命的或當作革命的而被殺於反革命的，或當作反革命的而被殺於革命的，或並不當作什麼而被殺於革命的或反革命的。革命，革革命，革革革命，革革……。」當「革命」一詞成為政治正確，革命本身也就成了目的而非途徑，不單是救亡壓倒啟蒙，簡直是暴力壓倒民主。我倒是希望有人作一部《封神演義》的詮釋史的，或是作一篇《封神演義》的研究綜述，或許在不同時代對封神故事的不同探討上，找到一些先輩們對於民主、社會前途、大變革時代下個人命運思考的軌跡。惜乎，一般的研究者於此並不甚重視，於是我花了一些經歷和錢財，求購了一些晚清民國時代的《封神演義》改編的劇本和故事書，續作了一些《封神演義》衍生作品的評介，這就是本書外篇的緣起了。

　　因為一般的研究者不甚重視，導致不但市面上研究《封神演義》的專書很少，連一些基本的工作也是沒人做的，比如似乎沒有人做過《封神演義》的故事編年。於是我便仔細爬梳書中的時間標識，發現了哪吒故事是插入的，之後次第寫下去。這樣，考校的文章便做起來了，脈絡的確是很好梳理的。但要做到論據的確實，便不算容易了。我絕不肯妄加猜度，有一分證據說一分話，否則即便觀點再夠新穎，也不敢把它寫下來。如在考證姜子牙名姓的時候，我見到《路史》說姜子牙名叫涓，懷疑「涓」是水名（又稱「濰水」，在山東，今有濰坊），也是姜子牙垂釣的地方——「渭水」是「涓水」之誤；又如《封神演義》中的龍安吉的名字與龍吉公主相類似，我疑心是作者將原有的一個故事析為了兩個；另有一個民國的作家王塵影，號為「太原神隱」，我疑心他是山西太原人。但是後來實在沒什麼證據，只好放棄了。之所以這樣嚴謹，實在是因為諸位目下的這本書已經是我個人的第三部完整的著作了，我惟一的願望是這一部要比從前的兩部更好，希望日後有人提起我的名字的時候，會想到我有過這樣一部算是認真的書。如果說還有什麼野心，那就是在這個願望之外再加上一條，希望日後有人在研究《封神演義》的時候除了本書所引據的這些著作之外，也能想起這部叫《封神演義源流考》的小冊子。

　　本書的旨意在於考察《封神演義》一書的流變，內篇講述《封神演義》的成書過程，外篇探討其衍生情況。在寫作本書的時候，我盡自己的全力，蒐集

到自己所能知道的全部研究《封神演義》的著作，並在前輩們的研究基礎上再做心得，這是必須要致感謝的。但我亦盡力避開已有著作的研究範疇，以期對《封神演義》的研究略盡綿力。

明眼的朋友讀到這裡應該能知道，其實我尚有給《封神演義》研究作文獻綜述的意思，但自己能力實在不足以批評前輩的成績，自然是「千言千當，不如一默」了。

聊為序。

2023 年 1 月 5 日

目
次

內篇 《封神演義》成書考

　　《封神演義》的作者自來有許仲琳說〔註1〕、李雲翔說〔註2〕、陸西星說〔註3〕，但是此書究竟是什麼人作的，其實並不成一個問題。因為無論許仲琳、李雲翔或是陸西星，我們都很難考證他們的生平，更遑論其生平對於《封神演義》創作的影響。況且從文本來看，《封神演義》其書較為粗糙，如十絕陣一段完全陷於機械化的試陣和鬥寶，殷洪、殷郊兄弟的經歷幾乎是高度重複的，而圍困崇應彪、張桂芳的各人中竟然有呂公望，全然不知呂公望即姜子牙，稱黃飛虎為「武成王」卻不知「武成王」亦為子牙的別名，且十二金仙中竟有「清虛道德真君」，不知「道德天尊」即太上老君別名，弟子斷無與師父同名之理，最後的封神榜上既有楊任又有羊刃星，既有飛廉又有飛廉星，更是非常明顯的牴牾了。由此見得《封神演義》最終的整理者絕非有智識的文人，更不可能是陸西星這樣有道教背景的作家。

　　假如以《水滸傳》和《三國志演義》為標準，《封神演義》幾乎可以認為是一部沒有寫定的書，作者生平終於無考。加之其版本流變過於清晰且無版本爭議〔註4〕、全文沒有散佚、情節拖沓、文筆又劣，故長久以來不為批評家與

〔註1〕舒載陽刊本《封神演義》題名「鍾山逸叟許仲琳編輯」，雖未獲學界承認，但一般通行本《封神演義》皆標名「許仲琳著」。

〔註2〕章培恒：《封神演義》作者補考，復旦學報（社會科學版），1992 年第 4 期第 90 頁。

〔註3〕張政烺：《關於〈封神演義〉作者的通信》，《獨立評論》209 號，1936 年 7 月 12 日。

〔註4〕《封神演義》成書於明朝，其明代刻本順序依次為：金閶舒載陽刊本（天啟刻本）、福建建陽刻本（崇禎刻本），清代刻本順序依次為：善成堂刻本、四雪草

研究者重視。其實與《水滸傳》、《三國志演義》、《西遊記》等類同，《封神演義》也是一部層累形成的著作，學界均知其本出於《武王伐紂平話》〔註5〕，卻忽視從《平話》至《封神演義》的歷史演變，故以下詳細探討。

堂本、清籍閣本（俱康熙年間刻），往下為覆刻本，而上述幾種版本回目都為100回，只有卷數不同，文字大體相同，無明顯分歧。

〔註5〕據洪楩：《清平山堂話本校注》，程毅中注，中華書局2012年版，以下簡稱《平話》。

一、《封神演義》文本的次第形成

　　《封神演義》這個書，自周樹人先生《中國小說史略》將之歸於神魔一系〔註1〕後，近世文學批評家往往因襲。實則中國的章回小說或來自說話藝術，即類同於今日所謂評書，或來自彈詞藝術，即類同於今日的蘇州評彈，其主體只有小說、公案、講史、說經四部，並沒有今日所謂神魔鬥法的內容〔註2〕。《中國小說史略》的「神魔小說」分野下首推《西遊記》與《封神演義》二書，然細究之下發現，二者在文字之中皆有探討宗教的旨趣，只是《西遊記》中更多偏向於說經文學，《封神演義》則是由說經文學和講史文學結合演變而來的。

（一）說經與講史：《封神演義》的題材與來源

　　說經與講史是中國章回小說的兩大主題，吳光正在《神道設教：明清章回小說敘事的民族傳統》一書中提出明清章回小說敘事的五大傳統：「一是，拍案驚奇——明清章回小說的口頭敘事傳統；二是，資治通鑒——明清章回小說的史傳敘事傳統；三是，直抒性靈——明清章回小說的詩性敘事傳統；四是，文以載道——明清章回小說的政教敘事傳統；五是，神道設教——明清章回小

〔註1〕魯迅：《中國小說史略・明之神魔小說・下》，《魯迅全集》第九卷，人民文學出版社，2005年11月版，第176頁。

〔註2〕耐得翁：《都城紀勝・瓦舍眾伎》：「說話有四家：一者小說，謂之銀字兒，如煙粉、靈怪、傳奇。說公案，皆是搏刀趕捧，及發跡變泰之字。說鐵騎兒，謂士馬金鼓之槍。說經，謂演說佛書。說參請，謂賓主參禪悟道等事。講史書，講說前代書史文傳、興廢爭戰之事。」其中小說部分的「靈怪」不過是精怪鬼魅一類，是六朝時志怪小說的延續，並沒有後世神魔鬥法的內容。

說的宗教敘事傳統」〔註3〕。但在中國古代文論中原有「體用」之說，《毛詩大序》說：「故詩有六義焉：一曰風，二曰賦，三曰比，四曰興，五曰雅，六曰頌」，孔穎達疏曰：「賦、比、興是詩之所用，風、雅、頌是詩之成形，用彼三事，成此三事」。於小說而言同樣如此。

小說之「體」（成形）便是題材，按照耐得翁《都城紀勝》的成說，可以分為四種：一、世情的，二、武俠的，三、講史的，四、說經的〔註4〕。世情的即以人們的日常生活為藍本，講述普通人悲歡離合的小說，就是耐氏所謂的煙粉、靈怪、傳奇。武俠的便是其所謂搏刀趕棒、發跡變泰和士馬金鼓。講史的便是耐氏所講前代書史文傳、興廢爭戰之事。說經的則包括演說佛書、賓主參禪悟道等。四者可以追溯於不同的傳統。世情小說的題材來源於唐傳奇，演變成長篇之前主要以彈詞的形式面世；武俠也是唐傳奇的一脈，但在演變過程中卻以說話的方式流傳下來；講史小說的題材來源於秦漢以降的「外史」傳統，演變成長篇之前同樣以說話的方式面世，並常與武俠小說結合為英雄傳奇〔註5〕，寫作方式亦相互交融，計有袍帶和短打兩種〔註6〕；說經小說的題材來源於佛、道兩教的寶卷和後來形成的道情書，兼能以說、唱兩種方式面世。小說之「用」便是主旨傾向，亦有三種：一、審美的，二、教化的，三、諷喻的。其中，審美的意義即小說的詩性建構，既包含唯美的構建、也包含悲劇的設計和誌異與傳奇的功能；教化則包括基於儒家的政教，如強調忠孝、禁慾等，也包括佛、道兩家施加於讀者的思想影響；諷喻是教化的別脈，作為一種傾向廣泛存在於中國章回小說之中，如《西遊記》中以祭賽國中錦衣衛等事諷刺明朝的恐怖統治〔註7〕，《水滸傳》對於林沖入獄時「有錢可以通神」的描繪諷刺當時的監獄管理等〔註8〕，卻並不以此作為全書的主題。但到了《儒林外史》

〔註3〕 吳光正：《神道設教：明清章回小說敘事的民族傳統》，武漢大學出版社，2022年4月版，第23頁。

〔註4〕 耐得翁：《都城紀勝・瓦舍眾伎》：「說話有四家：一者小說，謂之銀字兒，如煙粉、靈怪、傳奇。說公案，皆是搏刀趕棒，及發跡變泰之事。說鐵騎兒，謂士馬金鼓之槓。說經，謂演說佛書。說參請，謂賓主參禪悟道等事。講史書，講說前代書史文傳、興廢爭戰之事。」

〔註5〕 如《三國志演義》便一度與《水滸傳》合刊，稱為《英雄譜》。

〔註6〕 前者是陣前武將們的捉對廝殺，如《三國志演義》中的「三英戰呂布」，後者是江湖的行俠仗義，如魯提轄拳打鎮關西，詳見拙作《水滸瑣語》，浙江古籍出版社，2021年11月版，第230頁。

〔註7〕 《西遊記》第六十二回。

〔註8〕 《水滸傳》第九回。

以後，長篇小說中便有了通篇諷刺的作品，其後更催生了《老殘遊記》、《官場現形記》種種作品，魯迅因此等書「辭氣浮露，筆無藏鋒，甚且過甚其辭，以合時人嗜好，則其度量技術之相去亦遠矣」而稱之為「譴責小說」〔註9〕，但其作為一種主旨傾向可以獨立於教化的特點之外自是無疑的。這三種主旨傾向橫亙於章回小說之中，是中國詩學的傳統使然，可以用以論證小說的思想性與藝術性，但如果追溯小說的源頭，則非要回到小說的題材當中不可。

　　具體來說，講史文學的來源甚早，因為中國本是有巫史傳統的國家，巫史傳統的來源是夏商時代祖先崇拜和上帝崇拜的合一，表現之一則是對歷史的崇拜〔註10〕。故中國最早期的小說藉以「外史」或「外傳」為題材，如《燕丹子》、《漢武故事》、《趙飛燕外傳》等，宋元時民間說話便是在這種傳統上對歷史細節進行詳細地敷陳，今存《全相平話五種》，都是以歷史為題材的。

　　說經文學則本自佛教，為求親近民眾，佛經的譯者以淺近的口語和白話翻譯梵文，其說經則以彈唱或平話為主，這就出現了變文、寶卷等〔註11〕，道教隨之產生了道曲和道調，其時大約在唐代。唐崔令欽《教坊記序》說：「我國家玄玄之允，未聞頌德，高宗乃命工白明達造道曲，道調。」不過，道曲和道調最初的面貌只是配樂演唱的詩歌，不出歌曲的範疇，南宋時則與當時通行的說唱文學即鼓子詞結合，稱為「道情」。《武林舊事》卷七：「後苑小廝兒三十人，打息氣唱道情。太上云：『此是張掄所撰鼓子詞。』」文中的「太上」即南宋初期皇帝宋孝宗趙昚，張掄則為北宋文士，此文今見於唐圭章編纂《全宋詞》第三冊第二百卷內，從詞作的內容來看，仍非敘事一體，但詞中每對「陽氣」、「金丹」等內容的探討，已有了描摹內丹修煉的內容，自北宋以降，道士們多有類似的詞作，或探討道教飛昇的境界，或探討內丹修煉的法則，《道藏》多有收錄，此處便不做更進一步的討論了。

　　敘事的道教文學在宋代有神仙小說，《醉翁談錄》卷一：「論《種叟神記》、《月井文》、《金光洞》、《竹葉舟》、《黃粱夢》、《粉合兒》、《馬諫議》、《許岩》、《四仙鬥聖》、《謝溏落海》，此是神仙之套數。」今日可考者有《種叟神記》

〔註9〕 魯迅：《中國小說史略‧清末之譴責小說》，《魯迅全集》第九卷，人民文學出版社，2005 年 11 月版，第 291 頁。

〔註10〕 此事涉及中國歷史發展傳統問題，與本文探討之內容無涉，基本觀點可參考李澤厚《由巫到禮 釋禮歸仁》，生活‧讀書‧新知三聯書店，2015 年 1 月版，第 3～38 頁。

〔註11〕 詳見鄭振鐸《中國文學史》，第 374～385 頁，新世界出版社，2011 年 12 月版。

等七種〔註12〕，多以凡人遇仙或得到度脫等事。元代在此基礎上衍生出一種特有的神仙道化劇，僅馬致遠一人就有《開壇闡教黃粱夢》、《呂洞賓三醉岳陽樓》、《泰華山陳摶高臥》、《王祖師三度馬丹陽》、《馬丹陽三度任風子》等數種。明代《醒世恒言》收錄《李道人獨步雲門》一文寫李清聽瞽者唱「莊子歎骷髏」一段話文，裏面是「道家故事」，「只見那瞽者說一回，唱一回，正歎到骷髏皮生肉長，覆命回陽，在地下直跳將起來」。足見此時道教的故事已有說唱的內容。清初刊刻的《續金瓶梅》則完整保留了這則故事，並稱之為「道情」〔註13〕，其結構已與後來的鼓詞說唱無異。可見至遲在明清之際，「道情」已由原來的演唱詩詞變為演唱故事。自道曲、道調以降，直至明清敘事道情的發生，凡此中以演說道教旨意的文學都可以稱之為「說經文學」。因之，中國歷史上並不存在周樹人先生所謂之「神魔小說」，有的只是從說經文學漸次演化而來的宗教小說，神魔鬥法固然是其重要的敘事母題，卻並非其敘事目的，更無法作為一種敘事題材來討論。

具體到《封神演義》一書，凡是神魔鬥法的章回都屬於說經的故事，對武王伐紂演繹的部分則屬於講史的範疇，前者來源於《真武本傳神咒妙經》以來的神話演變和積累，後者來源於《武王伐紂平話》以來的故事演繹〔註14〕。說經故事中少有人情筆墨，例如黃飛虎、鄧九公等主要角色去世時，周營內部甚至沒有舉哀，尚不如《水滸傳》中的梁山泊情誼，黃飛虎的形象更完全是在反五關的講史故事裏確立起來的。然則即便以黃飛虎父子為主角的講史故事中仍不乏神怪情節，只是這些神怪被稱為「左道」，其本領屬於傳統巫教中的巫術一類，並非道教的範疇，亦不能以闡截兩教的法術視之。《封神演義》中並沒有直接說明所謂左道者屬於截教中人，如黃天祥十四歲時對戰的張桂芳及其副將風林，十七歲時對戰的丘引，以及殺死黃天化的高繼能都屬於左道之流，故黃天化死後，黃飛虎請同屬左道的崇黑虎相助報仇而非請崑崙十二金仙相助。在講史故事裏出現的鄭倫和在世情故事裏出現的李靖同拜西崑崙度厄真人為師，此真人在崑崙山區域久居，卻不在十二金仙之列，也未提及其與闡截二教的關係，應當亦屬於左道之流。

〔註12〕參見胡士瑩：《話本小說概論》上冊，商務印書館，2011年9月版，第328～330頁。

〔註13〕丁耀亢：《續金瓶梅》第四十八回「蓮淨度梅玉出家　瘋子聽骷髏入道」。

〔註14〕詳下。

到了闡截二教相爭的部分，度厄真人的住所變成了九鼎鐵義山八寶雲光洞，同時崑崙十二仙有意避免與度厄真人正面相對。故靈寶大法師在坦承度厄真人是自己的道友後，卻不親自前往借定風珠，反而讓作為凡人的散宜生與晁田前往，說明收服方弼、方相的故事是在以散宜生、晁田為主要角色的演史故事中形成的，在十絕陣中宕開一筆後便回到了演史故事的成說裏面。需要注意的是，「方相」之名來自楚國巫教的神祇「方相氏」，曾侯乙墓中即有其神像。按：曾國即隨國，為楚國的附庸，其文化頗受楚文化影響。雲中子的情況與之類似，源於楚辭《九歌》中的「雲中君」，王逸斷其名為豐隆和屏翳，身份是雷師、雲神及雨師〔註15〕，故在《武王伐紂平話》中其能作為雷震的師父。《有商志傳》及《列國志傳》大概是出於情節的簡化起見，將之與為紂王獻劍的許文素合二為一，故其故事的形成遠早於《封神演義》中的其他神祇，自然屬於左道一流。因此諸仙在破十絕陣、黃河陣的過程裏均不見其人，聞太師兵敗絕龍嶺的時候此人才得以再度出現。值得玩味的是，作為巫教雷神的雲中子竟然用道教的五雷法擊殺了成神前的雷神普化天尊，頗有一些巫教為道教道夫先路的意思，不知是《封神演義》整理者的有意為之抑或無心插柳。但可以肯定的是，《武王伐紂平話》的作者對於楚國的巫教是頗為熟稔的，《封神演義》中關於左道的描繪便來源於這一演史系統，涉及闡、截兩教的則屬於說經文學的演繹，兩個部分各有根本，最終融為同一體系。

（二）《封神演義》中的時序矛盾

《封神演義》的說經與講史兩部互相雜糅，頗難分別清楚，故要探求其故事的來源，不妨以表格的形式將其重大事件羅列清楚。以編年的方式研究小說，有何心的《水滸傳編年》〔註16〕、陽建雄《水滸傳編年補》〔註17〕、魏子雲《金瓶梅編年紀事》〔註18〕、朱一玄《儒林外史故事編年》〔註19〕、秦淮夢《紅樓夢本事編年新探》〔註20〕等，目的在於釐清小說的發展脈絡，分清次序。《封神演義》至今尚未有編年事蹟，筆者不愧雕蟲，按照《封神演義》中的紀年進行編年，編年的依據包括：一、書中明確提到的年代，如第一回：「紂

〔註15〕 見《楚辭章句疏證》。
〔註16〕 何心：《水滸研究》，上海古籍出版社，1985 年 9 月版。
〔註17〕 《菏澤學院學報》，2010 年第一期。
〔註18〕 魏子雲：《金瓶梅編年紀事》，巨流圖書公司，1982 年 7 月版。
〔註19〕 朱一玄、劉毓忱：《儒林外史資料彙編》，南開大學出版社，1998 年 10 月版。
〔註20〕 秦淮夢：《紅樓夢本事編年新探》，中國文聯出版社，2002 年版。

王七年春二月，忽然報到朝歌反了北海七十二路諸侯袁福通等」、第二十九回：「（西伯）亡年九十七歲，後為周文王，時商紂王二十年之仲冬也」等；二、根據書中人物推算，如第三十回「紂王二十一年正月元旦之辰」，紂王逼死黃飛虎妻賈氏，黃天祥時年 7 歲，則第六十回寫黃天祥戰馬元時為 14 歲，則當年應為紂王二十八年，第七十三回，黃天祥戰死，時年 17 歲，則本年應為紂王三十一年；三、根據書中季節推算，第一回女媧認為：「紂王尚有二十八年氣運，不可造次」，則本書結束時間當為紂王三十五年，三月初九日姜文煥抵達孟津，則此前冬天白魚躍舟之時即為紂王三十四年。需要特別說明的是：本編年僅包括小說中的重要事件和重要人物的生卒年，目的在於瞭解事件發展的簡明情況，編年所得即下述表格：

《封神演義》故事編年表

在位帝王	紀　年	事　件	備　註
帝乙	五年	黃飛虎妻賈氏生，姜子牙上崑崙山、時年 32 歲	
	十三年	妲己出生	
	二十年	李靖始當官	
	二十二年	姜氏為立為王後	
	二十四年	殷郊出生	
	二十六年	殷洪出生	
紂王	三年	姜環入費仲府	
	四年	恩州驛出一妖精	
	五年	哪吒得孕於李靖妻殷氏，黃天化生	
	七年	春二月，袁福通等北海七十二路諸侯造反，聞太師奉敕北征	
		三月十四日，商容奏請紂王赴女媧宮降香	
		三月十五日，紂王降香、題淫詩，女媧忿而召三妖	
		約四五月間，費仲提議選美女，為商容勸止	
		是年，黃天祿生	

八年	夏四月，四大諸侯率八百諸侯朝商，蘇護反商	
	五月，姬昌解圍進妲己，紂王寵妲己	
	約六七月間，紂王罷朝	
	約七八月間，雲中子進劍除妖，紂王斬杜元銑、造炮烙，商容去國，紂以炮烙殺梅伯	
	九月，費仲計費姜皇后，晁田、晁雷追殺殷洪、殷郊，楊妃自縊，方弼、方相反朝歌，殷破敗、雷開追趕二王子成功，廣成子、赤精子救助二王子並收其為徒，商容死、年75歲	
	是年，紂炮烙趙啟，四伯侯再入朝歌，西伯燕山收雷震子，紂殺姜桓楚、鄂崇禹，太廟火起，紂囚西伯於羑里，西伯始演卦，黃天化始修道，哪吒生，太乙真人收哪吒為徒	
九年	黃天爵生	
十二年	姜文煥起兵	
十四年	五月，哪吒殺李艮、敖丙、南天門打敖光、以乾坤弓殺碧雲童子、并打彩雲童子，太乙真人殺石磯，四海龍王逼哪吒自刎	以七歲為哪吒虛歲
	約六七月間，哪吒翠屏山顯聖	
	是年，黃天祥生	
十五年	約去年十二月至本年一月，李靖毀哪吒行宮，哪吒現蓮花化身、戰李靖，燃燈降哪吒	此中時間矛盾衝突
	姜子牙下山，娶妻馬氏，收五路神，擺攤算卦	
	擺攤算卦四五月後，遇劉乾	
	遇劉乾後半年火燒琵琶精，子牙於朝歌發跡，同年妲己造蠆盆，膠鬲墜樓，紂造鹿臺，子牙隱磻溪，楊任摘目，子牙休馬氏、送生民出金雞嶺赴西岐	

	伯邑考贖罪、紂殺伯邑考、西伯食子肉、武吉打死王相、獲子牙救助、雷震子顯異象，西伯逃五關	
	九月，西伯吐子	
	是年，竇榮始守遊魂關	
十六年	西伯造靈臺、沼池	
十七年	三月，西伯渭水聘子牙	
十八年	九月，鹿臺完工	
	九月十日，妲己許諾神仙駕臨	
	九月十三日，妲己現身赴狐狸洞商議扮仙赴宴事	
	九月十五日，群妖赴宴，比干殺群狐	
	十一月，胡喜媚見幸，姜文煥打野馬嶺、預備取陳塘關，黃飛虎戰姜文煥，比干摘心，聞仲回朝陳十策、旋即掃平陵王	
十九年	三月，黃飛虎飛鴞打妲己，西伯、子牙進攻崇侯虎	
二十年	十一月，西伯薨、諡為文王，子發立、即武王	
二十一年	正月初一日，紂王戲黃飛虎妻賈氏，賈氏墜樓，黃妃被摔死	第三十回原文作「元旦」，此處以作小說時即明代曆法計算，元旦即正月初一日
	黃飛虎反五關，哪吒救飛虎，飛虎歸周	
約二十四年	晁雷、晁田兵探西岐，張桂芳西征	
約二十五年	姜子牙一上崑崙、遇申公豹、逢柏鑒、五路神，九龍島四聖助張桂芳伐西岐，姜子牙二上崑崙、收龍鬚虎、殺四聖並張桂芳等、魯雄伐周	
	七月，姜子牙冰凍西岐山、斬費仲、尤渾、魔家四將伐周	
二十六年	年中，姜子牙殺魔家四將，聞仲西征、於黃花山收鄧辛張陶，十絕陣	第四十回：「（魔家四將）將近一年，不能成功」
約二十八年	六月，趙公明下山	
	七月，黃河陣	

	八月，絕龍嶺聞仲歸天	
二十八年	鄧九公伐西岐、旋即降周，蘇護伐西岐，呂岳下山，殷洪下山伐周，馬元助殷洪、被擒，殷洪死，蘇護降周	第六十回，黃天祥十四歲
二十八、九年間	張山、李錦伐西岐，羽翼仙下山，燃燈擒羽翼仙，殷郊下山伐周，羅宣火燒西岐城，龍吉公主、李靖救西岐，張山、李錦死，殷郊受犁鋤	
二十九年	六月，洪錦伐西岐、被擒	
三十年	三月，龍吉公主嫁洪錦	第六十七回原文作「三十五年」，顯誤
	三月十五日，金臺拜將	三月十五日又為女媧聖誕
	三月二十四日，周武王起兵	本年當為武王即位第十一年，第六十七回原文屢言「大周十有三年」
	伯夷、叔齊阻兵，孔宣兵阻金雞嶺，高繼能殺黃天化，五嶽聚首、殺高繼能，準提道人收孔宣，姜子牙三路分兵，洪錦夫婦打佳夢關受挫，廣成子殺火靈聖母、三謁碧遊宮，姜子牙奪佳夢關	
三十一年	黃飛虎攻打青龍關受挫，陳奇捉殺鄧九公，丘引殺黃天祥，哼哈二將顯神通，黃飛虎殺陳奇、奪青龍關，丘引逃逸，姜子牙攻汜水關	第七十三回，黃天祥時年十七歲
	六月，楊戩斬余化	
	土行孫盜騎陷身，姜子牙將余化沉於北海，陸壓斬餘元，韓升、韓變被殺，姜子牙取汜水關	
三十二、三十三年	哪吒現八臂，誅仙陣，老子一炁化三清，界牌關徐蓋降周，穿雲關四將被擒，呂岳部署瘟瘟陣，楊任下山破瘟司、殺呂岳等，姜子牙取穿雲關、潼關遇痘神，蘇護等死，楊戩於火雲洞求藥，萬仙陣，申公豹填北海眼，鄧芮二侯歸周主，姜子牙取臨潼，澠池縣張奎殺五嶽、土行孫夫婦，袁洪調兵，姜子牙殺張奎、取澠池	

三十四年	冬，白魚躍周武王龍舟，孟津大會諸侯，袁洪阻兵，紂王敲骨、剖孕婦、囚禁箕子，微子去國，姜子牙捉神荼、鬱壘，楊任死，姜子牙火燒鄔文化，楊戩、哪吒收七怪	
三十五年	金吒智取遊魂關	
	三月初九，東伯侯姜文煥抵達孟津、稍後怒斬殷破敗	
	姜子牙公布紂王十罪、斬妲己，紂王自焚，武王鹿臺散財，姜子牙封神，武王分封諸侯	第一回：「紂王尚有二十八年氣運，不可造次」，至此二十八年整，白魚躍舟等事由此倒推

通過上述表格可以看出，《封神演義》的時序基本明晰，只是三處明顯矛盾：

第一，哪吒出生後的七年與時序完全不符。按：第十一回言西伯有七年之厄，第十九回伯邑考進貢贖罪時正為第七年。然而第十二回哪吒甫出生，至殺李艮、敖丙時為七歲，即便以古人好言虛歲的慣例，此時至少已過六年，加之哪吒死後旬月方才建立廟宇，哪吒據以顯聖，第十四回軍政官對曰：「半年前有一神道在此感應顯聖」，則至少半年後哪吒行宮方才為李靖發現。此後姜子牙事在哪吒與李靖及文王誇官之間，則其從下山到隱居至多在半載的時間。按照第十六回原文：「不覺光陰燃指，四五個月，不見算命掛帖的來」，姜子牙從擺攤至遇見劉乾至少經歷四個月，「不覺光陰似箭，日月如梭，半年以後，遠近聞名」，則其遇琵琶精又過半年。無論如何不能發生於半載之內。況其第十五回寫其自述：「弟子三十二歲上山，如今虛度七十二歲了」，第二十四回寫：「子牙來時，年已八十」，可見其中已過八年，第十五回元始天尊作有關姜子牙命運的偈子：「二四年來窘迫聯，耐心守分且安然」，第二十三回姜子牙自述經歷：「自別崑崙地，俄然二四年，商都榮半載，直諫在君前」，則其離開崑崙確有八年之久，在商都朝歌為官至少半年。其離開崑崙至文王訪賢正為八年，也符合第九十五回「窘迫八年」之說。若刪哪吒之事，則文王被囚之際子牙下山，至文王歸國，整頓一年，則訪子牙時正為八年。且前文寫文王被囚禁於朝歌，後寫子牙赴朝歌，關聯性甚為明顯。哪吒故事的補入則使第十一回後布置：「此話不表，且言乾元山金光洞太乙真人因神仙一千五百年犯了殺戒」云云，第十四回說：「此是哪吒二次出世於陳塘關，後子牙下山，正應文王羑里七載之事」，轉折十分生硬。

　　第二，第六十七回龍吉公主嫁與洪錦時稱：「洪錦與龍吉公主，成了姻親，乃紂王三十五年三月初三日」，但第六十八迴旋即說：「武王與子牙用罷，乘吉日良辰起兵，此正是紂王三十年三月二十四日起兵」，則應為紂王三十年，然則第九十五回稱姜子牙「九三拜將，金臺盟證」，則金臺拜將當為子牙拜相第十三年，正應為紂王三十年，不會為紂王三十五年，洪錦六月伐西岐，當為紂王二十九年之事。

　　第三，武王起兵時每稱「維大周十有三年」，以文王死至武王起兵不過十一年，不當有「十有三年」之誤。但若以文王拜相姜子牙的時節看，此時正當第十三年。宋芸子批評《封神演義》時發現，《封神演義》中每在文王是否稱王、改國號之事上前後牴牾，如第四十二回先寫「茲爾西土，敢行不道，不遵國法，自立為王，有傷國體」，宋芸子旁批：「證文王不稱王」，同回後文：「然子襲父蔭，何為不可」，宋芸子旁批：「此又暗引文王受命稱王，兩存其說」〔註21〕。若以文王拜相子牙即大周元年，則金臺拜將及武王起兵時正為十三年，《封神演義》的最終整理者則為了聖化文王、武王父子做出一定調整，後文詳敘。

　　須特別指明的是，由第一、第二兩條矛盾看出，哪吒與龍吉公主之事的時序與《封神演義》主幹的時序明顯不符，且兩個故事均涉及天宮與昊天上帝，與《封神演義》中主要寫洞府的神仙系統完全不同，應為後起補入的。《封神演義》的主體部分以道教的理想為主，道教主張要人長生，仙即由人飛昇而來，故其居所不宜離人間太遠。其至高境界則為李靖、哪吒等七人「肉身成聖」，僅得到仙體而非如封神榜上的人一樣掌管天地運行的職能，崑崙十二金仙雖被昊天上帝命令稱臣，卻只住在仙山而不入天宮，可見在《封神演義》的語域中並沒有對天宮的崇拜，甚至著意於對天宮世界的淡化，惟獨哪吒與龍吉公主的故事強調天宮的意義，與《封神演義》的主要語域相悖。此外，這兩部分的描寫明顯與《封神演義》的主要人物的設定有所矛盾，如第十二回寫哪吒入天宮時，其布景中有「壽星臺」，但第六十五回卻明確說南極仙翁與「福祿並稱為壽曜」，其人常住崑崙山為元始天尊門下，並不在天宮，可見出哪吒的故事與崑崙十二金仙的故事是完全基於兩種敘事傳統的。但哪吒事中所描摹的天宮又被龍吉公主事中描摹為青鸞斗闕，哪吒事中有龍王，龍吉公主事中即使羅

〔註21〕引文俱見《宋評封神演義》，《中國近代思想家文庫　宋育仁卷》，中國人民大學出版社，2014年12月版，第350頁。

宣火焚西岐，亦不見龍王降臨，可見這兩個故事亦非同一系統。事實上，英雄降龍一事古已有之，史書中有《晉書》中的周處除蛟故事，小說中亦在在有之，較為有名者有《警世通言》中《景陽宮鐵樹鎮妖》寫許遜降龍神的故事，事又見鄧志謨《鐵樹記》，這是中國古代「降妖濟世」主題的小說，與《封神演義》中的神戰主題有著顯著的脫節。相較於其他情節，哪吒部分的故事文人的參與程度更高，如出自《三教源流搜神大全》的石記娘娘在這裡被改名為「石磯」，就是水邊岩石的意思，此詞彙並不常見於說話家的使用，而多出於詩賦，如唐代張旭《桃花溪》：「隱隱飛橋隔野煙，石磯西畔問漁船」，韓愈《送區冊序》：「與之翳嘉林，坐石磯」。哪吒的故事均與水有關，如鬧海、南天門打龍王等，連師父太乙真人的名字也是從「太一生水」化來的，故將石記改為石磯以叶之。

　　黃飛虎反五關為紂王二十一年，晁雷、晁田兵探西岐緊接張桂芳、聞仲之事，約在紂王二十四年，可見黃飛虎造反亦不當為一年之事，只是一有哪吒的內容補入，便年歲不詳。黃飛虎的事蹟橫貫四年、佔據小說中六回，其反五關的行跡完全是按照《三國志演義》中的關羽過五關來設計的。《封神演義》中穿雲關守將陳梧是陳桐兄弟，用欺詐的方式試圖在夜晚殺害黃飛虎，被黃飛虎妻賈氏亡魂示警；《三國志演義》中滎陽太守王植與韓福是兩親家，用欺詐的方式試圖在夜晚殺害關羽，卻被從事胡班示警。兩相比對，則見《封神演義》的作者視黃飛虎為本書書膽，如《三國志演義》中的關羽，將黃飛虎視為《封神演義》中頭等重要的角色。他的兒子黃天祥的年紀被小說敘述得十分清楚，同樣作為少年英雄的哪吒的年歲在伐紂興周的過程裏完全沒有清晰的表述，可見黃天祥也當是小說裏重點塑造的人物。在哪吒甫出生之際即被告知將會成為姜子牙駕下的先行官，但到了金臺拜將之時先行官卻是變成了四人，黃天化為頭隊，哪吒則被列在最後，說明在原有的封神故事中，黃天化是伐紂的先行官，但因為與哪吒故事有明顯的衝突，所以才不得不做此笨拙的處理。我們可以進一步提出假說，《封神演義》故事來源裏至少有一種文本的主角為黃飛虎父子，哪吒則是為了取代黃家兄弟的地位而存在的，故書中不得不安排黃天化救父後即刻回山，只有如此才能使哪吒在黃飛虎歸周一事中正面出場。終《封神演義》之書也未見黃飛虎父子將哪吒以恩公視之，更見得這個部分是後來補入的，哪吒正取代了黃天化的功勞。正因黃飛虎父子戲份過重且為虛構的人物，所以以「按鑒演義」為目的的《列國志傳》

和《有商志傳》的整理者便將他們的故事刪去了，只保留一句「欲亂黃飛虎之妻，君臣倒置」。

且由上表可以看出，凡是此書中寫人事的，時序相對比較明晰，有明顯的春、夏、秋、冬作為斷位，如冬季比干向紂王進獻狐袍，秋季七月姜子牙冰凍西岐山等。但關於神祇的事蹟則完全沒有章法，如明寫聞仲陣亡於紂王二十八年八月，鄧九公伐西岐、蘇護伐西岐，其間包含土行孫事蹟、呂岳下山、殷洪下山伐周、馬元助殷洪等都在四個月之內發生，時空錯亂。哪吒現八臂、誅仙陣、瘟瘟陣、萬仙陣、澠池縣遇張奎等發生在兩年之間，完全看不清季節，且鬥陣密集，同樣令人費解。此外，殷郊、殷洪兄弟明明已被黃飛虎釋放，卻一個留宿軒轅廟，一個留宿商容家，簡直是在等待追兵到來，非要廣成子、赤精子再救二人一次不可，兩人先伐周再助紂的經歷如出一轍，也是通過重複的方式平添出來的。

從上述矛盾可以推斷，《封神演義》的現行版本當是兩個不同版本武王伐紂故事的混合：一個系統是演史的，有明確的時序，以《武王伐紂平話》至《列國志傳》的系統為的本，以黃飛虎父子為主角；另一個系統則是演神仙故事的，時序相對混亂，這個故事裏以神魔鬥法為主，哪吒、楊戩為主角，在這一系統中哪吒的出身源流與龍吉公主的有關故事仍然是後出的，故此尤其矛盾。

二、說經文學的遞進：道教文學的
　　世俗傳播

　　《封神演義》首先是一部講道教神戰的書，書中的正邪兩派分屬闡、截二教，均屬道教的範疇。道教起源東漢，本是為了對抗佛教產生的，故其經典中每多將佛教至高神祇化為道教門徒的作品，如《老子化胡經》之類。《封神演義》繼承了這種傳統，將文殊、普賢、觀音三位大士都命為「道人」，拘留孫佛改名「懼留孫」，皆列為元始天尊門下的十二金仙之一。故此，所謂「闡教」便是「沙門禪教」的縮寫，後者頻見於《西遊記》等書。不過，《封神演義》既以道教人物為主要角色，勢必要補入一些道家的神祇，這些神祇多來自道教對於中國傳統巫教的神祇的整理。按：自佛教西來之前，中國只有巫教即民間信仰，即對自然的原始崇拜，這種崇拜在後續的發展中形成了兩種路徑，一是賦予自然神以人格，形成了巫教的神祇，後來被道教吸收為神，這便是《封神演義》中所謂「闡教」；一是將動物與巫教中的法術即巫術相聯繫，形成了某些圖騰，這便是《封神演義》裏所謂「截教」的來源。周樹人釋「闡」、「截」二教：「『闡教』就是正教；『截』是斷的意思，『截教』或者就是佛教中所謂斷見外道。——總之是受了三教同源的影響，以三教為神，以別教為魔罷了。」〔註1〕巫教講究「為靈是信」，因為中國原始社會是由多圖騰、多文化的部落發展來的，同一作用的神在不同的圖騰文化中存在不同的形態，加之佛教、景教、祆教的傳入，為求思想上的統一，不做信仰上的爭執，所以不拘什麼神祇，

〔註1〕魯迅：《中國小說的歷史的變遷·明小說之兩大主潮》，《魯迅全集》第九卷，
　　　人民文學出版社，2005年11月版，第339頁。

只要靈驗便採信。這便造成了兩個結果：第一、信仰的不統一無法造成統一的宗教，造成了宗教在政治活動裏的缺位——宗教人士固然可以因皇帝的好惡而發揮或正或反的影響，但宗教意志卻始終無法成為政治意志的一部分；第二、宗教不統一卻要政治信仰統一，必然造成思想的統一，這就造成了儒學的獨大，儒家遂取代了國教的地位，佛教等外來宗教則試圖影響儒家的教化，造成後續的兩個結果是：

第一、民間的造神運動。聞一多認為在道教產生之前即有一種思想上具有神秘性、以巫術為形式、並有一定科儀的原始宗教，並將其稱為「古道教」〔註 2〕。但此種假說忽略的前提是佛教在中國之所以得到廣泛傳播乃是由於漢末的瘟疫發生後對於民眾精神的拯救，若在此時已有中國本土根深蒂固的民間宗教，則佛教必無置喙的餘地。何況，中國傳統的巫教又並非是來自統一傳統的，如齊地信仰五行〔註 3〕，楚地信仰太一〔註 4〕，晉則延續了周所代表的中原地區的信仰，即崇尚陰陽八卦〔註 5〕，這自然是難以形成統一的宗教理論和科儀的。但在佛教介入中國思想界後，中國本土巫教要想存續就必須整頓和聯合，這便是道教生發的由來。作為中國本土惟一的民間宗教，要想立足就必須建立起正統性、包容性與同一性。就正統性而言，必須以中國傳統的思想為理論基石，同時又不能以官學的角度對抗，所以這種宗教只好雜糅道家而非儒家的思想以求抗衡，這便是道教必由道家生發的緣故。就包容性而言，則需要盡可能多地維持原有各色巫教的科儀與神祇崇拜，《抱朴子·內篇·金丹》自陳「考覽養性之書，鳩集久視之方，曾所披涉篇卷，以千計矣」，「周旋徐、豫、荊、襄、江、廣數州之間，閱見流移俗道士數百人矣」，「每有異聞，則以為喜。雖見毀笑，不以為戚」，足見其書對當時巫教的整合。後世道教則更將巫教所信仰的仙狐妖異盡數吸收，這便是《封神演義》裏所謂「截教」的來源。截教的領袖「通天教主」即是為靈是信的眾神之王，他的弟子多為「披毛戴角之人，濕生卵化之輩」正是民間所信的仙狐妖異之輩。故所謂「闡教」即是巫教在文明社會的演進，所謂「截教」即巫教在文明社會的遺存，因而「一道傳三友，二教闡截分」即意味著道教與巫教的同

〔註 2〕聞一多：《神話與詩》，北京聯合出版公司，2014 年 1 月版，第 134 頁。

〔註 3〕《史記·曆書》：「是時獨有鄒衍，明於五德之傳」，又《燕召公世家》：「樂毅自魏往，鄒衍自齊往，劇辛自趙往，士爭趨燕。」

〔註 4〕詳下。

〔註 5〕《史記·周本紀》：「西伯蓋即位五十年。其囚羑里，蓋益易之八卦為六十四卦。」

源，是一種很高的學術認識，絕非一般藝人所有的思維，至少應該有一個較為瞭解道教的人做小說的底本才能得出。張政烺先生「疑其必為道家之作」，並提出作者便是陸西星，雖然後一說未必是事實〔註6〕，但當時的成書由道教的人物參與執筆卻是一定的。就同一性而言，既已將巫教進行整合，勢必要形成統一的思想與科儀，於是道教將各派思想刪繁就簡，統一於先秦之際即有的長生術和神仙術。

第二、儒家的宗教化。先是有唐代《五經正義》將儒家的典籍、注釋規範，以求對儒經解釋的統一，再則是宋代理學的誕生中借鑒了不少道教和佛教的思維方式，元代忽必烈自稱為「儒教大宗師」，使其獲得了宗教屬性。儒、釋、道三家仕爭鳴中整合，出現了「二教合流」的終局，三教一統迫使中國民間的神祇逐漸淪為異端，而使神譜逐漸穩定，元朝趙道一作《歷世真仙體道通鑒》，成為神仙宗教志傳的開端，至明朝時乃至出現了道藏本《搜神記》和託名王世貞的《列仙全傳》。《搜神記》本為晉代干寶所作，道藏本據稱為其「善本」，但大段篇落與通行本不同。此書不知出於何時，鑒於萬曆續道藏已經收錄，故其時間至遲不應在萬曆後。前敘三教源流，中講諸神的起源，許多神祇及其關係均來源於是書。如炳靈王為東嶽之子，並講明宋太宗時封東嶽第三子為炳靈公，大中祥符年間方封為炳靈王，故《封神演義》以東嶽黃飛虎之子黃天化為炳靈公並非無據之談。《搜神記》中東嶽有五子一女，《封神演義》中黃飛虎有四子，差強人意。其間又有趙公明、殷郊等人物，記載太乙為天神，雖不以「真人」稱呼他，但也有了《封神演義》裏的一定影子。其後以《搜神記》為藍本，又出現《搜神廣記》、《三教源流搜神大全》等。以下分述。

（一）巫教的遺存

1. 太乙真人的來源：楚國巫教的影響

太乙即太一，出源甚早，源自楚國的巫教。按：東周諸國各有其巫文化，其大略可以分為五種，計為：魏、晉、秦、楚、齊。《史記·封禪書》記載漢高帝劉邦鼎定天下以後，設立「七巫」，計為：梁巫、晉巫、秦巫、荊巫、九天巫、河巫、南山巫，其中代表地域文化的為梁巫、晉巫、秦巫、荊巫，其

〔註6〕雖然《封神演義》認同內丹道並推崇呂洞賓，卻主張禁慾，與陸西星之主張陰陽雙修頗為不同，詳下。

中荊即楚的別稱，梁為魏的別稱。魏本是周成王姬誦分封出的諸侯國，於周惠王十七年（公元前 661 年）為晉國所滅，至周烈王二十三年（公元前 403年）與韓、趙兩國分晉而得以復國。因其滅國未久即被晉國諸侯封與畢萬及其子孫，故其文化得以保存，加之戰國時魏文侯為其霸業起見，對巫術及巫教進行了打擊，如其臣下西門豹治鄴時便將當地的祝巫投入了黃河〔註 7〕，這些都導致了當地的巫術與晉頗有出入，於是劉邦為之別立一巫。又《漢書·地理志下》載陳國「婦人尊貴，好祭祀，用史巫，故其俗巫鬼」，齊國「始桓公兄襄公淫亂，姑姊妹不嫁，於是令國中民家長女不得嫁，名曰『巫兒』，為家主祠，嫁者不利其家，民至今以為俗」，楚國「信巫鬼，重淫祀」。陳、楚二國地緣甚近，陳於春秋之時為楚國所滅，故其受楚文化影響，信之巫鬼，不足為奇。齊國則亦有巫術與巫教，在戰國時便多有神異之言，《莊子·逍遙遊》稱：「《齊諧》者，志怪者也」，《孟子·萬章上》將街談巷語稱為「齊東野語」，《齊詩》有五際之說，《公羊春秋》也是齊學，而多言災異，足見齊國巫術之重。劉邦之所以不為立巫祀，恐怕與項羽有關。《史記·項羽本紀》：「始，楚懷王初封項籍為魯公，及其死，魯最後下，故以魯公禮葬項王穀城」，齊、魯二地相近，文化雖然有異，卻有「齊一變，至於魯；魯一變，至於道」〔註 8〕之說，故齊、魯二地的文化在漢初頗受打擊。由是可知，東周時奉祀巫文化的五國是魏、晉、秦、楚、齊。

在楚國巫教中，太一的地位甚高，屈原《九歌》歌頌九位至尊的神祇，以《東皇太一》為首，從這篇詩作中不難看出太一是楚國巫教中具有人格的最高神祇。其神在戰國後期的影響甚大，乃至中原文化的儒、道兩家都無從迴避，但他們的思想卻是基於人文的，故此預備取消太一的神格，並將之引進自己的哲學範疇。《荀子·禮論》：「凡禮，始乎梲，成乎文，終乎悅校。故至備，情文俱盡；其次，情文代勝；其下復情以歸大一也。天地以合，日月以明，四時以序，星辰以行，江河以流，萬物以昌，好惡以節，喜怒以當，以為下則順，以為上則明，萬變不亂，貳之則喪也。」其中的「大一」就是「太一」，《禮記·禮運》因之〔註 9〕。《呂氏春秋·仲夏紀·大樂》則將太一與《易傳》及《易緯》

〔註 7〕《史記·滑稽列傳》。
〔註 8〕《論語·雍也》。
〔註 9〕《禮記·禮運》的寫作時代當在秦漢之際，為荀子後學所撰，參考范友芳、趙宏偉、康德文：《〈禮運〉篇出於荀子後學考辯——兼談〈禮運〉與〈易傳〉的關係》，《九江師專學報（哲學社會科學版）》，2001 年第 1 期。

所謂之「太極」聯繫在一起：「太一出兩儀，兩儀出陰陽。陰陽變化，一上一下，合而成章。」這是儒家一貫將巫教人文化的故技，一如孔子將「黃帝四面」、「夔一足」等神話強行做人文的解釋。

　　道家則將「太一」理解為《老子》所謂之「一」，如《莊子·天下》稱：「以本為精，以物為粗，以有積為不足，淡然獨與神明居。古之道術有於是者，關尹、老聃聞其風而說之，建之以常無有，主之以太一，以濡弱謙下為表，以虛不毀萬物為實。」《莊子》提及「太一」共有四處，集中見於《徐无鬼》、《列禦寇》及《天下》三篇，此數篇皆戰國後出之文，本不足為訓，當時所謂執「太一」之說者託名老子、關尹亦未可知。又《淮南子·詮言訓》：「一也者，萬物之本也，無敵之道也」，將「道」視為「一」的同構，同書《天文訓》則乾脆說出了「道始於一」的鬼話，完全是與《老子》所謂「道生一，一生二，二生三，三生萬物」〔註10〕的理念是相悖的。但卻符合郭店楚簡《太一生水》一文的邏輯：「太一生水，水反輔太一，是以成天；天反輔太一，是以成地；天地復相輔也，是以成神明」，「下，土也，而謂之地。上，氣也，而謂之天。道亦其字也，青昏其名。」〔註11〕本文與《老子》的矛盾之處在於，《老子》中「道」與「一」、「一」與萬物皆為派生關係，《太一生水》中的太一在創造了水後，又與水生天，與天生地，是一種化育或輔生的關係。在《太一生水》中，「道」與「天」、「地」是同構的，是太一孕育的結果，但《老子》則認為「一」是「道」的派生，並且明確說：「有物昆成，先天地生。寂呵寥呵，獨立而不改，可以為天地母。吾未知其名也，字之曰道。吾強為之名曰大。」〔註12〕強調「道」先於天地存在。事實上，《老子》所謂之「道」與後來理學所謂之「理」頗為相像，「一」則近似於理學家所謂之「氣」，理在氣先，故道能生一，因此《淮南子子》的觀點是不確切的。

　　不過，按照《淮南子》一書所形成的時代，大概也只能做如此解釋。按：漢高帝劉邦所生之沛縣即今江蘇徐州一代，舊屬楚地，韓信、蕭何、樊噲、曹參等開國功臣亦為楚人，故漢代貴族的楚風甚重。劉邦《大風歌》、《鴻鵠歌》都是楚調，劉徹《秋風辭》、《李夫人賦》等亦是模擬自楚辭的口氣而不類於中

〔註10〕帛書《老子》乙本·《德經》第五章。
〔註11〕釋文皆來自李零：《郭店楚簡校讀記（增訂本）》，中國人民大學出版社，2007年8月版，第41～42頁。
〔註12〕帛書《老子》乙本·《道經》第二十五章。

原詩歌的代表《詩經》，此時所重視漢賦正是楚辭的餘韻。《史記‧封禪書》、《漢書‧郊祀志》載武帝劉徹設立兩座太一壇，其一在長安城南，正應屈原「東皇太一」即以太一為東方之神的說法，其二在甘泉宮南，是劉徹祭天的所在，所以儘管劉徹時有「罷黜百家，獨尊儒術」之舉措，但國家卻提以楚國的巫教為根底的巫術，作為漢代淮南王劉安的門客，《淮南子》的作者只得承認太一為至高神及哲學的源頭，不得不對道家的觀點強行做改造了。

此外，「太一」又被星象家重視。《史記‧天官書》：「中宮天極星，其一明者，太一常居也」，張守節《正義》曰：「太一，天帝之別名也」。這是一種非常模糊的講法，可理解成「太一」是天神，天極星則是天神的居所。但成書於戰國時的《石氏星經》卻早已已經將「太一」列作星名，且由於「太」與「天」字的形近，又引出「天一」之說，書中將「天一」與「太一」分為二星，到了劉徹的時代，乾脆將天一和太一併祀為二神〔註13〕。以至於東漢鄭玄在為《易經》作注時竟然附會寫道：「天一生水於北，地二生火於南，天三生木於東，地四生金於西，天五生土於中」，至此已是徹頭徹尾的錯誤了。

由是可以知道，秦漢之際儒、道兩家及星象家們對太一之說的改造可以說是完全失敗的，不但未能將之人文化，反而連自己基本的道理都險些喪失，因此保留在此種文獻中的太一資料實在無以稱引的價值。我們預備研究太一非利用楚國巫教的材料不可，計有：一、出土的文獻材料，如郭店楚簡《太一生水》，二、出土的實物資料，如馬王堆帛書《避兵圖》、湖北荊門「兵避太歲」戈等，三、傳世的巫教歌辭，如《九歌》裏面的《東皇太一》，四、史籍中對巫教的記載，如《史記‧封禪書》、《漢書‧郊祀志》等對於太一祭祀的記載等。

秦漢之交的時候，太一之神的接受極其廣泛，《漢書‧藝文志》有關於太一的作品九種〔註14〕，雖散見於詩賦略、兵書略、數術略、方技略，但其中的歌詩為《泰一雜甘泉壽宮歌詩》，明顯為漢代皇帝赴甘泉宮祭祀太一時的祭辭，兵書略中的《太壹兵法》也是屬於兵陰陽家的分支，總體來說並沒有超出巫術的範疇。然則其地位在漢代地位奇高。亳人謬忌奏請建立太一祠時稱：「天神貴者太一，太一佐曰五帝。」〔註15〕《五帝本紀》是《史記》的開篇之作，即

〔註13〕 《史記‧封禪書》：「古者天子三年壹用太牢祠神三一：天一、地一、太一。」
〔註14〕 《漢書》行文並不同一，又有「泰一」、「泰壹」、「太壹」等寫法。
〔註15〕 《史記‧封禪書》。

在儒家的視野裏，五帝是信史的由來，而其猶在太一之下，自可見太一之地位。故劉徹在甘泉宮南祭祀時，稱太一為「皇天上帝」，后土為「皇地後祇」〔註16〕，皆以至尊的禮儀加以祭祀。故道教建立後不能不對這一傳統巫術中的至高神祇加以重視，張道陵創建五斗米教時「為病者請禱請禱之法，書病人姓名，說服罪之意。作三通，其一上之天，著山上，其一埋之地，其一沉之水，謂之『三官手書』」〔註17〕，即後世道教所謂「天官賜福、地官赦罪、水官解厄」，其中的「水官」正是能夠生水的太一的代表。約略成書於東漢末期的《老子中經》〔註18〕開啟了道教創世神話的塑造，將「上上太一」列為「第一神仙」，也即是後世所謂之創世神，稱其為「道之父也，天地之先也」〔註19〕。

　　不過，誠如葛兆光指出，基於「上位層次文化」，即官僚──士大夫文化與「下位層次文化」即俗文化之間的差異，「使道教的影響也分為兩類，甚至使道教也形成了士大夫道教與民間道教（雖然在組織、流派上並未分開），這是接受者對文化『發出者』的『整合』。六朝時的士人們喜談「三玄」，即《周易》、《老子》、《莊子》。《老子》、《莊子》皆為道家之書，《周易》則取代了傳統巫教典籍的地位。蓋前言託名太一的諸書實在沒有經典化的可能與必要，其他巫教之作亦然，故在秦漢間陰陽五行家及巫教的思想不得不依託於儒、道、兵諸家而作，在儒則為方士及後來的讖緯，在道則為黃老，在兵則為兵家陰陽的一派。對於儒家來說，《周易》無疑是其中哲學化程度最高的著作，故此頗易為陰陽五行家及巫教所附麗。東漢魏伯陽所著《周易參同契》即號稱「大易情性，各如其度。黃老用究，較而可禦。爐火之事，真有所據。三道由一，俱出徑路。」不但將黃老之學引據在儒家思想中，並且將巫教的煉丹法門也代入儒家的六經之首。在此情形下，魏晉玄學出現使《周易》重新歸於哲學的範疇，本質是其實打破了漢代以來的讖緯之學，算得上是儒家的一種自救。同時對於巫教來說，則意味著對其傳統思想的一次系統哲學化的梳理。明乎此，則易知當時的儒家士人勢必無法接受以太一作為創世神的設定。道士們因之不得不再次抬出老子，鼓吹「道家之原，出於老子。其自言

〔註16〕《漢書・郊祀志》。
〔註17〕《三國志・魏志》卷七《張魯傳》裴松之注引《典略》。
〔註18〕今日所見《老子中經》的最早版本收錄於北宋《雲笈七籤》，然則卻被六朝道書如《抱朴子》、《太上靈寶五符序》諸書反覆稱引，故其成書年代當在漢魏之間。
〔註19〕《雲笈七籤》卷十八。

也，先天地生，以資萬類。上處玉京，為神王之宗；下在紫微，為飛仙之主。」〔註20〕其後道教的創世神祇又發生了進一步的變化，但不再與太一有涉，故此不再多為討論了。

漢代以降，太一逐漸恢復了楚國巫教中的神格。馬王堆漢墓《避兵圖》中已見有太一的人格形象，此時的緯書亦將太一人格化。《禮緯含文嘉》：「禮理起於太一，禮事起於遂皇，禮名起於黃帝」，將太一與燧人氏及黃帝相對，足見其為人名無疑。《春秋合誠圖》：「黃帝請問太一長生之道，太乙曰：食飲六甲。」《河圖括地象》：「八年水厄解，歲乃大旱，民無食。禹大衰之，行曠山中，見物如豕人立，呼禹曰：爾禹來，歲大旱，西山土中食，可以正民之飲也。禹歸以問於太乙曰：是何應歌？太乙曰：星星也，人面家身，知人名也。禹乃大發民眾，以食於西山。」〔註21〕或稱其為「太一」，或徑稱之為「太乙」，其言或為長生，或識神物，正是當時巫教所奉的神仙形象。這時的巫教也即是秦漢之交的方士，或闡明陰陽五行之說，或探討天人感應之術，或教人以神仙長生之法。等到東漢道教生發後，巫教的傳統一變而為道教科儀，巫教的神祇一變而為神仙，作為楚國巫教的太一自然被道教吸收。《神農本草經》亦有「太一子」及「太一小子」，神農從之而遍嘗百草，錢寶琮以「小」字為衍文〔註22〕，作為人格神的太一子已與醫藥發生了關係，只是此時的醫藥為巫教中的巫醫之藥，「醫」字的一種異體即為「毉」字，源於巫教中「巫醫合一」的傳統，巫教的長生之法即包括煉製能夠袪病長生、使人康健的仙丹在內。於是太一漸漸與道教的丹藥發生聯繫，《抱朴子‧內篇‧仙藥》列舉長壽不老的「上藥」二十八種，中有一味名為「太乙禹遺糧」。等到內丹道出現後，太乙又聯繫到內丹，託名為呂洞賓所著的內丹學著作即名為《太乙金華宗旨》，皆是其中的應有之義了。

唐代開元間，王希明奉敕編纂《太乙金鏡式經》一部，中有「太一十神」之說，計為：五福、君棋、大遊、小遊、天一、地一、四神、臣棋、民棋、直符〔註23〕，宋太宗時於終南山下築上清太平宮，中便有專祀大遊、小遊、五

〔註20〕《魏書‧釋老志》。

〔註21〕引文俱見（日）安居香山、中村璋八輯《緯書集成》，河北人民出版社，1994年12月版。

〔註22〕李儼、錢寶琮：《李儼錢寶琮科學史全集》第9卷，遼寧教育出版社，1998年12月版，第222頁。

〔註23〕「棋」字當作「基」字，避唐玄宗李隆基之諱改。

福、四太乙的神殿〔註24〕，以上諸神中最受重視的當推其中的五福太一，神宗時在京師設立東、中、西太一宮各一處〔註25〕，亦可見太乙諸神的地位。由是，太乙諸神被賦予了至高無上的神力，《太平廣記》卷二百九十八載：三公子強搶民女，聽說太一直符來到，當即釋放被俘之女子盧氏，太乙諸神的震懾能力可見一斑。或許正是基於這個緣故，太乙諸神也漸次向救苦的神祇轉化。至遲成書於北宋時的《太乙救苦護身妙經》〔註26〕已將之稱為「太乙救苦天尊」，並稱他是「東方長樂世界」的「大慈仁者」。無論是眾生「時遭疾疫，病痛纏綿」、「父母師資，六親不和，兄弟乖疏」，抑或是君王「朝生叛臣，兵火作亂，風雨不調，萬民塗炭，怨地尤天」都可以念太乙救苦天尊之名號以求平安。這部道經無疑是回應六朝時《救苦觀世音經》而作〔註27〕，並附會以「水官解厄」的太一神格形象。經文中太乙救苦天尊的化身之一即為「一女子，身著火錦襯衣，披髮跣足，躡於蓮花，手執金劍，圓光照耀，九頭獅子，口吐火焰」，與佛教造像中的魚籃觀音相近，獅子來源於佛教獅子座，中土素無獅子，自然沒有成為太乙坐騎的可能，「九」則是楚地巫教中對神的稱呼〔註28〕，這裡將之具象化為數字，是巫教對佛教法相的改造。其信眾需要「常於淨室中，焚香禮拜，柳枝淨水，時花藥苗，如法供養」，柳枝淨水即來自習見的觀音造像中的法器。《西遊記》中以太乙救苦天尊的坐騎為「九靈元聖」正是本此而來。《封神演義》稱他為「太乙真人」，作為哪吒的師父，只是藉重了他的名諱，故事與形象則與道教的救苦天尊完全無涉了。

澶淵之盟後，宋真宗為加強自身的權威而崇尚天書符籙，宋代漸漸有了對道教科儀的崇尚。南宋陸游《老學庵筆記》卷九：「天禧中，以王捷所作金寶牌賜天下。至宣和末，又以方士劉知常所煉金輪頒之天下神霄宮，名曰神霄寶輪。知常言其法以水煉之成金，可鎮分野兵饑之災。時宣和七年秋也，遣使押賜天下。太常方下奉安寶輪儀制，而虜寇已渡矣。」在這種文化傳統下，加之以對五福太一及太乙救苦天尊的信奉，「太乙」又被命名為一種巫術

〔註24〕 《宋朝事實》卷七。

〔註25〕 《容齋隨筆·容齋三筆》卷七。

〔註26〕 此書今見於《正統道藏》的「洞玄部」，但已被成書於北宋徽宗時的《秘書省續編到四庫闕書目》的著錄，故成書至遲當在宋代。

〔註27〕 一名《高王觀世音經》，今有西魏大統十三年都邑主杜照賢、維那杜慧進等十三人斥資所造刻有此部經文的石碑存世。

〔註28〕 楚地巫教中的大首領死後為神，稱為「九」，《九歌》之意即為《祖神之歌》，見楊義：《屈子楚辭還原》，中國社會科學出版社，2016年7月版，第434頁。

流傳於世，南宋秦九韶《數書九章・自序》：「今數術之書尚三十餘家，天象歷度謂之綴術，太乙壬甲謂之三式，皆日內算，言其秘也。」故此因此在民間看來，太乙並非是依照正規道教修行而成仙的〔註29〕，如《西遊記》中數次稱孫悟空是「太乙散仙」或「太乙金仙」，其成色遠不如神仙或地仙為貴，福祿壽三星對他說，「你雖得了天仙，還是太乙散數，未入真流」〔註30〕。

此外，金代道士蕭抱珍創建太一教，傳習太一三元法籙之術〔註31〕，已經非常接近從前的巫教了，但卻因金代統治者的重視，「聲教大振，門徒增盛，東漸於海矣」〔註32〕。太一教雖是道教的別門，卻因側重於巫術的傳承而被民間視為另一種宗教。《金瓶梅》第三十九回孟玉樓抱弄官哥兒時說道：「穿著這衣服，就是個小道士兒。」被潘金蓮奪白：「什麼小道士兒，倒好像個小太乙兒！」儘管這裡的「太乙」有影射官哥兒為蔣竹山之子的意思〔註33〕，但也說明了在民間意識中太一教與正統的道教仍是有差別的，且這一差別恐怕不亞於太乙散仙與真流的差距。

2. 從龍與龍王：佛、道兩教對傳統巫術的改造

在中國所習見的群神中，龍王的存在極為特殊。因為龍王是惟一保留了獸類特徵的神祇，其餘瑞獸或成為神仙的坐騎，如麒麟、青獅；或成為純粹的圖騰而入神譜，如貔貅及二十八星宿；或漸次脫離獸類特徵轉而為人身，如玄武大帝即清代以後所謂之真武大帝，其出源雖是楚文化中「天龜水神」的圖騰，卻已在長期的文化中人格化，曲阜漢墓畫像已有羽人馭龜玄武像，北齊崔芬墓室北壁亦有人身玄武像。在民間傳說中，玄武乃玉帝的魂魄所化，事見《北遊記》。其餘無論是否為瑞獸，只要修得人身皆為妖。惟有龍非但是神，且有王位。

龍作為一種圖騰存在出源甚早，距今六千年前的仰韶遺址中便有龍的形象。《說文》段注說龍從「辛」部，從甲骨文來看，「龍」、「鳳」、「帝」、「辛」、「童」、「姜」諸字字首皆有「辛」形。

〔註29〕 《西遊記》中的太乙散仙共有兩種修行方式，一種是服食丹藥，如孫悟空吃太上老君所煉就的仙丹，另一種則是女怪所冀求的，通過與唐僧的交媾獲得太乙散仙的仙體。
〔註30〕 《西遊記》第二十六回。
〔註31〕 《元史・釋老志》。
〔註32〕 《秋澗集》卷四十七。
〔註33〕 蔣竹山被尊稱為「蔣太醫」，「太醫」與「太乙」音近。

「龍」拾 5.5 合 6631

「鳳」鐵 55.3

「帝」甲 779 合 30298 無名組

「辛」鐵 164.4 合 12392

「童」屯 650

「妾」拾 1.8 合 2386

　　《說文》釋「辛」字：「辠也，從干二。二，古文『上』字。」段注曰：
「辠，犯法也」，「干上是犯法也」。此解僅在「童」、「妾」二字的今文含義中
說得通，故《說文》亦僅將「童」、「妾」二字列入「辛」部之下，其餘諸字則
分別置於「龍」、「鳥」、「⊥」、「辛」各部之卜。但若仔細分析這些甲骨文的字
形與字義，則發現諸字皆與天文或天象有關。龍、鳳二字本為圖騰，自不必多
論。「帝」原有神明之意，《白虎通德論》釋「帝」字：「合天者稱帝」，《尚書
正義‧堯典》孔穎達疏：「帝者，天之一名，所以名帝」。《莊子‧大宗師》：「神
鬼神帝」，將「帝」與「鬼」二字相對，若「鬼」可以按照《說文》釋為「人
所歸為鬼」，即魂魄寂滅的意思，那麼「神」便可以理解為魂魄達於上天，得
到昇華之意。「辛」本為天干之一，《皇極經世書》說：「十干，天也」，「干」
本就是天干的意思，「二」則通「上」，故「從干二」的「辛」字只能取「上達
於天」的含義。「辛」與「辛」僅一畫之差，即為天干之正位，所以《爾雅‧
釋天》才有「太歲在辛曰重光，月在辛曰塞」的說法。至於「童」、「妾」兩字

雖確有奴隸的含義，但應係後世假借之用。《山海經》多次提及顓頊之子稱為
「耆童」或「老童」〔註34〕，並提及當時的有巫教之國名為「雨師妾」〔註35〕。
可見「童」、「妾」之屬皆與神或巫有關，亦足以反證「辛」部本為「達於上天」
之意，從此部者亦即有神跡之人或物。

「王」鐵 132.1 合 5079　　「商」甲 3690 合 36535 無名黃間　　「龍」前 2.24.8

　　由是可知，「王」字即「辛」字的反向，「辛」為將人的意志或魂魄上達
於天，「王」即代天施政，將上天的旨意下達於人間之人。故《說文》引注
董仲舒所謂「三者，天、地、人也，而參通之者王也」固是牽強附會，林澐
所謂「象斧鉞之形」〔註36〕更是望文生義，「王」字的本義應即是中國巫教
時代代行巫術的最高教主，故商人的最高領袖改變了夏代稱「后」的習慣而
稱為「王」。商人重巫，國名「商」字亦在「辛」部，《說文》斷它從「冏」
部，然則目前未發現「冏」的甲骨文及金文的寫法，其下從「凵」，與「口」
字相近，卻為祭祀所用器具，凡從「凵」部的無一不與祭祀有關，諸如「合」、
「品」、「區」、「古」、「告」等〔註37〕，故商民族即能在祭祀中上達於天的民
族，亦即具有巫教崇尚的民族。至於「龍」字，則更接近於「辛」與「蟲」

〔註34〕 如《山海經‧西山經》：「又西一百九十里曰騩山，其上多玉而無石，神耆童居
之，其音常如鍾磬，其下多積蛇。」郭璞注：「耆童，老童，顓頊之子」；《大
荒西經》：「顓頊生老童」，郭注：「《世本》云：顓頊娶於騰墳氏，謂之女祿，
產老童也」等。

〔註35〕 《山海經‧海外東經》：「雨師妾在其北，其為人黑，兩手各操一蛇，左耳有青
蛇，右耳有赤蛇。」郭注：「一曰在十日北，為人黑身人面，各操一龜。」

〔註36〕 林澐：《說王》，見氏著《林澐學術文集》，中國大百科全書出版社，1998 年 12
月版，第 1 頁。

〔註37〕 （日）落合淳思著，劉幸、張浩譯《甲骨文小字典》，北京聯合出版公司，2018
年 8 月版，第 147～149 頁。

二字的結合。甘肅放馬灘秦簡《日書》即稱龍為「辰虫」，《韓非子・說難》亦稱「龍之為虫」，這裡的「虫」非簡化後的「蟲」字，而是「虺」的本字。《說文》釋「虫」：「一名蝮，博三寸，首大如擘指。象其臥形。物之微細，或行，或毛，或贏，或介，或鱗，以蟲為象。」釋「龍」字：「鱗蟲之長。能幽，能明，能細，能巨，能短，能長。」二者相似之處一望而知，郭璞認為魏晉時的蝮蛇已非《爾雅》中所謂之蝮蛇。按：《爾雅》所謂蝮蛇應即騰蛇，一名「螣蛇」，《韓非子・難勢》將騰蛇與龍並稱，曰：「飛龍乘雲，騰蛇乘霧」。又《左傳・襄公二十一年》：「余懼其生龍蛇以禍女」，《易傳・繫辭下》：「尺蠖之屈，以求信也；龍蛇之蟄，以存身也」，亦將龍與蛇並稱，足見龍與騰蛇應均係蛇的圖騰化形象。將生物圖騰化本是遠古時期的定式，如鳳凰之說本自楚國巫教中的玄鳥，《九章・思美人》：「高辛之靈盛兮，遭玄鳥而致詒」，《離騷》：「鳳皇既受詒兮，恐高辛之先我」，可見鳳凰本是玄鳥之象。但受到五行家的影響，時人因楚國居南而將玄鳥改為朱雀，以匹配五行之顏色，《墨子・非攻下》：「赤鳥銜珪，降周之岐社，曰：『天命周文王伐殷有國。』」這便是後來所謂「鳳鳴岐山」的最初樣貌，「赤」即「朱」，「鳥」即「雀」。又如麒麟本是鹿的圖騰化形象，《說文》釋「麟」字：「大牝鹿也」。熊的圖騰化形象為「能」，《說文》：「熊屬。足似鹿。從肉目聲。能獸堅中，故稱賢能」。

作為蛇的圖騰化形象，龍以其身形頎長而為人所共知。故自然中的頎長現象均被賦予了龍的聯想，諸如雷電〔註38〕、長虹〔註39〕、陸地及海上的颶風〔註40〕等。由是龍遂成為能夠通於天、地、海三界的神祇，因其來源身份的不同，又會產生龍之間的戰鬥，《易經・坤》：「龍戰於野，其血玄黃」，玄即天龍之色，黃即土龍之色。人們亦將對自然的征服寄託在對龍的降服上，於是有了劉累豢龍〔註41〕、支離益屠龍〔註42〕等說法。不過，隨著帝制的出現，趙政自神其人，稱為「始皇帝」。按：皇、帝二字皆上古神號，《說文》釋「始」字：

〔註38〕 《山海經・海內東經》：「雷澤中有雷神，龍身而人頭，鼓其腹，在吳西。」
〔註39〕 《字彙補》：「宛虹，龍也。」
〔註40〕 陸游《龍掛》：「成都六月天大風，發屋動地聲勢雄。黑雲崔嵬鬼行風中，漂如鬼神塞虛空，露霧進火射地紅。上帝有命起伏龍，龍尾不卷電天東。壯哉雨點車軸同，山摧江溢路不通，連根拔出千尺松。未言為人作年豐，偉觀一洗芥蒂胸。」古人稱席地而起的颶風為「龍掛」，即今世所謂之「龍捲風」。
〔註41〕 《左傳・昭公二十九年》。
〔註42〕 《莊子・列禦寇》。

「女之初也」，也即是最初之意。當時的人們不敢直斥始皇，乃將「始」字換為同義的「祖」字，將「皇帝」轉變為同樣有神明象徵的「龍」，製造讖語說「今年祖龍死」〔註43〕。逮及劉邦即位，為漢高帝，或許受到劉累傳說的影響，因而塑造了母親劉媼與龍交配而孕的出身神話。自此以後，龍即成為帝王的象徵，其原本作為自然神的象徵應需降服的邪靈形象則被蛟繼承。《說文》成書於漢代，故稱蛟為「龍之屬也」，但在《山海經·中山經》卻說蛟「似蛇而四腳，小頭細頸，頸有白嬰，大者十數圍，卵如一二石甕，能吞人」，與龍本是不同的生物，亦不生活於海中，其能吞人卻不能通過行雲布雨為人間造成災難。但隨著漢代成說的推廣，龍與蛟漸漸成為了正邪的關係，周處斬蛟而成為勇士〔註44〕，周邯斬龍而最終為龍所啗〔註45〕。

佛教傳入中原後，又產生了「龍王」之說，即賦予了圖騰以神格。梵文中的 Nāga 與中國圖騰之龍本非同一物種，其神本來自印度教，見諸《摩訶婆羅多》等書，譯者因其與中國本土之龍不同，故譯為「龍蛇」〔註46〕。佛教建立後，以其為灌浴釋迦摩尼的護法神，如《修行本起經》：「有龍王兄弟，一名迦羅，二名欝迦羅。左雨溫水，右雨冷泉，釋梵摩持天衣裹之，天雨花香，彈琴鼓樂，薰香燒香，搗香澤香，虛空側塞」；《普曜經》：「天帝釋梵忽然來下，雜名香水洗浴菩薩，九龍在上而下香水，洗浴聖尊，洗浴竟已身心清淨」；《過去現在因果經》：「時四天王即以天繒接太子身，置寶機上，難陀龍王、憂波難陀龍王於虛空中吐清淨水，一溫一涼，灌太子身」等。此時即有「龍王」之說，後有八部天龍，龍於八大護法神中排第二位。及佛教初入中原之際，力求以自身的教義征服中國，故以排他的視角視龍王為外道，漸次有了作祟於海中的神格。《洛陽伽藍記》三次提到龍王，一則為波斯國境中有毒龍降災，「夏喜暴雨，冬則積雪，行人由之，多致艱難，雪有白光照耀人眼，令人閉目，茫然無見。祭祀龍王，然後平復」，一則記如來在烏場國行化，「龍王嗔怒，興大風雨」，打濕如來袈裟之事，一則記「龍王每作神變，國王祈請以金玉珍寶投之池中」〔註47〕。或阻礙佛祖修行，或擾亂民生，皆與其

〔註43〕《史記·秦始皇本紀》。
〔註44〕《晉書·周處傳》。
〔註45〕《太平廣記·周邯處士》。
〔註46〕（印）毗耶娑著，金克木等譯：《摩訶婆羅多 印度古代史詩》，中國社會科學出版社，2005 年 12 月版。
〔註47〕引文均見《洛陽伽藍記》卷五。

他佛經中的外道等量齊觀。或許正是因為如此，龍王遂成為了海主，逐漸取代了中國傳統巫教中的諸河的水神，《敦煌變文新書》卷二載宋人趙彥衛之說：「自釋氏書入中土，有龍王之說而河伯無聞矣」。河伯名馮夷，是傳統巫教中黃河流域的大神，此外，中國各主要河流皆有其神祇，《九歌》中除河伯之外，水神尚有湘君、湘夫人，連雲中君也被清代學者視為雲夢澤的水神〔註48〕。河南洛水中有洛伯，此說發源於戰國時，其神格有男女之分〔註49〕，至漢魏之交仍發生很大影響，曹植《洛神賦》即援此傳說而作。在龍王之說興起後，這些水神漸次皆被龍王代替了，非獨馮夷為是。

　　如果說佛經中「龍王」之「王」尚不過取統帥之意，龍宮的出現則意味著龍王由神祇向世俗王權的代表的形象轉化，《太平廣記》中「龍宮」的出現有十次之多，其言龍宮「朱門大第，牆宇甚峻」〔註50〕、「龍宮狀如佛寺所圖天宮，光明迭激，目不能視」〔註51〕、「寶物莊嚴飾宮殿」〔註52〕、「周圍四五里，下有青泥至膝，有宮室門闕。龍以氣闢水，霏如輕霧，晝夜光明。遇守門小蛟龍，張鱗奮爪拒之，不得入」、「守門小蛟聞蠟氣，俯伏不敢動。乃以燒燕百事略之，令其通問。以其上上者獻龍女，龍女食之大嘉」〔註53〕、「四五人命升殿念金剛經，與珠寶數十事」〔註54〕、「有仙方三十首」〔註55〕等，不但宮殿富麗壯觀，且其間人物等級森嚴，儼然人間帝王氣度。無怪乎此，畢竟佛教之龍地位雖極低，而中國本土龍圖騰的地位卻奇高。道教創立者張道陵曾於太平山修道煉丹，「丹成而龍虎見」〔註56〕，於是改名為龍虎山。此是史實抑或明人託作，無法深究，但因為山名的關係，道教將龍、虎二祥瑞與丹道聯繫在一起卻是不爭的事實。於外丹來說，虎為坎，龍為離；於內丹來說，虎為腎，龍為心。故內丹道強調降龍伏虎，實是引導心火下降、腎水上潤，以交會煉成

〔註48〕　徐文靖：《管城碩記》。
〔註49〕　《水經注・洛水》引《竹書紀年》：「洛伯用與河伯馮夷鬥」，此中「伯」似有「霸」之意，為男性神格無疑；楚辭《天問》：「帝降夷羿，革孽夏民。胡射夫河伯，而妻彼雒嬪？」「雒」通「洛」，其稱為「嬪」而為夷羿所妻，可見其為女性神格。
〔註50〕　《太平廣記・李靖》。
〔註51〕　《太平廣記・長鬚國》。
〔註52〕　《太平廣記・俱名國》。
〔註53〕　以上兩則見《太平廣記・震澤洞》。
〔註54〕　《太平廣記・任自信》。
〔註55〕　《太平廣記・孫思邈》。
〔註56〕　張正常：《漢天師世家》卷一。

內丹的意思。此說影響甚大，以至於明代塑造十八羅漢時，不得不將多出的兩位定名為降龍羅漢和伏虎羅漢〔註57〕。道教的應對之策即利用說經文學將「降龍伏虎」四字具象化為道教降魔故事，元雜劇《張生煮海》，小說《西遊記》孫悟空龍宮奪寶、《八仙全傳》八仙過海、《封神演義》哪吒鬧海等出現皆是出於此種文化情結的。

3. 妲己妖狐形象的來源與演變

妲己本是殷代末帝受辛之妃〔註58〕，《荀子·解蔽》說：「紂蔽於妲己、飛廉，而不知微子啟，以惑其心，而亂其行」。又《呂氏春秋·先識覽》：「妲己為政，賞罰無方，不用法式，殺三不辜，民大不服。守法之臣，出奔周國。」可知至遲自戰國，便已將殷商亡國的責任委諸妲己。《史記·殷本紀》也說：「（紂）好酒淫樂，嬖於婦人。愛妲己，妲己之言是從。」妲己由是便成為了殷商亡國的罪因，並與褒姒一道成為「女禍」的代表，僅《全唐詩》中就有李白《雪讒詩贈友人》：「妲己滅紂，褒女惑周」，杜甫《北征》：「不聞夏殷衰，中自誅褒妲」，白居易《古冢狐——戒豔色也》：「何況褒妲之色善蠱惑，能喪人家覆人國」等例。值得注意的是，白居易的這首《古冢狐》是率先將妲己、褒姒的故事與妖狐的故事聯繫起來的，但其並未直言妲己或褒姒即為妖狐，只是說二者與妖狐均有「色善蠱惑」的共性而已。

按：先秦時代，狐本是圖騰的一種，屈原《天問》即言：「浞娶純狐」，純狐當即以狐為圖騰的部落。蔣驥《山帶閣注楚辭》引《湘煙錄》稱：「嫦娥，小字純狐」，這當然是不足採信的。《湘煙錄》為名人閔元京、凌義渠舅甥同撰，四庫館臣稱此書：「捃拾無根」，並舉例說：「杜甫『舊雨』、『今雨』之語見於本集，原非僻書，而注曰《六帖》，不知白居易《六帖》無唐事，有唐事者乃宋孔傳《續六帖》，是既已疏漏，且復舛誤。」故這種孤證實在不可援引。聞一多訓「純」為「玄」字〔註59〕，即《山海經》所謂之「玄狐」。嫦娥之神話

〔註57〕 佛教原有十六羅漢之說，後因唐皇室姓李，可拆解為「十八子」，重十八之數，佛教將其羅漢數量調整為十八人，但最初多出來的兩位羅漢或被認為是迦葉和軍徒缽歎，或被認為是慶友和賓頭盧，直至明萬曆刻本《羅漢傳》始以「降龍羅漢」、「伏虎羅漢」稱之。

〔註58〕 夏商時期「后」為君主之稱，君主的正妻稱「妃」，李鼎祚《周易集解》引《白虎通德論》佚文：「商以前皆曰妃，周始立后，正嫡曰王后」。

〔註59〕 聞一多：《天問疏證》，孔黨伯、袁謇正主編：《聞一多全集》第五卷《楚辭編·樂府詩編》，湖南人民出版社，1994 年 1 月版，第 577 頁。

最早可見於王家臺秦簡《歸藏》中，為中原傳說，與楚地盛行的傳說並不相同。前文已然指出楚地文化與中原文化、齊國文化之不同，閔氏舅甥不懂得傳說別脈的不同，強行附會，以至於有此之誤。又《藝文類聚》卷九十九引《呂氏春秋》佚文：「禹年三十未娶，行塗山，恐時暮失嗣，辭曰：吾之娶，必有應也，乃有白狐九尾而造於禹……於是娶塗山女」〔註60〕，白狐即塗山氏的象徵，上古即有人狐相戀的神話，於此得之。而塗山氏之傳說影響猶大，故後代說部屢稱妖狐或仙狐為「塗山氏之苗裔」〔註61〕，稱塗山氏為仙狐的「祖德」〔註62〕。狐為妖獸至遲不晚於秦漢時期，《說文》即言：「祆獸也，鬼所乘之」，將「狐」與「鬼」並稱，同書釋「鬼」字：「人所歸為鬼」，《論語·為政》：「非其鬼而祭之，諂也」，死去的先祖即為鬼，而所謂「鬼所乘之」，便是溝通生者與死者的靈媒。

《說文》又說，狐「有三德：其色中和，小前大後，死則丘首」──「其色中和」即毛色為土色，與人之膚色相近；《廣韻》引此句，將「小前大後」寫作「小前豐後」，即頭小而臀大，利於生養，《白虎通德論》進一步說：「於尾者何？明後當盛也」，可見狐的尾大應象徵為子嗣的繁衍，古人對狐的崇拜亦本於生殖崇拜；死則丘首即不忘故鄉，《白虎通德論》又說：「狐死首丘，不忘本也」，本即樹根，亦即不忘先祖的意思。而先祖崇拜亦以子嗣繁衍為最大〔註63〕，故狐最終被定義為生殖崇拜的靈物。

東漢之際，狐由生殖崇拜的靈媒進一步發展為淫獸。《詩經·衛風·有狐》喻齊襄公為雄狐，鄭玄《毛詩正義》：「喻襄公居人君之尊，而為淫泆之行，其威儀可恥惡如狐」。人類將濫淫視為獸行和獸性，象徵生殖之獸自然為淫獸。東漢末年，瘟疫大興，道教乘勢而起，民間對歸人的思念轉換為對長生的迷戀，而狐作為靈媒，亦成為長生的代表。東晉郭璞《玄中記》說：「狐五十歲能變化為婦人，百歲為美女；千歲之狐為淫婦為神巫；能知千里外事；善蠱魅，使人迷惑失智。千歲即與天通為天狐。」狐既為淫獸，又有修行之身，加之古人

〔註60〕 同一佚文亦見《北堂書鈔》第一〇六卷、《太平御覽》第五百七十一卷所引。

〔註61〕 《聊齋誌異》卷一《青鳳》、《螢窗異草》之《鹽梅》、《壺天錄》卷下、《淞濱瑣話》卷四《皇甫更生》等。

〔註62〕 《諧鐸》卷一《狐媚》，以上三條俱見李建國《中國狐文化》所引述。

〔註63〕 《孟子·離婁上》：「孟子曰：「不孝有三，無後為大。」趙岐注：「於禮有不孝者三事，謂阿意曲從，陷親不義，一不孝也。家窮親老，不為祿仕，二不孝也。不娶無子，絕先祖祀，三不孝也。三者之中，無後為大。」

本有「陰陽配合」〔註64〕之成說，又有密教雙修之法的東來，所以到了唐時妖狐吸人精血而修道的說法便已興盛。唐傳奇內多有妖狐幻化成青年男女，或奪少年精魄，或去淫人妻女〔註65〕。要做到這一點，「色善蠱惑」便是妖狐的不二之選，故又稱女人善取悅於人為「狐媚」。狐妖既以房中術攝男精，歷史上所謂的「女禍」則是攝取國家的元氣，故白居易將歷史上的「女禍」姐己或褒姒擬之為妖狐實是象徵中應有之義。

《武王伐紂平話》即取義於此，言：「二聲鼓響，於小白旗下，劊子手待斬姐己。姐己回首戲劊子，用千嬌百媚妖眼戲之，劊子墜刀於地，不忍殺之。」而《封神演義》則對姐己的狐媚有了更進一步的刻畫，第二十五回寫姐己為了推薦胡喜媚進宮，「將面上妖容撤去，比平常嬌媚不過十分中一二——大抵往日如牡丹初綻，芍藥迎風，梨花帶雨，海棠醉日，豔冶非常」，可見其平日善以妖容取悅於紂王。

不過，白居易之詩並未將姐己與妖狐等同，而歷史上，狐在商周之際的歷史中顯露身影則至遲不晚於西漢。西漢王褒《四子講德論》即有「昔文王應九尾狐，而東夷歸周」的說法，六臣注引《春秋元命苞》曰：「天命文王以九尾狐」〔註66〕。此外，《藝文類聚》第九十九卷引《尚書大傳》：「文王拘羑里，散宜生之西海之濱，取白狐青翰獻紂，紂大悅」，注引《六韜》「得青狐」及班固《幽通賦》注「散宜生至吳，得九尾狐，以獻紂也。」此間已存在兩種說法：（一）九尾狐為周文王興盛的瑞獸，九尾狐現而東夷歸，商代的東夷大約就是淮夷〔註67〕，按譚其驤《中國歷史地圖集》，周的領土大約在今日的陝西，商的領土大約在今日的河南及山東，淮夷的領土大約在今日的安徽及江蘇〔註68〕，東夷來歸，即於其宿仇商形成了夾擊之勢。（二）文王囚禁期間，散宜生求白色或青色九尾狐以獻於紂，紂大悅。這兩個故事中，前者狐為祥瑞，後者為瑞獸，均非妖狐，更與姐己無涉。

據李建國考證，首先將姐己與九尾狐聯繫到一起的是日本《本朝繼文粹》

〔註64〕見《周易參同契》。

〔註65〕凡此種，《太平廣記》多有引據，見李建國：《中國狐文化》，人民文學出版社，2002年6月版，第92～96頁所引，茲不贅錄。

〔註66〕以上兩條見《文選》第五十卷。

〔註67〕見陳夢家《殷虛卜辭綜述》，科學出版社，1956年7月版，第305頁。

〔註68〕譚其驤：《中國歷史地圖集》第一冊，中國地圖出版社，2012年1月版，第13～14頁。

卷十一江大府卿《狐媚記》：「殷之妲己為九尾狐」，此書所記為日本康和三年事，即中國北宋徽宗建中靖國元年，李建國先生以此判斷，「至遲在北宋末年已有妲己為九尾狐之說，並流傳至日本」〔註69〕。成書於元代的《武王伐紂平話》是最早稱妲己為妖狐的著作，其中蘇護進女、妲己為妖狐攝魄、許文素進劍除妖等已有今本《封神演義》第一、四、五三回的影子，命百邑考撫琴並招致百邑考辱罵與今本《封神演義》中第十一回內容類同，而其建摘星臺為請妖赴宴、比干因滅妖狐滿門而招致摘心之禍則與今本《封神演義》中第二十五回、第二十六回內容相似，朝歌城破妲己以妖術脫身，被斬時使用狐媚則與今本《封神演義》第九十六、九十七回相若。為數不多的差異是《武王伐紂平話》中妲己並未挑逗百邑考，而南燕工黃飛虎之妻被調戲亦與妲己無關。

值得玩味的是，今本《封神演義》中明確寫妲己為妖狐的只有第一、四、五、十一、二十五、二十六、九十六、九十七回以及被黃飛虎之金眼神鷹抓傷面頰的第二十八回，因此可以想見，上述九回完全脫胎於《武王伐紂平話》，是可以獨立成一個完整故事的。作為妖狐的妲己既沒有介入道家的闡、截之爭，也沒有延請她的道友為武王伐紂製造任何阻礙，其所專營的僅有禍主以及妖狐的身份被識破後殺伯邑考、比干、賈氏、黃妃並逼反黃飛虎而已。故關於妲己是妖狐的故事，亦即《封神演義》故事來源中的左道故事。

在《封神演義》中，妲己共有「妖妃」與「妖狐」兩種形象。「妖妃」出自第十回姜桓楚奏章及第九十五回姜子牙十罪檄文，所謂「妖」者並非指其身份為妖怪，而是指其亂政而殘忍。在《武王伐紂平話》中，妲己殺姜皇后，造炮烙、薑盆，逼迫紂王殺子、殺比干，剖孕婦、敲骨髓，頗失人道，而《封神演義》中則進一步寫其殺杜元銑、炮烙梅伯的殘忍之行，強化了妲己個性中的殘忍。「妖狐」則出於第二十五回及第五十二回回前詩，整理者寫其妖狐的個性時，則主要突出了她的淫和獸性。

前已言之，狐本為淫獸之象徵，但《封神演義》卻並未按照一般的妖狐形象塑造妲己。萬曆末馮夢龍改訂的四十回本《三遂平妖傳》第十五回稱妲己「百般妖媚，哄弄紂王」，萬曆本《金瓶梅詞話》第二十九回說「如今這一家子亂世為王，九條尾狐狸精出世了，把昏君禍亂的貶子休妻」，用的也是妲己魅惑紂王的典故，但《封神演義》中對此卻少有渲染。狐為淫獸，故《封神演義》

〔註69〕李建國：《中國狐文化》，人民文學出版社，2002年6月版，第151頁。

中妲己一見伯邑考即決定將他「留在此處，假說傳琴，乘機挑逗，庶幾成就鸞鳳，共效於飛之樂」〔註70〕，但在此次失敗之後，妲己並未有其他淫行。相比於《三遂平妖傳》中胡永兒（即胡媚兒）「淫心蕩漾，不滿所欲。這小廝乖巧，但出外見個美男子，便訪問他姓名，進與永兒。永兒自會法術，便攝他到偽宮中行樂。中意時，多住幾日。不中意時，就放他去了」，妲己之淫簡直不能同日而語。事實上，《封神演義》中雖不乏香豔的描寫，如第五十六回寫土行孫強姦鄧嬋玉，但卻並無成功的通姦出軌之事，此係其禁慾思想的表現，亦屬於明清小說中的一大異數。

而其獸性展現亦為數不多，能看出妲己妖狐形象的是三次被識破原型，即被伯邑白猿攻擊，其同儕在同比干飲酒後現形，及自身被黃飛虎金眼神鷹識破。白猿通靈自古有之，東漢趙曄《吳越春秋》中即有白猿傳授越女劍法事，唐代李公佐《古嶽瀆經》記載無支祁「久乃引頸伸欠，雙目忽開，光彩若電，顧視人焉，欲發狂怒」，已有神眼，《西遊記》中亦有孫悟空火眼金睛能識妖魔。妲己既為狐妖，當然在白猿攻擊之列。飲酒現出本來面目，人尚且不免，《六韜》有「醉之以酒，以觀其態」的說法，至於一般妖魔在酒後現形自然是應有之義。如《警世通言》的《白娘子永鎮雷峰塔》中，白娘子在端午飲酒之後即現白蛇原形等，非獨妖狐為是。惟有畏懼神鷹是妖狐的特質，按：中國自古獵狐便以鷹犬相隨，故妖狐每畏懼獵犬，如《夷堅續志》中《狐精嫁女》一則便寫老狐為犬所斃，而《搜神記》、《任氏傳》、《夷堅志》及《聊齋誌異》、《閱微草堂筆記》等書亦寫妖狐畏犬的情節，茲不備引〔註71〕，此處委諸神鷹，應是道理攸同。但這裡仍未覺出妲己的妖氣之重，及一般妖狐所習用的媚藥如「媚珠」〔註72〕或「狐涎」〔註73〕亦不見用於妲己。

稍顯可怖的是妲己現狐狸真身時在「三更時候，已現元形——現出來尋人吃」，妖狐吃人不見於他書，《封神演義》為了對應妲己妖妃人格的殘忍，不得不在妲己的妖狐屬性之外另加一些鬼氣，故將其出身安排在軒轅墳內。「軒轅」取意上古〔註74〕，意為妲己為千年修為之老狐。「墳」即鬼域，古人常視墓穴

〔註70〕 《封神演義》第十九回。

〔註71〕 見李建國：《中國狐文化》，人民文學出版社，2002 年 6 月版，第 355～357 頁所引。

〔註72〕 首見於《太平廣記》第四百五十一卷引《廣異記》「劉眾愛」條，明清說部因之。

〔註73〕 見於南宋曾敏行《獨醒雜志》第七卷，《三遂平妖傳》等說部因之。

〔註74〕 《封神演義》中對於軒轅的描述極為複雜，其身份包括（一）作為神祇的「三

為狐所居，前引白居易《古冢狐——戒豔色也》詩便是一例。此外早在西漢《西京雜記》中已有白狐居住於欒書之冢〔註75〕，《搜神記》、《青瑣高議》、《夷堅志》、《聊齋誌異》、《閱微草堂筆記》等說部皆有狐狸借住古墳的說法〔註76〕，可見此種說法不但發源甚早、流傳甚廣，而且一直延續，有足夠機會為《封神演義》的整理者吸收。另，古時又有妖狐以屍骸、骷髏修行的傳說，如《太平廣記》第四百五十一卷引唐代陸勳《集異記》寫和尚晏通於「月夜棲於道邊積骸之左。忽有妖狐踉蹌而至。初不虞晏通在樹影也，乃取髑髏安於其首，遂搖動之，倘振落者，即不再顧，因別選焉。」妲己出自軒轅墳，大概也有這種文化上的因素。要之，《封神演義》中妲己作為妖狐的殘忍只是對作為妖妃的殘忍的補充，其作為妖狐的形象亦遠不如作為妖妃的形象史為出彩。

　　《封神演義》在妖狐妲己之外，尚有二妖，即玉石琵琶精和九頭雉雞精。《逸周書·克殷》篇云：「乃適二女之所，既縊，王又射之三發」，孔晁注：「二女，妲己及嬖妾」。《史記·殷本紀》說：「已而至紂之嬖妾二女，二女皆經自殺」。但是《帝王世紀》卻說：「紂赴於京，自燔於宣室而死，二嬖妾與妲己亦自殺。」這便是紂王三妃的來源〔註77〕，妲己既已是妖狐，其餘二妃自當是其同類。九頭雉雞精出自《古今事物考》：「商妲己，狐精也，亦曰雉精，猶未變足，以帛裹之」，可知所謂雉雞精者亦不過妲己分身。其名「胡喜媚」，胡即「狐」也，「喜媚」便是「妹喜」的顛倒。妹喜為夏桀后妃，桀紂並稱，而妲己也多與妹喜並稱妖妃，「妹」字少見，俗每訛為「妹喜」，顛倒則為「喜媚」，亦即妲己同袍。妲己援喜媚入宮一事，亦見於《武王伐紂平話》，書中言妲己為蠱

聖」之一，如第一回女媧朝見三聖，第五十八回楊戩朝覲三聖時，見到「右邊一位，身穿帝服」，亦即黃帝；（二）受到民間祭祀的英雄或神祇，如第八、九回中殷洪曾藏身軒轅廟，第九十回高明、高覺的身份亦即棋盤山軒轅廟前的桃精柳鬼，此外又多說「黃帝拜（將）風后」一事，見於第二十四、六十七回，但此事前後牴牾嚴重，如第二十四回稱「軒轅拜老彭，黃帝拜風后」，將黃帝和軒轅分作兩人，第四十二回卻寫作「軒轅黃帝破蚩尤」，則以軒轅和黃帝為一人，此外，又有第三十七回柏鑒自稱為「黃帝總兵官」，第九十九回稱柏鑒為「軒轅皇帝大元帥」，則分明是拜將柏鑒；（三）作為遠古的象徵，如第十三回哪吒所用乾坤弓、震天箭即軒轅黃帝破蚩尤所用，第十七回伯邑考進貢之七香車亦是破蚩尤於北海時的用度。妲己所從出的軒轅墳當即取意第三種。
〔註75〕《西京雜記》第六卷。
〔註76〕以上各條見李建國：《中國狐文化》，人民文學出版社，2002年6月版，第347～349頁所引。
〔註77〕以上關於三妃的考證俱見俞樾《小浮梅閒話》。

惑紂王，佯稱其姊為月宮姮娥，「陛下若要見子童姐姐，大王依子童之言⋯⋯去宮內修臺座，可高三百尺，名曰『玩月臺』，二名『摘星樓』」，摘星樓建成後，此事遂無下文，《封神演義》的整理者將之演繹為胡喜媚之事，只不過就此故事稍作修葺而已。

在處理妲己與胡喜媚的形象時，《封神演義》的整理者分別以周代皇帝武曌及唐代貴妃楊玉環為藍本做出一定模擬。《封神演義》第一回：「目下狐狸為太后」，妲己與紂王俱死，且《封神演義》中紂王僅有殷洪、殷郊二子，俱死在妲己之前，妲己原沒有太后之分。只有武曌在高宗李治死後一度以太后的身份攝政，雖一度稱帝，卻最終以太后的身份寫入正史〔註78〕。又第十八回中姜子牙兩度稱妲己「狐媚」，楊任亦稱其「狐媚」。彼時妲己的妖狐身份尚未坐實，所謂「狐媚」云云即取其禍主之意，而「狐媚惑主」一詞正是典出駱賓王《為徐敬業討武曌檄》。妲己之殺姜皇后、黃妃等與武氏之殺王皇后、蕭淑妃雷同。而楊玉環則以女道士「楊太真」的身份進入後宮〔註79〕，與胡喜媚以仙家身份得寵於紂王相同。妲己多假紂王之手對朝廷重臣加以誅殺，胡喜媚幾乎不干預政治，也與歷史上的武曌和楊玉環的形象相近。就這個意義上說，《封神演義》的整理者更看重的仍是妲己作為妖妃的人格，而其作為妖狐的一面卻因整理者注意力的不及、才力的不逮終於有意無意地淡化掉了。

（二）從《搜神記》到《封神演義》

1. 通行本《搜神記》與道教小說的誌異傳統

《搜神記》舊題晉人干寶所著，干寶為兩晉之間人，主要活動則在東晉，《晉書》有本傳。《四庫全書總目提要》疑今本《搜神記》為輯佚諸書而成，並稱：「輯此書者則多見古籍，頗明體例，故其文斐然可觀，非細核之，不能辨耳」。然輯佚者並非無本，乃是搜集各書引用《搜神記》的情況，所以其體例和內容亦能代表《搜神記》的一部分。

《搜神記》這部書屬於魏晉時期的誌異小說，與曹丕《列異傳》、袁王壽《古異傳》等〔註80〕出於統一傳統。蓋以東漢末期的時候，宦官、士人、外

〔註78〕新舊兩《唐書》均稱之為「則天皇后」，卻並沒有將之寫入皇后列傳，而是仿照《呂太后本紀》的先例將之列入本紀之中。

〔註79〕《新唐書・玄宗本紀》。

〔註80〕有魯迅《古小說鉤沉》本，齊魯書社，1997年11月版。

戚交替為政，民生艱難，此時黃巾當道，以救苦難。黃巾以法術聞名，頗得人心，所以當時士人預備以儒教對抗，故有「誦《孝經》以退黃巾」〔註81〕之事。民間則以神話相傳，故魏晉時期民間異能之士如左慈、于吉、管輅、淳于智、郭璞之輩的神跡不絕如縷，加之社會變遷劇烈，不得不藉重妖狐的手段神化正統並醜化反叛者，於是記之，便發生了誌異的文學，也就是搜神的起源，其題材則以修真成仙為主，諸如皇甫謐《高士傳》、葛洪《神仙傳》等。按：魏晉時多遊仙詩，唐代文學亦有出世的情結，同時亦寄希望於製造偽經如《老子化胡經》等與佛教爭衡，即將西方佛教的佛與菩薩均視為中國道教的門徒。

　　《封神演義》恰恰反映了這兩種文學傳統，一方面《封神演義》可以視為十二金仙與七位肉體成聖者的修真史，另一方面則是將文殊、普賢、拘留孫等視為道教仙尊。劉彥彥在《〈封神演義〉道教文化與文學闡釋》認為《封神演義》的作者有貶損佛教的傾向：「作者為了貶損佛教，將原本屬於佛教中的佛都描寫成截教門下名不見經傳的小仙，如『毗盧仙已歸西方教主，後成為毗盧佛，此是千年後才見佛光』，而在『萬仙陣』上，卻被描寫得不知所措，失魂落魄，完全不見佛的莊嚴與神通……一闡提固然是沒有善根的人，但作者卻把馬元描寫的兇殘至極、滅絕人性，這樣的人最終也被接引到西方極樂世界，其隱含的託諷之意甚重」〔註82〕。但若以道教說經的歷史來看，此言無疑不確，《封神演義》的這種傾向不過是《老子化胡經》之流的延續而已。若作者執意貶損佛教，則李靖、楊戩、哪吒的原型都是佛教仙神，無道理設計為開周的重臣，文殊、慈航、懼留孫等也不至於成為金仙。且若以劉氏的觀點視之，則《封神演義》中老子非但不是西周末期的守藏室之史，反倒是西周開國功臣姜子牙的師尊，位在儒家的聖人武王、周公之上，便可視為《封神演義》對儒家的貶損，然此書多在儒家乃至禮教的立場上對父子君臣倫理辯駁，此論無疑不能成立。因而我們只能認為《封神演義》旨在優化道教的地位，其於佛教、儒家聖賢的貶低乃是這種優化中的無心之失。

　　事實上，以作者當時作《封神演義》的歷史環境來看，明代以儒、釋、道三教並尊，「三教合一」已是共識。《封神演義》化用何道全《三教一源》

〔註81〕 事見《後漢書‧向栩傳》。
〔註82〕 劉彥彥：《〈封神演義〉道教文化與文學闡釋》，西安交通大學出版社，2016 年
　　　　6 月第 1 版，第 89 頁。

詩〔註83〕稱：「金丹舍利同仁義，三教原來是一家」〔註84〕、「紅花白藕青荷葉，三教原來是一家」〔註85〕。只是從書中的內丹心法、靜誦《黃庭經》與占星術等，能夠明顯看出此書演神仙的部分為道教性質，其倡導道教的封神乃是道教的自覺——魯迅說：「以紂王自焚，周武入殷，子牙歸國封神，武王分封列國終。封國以報功臣，封神以妥功鬼，而人神之死，則委之於劫數」〔註86〕，恐怕屬不實之詞。因為封神榜中如紂王、費仲等人不盡為有功之鬼，子牙以修道者的身份封神，武王以人間統治者的身份分封則屬各司其職——從前的神多是由人間君王封禪來的，這裡的神卻是由闡、截兩教僉押封神榜商議出來的，不得不說是道教精神自覺後對世俗權力的一種反抗。

即便就其反面角色的設計來看，亦能看出道教的獨立。《封神演義》的主要角色中，申公豹是唯一一個在演史和說經兩大系統中找不到原型的，《平話》與《列國志傳》等均只有申屠豹、無申公豹，其人並非左道，更與姜子牙毫無關係。在《封神演義》的設計中，此人有兩個特別之處：一是此人並非商朝的臣子卻用力阻礙武王伐紂，二是其作為闡教中人卻與截教交遊甚廣，聯合截教與姜子牙及十二金仙為難。因而一些影視作品在改編的時候或將其寫為倒入截教的闡教叛徒〔註87〕，或將其闡釋為商朝的國師〔註88〕，其實都是沒有釐清作者的目的的。對於《封神演義》的作者而言，一方面要補入大量的闡、截兩教的鬥爭故事，就務須補進一個線索性的人物，故其必須與截教往來，另一方面補入的人物必須與姜子牙形成映照，所以只得為道士。依照作者的態度，武王伐紂是由道教神仙促成，而非人力促成的，只是姜子牙為武王之臣已屬史實，不得擅改，因而必將申公豹獨立於商紂的權力之外。

2. 從道藏本《搜神記》到《三教源流搜神大全》

道藏本《搜神記》的出現是明代萬曆前後由道教人士對三教神譜的一種整

〔註83〕原詩為：「道冠儒履釋袈裟，三教從來總一家。紅蓮白藕青荷葉，綠竹黃鞭紫筍芽。雖然形服難相似，其實根源本不差。大道真空元不二，一樹豈放兩般花。」見道藏本《隨機應化錄》。
〔註84〕《封神演義》第六十五回。
〔註85〕《封神演義》第七十三回。
〔註86〕魯迅：《中國小說史略・明之神魔小說・下》，《魯迅全集》第九卷，人民文學出版社，2005 年 11 月版，第 177 頁。
〔註87〕郭信玲導演，傅藝偉、藍天野主演《封神榜》，1990 年版，第 22 集。
〔註88〕金國釗、程力棟導演，范冰冰、劉德凱主演《封神榜之鳳鳴岐山》，2006 年版，第 8 集。

理工作。中國最早的神譜可追溯題名南朝陶弘景的《真靈位業圖》，雖然此書是否為陶弘景所作尚有爭議〔註89〕，但唐代《道門經法相承次序》卻對本書的部分內容已有引用，可見本書至少在唐前已經存在。本書言：「雖同號真人，真品乃有數，俱目仙人，仙亦有等級千億」〔註90〕，每神雖有位號卻沒有司職，空有其名而無事蹟，可見其所謂神譜乃是受到九品中正制度的影響，是從魏晉時期品評人物的風尚裏來的，不過鍾嶸《詩品》的流亞，並非有意整理神譜以求對儒、道兩家的抗衡。不過，其對後世的影響乃在於將當時有影響力的前賢和時人都列入神譜，安期生、庚桑子為道家人物，許由為道家推崇，張良、王羲之等修道者，此書一併錄入，尚有可說，而徑將劉備、劉封、韓遂等政治家及周公、召公、孔子等儒家聖賢一併列入，便確有一定三教合一的意思了——儘管其本意不過是滿足當時人心的需要。其收錄女仙尤多，以致出現了一個「女真位」的地步，更為後來神譜所不及。

　　唐代《道門經法相承次序》則更類似一本辭典，其間對道教術語和人物系統的整理乃是基於唐代政府關於《五經正義》的整理的。《正義》編纂於貞觀時代，及開元年間又有《瓊綱經目》和《玉緯別目》，即所謂「開元道藏」，道家經法、諸神位次亦有歧說走向成說。宋金時期，教派雜出更多，神霄派、清微派、太一教、全真道先後興起，其學說雜異，神明又廣，多不統一，故需要一書加以整理，元代趙道一《歷世真仙體道通鑒》和元刊本《新編連相搜神廣記》正承擔了這個任務。

　　元代全真教更為興盛，在北方興起，燕王居北地，深受道教影響，一則希望靠道教的讖語來興兵，一則託玄武收魔的故事以正名。所以其奪權稱帝後，敕令天師張宇初編修《道藏》，不過仁、宣兩朝未克紹其事，直至正統年間方才編成。在編修《道藏》的二十年時間裏，道教逐漸走向交鋒與交融，神仙譜系也逐漸穩定。從正統至萬曆，期間刊刻的神譜先後有張文介的《廣列仙傳》、汪雲鵬（託名於王世貞）的《列仙全傳》、楊爾曾的《仙媛紀事》、陳繼儒的《香案牘》，及屠隆所增補的《列仙傳補》等〔註91〕，道藏本《搜神記》的出現也正是在這種背景下的，即在《搜神廣記》的基礎上加以重編，絕非對干寶原本的面目還原。

〔註89〕王世貞《弇州四部稿》及四庫館臣皆以為此書為託名之作。
〔註90〕《洞玄靈寶真靈位業圖·序》。
〔註91〕轉引自徐兆安：《證驗與博聞：萬曆朝文人王世貞、屠隆與胡應麟的神仙書寫與道教文獻評論》，《中國文化研究所學報》，2011年7月。

　　明代《三教源流搜神大全》據葉德輝稱即《搜神廣記》的異本〔註92〕，不知的否，但它至少是在《搜神廣記》和道藏本《搜神記》的基礎上加以重編的。自然，其新增的內容也不在少，特別是從第四卷後半到第五卷大半二十五位帥都是道教三十六官將的大部分〔註93〕，而在道藏本《搜神記》中尚沒有的哪吒，不但《三教源流搜神大全》中已然存在，並且出現了其與石記娘娘交戰的情節，較此前的神話傳說更為豐富。佛教固有其說經的文學，此時道教亦欲與之相抗，特別是萬曆年間世德堂本《西遊記》流行之後，道教陸續編成《南遊記》、《北遊記》、《東遊記》三書匹配並與之對抗。相形之下，後出的《東遊記》〔註94〕更符合道教小說的方法，即將不同年代的神仙分別敘述，而後寫其共赴東海之事，《南遊記》、《北遊記》則將不同時期的神祇置於同一時空裏。例如《北遊記》定位於隋煬帝年間，但按照《三教源流搜神大全》，趙公明是秦朝人，謝世榮是貞觀時人，劉天君為東晉時人，殷高的原型殷郊是殷末人，石成的原型石神是周宣王時人，《北遊記》中均淡化了他們的背景。

　　使道教與武王伐紂發生關聯的首推道藏本《真武本傳神咒妙經》，其書記載元始上帝伐商紂王的事。元始上帝即元始天尊，此時道教參與伐紂目的在於用道教的神祇解構儒家的先驅。此中太玄大將歸天受封，亦與《封神演義》最終的神仙歸位異曲同工。《三教源流搜神大全》的「玄天上帝」條則記載元始天尊「陽則以武王伐紂，平治社稷；陰則以玄帝收魔，間分人鬼」，這是雙線並作，《封神演義》將講史系統和講道經的系統融合，無疑是受到了《三教源流搜神大全》的啟發。

　　在小說方面，《北遊記》對《封神演義》的啟發也不在小，因為隋煬帝同紂王兩個是為數不多可以被說話家直接指斥的君王。除此之外，《水滸傳》雖然批評宋徽宗卻只指責蔡京、高俅等「四賊」，《三國志演義》雖然批評桓靈二帝，但重頭戲卻是寫漢獻帝的無辜和董卓的亂政，即便《西遊記》寫師徒五人周遊各國也只是寫各國君主不敬佛教而不會涉及其政治或社會意義上的暴政。自然的，《北遊記》的神魔故事完全壓過了對政治社會面貌的描寫，並沒

〔註92〕葉德輝：《重刊繪圖〈三教源流搜神大全〉序》，《繪圖三教源流搜神大全（外二種）》，上海古籍出版社，2012 年 11 月第 1 版，2017 年 8 月第 4 次印刷。

〔註93〕參考李豐楙：《五營信仰與中壇元帥：其原始及衍變》，《第一屆哪吒學術研討會論文集》，書目文獻出版社，1996 年版，第 576 頁。

〔註94〕參考趙景深《讀〈四遊記〉》，見《趙景深文存》，上海古籍出版社，2016 年 10 月版，第 823～827 頁。

有將之與當時流行的隋唐故事進行融合，《封神演義》對紂王政治的描繪則是充分吸收了當時的武王伐紂故事，並與《平話》一脈相承的，所以其特點仍然在於說話家對宮闈亂政的描摹，而沒有像一般的文學家一樣對商朝的權力結構或社會影響進行指斥。

3. 封神榜的形成

如果僅從表現的立場來看，《封神演義》第九十九回所附封神榜既不適合說話家敘述，也不適合在戲劇舞臺上演繹。故此封神榜與其說是說話家的設計，毋寧說是在小說的角度對當時道教的神祇進行系統化的整理。與《大宋宣和遺事》的天書名單或《水滸傳》石碣榜單不同，《封神演義》中的封神榜是全書的核心及歸宿的，全書的全部情節特別是其間神魔鬥法的情節完全是圍繞封神榜展開的，天書名單或石碣榜單的存在對於《大宋宣和遺事》或《水滸傳》而言不過是一個媒介而已。因此對作者而言，封神榜的精神也一定是先定而非隨機的，即不分善惡是榜的內在精神或目的，而絕不像石碣榜單一樣分出立場（榜單上沒有梁山以外的人）、分出等級（有天罡、地煞之別）、分出尊卑（宋江一定列於尊位，五虎上將按序排列），而是彌合立場（榜內同時有商、周陣營的人）、彌合尊卑（紂王天子不過是天喜星而已，列在龍吉公主和梅伯之間）、彌合仙俗（石磯娘娘與晁雷、晁田等在同一榜單）的。

劉彥彥認為封神榜的存在是巴赫金總結的梅尼普體的「狂歡式」敘事，並稱「『封神榜』就猶如一個『狂歡式』的神譜，在這個神譜中，這些『生命之外的生命』取消了等級、善惡、地位，他們都是這場人間戰役積極的『參加者』」〔註95〕，卻沒有想到封神榜內首封五嶽、次封雷神，擺明是道教的文學作品，是作者作為道教徒自然有其哲學上的寄託。正如《北遊記》中玄武大帝收諸天君時已經無善惡可言，《西遊記》中觀音收熊羆怪、紅孩兒亦沒有什麼正邪的道理，《東遊記》中呂洞賓阻礙楊家將，《南遊記》、《北遊記》中華光阻礙玄武大帝亦皆如此，可見中國民間成仙傳說中原本是沒什麼善惡分別的，這個心態大約與《伊利亞特》裏面描繪群神欲望的心態相同。即在巫教中，神有可敬和可畏、可遠和可親的雙重形象，所以從借鑒民間巫教信仰的道教必然要繼承無善惡的本質。道教所依託的道家，其宗旨正是齊物之論，

〔註95〕劉彥彥：《〈封神演義〉道教文化與文學闡釋》，西安交通大學出版社，2016 年 6 月第 1 版，2017 年 4 月第 2 次印刷，第 227 頁。

《莊子·齊物論》言：「道未始有封，言未始有恆」，所以道教的信徒自當齊善惡、齊尊卑、齊生死。

因而《封神演義》也避免描繪商周兩朝的官僚體系，不但對於西周陣營裏的等級有意淡化，而且殷商陣營裏臣子的尊卑也不顯明。所以，無視天庭的存在也是作者有意為之，除了後插入的哪吒鬧海和龍吉公主的故事外，《封神演義》中並沒有真正寫到天庭，所有的神仙統一生活在洞府。「東方紫微大帝」其實是與玉皇大帝相應的神祇，其地位不較玉帝為低，但在封神時亦沒有著重對伯邑考進行描寫，反而強調殷郊、聞仲等人的受封。書中凡為死者皆封為神，聞仲之魂在封神臺既久，尚可以「英風銳氣，不肯讓人」〔註96〕，分明與生人無異，這就是齊生死。無論殘忍如紂王或呂岳，還是儒家傳統意義上的聖賢比干和膠鬲，均在封神榜中有一席之地，這便是齊善惡。自然，在儒家中位居「三王」之首的西伯侯姬昌的爭議較大，故擱置不論，封神榜最終的整理者遺忘的人物如鄧華、蕭銀也應該另當別論。

封神榜利用對小說人物的整理，也為當時的道教神祇提供了一個譜系，包含五嶽正神、雷部正神、火部正神、瘟部正神、斗部正神、值年太歲、元帥神等，其中最複雜的乃是雷部。與通常認識中的雷公不同，《封神演義》中的雷神並非一人，而是一個群體。《西遊記》中的雷公也有兩人，名鄧化、張蕃〔註97〕，但遠未達到封神榜中雷神系統的龐雜程度。

按：中國巫教系統中原有雷神，《離騷》有「鸞皇為余先戒兮，雷師告余以未具」，《山海經·海內東經》有「雷澤中有雷神，龍身而人頭，鼓其腹，在吳西」。道教系統中的道術則有雷法，來自北帝派對於天師道的改造，傳於北宋即形成神霄派，至北宋末林靈素、王文卿等人蔚為大成。靈素因為佞於徽宗，且宋亡於徽宗之世，故不為世人所重，乃至目為妖邪。直至明代四十三代正一道天師張宇初方才重新整理雷法。加之南宋雷法代表薩守堅的神化，雷神普化天尊遂在明代後期列入朝廷祀典。有了這個祀典，雷神普化天尊的地位便日漸提升，逐漸衍生為雷部，隨著道教派系的日益龐雜，雷神的影響和數量亦複雜起來。如鄧、辛、張、陶出自神霄派，馬、趙、溫、岳出自北帝派，苟、畢二元帥出自清微派，殷天君出自地司派，王天君為西河派，事見《雷霆總誥》。可見鄧、辛、張、陶、龐、劉、苟、畢云云在明代已有成說，只是《三教源流

搜神大全》中所記載的名諱與《封神演義》中明顯不同而已，在此情形下，雷神普化天尊也隨之成為雷部的最高統帥。由是可知，所謂雷公只是巫教的遺存，雷神普化天尊卻是道教原創的神祇。今日被視為道教最高信仰的三清四御在巫教中找到原型，惟獨雷神普化天尊為道教原創，故《封神演義》中以聞仲為商朝太師，地位至尊，又極力描摹他征討西岐及在封神臺上受封的過程。

一些藝術作品認為雷震子即雷公〔註98〕，其實是一種誤讀。《武王伐紂平話》與《有商志傳》並未以雷公的外貌描繪雷震，只說他出生於雷震的天氣，《封神演義》則刻畫其「兩邊長出翅來不打緊，連臉都變了，鼻子高了，面如藍靛，髮若朱砂，眼睛暴突，牙齒橫生，出於外，身軀長有二丈」〔註99〕，則有了一點雷神的形象，但其結局卻是肉身成聖的。固然讀者或可猜證聞仲是雷神普化天尊，雷震子是雷公，但一則雷震子與李靖、韋護等一同成聖，李靖為毘沙門天王，韋護為韋陀菩薩，雷震子地位亦當在其間；二則其長兄伯邑考為紫微大帝，次兄姬發為人間君主，則其地位亦不應只為雷公。

4. 神戰與神譜──《封神演義》與《伊利亞特》之比較

英國人溫納（E．T．Calmers Wemer）在 1922 年出版《中國神話及傳說》（Myths and Legends of China）一書研究中國的神話系統，其中將《封神演義》中通天教主擺萬仙陣單列作一章，定名《神之戰》〔註100〕。這自然是膠柱鼓瑟，但卻提出一個重要的問題，即中國的群神之戰的故事是由《封神演義》總其大成的。

中國的神戰故事早有成說，約略成書於戰國時代的《山海經・海外西經》〔註101〕載有刑天的故事：「刑天與帝爭神，帝斷其首，葬之常羊之山，乃以乳為目，以臍為口，操干戚以舞。」又同書《大荒北經》載：「蚩尤作兵伐黃帝，黃帝乃令應龍攻之冀州之野。應龍畜水。蚩尤請風伯雨師，縱大風雨。黃帝乃下天女曰魃，雨止，遂殺蚩尤。」其中神戰的性質甚明，炎黃二帝今日被視為「人文初祖」，其實乃是籠統而言，就先秦的時代來說，炎黃二帝本是既有神格又有人格的。從上述記載而言，則二帝與蚩尤之間的涿鹿之戰及彼此間的阪

〔註98〕劉仕裕導演，陳浩民、溫碧霞等主演《封神榜》，2001 年版。
〔註99〕《封神演義》第二十一回。
〔註100〕茅盾著：《中國神話研究》，收錄於茅盾《中國神話研究初探》，上海古籍出版社，2005 年 7 月版，第 147 頁。
〔註101〕（清）畢沅《山海經新校正序》稱《山海經》「作於禹益，述於周秦」，茲從之。

泉之戰也未必不是上古神明之間的戰爭。但自《淮南子·天文訓》中記載的共工與顓頊爭帝的故事後，這種神戰的主題便逐漸式微了。

這自然是遊仙思想產生的緣故，魏晉的時代，國誤而後清談，做官的人甚至產生了清濁之辨。所謂「清官」即清要之官，一般為門閥掌握，事少位高，利於做清談的學問，「濁官」則是職事官，一般為庶族擔任，事繁而重，是完全行政化的。於是便有清官對濁官的歧視，《通典》卷十四《選舉二》說：「官有清濁以為升降，從濁得清則勝於遷」。於人間的盼望既已如此，於仙界的想像自然也以優游為上，故從思想上而言崇尚「三玄」，從文學想像上則每有長生或羽化之塑造。

逮佛教傳入中原以後，教中威猛的神祇也漸漸流入中原，與中原本土文化結合，這便產生了一系列變文和變相。所謂「變文」與「變相」都是為佛教的故事做通俗的演繹，只不過前者是基於故事敘述，後者是基於圖畫圖像。佛教自誕生之日起便常與外道辯難，留下了許多思想和故事，這些思想和故事在通俗化的過程中，便將外道異化為魔羅，並在闡釋的過程中突出佛教的力量，於是變相中不乏對地獄恐怖的刻畫（如寺廟中常見的地獄變相）令民眾崇信佛教以遠離地獄，又有對鬼魂拯救的故事（如《大目乾連冥間救母變文》）突出佛教的救贖意義及佛祖的慈悲，另有一種佛與魔之間的對抗故事（如《降魔變神押座文》）突出外道的強大及佛教的莊嚴和光明，於是神魔鬥法的故事便漸漸流傳開來，並由此產生了一批以降魔為任的神祇，哪吒便是其中很重要的一個。前文已引用過兩個成例，即唐代金剛智《哞迦陀野儀軌》說哪吒為「鬼神王」，不空和尚所譯《北方毘沙門天王隨軍護法儀軌》也說「哪吒太子手捧戟，以惡眼觀四方」，便都是證明。到了《三教源流搜神大全》裏，有降魔本領的神祇漸漸多了起來，而以玄武大帝總其大成。書中說：「陽則以武王伐紂，平治社稷；陰則以玄帝收魔，間分人鬼」，收魔與戰爭共為陰陽，加上這個時候說經小說與講史小說都日漸成熟，這便有了以神戰為主體的《封神演義》。

然而西方的神戰作品卻發源甚早，如著名的荷馬史詩《伊利亞特》是完成於公元前 8 世紀，相當於中國的春秋前期〔註102〕。這當然不免西方敘事文學

〔註102〕 羅念生：《荷馬問題及其他》，收錄於北京大學、東北師範大學歷史系世界古代教研室編：《世界古代史論》，生活·讀書·新知三聯書店，1982 年 5 月版，其關於荷馬史詩成書時間問題的探討見第 153～156 頁。

成熟甚早的緣故，但如果仔細閱讀《伊利亞特》，發現其與《封神演義》在神群設定上的差別還是明顯的：

第一、《伊利亞特》中的神的來源是同一的，新的神只能是舊神的子嗣，而不能憑空產生，《封神演義》中神則除了黃飛虎、余化龍等少數家族闔門受封之外，其他個人基本上只是個體受封，彼此之間沒有血緣關係，即便同出道門的諸神也不是師弟相承，也存在左道或散仙。這是由於《伊利亞特》的創作的時間乃是邁錫尼文明時期，作為克里特文明的繼承者，邁錫尼文明自然有責任對此前希臘的信仰和文化進行重敘和整合〔註103〕，其方式無異於中國的史家為求文化融合，將夏與秦的先祖同歸於帝顓頊之後，商周的先祖同歸於帝嚳之後，而四者同為黃帝的後代，甚至連匈奴的祖先也歸於夏后氏的苗裔〔註104〕。

《封神演義》的創作年代已在明朝，民間的信仰極為繁雜，《封神演義》的作者設計的所謂「截教」便是一種體現，故第九十九回所附的封神榜中既有雷部負責「興雲布雨」又有四大天王負責「風調雨順」，斗部既掌管二十八星宿，但尾火虎等卻能居於火部與之平起平坐。神的來源既不統一，自然也就沒有彼此認同成為父子或師弟的可能。所以在文學塑造中表現出來，《伊利亞特》的神是有序的，即都來源於宙斯神系，《封神演義》中的神仙基本上是無序的，除了神道之外尚有仙道和人道，「神有尊卑，死有先後」，「根行深者，成其仙道；根行稍次，成其神道；根行淺薄，成其人道」。所謂仙道即不受昊天上帝羈縻的三教上仙和各路散仙，神道即封神榜中所封之鬼，人道即輪迴轉世者。此種尊卑之論大約基於《漢書·古今人表》，其實是當時察舉制度在學術上的一種變格，逮及南朝陶弘景時所作的《真靈位業圖》則是對歷史人物的品評的一種宗教反映，故非如赫西俄德的《神譜》一樣以血緣關係統率群神。

第二、基於這種緣故，中國的神很難代際相承，如在上古的神話體系中，鯀死之時可以化為黃能〔註105〕，啟「上三嬪於天，得《九辯》與《九歌》以下」〔註106〕，但是作為鯀之子、啟之父的大禹則完全沒有神跡，其獲得神性

〔註103〕 《The Greeks Ⅳ Greek Civilizatlon》P.70.72.71，轉引自吳曉群：《試論古代希臘宗教的歷史沿革》，《貴州大學學報》，1994年第3期，第86頁。
〔註104〕 以上見《史記》中夏商周秦各本紀及《匈奴列傳》。
〔註105〕 《國語·晉語八》。
〔註106〕 《山海經·大荒西經》。

乃是到了中古時期〔註107〕，至於夏后氏的子孫們便都淪為凡人。但在《伊利亞特》中，神的子孫仍有神的特性，即使父母中的一方是凡人，所生之子也仍然具有神性，並得到其他神祇的關照，如對待阿喀琉斯，「雅典娜站在他身後，按住他的金髮，只對他顯聖，其他的人看不見她」〔註108〕。邁錫尼文明建立之際仍然存在著氏族和部落，而各神則是這些氏族和部落的信仰或圖騰，《伊利亞特》中涅斯託爾即勸說阿伽門農：「把你的將士按他們部落和族盟分開，阿伽門農啊，讓族盟助族盟，部落助部落。」〔註109〕為著盡最大能力地保留各氏族和部落的信仰，勢必要將其統一為同一神系，但這樣一來又使得神祇的司職有所重合，如阿波羅與繆斯姐妹都是掌管音樂之神，甚至雅典娜一度也曾守護音樂，並發明了長笛，為了能夠同時尊重各氏族和部落的文化信仰，所以必為只能相似的神祇創造出家庭，如阿波羅與繆斯女神之一的卡利俄帕被設計為夫妻，而另一重要的宗教神祇俄耳甫斯則被設計成他們的兒子〔註110〕。基於此，古希臘的各神有了血緣上的尊卑和司職內部的主次，這就需要神之間的群戰作為解釋。

中國漢代的情形與之類似，周秦時代的各部族文化本是基於對諸侯國的認同的，但是漢代的締造者劉邦出於平民，如若尊重各地文化，則勢必削弱劉邦作為皇帝的權力〔註111〕，加之漢代本承於西楚之後，鑒於項籍分封六國之後造成的分裂，劉邦及其繼承者勢必以大一統的思想教化民眾，這就有了對各民族及古代國家歷史追溯於黃帝的辦法。但中國卻非神治而是禮治的社會，天子及社會主流思想信仰宗法、歷史而非自然神系，故漢代採用以「孝」為核心的人倫統治社會，目的便在於社會的長治久安〔註112〕，故而甚為重視宗法，

〔註107〕 《山海經》中有大禹受命於上帝而治水的故事，見《海內經》，但治水這一過程本身完全未見他的神化，其囚鴻蒙氏、鎖拿無支祁等事俱見唐傳奇《古嶽瀆經》。

〔註108〕 （古希臘）荷馬著，羅念生譯：《羅念生全集》第 5 卷《荷馬史詩〈伊利亞特〉》，上海人民出版社，2007 年 4 月版，第 12 頁。

〔註109〕 （古希臘）荷馬著，羅念生譯：《羅念生全集》第 5 卷《荷馬史詩〈伊利亞特〉》，第 43 頁。

〔註110〕 俄耳甫斯教為希臘密宗之一，開山祖師即俄耳甫斯，產生於公元前 7 至公元前 6 世紀，但同時也是古希臘神話中的音樂之神。

〔註111〕 《史記·留侯世家》：「且天下遊士離其親戚，棄墳墓，去故舊，從陛下游者，徒欲日夜望咫尺之地。今復六國，立韓、魏、燕、趙、齊、楚之後，天下遊士各歸事其主，從其親戚，反其故舊墳墓，陛下與誰取天下乎？」

〔註112〕 《漢書·霍光傳》：「漢之傳諡常為『孝』者，以長有天下，令宗廟血食也。」

將祖先作為日常祭祀的對象進而取代神在生活中的位置，故中國的信仰一方面是「為靈是信」，一方面卻不斷對祖先中具有重大貢獻的人物進行神聖化，如為帝王選擇性地創建廟號〔註113〕、對儒家的祖師選擇性地聖賢化等，正因為這種選擇性，使得中國的聖賢系統及神譜中不以世代相承為意。表現在《封神演義》中即黃飛虎與其死去的家人雖然闔門受封，但其在生的家人如黃滾、黃天爵等即以凡人的身份告以終老。

　　第三、正因希臘神話中的神祇血緣相承，所以《伊利亞特》中參與戰爭的神祇生來即有司職，且其所司均與誕生時的個性與愛好有關。《封神演義》中參與戰爭的神祇在生前即便是仙體的如魔家四將、鄧華等人也無法具備具體的神職，他們只能或逍遙世外或以普通將領的身份居於商周兩陣營的要職。所以同樣是被勸告不要參與戰爭，宙斯對阿佛羅狄忒的勸告是：「我的孩子，戰爭的事情不由你司掌，你還是專門管理可愛的婚姻事情，這些事情由活躍的阿瑞斯和雅典娜關心。」〔註114〕而截教眾仙則被勸誡：「緊閉洞門，靜誦黃庭三兩卷；身投西土，封神榜上有名人」。換言之特洛伊之戰眾神的司職在生前，而商周大戰眾神的司職在死後，這是由於《伊利亞特》的眾神是傳統的自然神，《封神演義》中的眾神則至少包括被神化的歷史人物、民間所信仰的基於巫教傳統的神明以及宗教的神仙，前兩者均需要受到帝王的冊封才能成為正神，保存在國家祀典之列。故中國之神是由後世冊封前世，一如帝王之得謚號，非要蓋棺論定而後可。但中國皇帝的封神往往是在某一時間針對某一類神祇進行冊封，而類似於封神榜這樣的集體封誥則近似於後世對科舉官員或有功將士的冊封，故魯迅說封神之事不過是「封國以報功臣，封神以妥功鬼」〔註115〕，雖然「功鬼」之「功」字有待商榷，但封神之事確實模擬自古代對功臣的賞報。

　　其實，《伊利亞特》與《封神演義》有著很大的相似性。如二者描繪的戰爭均由美人引發，《伊利亞特》委之於海倫，《封神演義》則歸咎於妲己；二者

〔註113〕廟號的建立區別於謚號，本是為了帝王祖先中較為重要的人物而設的，見《史記·孝文本紀》，只是到了東漢的時候，變成了每位帝王均有廟號並延續至清。

〔註114〕（古希臘）荷馬著，羅念生譯：《羅念生全集》第5卷《荷馬史詩〈伊利亞特〉》，上海人民出版社，2007年4月版，第123頁。

〔註115〕魯迅：《中國小說史略·明之神魔小說·下》，《魯迅全集》第九卷，人民文學出版社，2005年11月版，第177頁。

也都是因為凡人開罪神明而導致神戰，特洛伊戰爭是因為帕里斯開罪了雅典娜和赫拉而導致的〔註116〕，商周大戰則以紂王在女媧宮瀆神開篇；在神仙的居所上，《伊利亞特》將眾神定位在奧林匹斯山，這座山在希臘真實存在，《封神演義》則將眾神定位在崑崙山為中心的乾元山、五龍山、普陀山等，這些山多數也是在中國境內真實存在的；在人物塑造上，《伊利亞特》在塑造集體英雄時注重個人英雄的塑造，《封神演義》也在群神之中著重塑造了姜子牙、哪吒、楊戩、楊任等個人英雄。二者均將各自民族的神話寫作成為長篇敘事文學，中西輝映之間為各自的文明留下了寶貴的財富。

〔註116〕「只因阿勒珊德羅斯犯罪，在她們去到他的羊圈時侮辱她們，讚美那位引起致命的情慾的女神。」見（古希臘）荷馬著，羅念生譯：《羅念生全集》第5卷《荷馬史詩〈伊利亞特〉》，上海人民出版社，2007年4月版，第602頁，此外古希臘神話中有三位女神爭奪金蘋果，阿勒珊德羅斯（帕里斯）將蘋果交給阿佛羅狄忒的故事。

三、講史文學的演進：從平話到小說

從現存《封神演義》的刻本來看，此書最早是作為一種歷史演義而被讀者接受的。金閶舒載陽刊本《封神演義》右行小字標目為《批評全像武王伐紂外史》，蔚文堂復刻明本則別題為《商周列國全傳》，其開篇有云：「大小英靈尊位次，商周演義古今傳」，可見當時整理者目其為講史小說。其講述之史蹟則為武王伐紂，是以《史記》的記載為底本的。在歷史上，武王伐紂的歷史記載至少有三個系統，即（一）儒家為代表的魯史系統，以《史記》為代表，記載紂王為昏君，文王、武王父子為紂臣，司馬遷為儒家弟子，曾從董仲舒聽講，故以魯史系統為尊；（二）魏史系統，以《竹書紀年》為代表，即以商為宗主，周為附屬國，商殺季歷，週報世仇，這一說法更貼近近年甲骨文考古所能發現的事實；（三）楚史系統，以《楚辭》為代表，如屈原《天問》所謂「武發殺殷，何所悒？載尸集戰，何所急？伯林雉經，維其何故？何感天抑墜，夫誰畏懼？」謂紂王柏林自縊而亡，與上述兩種史學體系中謂紂王自焚而死有明顯不通，近年楚簡頻現，也可見其史學自成一系統。《封神演義》取義司馬遷所代表的魯史系統，一是因為只有這一系統屬於當時的正統教育，也更利於聽者接受，二是因為自《武王伐紂平話》以來諸書的演進也是以此系統為主要依據的。自《平話》之後又有《按鑒演義全像列國評林》〔註1〕、《按鑒演義帝王御世有

〔註1〕據《春秋五霸七雄列國志傳》，上海古籍出版社，1994年版，以下簡稱《列國志傳》。書名中的「按鑒」本是按朱熹《資治通鑒綱目》或司馬光《資治通鑒》的時序改造小說，使之盡可能符合歷史的意思。但商周之際的故事原不在《資治通鑒》當中，故這裡所說的「按鑒」應取其廣義，即按照包括以《史記》在內的正史進行改造的意思，下同。

商志傳》〔註2〕，皆為與《封神》有一定關係者，以下分述。

（一）《武王伐紂平話》

《武王伐紂平話》存於《清平山堂話本》，為元代刻本，是迄今所見最早武王伐紂題材的文學文本。其所開創的許多情節被延續到後來的武王伐紂故事中，若其上卷所言：

> 紂王有八伯諸侯，殿前宰相宏夭：第一東伯侯姜桓楚，坐青州；第二西伯侯姬昌，坐岐州；第三南伯侯楊越奇，坐荊州；第四北伯侯祁楊廣，坐幽州；第五東北伯侯楚天佑，坐揚州，第六西南伯侯霍仲言，坐許州；第七東南伯侯張方國，坐冀州；第八西北伯侯扈敬達，坐并州——此是八伯諸侯，盡是先君殿下忠臣，先君尊此八人為兄；合到紂王，拜此八人為八伯侯也。此是紂王重臣處。

按：「伯侯」兩字不倫不類，《史記》稱姬昌為「西伯」，「伯」即「霸」，是西方霸主或宗主之意，「侯」為爵位，《史記‧殷本紀》有九侯、鄂侯，《周本紀》有崇侯虎。《平話》中所謂「八伯諸侯」應為「八百諸侯」望文生義之誤，《殷本紀》曰：「西伯既卒，周武王之東伐，至盟津，諸侯叛殷會周者八百。」但自《平話》將「伯侯」作為定名以後，《列國志傳》、《有商志傳》前數回都延續之，《封神演義》則徑將姬昌等稱為「西伯侯」等，影響甚廣。此外，在《平話》的設計中，武王發成了西伯姬昌的長子，伯邑考不但成為眾子之一，而且作者還將「伯」訓為「百」，取其名為「百邑考」，並為他捏造了「千邑尋、萬邑祥」等兄弟，甚為無稽。費仲這個人在《史記‧殷本紀》中原有記載，作「費中」，宏夭即閎夭，為西伯之臣，這裡作為紂王的宰相併與費仲同時為虐，於史不合。況且後文宏夭又作為文王諸友出現，前後牴牾，《列國志傳》、《有商志傳》刪去此人，《封神演義》則將此人姓名顛倒，易名為尤渾。

不過，《封神演義》的很多情節確已在《平話》裏已經有了眉目，如這裡已有紂王殺妻、逼子之事——其子只有殷交一人——殷交所遇的釣叟高遜的經歷後來被合併到了姜子牙身上。西伯遇雷震子、紂王剖孕婦、敲骨髓、雕抓妲己、比干掘妲己老巢並焚燒狐狸、姜子牙為救武吉而遇文王、文王吐子、澠池用兵、火燒烏文畫等事都在這裡有了雛形，徐蓋有兩子徐升、徐變後來被

〔註2〕據《古本小說集成 第1輯3盤古至唐虞傳 有商志傳》，上海古籍出版社，2016年12月版，以下簡稱《有商志傳》。

《封神演義》改寫為韓升、韓變，趙公明是五將之一被《封神演義》改為財神，《列國志傳》、《有商志傳》對這些情節做了一定延伸。

有些情節則為《平話》所特有，《列國志傳》、《有商志傳》反倒所無。例如《封神演義》第一回《紂王女媧宮進香》即出自《平話》紂王赴玉女觀行香一節，只不過這裡的玉女並未如女媧一般動怒，反而於紂王頗為殷勤，可以視為《穆天子傳》中周穆王與西王母故事或宋玉《高唐賦》中楚襄王和神女故事的仿寫，亦可以認為是先代才子佳人說話的敘事遺存。第第十六回《子牙火燒琵琶精》至第十八回《子牙諫主隱溪》只在《平話》中得以看見，《列國志傳》、《有商志傳》皆無此情節。第三十回《周紀激反武成王》也是來源於《平話》中紂土調戲黃飛虎之妻耿氏一節，只不過這裡耿氏的結局是被醢為醬送給黃飛虎，黃飛虎是南燕王不是武成王，並且一怒反商，亦沒有周紀激反他而已。尤其值得注意的是，《平話》中多了許多封神相關的情節為《列國志傳》、《有商志傳》所無者，如稱胡嵩後來成為夜遊神、蝦吼和佶溜溜為大耗神和小耗神——「蝦吼」和「佶溜溜」象徵老鼠叫聲，所以這裡的封神還有一定諧趣成分，並不如《封神演義》一樣有系統的神譜。

（二）《列國志傳》

《列國志傳》是經過整理的武王伐紂的本子，舊題為余邵魚整理。此書刊行時間為萬曆年間，《封神演義》的刊刻時間雖被章培恒先生斷為天啟四、五年間〔註3〕，但亦未獲完全認同，其首刊時代大約在萬曆至崇禎間。況且僅從刊刻時間出發，我們仍無從判斷《列國志傳》與《封神演義》成書的先後或其影響如何，但《列國志傳》將「八伯諸侯」改為四個伯侯，並且定下了姜桓楚、鄂宗禹、姬昌、崇侯虎四人的名字，且將姜桓楚作為紂王王后的父親，與《封神演義》的設定基本相同〔註4〕，且《列國志傳》裏蘇護也由「華州太守」改為「冀侯」，西伯、北伯聯合征討蘇護，西伯訪問姜子牙時一度不遇，高明、高覺為千里眼、順風耳，又有徐芳、徐蓋是兄弟的設定，烏文畫雖然延續了《平話》中的形象，但明確將火燒改寫為洪爐火，與《封神演義》中雲中子用通天神火柱燒聞仲事類同，至少可以相信，《列國志傳》與《封神演義》出於同一源頭。

〔註3〕章培恒：《〈封神演義〉的性質、時代和作者》，見《不京不海集》，復旦大學出版社，2012 年 5 月版，第 295 頁。

〔註4〕《封神演義》的「鄂宗禹」作「鄂崇禹」，形近、音近。

從開篇即能看出，《列國志傳》是按照《史記》重新整理過的：「話說紂王名受辛者，帝乙之幼子，湯王之二十八代孫也。」其雖然頻稱「紂王」，但在人物對話中卻每以「商王」稱之，即便辱罵之時也不過將其稱為「商辛」，除前兩回仍用「西伯侯」、「東伯侯」之外，後文皆作「西伯」，這是很懂歷史的做法。第六回開篇：「紂王十五年，歲次辛酉，秋九月，西伯再訪子牙」，及本回「是夕，西伯遂崩，年九十七歲，後諡為周文王。時，商紂王二十年也」，完全是史書式的寫法。此書中稱姜子牙為「貨卜匹夫」而無貨卜之事，暴紂王十大罪時有「其七，欲亂黃飛虎之妻，君臣倒置」一句，但除此之外別無黃飛虎之名，可見整理者在做整理時有意剪裁此類內容，以求其合於正史。

（三）《有商志傳》

《有商志傳》託名鍾惺（鍾伯敬）所作，名為明代刊本，今未能見，惟有清嘉慶甲戌稽古堂《夏商合傳》刊本，故不能斷定其與《列國志傳》刊行的先後。其託言寫商，實在寫商周之際的政治、軍事。前三回遍寫商代諸王與周國諸伯，其實不過寫商與周的源流，為後來的回目張本。不過，書中對季歷的時代設計不對，誤將季歷征伐的時間由武乙時改為帝乙時，實則武乙所以被諡為「武」正因季歷的征伐。季歷遭武乙之子文丁（一名太丁）囚禁，而終於死於獄中，史稱「文丁殺季歷」〔註5〕。季歷之子即姬昌，紂即文丁之孫，所以周之伐紂乃世仇所致，與紂德否無干。若沿著此思路寫下，則可以成一部較好的商周演義，然而一則作者才力不逮，止於敷陳《史記》，對《竹書紀年》等古籍則缺乏瞭解（否則不至出現帝乙時季歷尚在的謬誤），二則為打算捨掉舊話本的基石，所以這三篇敘事便成了封神故事的前傳。

第四回開始，《有商志傳》又落入武王伐紂的舊話裏面，回目則與《列國志傳》雷同，若其《妲己驛中被狐魅　雲中子進斬妖劍》較於《列國志傳》第一回《蘇妲己驛堂被魅　雲中子進斬妖劍》、第六回《紂王作酒池肉林　西伯侯脫罪歸歧》相較於《列國志傳》第三回《紂王作酒池肉林　西伯脫囚歸歧周》不過在半回的回目上略動手腳，第五回《西伯入商得雷震　西伯陷囚羑里城》與《列國志傳》第二回完全相同，第七回《姜尚避紂隱磻溪　子牙代武吉掩災》則是合《列國志傳》第四回後半回和第五回前半回的回目而成的，先後因循之

〔註 5〕王國維《古本竹書紀年輯校》：王嘉季歷之功，錫之圭瓚、秬鬯，九命為伯，既而執諸塞庫。季歷困而死，因謂文丁殺季歷。

跡甚為顯明。只是相對《列國志傳》，《有商志傳》整理者對史實瞭解不如《列國志傳》整理者更為殷實，如第五回中崇侯虎對紂王奏道：「大王昨醢姜桓楚，群臣皆服王刑，獨鄂宗禹與姬昌互相誹謗。且姬昌與其長子發、仲子旦皆聖人也，三聖合謀，王其慮之。」一則是發非長子，且非幼子，二則崇侯虎的身份的人物設定是與西伯同為「伯侯」，不當有「三聖合謀」之論。前者於史不合，後者於邏輯不通。《列國志傳》改為西伯稱紂王「偏信妲己而殄社稷，不出二十年中，其身定作煨燼矣！」於邏輯更為合理，不過西伯久經政治且於商有世仇，不當有此妄言。然無論如何，此二者情節差別應出於特別改動，以《列國志傳》前後史證統一，《有商志傳》則在此則言發為長子，第六回則稱伯邑考為「長公子」，且與本書一貫史證不合，應為整理者妄增，此可作為《有商志傳》出於《列國志傳》之後的第一個證明。

　　《有商志傳》第五回提到「鍾伯敬詩云」，《列國志傳》題為「宋賢道原劉先生有詩云」，第六回「後人鍾伯敬有詩云」，《列國志傳》題為「古人曾有詩云」，《列國志傳》託為鍾惺所作，若此詩為鍾惺作品，不當謂之古人。《有商志傳》則先以《列國志傳》為鍾惺所作，臆測作者託名古人，故改為「鍾伯敬有詩」，此是《有商志傳》出於《列國志傳》之後的第二個證明。《有商志傳》第六回、第十二回「後人馮猶龍有四六之詞譏之云」、「後馮猶龍有詩云」、「後人馮猶龍有詩曰」在《列國志傳》中作「後人曾有四六之詞一篇，以譏之云」、「後史臣有詩一律紀西伯脫厄羑里云」、「後史臣有詩云」、「史官有詩云」。馮猶龍即馮夢龍，猶龍是其字，《東周列國志》舊稱《新列國志》，馮夢龍序說：「姑舉《列國志》言之，如秦哀公臨潼鬥寶一事，久已為閭閻恒譚，而其紕繆乃更甚」，其《凡例》言：「舊志事多疏漏，全不貫串，兼以率意杜撰，不顧是非，如臨潼鬥寶等事，尤可噴飯」，足見《列國志傳》在《東周列國志》前，《有商志傳》在《東周列國志》後，其先後順序至此得以明證。

　　《東周列國志》的創作時間，傅承洲斷為崇禎元年至三年〔註6〕，則《有商志傳》刊行時間亦應在崇禎時，《封神演義》金閶舒載陽刊本為天啟刻本，可見《有商志傳》刊於《封神演義》之後。不過，就《有商志傳》內容而言，紂王無女媧殿進香事，紂王仍有殷郊一子且殷郊在終回斧劈妲己，姜子牙仍是術士而非道士，雷震子名為雷震並是周營唯一有法力的人，姜子牙的法術止於課卦、斷陰陽等，並無神魔鬥法情節，申屠豹為崇應彪麾下一次要角色不如

〔註6〕傅承洲：《馮夢龍與通俗文學》，大象出版社，2000年8月版，第15頁。

　　《封神演義》中申公豹為一號反派的角色更為出彩，足見其受《封神演義》影響不大，反而是《列國志傳》的流亞。其第十一回將《列國志傳》中「紂但低頭不語」、「紂亦低頭不言」改為了「紂但點額」、「紂亦點頭」，平添了紂王的罪惡，卻降低了人物的層次感，是說話家的作風。是書將千里眼、順風耳與神荼、鬱壘聯繫到一起，又平添比干剖心後遇到賣無心菜等事，倒有一點封神的影子。但無論如何，自《平話》以下至《有商志傳》這一系自成一系統，其書多是敷陳史蹟而成，非但楊戩、哪吒等從未出現過此係書中，而且武王伐紂過程與道教絕無聯繫，可見此係故事雖然是《封神演義》成書的重要來源，卻距離成為《封神演義》真正的樣貌還有很長的距離要走。

四、聖化與神化：諸神形象的由來

　　經過以上的分析，我們得到結論：《封神演義》可分為講史和說經兩個部分，前者重視時序，是從《武王伐紂平話》、《列國志傳》和《有商志傳》一線不斷演進來的，後者重視宗教的闡發，受到《三教源流搜神大全》及《北遊記》的影響，後插入進文章裏面的。講史部分最初發源於商周易代的歷史，這是有其歷史流變所在的，蔣瑞藻《小說考證》之《封神傳第一百八十二》〔註1〕及顧頡剛《紂惡七十事的發生次第》一文〔註2〕考論甚詳，本書便不贅述了。另有一些繼承自《武王伐紂平話》，只是對於部分人名做了同音取代，如《平話》裏的殷交《封神演義》便寫作「殷郊」，《平話》裏的「烏文畫」則被《封神演義》寫作「鄔文化」，只是《封神演義》中殷郊另有了新的故事，應是武王伐紂故事長期演變的結果，一如《平話》中捉拿黃飛虎、迎戰黃河的五將之一趙公明成為了《封神演義》中騎黑豹的截教財神等。

　　說經部分裏的一些故事則或來自民間故事的累積，或來自於整理者的原創。由於民間藝人及本書最終的整理者文化水準不高，許多故事乃是自古書中望文生義而來。例如自《武王伐紂平話》後只有妲己一妖，無「三妖」之說。三妖故事當自「武王順天地，犯三妖」〔註3〕而來，劉向所言「三妖」為妖事，《封神演義》所言「三妖」為妖怪。加之《帝王世紀》、《太平御覽》皆言武王斬妲己並二女，紂王的三個后妃正好成為了「三妖」的另一種佐證，《封神演

〔註1〕蔣瑞藻：《小說考證》，浙江古籍出版社，2016年1月版，第236～241頁。
〔註2〕顧頡剛：《顧頡剛古史論文集》第2冊，中華書局，1988年11月版，第211～221頁。
〔註3〕劉向：《說苑・權謀》。

義》的作者便以此為藍本加以敷陳。同樣，「誅仙陣」亦由「朱仙鎮」望文生義而來，朱仙鎮今屬河南開封，為岳飛大破金兀朮處，嘉靖年間有《大宋中興通俗演義》〔註4〕，此後又有關於岳飛的多種說話本，將岳飛的故事神化，說話家將「朱仙鎮」視為「誅仙陣」，便有了《封神演義》中的誅仙陣故事。蕭升、曹寶之名則是仿照漢代蕭何、曹參的，《史記·曹丞相世家》：「蕭何為法，若畫一；曹參代之，守而勿失。載其清淨，民以寧一。」故蕭升之「升」字即升平之意，曹寶之「寶」字即持而保之〔註5〕的意思，前者為儒家理想，後者為道家境界。《封神演義》中的楊任便是《武王伐紂平話》裏的羊刃，羊刃本是四柱中的神煞之一，主大凶，《封神演義》的作者不察，將其改為更為常見的楊姓，正是藝人對於道教說經文學擅改的結果，只是小說中仍保留了平話舊本中的一些特色，所以觸怒紂王而死的大臣甚多，只有楊任得救，並由文臣轉為武將，生出異象，破瘟瘟陣、協助誅殺張奎等。除此而外，《封神演義》在說經文學領域的創造主要來源於方式：第一是繼承歷史的演變，第二是《封神演義》整理者的創造，以下分述——

（一）毘沙門天王父子的東進

1. 毘沙門天王和李靖形象的混同

《封神演義》中的李靖手捧三十三天黃金寶塔〔註6〕，被稱為「托塔李天王」〔註7〕，佛教中的托塔天王本是毘沙門天王，為四大天王之一。四大天王即東方提多囉叱天王、南方毘琉璃天王、西方毘留博叉天王、北方毘沙門天王，又名持國天王、增長天王、廣目天王、多聞天王，其中以北方天王毘沙門天王為最尊。《長阿含經·卷二十·世記經·四天王品》說毘沙門天王心念其他三位天王，致使三位天王駕著寶車率眾而來，可見其地位獨尊，所以中國多有將毘沙門天王單獨祭祀的例子。另據學者考證，毘沙門天王即印度婆羅門教、印度教的財神和北方守護神俱毘羅，傳入西域後被奉為天王，再由印度傳入中國〔註8〕。

〔註4〕孫楷第言此書有嘉靖刻本，見孫楷第：《中國通俗小說書目》，中華書局，2012年3月版，第44頁。
〔註5〕帛書《老子》乙本·《德經》第三十章：「我恒有三寶，持而寶之。」
〔註6〕《封神演義》第六十五回。
〔註7〕《封神演義》第十四回。
〔註8〕徐梵澄：《關於毘沙門天王等事》，《世界宗教研究》，1983年第3期。

　　中國對毘沙門天王的信奉，至遲在隋末已有發生。《新唐書》記載隱太子李建成「小字毘沙門」，《冊府元龜》卷五十二記載唐文宗開成二年二月「以太宗皇帝先置毗沙門神及功德在蓬萊殿，是日移出，配諸寺安置」，這是因為太宗皇帝李世民預備將對毘沙門天王的信仰從長兄移到自己手中。民間信仰天王的道理，則首在「護世」。《天王文》言：「須迷盧半，有殊勝宮，所居天王，厥名護世」，《大宋僧史略・卷下》亦稱：「凡城門置天王者，為護世也。」所謂「護世」，第一是護城，第二是護國，第三是護法。《毘沙門天王緣起》言：「所有苗實不成，人民飢餓，疾病流行，障國侵擾，追陽傷害，暴雨惡風不依時」，誦天王經便可以免禍，便是護城。《毘沙門儀軌》記載唐代天寶年間，唐玄宗請个空和尚援請毘沙門天王帶領神兵救助安息，便是護國。後秦鳩摩羅什所譯《法華經》是毘沙門天王的本經，唐沙門僧祥《法華傳記》卷六言：「我毘沙門也，若人受持《法華經》者，我必守護」。此外，《賢愚經》卷四言優波斯那說經，毘沙門天王為之護佑，乃是護法。

　　據王濤考證，唐宋時期毘沙門天王信仰之所以興盛，乃是因為其與城隍神共同承擔起了保護城市的任務。南方城市崇拜以城隍神為主，北方則以毘沙門天王為主，王濤言：「毗沙門天王與城隍神的形象就標示出南北不同的城市文化特徵。北方城市的這位神靈有著高貴的、外來的出身，以及強悍的體魄、可怖的面容、正直的品格。南方的則正好相反，起自中國本土民間、相貌溫和端莊、行事中庸。南北方的城市保護神在不同的社會基礎之上，顯示出一文一武、一中一外的發展態勢。」〔註9〕

　　城隍神則起自水塘。按：「城隍」二字本出班固《兩都賦》：「修宮室，濬城隍」，原意為護城河，《說文》釋「隍」字：「城池也。有水曰池，無水曰隍。從皇聲。」《周易》講：「城復於隍。」漢代長安北據渭水，抗洪完全依賴城隍，所以城隍便是城市的庇佑。由於城市肇建，不同文化打破血緣而依賴地緣，造成文化融合，所以各原始的具有保護意義的自然神祇就將它們的形象與城隍相混合，形成了城隍神。城隍神的興起過程與龍圖騰的興起有類似之處，即巫教的同一化現象。加之北方宗教氣氛濃厚，巫教需要藉重宗教的力量將其信仰系統化，所以毘沙門天王便代替了城隍神的職能——究竟論之，則依然是水神。何況在四天王中，毘沙門是北方天王，按照中國的五行，北方亦值水。

────────────

〔註9〕王濤：《唐宋時期城市保護神研究——以毗沙門天王和城隍神為中心》，中國社會科學出版社，2012年11月第1版，第119頁。

　　《封神演義》中的水神尤其多，上文言明，龍王固然是水神，太乙自然也是水。毘沙門天王父子實則無一不起源於水，毘沙門天王的次子獨健是二郎神的原型之一，二郎神的本土化原型為李二郎和趙昱，前者治都江堰，後者有斬蛟的傳說，都有水神的特徵，這與上古時期的水神崇拜有密切的聯繫。

　　至於毘沙門天王的持塔形象，據敦煌寫本《毘沙門緣起》所言：「帝釋手擎舍利塔與之」，可見至遲在唐代已有毘沙門持塔的樣貌〔註10〕。又金剛智所譯《吽伽陀野儀軌·卷三·阿婆縛抄》：「先中主毘沙門天，身著七寶金剛莊嚴金甲冑，其左手捧塔，右執三叉戟，其腳下踏三夜叉鬼」，亦可見毘沙門天王捧塔當是在印度時的形象，並非其中國化後所致。至於其塔鎮哪吒，則至遲在宋中葉已有發生，蘇轍《哪吒》詩：「北方天王有狂子，只知拜佛不拜父。佛知其愚難教語，寶塔令父左右舉。兒來見佛頭輒俯，且與拜父略相似。佛如優曇難值遇，見者聞道出生死。嗟爾何為獨如此，業果已定磨不去。佛滅到今千萬祀，只在江湖挽船處。」這裡的「北方天王」尚指毘沙門天王而非李靖。

　　作為唐初名將，李靖接受官方崇拜在唐代中期便已經開始了。《新唐書·禮樂志五》：「上元元年，尊太公為武成王，祭典與文宣王比，以歷代良將為十哲象坐侍。秦武安君白起、漢淮陰侯韓信、蜀丞相諸葛亮、唐尚書右僕射衛國公李靖、司空英國公李勣列於左，漢太子少傅張良、齊大司馬田穰苴、吳將軍孫武、魏西河守吳起、燕昌國君樂毅列於右，以良為配。」在這個名單中，唐時共有李靖、李勣二人。李勣出身草莽，不若李靖出身名門——乃是韓擒虎的外甥。因而李勣的故事多草莽氣，演義為隋唐之際的英雄故事；李靖的故事多市井氣和貴族氣，所以演義為紅拂女的傳奇故事。當然，唐代隋唐之際的英雄傳奇絕不較李靖為主角的市井傳奇為少，如《隋煬帝海山記》、《大業拾遺記》等，整理出來的故事有時也有瓦崗山的事蹟，明初有《小秦王詞話》，今已不存，只有萬曆時期的諸聖鄰重訂本〔註11〕，所以民間其實是將李勣和李靖的故事並傳的，並沒有厚此薄彼的現象，只是本文只討論李靖與毘沙門天王的同構，不能對李勣的信仰和故事流傳另為枝蔓而已。

〔註10〕鄔西禮、夏廣興《毘沙門天王信仰與唐五代文學創作》一文言《毘沙門天王緣起》由唐朝不空和尚所譯，見陳允吉主編《佛經文學研究論集》，復旦大學出版社，2004年12月第1版，第526頁。

〔註11〕孫楷第：《日本東京所見小說書目》，見《中國通俗小說書目》，中華書局，2012年3月版，第259頁。

　　李勣本姓徐，賜姓為李，便與李靖一樣為李氏，唐人以李為國姓，以道教為國教，所以二李的故事裏不免沾染一定道教色彩。如《隋唐演義》裏的徐茂公（李勣字懋功）就是道士身份；李靖則具有神力，唐代李復言《續玄怪錄》也有李靖代龍行雨的傳說，沈樞《輔世忠烈王廟記》記載百姓崇拜李靖「雨暘輒止」〔註12〕，宋代《太平廣記》卷四一八《李靖》言李靖與龍女的關係，李靖代龍王行雨而致災，與《封神演義》中龍王水淹陳塘關一致，其與龍王的關係與《封神演義》正是一個反向，但無論如何確已有了水神的影子，與毘沙門天王的水神性質有了一定共性。

　　但這並不是其成為「托塔天王」的唯一理由，因為關羽、岳飛亦曾為佛、道兩家吸收為神祇，但卻並沒有與其他宗教神仙的形象融合。這當然與其發生次序有關，關羽的崇拜肇始於北宋，唐肅宗時所配享的「十哲」名單裏並沒有關羽，直至唐德宗建中三年，選配七十二弟子才有關羽名字，其中亦有張飛、周瑜、呂蒙等人，關羽形象並不突出〔註13〕，岳飛為南宋初人，自然更等而下之。但李靖與毘沙門天王的融合則至少不遲於中唐，《紅蘭佚乘》言：「府治東有東西兩天王寺，唐大曆三年，托塔李天王白晝現形其地，居民共募造」。方此之時，儒家已有《五經正義》，佛教神譜亦已形成，道教則需要虛構天庭以為對抗。天庭之帝便是玉帝，天庭之將便是毘沙門天王，為了增加毘沙門天王的事蹟和信仰，所以將之與民間信仰最盛的李靖合而為一。

　　加之前文言明，隋與殷商正是被明代說話家批評最烈的兩個時期，這兩個時期的君王也是明代說話家可以直接指斥的對象。只是寫隋朝暴君極寫其淫，寫商朝暴君則極寫其暴，所以殷郊的故事可以從殷商直接躍到寫隋唐的《北遊記》，薛延陀本來是隋唐時期的鐵勒族的一部分，卻也可以出現在殷商為背景的《武王伐紂平話》中。《平話》言：「費仲曰：『交崇侯虎為大將，教薛延沱為副將，此人封為白虎神』」，薛延陀正是李靖與李勣的對手，李靖也藉此契機由道教的一般神祇開始加強了與玄帝收魔、姜子牙封神的聯繫，由隋唐的英雄躍居為開周的功臣。

　　日本學者二階堂善弘因為《神仙鑒》一書將李靖與李天王分別介紹而認為當時李靖與李天王是兩種神格〔註14〕，但這無疑是忽視了另一種可能，即

〔註12〕引自《浙江通志》第 11 卷，清雍正朝卷，中華書局，2001 年 12 月版，第 6209頁。

〔註13〕宋・王溥：《唐會要・武成王廟》。

〔註14〕〔日〕二階堂善弘：《元帥神研究》，齊魯書社，2014 年 8 月版，第 340 頁。

李靖雖然與毘沙門天王合併為佛教神，但其作為著名軍事家卻仍受到官方十哲地位的祭祀，民間亦不乏對李靖的信仰，所以兩種信仰不能完全同化，只好分別記述而已。宋代《仁濟廟加封敕牒碑》記載李靖有三子，長子封為紹烈侯，次子封為紹威侯，三子封為紹休侯。然而《新唐書》本傳所記載的李靖之子只有李德謇一人，可見這時李靖的子嗣情況也逐漸向毘沙門天王轉變。李靖與毘沙門天王的形象交互，直到《封神演義》中，四大天王已經是獨立的「魔家四將」，與毘沙門天王父子沒有任何關係了。

2. 二郎神的由來

與李靖和毘沙門天王的形象糅合相同，二郎神也是由中國本土的二郎神故事與外來神祇的故事雜糅來的。二郎神的事蹟本自唐時託名柳宗元的《龍城錄》「趙昱斬蛟」的故事，其為李冰或其子則出自宋朝趙樸的《成都古今集記》。《古今圖書集成‧神異典》所引《浙江通志》則說二郎神為鄧遐。黃芝崗先生說：「二郎神的成因：第一是入水斬蛟，替地方平定水患；第二是這地方的太守，或者是太守的兒子。」〔註15〕這是不錯的。《朱子語類》卷三則坐實了二郎神為李冰：「蜀中灌口二郎廟，當初是李冰因開離堆有功，立廟。今來現許多靈怪，乃是他第二兒子出來。」不過，《三教源流搜神大全》及元雜劇《二郎神醉射鎖魔鏡》仍稱二郎神為趙昱，《二郎神鎖齊天大聖》則稱其為趙煜，朱熹之說影響不大。

從時間上看，二郎神的信仰成於唐代，魏晉之際川蜀地區割據，特別是蜀漢建立時以「漢」為國號，需要神靈強化其正統，因而蜀地的神靈文化便興盛起來。隋唐一統後，不得不承認蜀地神祇的地位，但其神權又不能高於皇權，所以需要將水神異化為蜀地的太守，趙昱的信最便由此而生。蜀地固有李冰的傳說，東漢應劭《風俗通》已有李冰鬥江神的故事，李冰一樣是太守，和趙昱的身份容易混淆，故而又有了李冰為二郎神的傳說。但李冰和趙昱終究有官僚身份，其佚事不如李冰次子的故事更容易衍說，這便是有了二郎神為其次子的說法，灌口二郎文化的演變無非如此。

但值得注意的是，在這些演變中：第一、二郎神並不姓楊，更非楊戩；第二、這時二郎神的相貌尚是文官形象，並非武將，沒有「三尖兩刃刀」，更不是三眼。

〔註15〕黃芝崗：《中國的水神》，讀書‧新知‧三聯書店，2012 年 6 月版，第 41 頁。

關於二郎神的姓名，張政烺《封神演義漫談》〔註16〕一文中認為二郎神與楊戩的關係起源於《夷堅支乙‧楊戩館客》，後世小說則將之落實，可聊備一說。但《夷堅支乙‧楊戩館客》並沒有將二郎神和楊戩混淆，所謂「後世小說」即《醒世恒言》第十三卷《勘皮靴單證二郎神》出於天啟年間，但嘉靖年間刊印的《二郎神開山寶卷》已經稱二郎神為「楊二郎」。此書上卷稱：二郎神生於碓州楊天佑家，母親是雲花仙子，由於參禪沒有名師指引，生出了心猿孫悟空。孫悟空大鬧天宮，並將雲花仙女壓在太行山下。二郎神長大後，在王母的指引下，劈山救母，並將孫悟空鎮壓在泰山根下。其中二郎神的裝備為「開山斧、兩刃刀、銀彈金弓，昇天帽、登雲履、騰雲駕霧，縛妖索、斬魔劍、八寶俱全」〔註17〕，此外尚有照妖鏡、二山帽等法器，已與明刻本《封神演義》中二郎神的形象較為接近。此書題名為「嘉靖壬戌三十四年造」，其事蹟當出於嘉靖時。或認為壬戌為四十一年不當為三十四年，疑此書時間為偽造。然則此書本為說唱本，文字因聽說而致誤，另一個顯著的證據是在《目前顯化品第十六》中有「景太崩、天順爺、又登寶位，封呂祖、御皇姑、送上黃村」之句，「景太」即「景泰」之誤。即便此書刊刻時間並非嘉靖時，其故事說唱藍本亦在嘉靖，並非受《醒世恒言》的影響可知。

《封神演義漫談》又言今日二郎神的形象則出自毘沙門天王的次子獨健。按：《法華經‧觀音菩薩普門品》言：「此一天王有五位太子，名稱分別是最勝、獨健、那吒、常見、禪只」〔註18〕，《大方等大集月藏分經‧毘沙門天王品第十四》竟說天王有九十一子，不過唐代吳道子有《送子天王圖》，本是護世的天王竟然轉到有送子的能力，或許便與他有九十一子的傳說有關。張政烺以為，不空譯《毗沙門儀軌》尾題後有唐天寶元年安西被圍，獨健帶神兵援救一事，二郎神的傳說由此大盛。但康保成卻考證崔令欽《教坊記》記載開元時期的舊事，此間已有了「二郎神」曲名，可見並非天寶之後二郎神的信仰才興盛〔註19〕，其說考證甚詳。《十國春秋》則記：「帝（指前蜀帝王衍——引者注）被金甲，冠珠帽，執戈而行，旌旗戈甲，連亙百餘里不絕。百姓望之，謂為灌口祅神。」又《古今圖書集成‧神異典》引《賢奕》：宋藝

〔註16〕張政烺：《文史叢考》，中華書局，2012年4月版，第358～370頁。
〔註17〕《二郎開山寶卷‧求籤進造品第十》。
〔註18〕鳩摩羅什譯：《法華經》卷七，見於《大正藏》第九冊，第57頁。
〔註19〕康保成：《儺戲藝術源流》，廣東高等教育出版社，2005年7月第1版，第300頁。

祖平蜀，得花蕊夫人，奉昶小象於宮中。藝祖怪問，對曰：「此灌口二郎神也。乞靈者輒應。」足見二郎神即祆教神祇，而且已經與灌口發生了聯繫。其「三尖兩刃刀」即來源於祆教的山形叉或三叉戟，哮天犬即出自祆教的「犬視」儀式，祆教認為人死後會產生屍魔，屍魔以蒼蠅的形式存在，故需要攜帶犬類以驅屍魔〔註20〕。

至於其第三隻眼，非但不見於宋代《灌口搜山圖》，亦不見於《三教源流搜神大全》及《西遊記》和《封神演義》的明代刻本，直至清代的《封神演義》刻本中才有三眼二郎神的形象，這或許與鼓詞本封神故事的出現有關，車王府曲本《封神榜》即言：「只見他：頭戴臥龍冠一頂，水合道袍身上穿。黃絨絲條腰中縛，足登雲履顏色鮮。背後斜橫雄龍劍，人品相貌正又端。面刀敷粉牙似玉，鼻樑高正似膽懸。立生一目三隻眼，額下風飄三綹髯。凜凜身材有一丈，仙風道骨不非凡。」〔註21〕這裡雖然有了「立生一目三隻眼」，但卻也有「額下風飄三綹髯」，與宋朝以來的少年形象不符。洪邁《夷堅丙志》卷九「二郎廟」：「政和七年，京師市中一小兒騎獵犬揚言於眾曰：『哥哥遣我來，昨日申時，灌口廟為火所焚，欲於此地建立。』兒方七歲，問其鄉里及姓名，皆不答。」吳承恩《二郎搜山圖歌》稱其為「少年都美清源公」，《三教源流搜神大全》及《西遊記》和《封神演義》的明代刻本中的二郎神形象皆無鬍鬚，可見車王府曲本《封神榜》中二郎神的形象借鑒了有鬍鬚的三眼神的形象，如從《三教源流搜神大全》中的靈官馬元帥演變出來的馬王爺等。

3. 哪吒的由來

（1）哪吒故事的由來與演變

在毘沙門天王諸子中，關於哪吒的爭議最少，一般認為哪吒是毘沙門天王的第三個兒子，只有《阿娑縛抄》和《北方毘沙門天王隨軍護法儀軌》例外。《阿娑縛抄》卷三百十六《毘沙門天王》稱其五太子的順序為「禪貳師、獨健、最勝、哪吒、常見」，哪吒位居第四，而《北方毘沙門天王隨軍護法儀軌》則稱哪吒為「北方天王吠室羅摩那羅闍第三王子其第二之孫」，翻譯《北方毘沙門天王隨軍護法儀軌》的是唐代開元三大士之一的不空和尚，不空翻譯過許多關於毘沙門的經書，不當致誤，此處當是原文如此，別有所本。不

〔註20〕程方毅：《海妖之歌——橫跨歐亞的奇幻之旅》，商務印書館，2015年9月版，第172頁及182頁。

〔註21〕車王府曲本《封神榜》第一百五十一回。

過也有學者據此認為「哪吒」是一個護法家族的名稱〔註22〕，這當然另當別論了。

　　「哪吒」共有「那羅鳩婆」、「那吒矩缽羅」、「那吒俱伐羅」、「那吒」等九種寫法，是梵語「Nalakubara」的音譯，最早見於北涼時期所譯的《佛所行贊》〔註23〕，梵語的本義是「毘沙門之子」，是一種泛稱而非特別的指代〔註24〕，後來將之所寫為「Nata」，便成了毘沙門太子的專名——由泛名而成為專名正是一種神話通俗化的表現——所以毘沙門的五個兒子固然有不同的說法，但其間有哪吒則是同一的。也正是由於這個緣故，在毘沙門所傳的五子中，以哪吒與毘沙門天王的關係最近，唐代不空和尚所譯《北方毘沙門天王隨軍護法真言》：「其塔奉釋迦牟尼佛，叫汝若領人兵守界擁護國土。毗沙門即擁遣第三子那吒捧行莫離其側。」可見最初時的情形，哪吒是為毘沙門天王捧塔，而非宋時蘇轍所說被鎮壓於塔的。

　　發生這一轉變的道理當在宋代出現哪吒「析肉還母，析骨還父」的公案以後。宋代道原和尚《景德傳燈錄》卷二十五：「哪吒太子，析肉還母，析骨還父，然後於蓮花上為父母說法」。宋代《祖庭事苑》則說：「叢林有析肉還母、析骨還父之說，然於釋教無之，不知依何作此言」。所謂「叢林」即是禪院的別稱，即此公案是已經中國化的禪宗公案，並非印度固有的佛教公案，因而哪吒的「析肉還母，析骨還父」當屬第一個可考的中國化的哪吒故事。發生這個故事是因為宋時對哪吒的信仰不在毘沙門天王的信仰之下，唐代高宗到玄宗時代的譯經裏即說哪吒為藥叉鬼神王，並不提及他是毘沙門的兒子〔註25〕，開元三大士善無畏《大佛頂別行法》中也將哪吒鳩伐羅和毘沙門天分為兩個，南宋洪邁《夷堅志》卷三十八《程法師》則說：

　　　　張村程吉法師，行茅山正法，治病驅邪。附近民俗多詣壇扣請，無不致效。旁村新定人詹聰，暴感疾，招使拯之，時即平復。時已昏暮，程欲歸，聰父子力挽留待旦，不從而行。一更盡，到孫家嶺，

〔註22〕鄭志明：《哪吒神話的生命觀》，《第一屆哪吒學術研討會論文集》，書目文獻出版社，1996年版，第72頁。

〔註23〕鄭阿財：《佛教經典中的哪吒形象》，《第一屆哪吒學術研討會論文集》，書目文獻出版社，1996年版，第529~530頁及〔日〕二階堂善弘：《元帥神研究》，齊魯書社，2014年8月版，第320頁。

〔註24〕蕭登福：《哪吒溯源》，《第一屆哪吒學術研討會論文集》，書目文獻出版社，1996年版，第18頁注。

〔註25〕蕭登福：《哪吒溯源》，《第一屆哪吒學術研討會論文集》，第25頁。

月色微明，值黑物如鍾，從林間直出正前，圓轉有聲，若與為敵。急湧咒步罡略無所憚。漸漸逼身，知為石精遂持那吒火球咒，結叩叱喝：「而去！神將輒容罔兩，敢當吾前，速即扛退。」俄而見火球自身出，與黑塊相擊。久之，鏗然響後而滅。火球繞身數匝，亦不見。時山下住人項通，舉家聞山上金鼓喧轟，如千百人戰聲。與其子侄遙望，唯見程兀立持誦，寂無燈燭，就呼之，乃覺。即拉之歸宿，心志定矣。自是不敢夜行。

　　這裡的「那吒火球咒」證明哪吒已有獨立的咒語，且元雜劇《盆兒鬼》中已經將之與「天心法」並列，到了雜劇《猛烈哪吒三變化》中四大天王乾脆成為了哪吒的下屬，可見宋代以後對哪吒的篤信彌繁，正是基於這個緣故，信仰哪吒的人決不許自己的信仰屈於毘沙門天王的信仰之下。但正在宋朝，三教合流的情形愈發嚴重，信奉佛道兩家的不得不以儒家的觀點為參詳，而儒家是絕不允許父子同尊的。於是佛教徒便要哪吒「析肉還母，析骨還父」，以便斷開父精母血，方能與父母說法，成績亦在父母之上，但這並不意味著其與毘沙門天王夫妻有仇怨需解。這段公案裏的蓮花則成為了其後來所現蓮花化身的基礎，《程法師》裏以火球咒克制石精便成了《三教源流搜神大全》裏哪吒克殺石記娘娘的出處。

　　值得注意的地方有兩個：第一、《程法師》中雖稱「哪吒火球咒」是「茅山正法」，但此故事終究出自筆記而非道經，所以「哪吒火球咒」究竟屬於巫教的咒語抑或是道教的咒語尚在未定之天，但無論如何，此時哪吒的信仰已開始不拘於佛教，向民間信仰過渡。第二、哪吒的咒語與火有關，這是哪吒的本性，此節留待後文討論。

　　《程法師》中的「火球」到了戲劇及小說中變為了「繡球」，《鎖魔鏡》寫「繡球落似千條火滾」、「我這繡球千團火」，《西遊記》雜劇中也視繡球為哪吒克敵制勝的武器。到了《南遊記》中則明寫繡球「內有十六個頭目，帶領五千瘟陣鬼兵助戰，無有不勝」〔註26〕，這是從侍奉釋迦的佛塔中化來的，哪吒所奉的佛塔中有佛牙舍利〔註27〕，《西遊記》裏講其「層層有佛，豔豔光明」〔註28〕，元雜劇《鎖魔鏡》裏又寫哪吒看護的天獄，乃是三面鏡子：「一

〔註26〕　《南遊記‧哪吒行兵收華光》。
〔註27〕　見《北方毘沙門天王隨軍護法真言》及《開天傳信記》。
〔註28〕　《西遊記》第八十三回。

面是照妖鏡，一面是鎖魔鏡，一面是驅邪鏡。三面鏡子，鎮著數洞魔君」。早在唐代，哪吒已經有「鬼神王」之稱〔註29〕，其形象則以狠、惡為主。宋代《景德傳燈錄》卷十三說：「三頭六臂驚天地，憤怒哪吒撲帝鍾」，這是從唐代不空和尚所譯《北方毘沙門天王隨軍護法儀軌》中來的，此間言：「哪吒太子手捧戟，以惡眼觀四方」。自然，這裡的狠、惡乃是為了鎮壓魔鬼或邪靈的，即《護法儀軌》所言「我護持佛法，欲攝縛惡人」，並不是與人作惡的意思。不過以一般對鬼王的理解，終究是群魔的領袖，加之與父母說法，在儒家看來已為不孝，所以最終使李靖手中的佛塔來鎮壓鬼王，於是哪吒便從捧塔的神成為了被鎮壓於塔的神。發展至此，哪吒的故事便已初見規模了。

（2）《封神演義》裏的哪吒

明代《三教源流搜神大全》有「那吒太子」一條，總結了此前的哪吒神話，並為後來的《封神演義》裏的哪吒故事提供了藍本，其間言：

> 那吒本是玉皇駕下大羅仙，身長六丈，首帶金輪，三頭九眼八臂，口吐青雲，足踏磐石，手持法律，大嗷一聲，雲降雨從，乾坤爍動。因世間多魔王，玉帝命降凡，以故託胎於托塔天王李靖。母素知夫人，生下長子軍吒，次木吒，帥三胎那吒。生五日化身浴於東海，腳踏水晶殿，翻身直上寶塔宮。龍王以踏殿故，怒而索戰。帥時七日，即能戰殺九龍。老龍無奈何而哀帝，帥知之，截戰於天門之下而龍死焉。不意時上帝壇，手搭如來弓箭，射死石記娘娘之子，而石記興兵。帥取父壇降魔杵，西戰而戮之。父以石記為諸魔之領袖，怒其殺之，以惹諸魔之兵也。帥遂割肉刻骨還父，而抱真靈求全於世尊之側。世尊亦以其能降魔故，遂折荷菱為骨、藕為肉、絲為筋、葉為衣而生之。授以法輪密旨，親受木長子三字，遂能大能小、透河入海、移星轉斗。嚇一聲，天頹地塌；呵一氣，金光罩世；鍗一響，龍順虎從；槍一撥，乾旋坤轉；繡球丟起，山崩海裂。故諸魔若牛魔王、獅子魔王、大象魔王、馬頭魔王、吞世界魔王、鬼子母魔王、九頭魔王、多利魔王、番天魔王、五百夜叉、七十二火鴉，盡為所降。以至於擊赤猴、降孽龍，蓋魔有盡而帥之靈通廣大、變化無窮。故靈山會上，以為通天太師、威靈顯赫大將軍。玉帝即封為三十六員第一總領，使天帥之領袖，永鎮天門也。

〔註29〕金剛智《呼迦陀野儀軌》。

　　《封神演義》中的託身李靖之家、鬧東海、殺石磯娘娘、現蓮花化身都從此篇而來，連帶李靖的三個兒子名為金吒、木吒、哪吒，也是從此篇來的。「金吒」的名字是小說家言，沒有什麼依據，但是「軍吒」即軍吒唎，見《道法會元》，又名「軍荼利」，即密教五大明王之一，《三教源流搜神大全》將他作為哪吒的長兄。「木吒」當出自木叉，《宋高僧傳》中記載他是僧伽的徒弟，僧伽即是觀音的化身，僧伽的三個弟子即惠岸、惠儼、木叉，並不如《西遊記》中所說木叉即惠岸，《三教源流搜神大全》中則將之改名為「木吒」，為哪吒的次兄，凡此種種都為《封神演義》沿用。不過其中有一點比較重要的改動，即《三教源流搜神大全》中稱哪吒為玉帝駕前將軍轉世，《封神演義》則稱其為靈珠子轉世。相較而言，玉帝駕前將軍更具有道教特徵，靈珠子轉世則更有佛教特徵，這種改動其實並沒有在小說中產生推動作用或於其他情節產生聯動作用，反而與《封神演義》主體的道教語境並不相符。這又為哪吒的故事是後插入《封神演義》裏的增添了一條證據，而且我們可以進一步推論，加入《封神演義》前的哪吒故事並非道教，而是佛教的故事。

　　除了「哪吒太子」一條之外，《封神演義》中所借鑒的還有「太歲殷元帥」一條。按《史記》，王后乃九侯之女，「九」即「仇」字，本不應該姓姜。《三教源流搜神大全》記載殷郊「母皇后姜氏」，《列國志傳》便吸收這一說法，使其姓姜，《封神演義》則繼續了這一說法。《三教源流搜神大全》中記殷郊生為肉球，一方面是因為殷郊為太歲神，太歲即是肉球狀的東西。《呂氏春秋・貴因》：「武王曰：『將以甲子至殷郊』」，殷郊的本意是殷都的郊外，甲子即甲子日，後人以殷郊為人名，然而值年本自甲子始，於是殷郊便成了值年的太歲神。另一方面乃是斷絕其與紂王的關係，使其獲得神性伐紂而不必囿於倫理。其受牛馬保護是后稷的事情——后稷之母名為姜嫄，剛好為姜氏。水濂洞後來被《西遊記》中孫悟空的故事吸收，收贙神、鴉將即《封神演義》中收溫良、馬善的先聲。

　　在《武王伐紂平話》中，殷交已是太歲神，明初《道法會元》已經將殷郊作為道教神祇，卷二百四十六將之視為「天心地司大法」的主帥，記載其「丫髻，青面，孩兒相，項帶九骷髏，額帶一骷髏，躶體，風帶紅裙，跣足，右手黃鉞，左手執金鐘」，已經有「青面」，卷二百四十七則有「北帝地司殷元帥秘法」，記載殷郊「青面青身，金冠，朱髮，緋抱皂緣，絞紮腰間，上左手託日，右手託月，下右手鉞斧，下左手金鐘，項上懸掛十二骷髏，自午方

五色雲中至」，則其為四臂四手，與《封神演義》中「三頭六臂，青面獠牙」
〔註30〕的形象已比較接近。

　　但在《封神演義》中生為肉球的並非是殷郊而是哪吒，這或許是因為《三
教源流搜神大全》稱殷郊又名「法名金叮嚀，正名喚哪吒」，使他的故事與哪
吒有了一定關聯。在《封神演義》中，哪吒與殷郊均為三頭，只不過殷郊六臂、
哪吒八臂而已。哪吒六臂或八臂是早有成說的，除了前引「三頭六臂擎天地，
忿怒哪吒撲帝鍾」之外，尚有「忽若忿怒哪吒，現三頭六臂」〔註31〕、「哪吒
八臂空惆悵，夜夜三更白晝行」〔註32〕、「八臂哪吒冷眼窺」〔註33〕等。但在
《封神演義》中因為哪吒出世之時只有兩臂，因此作者不得不在哪吒現蓮花化
身的時候讓太乙真人送給他一個豹皮囊。

　　除了形象上的相似，哪吒繼承了殷郊的弒父屬性，在《平話》裏殷交的叛
父與其母被殺之間有十年的間隙，在《封神演義》中哪吒自出生到鬧東海也整
整帶過了七年的時間。殷郊在《封神演義》中已受申公豹挑唆助紂伐周，因而
另一弒父者哪吒便將其事蹟取代，所以也生於球──斷絕和父精母血的關係，
哪吒「剔肉還父、析骨還母」正與其生於肉球相印證。

　　除此而外，哪吒的形象還借鑒了《西遊記》中的紅孩兒形象，《封神演義》
中文殊廣法天尊取遁龍椿遁住哪吒就是對《西遊記》中觀音降服紅孩兒的仿
傚，《封神演義》中哪吒的火尖槍，據黃永年的意思，就是從《西遊記》中紅
孩兒的火尖槍化來的〔註34〕。清代《封神真形圖》中就將觀音降服紅孩兒時手
足、脖頸的金箍送給了哪吒，並且將哪吒稱為「善才童子」，更可見哪吒對紅
孩兒形象的沿襲情況，至於其風火輪和金磚，李亦輝認為是沿用了《南遊記》
中的華光或《三教源流搜神大全》中的靈官馬元帥的形象〔註35〕。

　　《封神演義》對於《三教源流搜神大全》的改造，最關鍵的在於哪吒之死，
《封神演義》中哪吒死於「水淹陳塘關」而非為石磯娘娘之死負責。一方面是
為了淡化石磯娘娘「諸魔之領袖」的地位，此處「諸魔之領袖」與前文的軒轅

〔註30〕《封神演義》第六十三回。
〔註31〕重顯頌古克勤評唱：《佛果圜悟師碧巖錄》卷九。
〔註32〕文素：《如淨和語錄》卷下。
〔註33〕《博燈錄・卷十二・襄州石門元易師》。
〔註34〕黃永年：《今本〈西遊記〉襲用〈封神演義〉說辯證》，黃永年《文史存稿》，
　　　　三秦出版社，2004 年 5 月版，第 458 頁。
〔註35〕李亦輝：《〈封神演義〉考論》，人民文學出版社，2018 年 4 月版，第 220 頁。

墳三妖與後文的闡截兩教之爭都會有矛盾，為了適應於《封神演義》的文本，不得不做此改動，石磯娘娘的兒子變為了徒弟，也是為了適應於《封神演義》整體文本的去欲精神的。另一方面《封神演義》的作者將哪吒之死定位為為倫理犧牲，淡化了哪吒的作惡情節，增加了儒家思想中捨生取義的傾向，這與其敘述哪吒殺身是為了「孝心」是一致的。

尤為令人玩味的是，蕭登福發現《封神演義》裏哪吒故事的講述地點都和四川有關，翠屏山、乾元山金光洞、石磯山、陳塘關等無一不在四川〔註36〕，二郎神的故事亦在四川，趙昱斬蛟和哪吒殺敖丙尤其有相似之處。至於哪吒在翠屏山顯聖，顯聖前自我分屍，《水滸傳》中的潘巧雲亦在薊縣的翠屏山被分屍，其間是巧合還是因字同而致此，便無從分析了。

（3）哪吒故事的哲學意義

《封神演義》關於哪吒出身的部分只有三回，但並沒有失掉其哲學思考的內涵。陳兆南先生認為，哪吒的故事體現了三個母題：卵生英雄母題、復活母題和「避險神箭」故事類型〔註37〕。

前已言之，卵生英雄的故事是從《三教源流搜神大全》中的殷郊故事裏得來的，殷郊的故事則是對太歲神的延續。但這個故事到了哪吒身上則與之「剔肉還父、析骨還母」前後呼應。按《封神演義》第十三回，哪吒對敖光說：「我一身非輕，乃靈珠子，是奉玉虛符命，應運下世；我今日剖腹剔腸，剜骨肉還於父母，不累雙親，你們意下如何？如若不肯，我同你齊到靈霄殿見天王，我自有話說。」敖光聽得此言，說道：「也罷！你既如此救你父母，也有孝心。」〔註38〕這於儒家固然是孝道，但在道家卻是對生命的解脫。在哲學上看，《莊子》追求無所待的境界，《神仙傳‧河上公》言：「余上不至天，中不累人，下不居地，何民之有焉？君宜能令余富貴貧賤乎？」但此言可以證明忠的不必要，卻不能否定掉孝的意義，加之道家認為「吾所以有大患者，為吾有身也。及吾無身，有何患？」〔註39〕所以哪吒要獲得自主的權利，非要「剔肉還父、析骨還母」不可。其出生的肉球，便是《莊子》所言的「混沌」，哪吒出生時

〔註36〕 蕭登福：《哪吒溯源》，《第一屆哪吒學術研討會論文集》，書目文獻出版社，1996 年版，第 57 頁。

〔註37〕 陳兆南：《臺灣說唱的哪吒傳說》，《第一屆哪吒學術研討會論文集》，書目文獻出版社，1996 年版，第 499 頁。

〔註38〕 《封神演義》第十三回。

〔註39〕 《老子‧道經‧第十三章》。

有乾坤圈和混天綾護體——所謂「乾坤圈」便是天父地母，所謂「混天綾」便是混沌的意思。所以哪吒斷絕父精母血之後，便得到真正的自由，便是「從示申」，便是神，哪吒從此由鬼成神。佛教以蓮花為聖，所以以純潔聖明取代肉身，這是一種哲學的變化，這種變化又印證了哪吒是鬼王的傳統。

所以哪吒的復活並不是肉身的復活，而是精神的復活，這種復活並非像耶穌復活一樣為的是拯救眾生，而是為了對李靖復仇、為封神出力。這兩件事第一件是私欲，是不符合儒家道德的，第二件事卻是公理，是對儒家先烈的輔佐。但這並非作者的矛盾，而是哪吒沒有了牽絆之後，便無謂是非、道德，這就是老子所說的「含德之厚者，比於赤子」〔註40〕。哪吒的重生雖然「身長一丈六尺」，但卻將成長的年齡固定在了七歲，因而哪吒是以童男的身體成聖的。臺灣歌仔冊裏黃塗活版的《哪吒鬧東海歌》中寫開妓院求祀哪吒及遺精過渡的人膜拜哪吒而痊癒，正體現了這種對童子身的崇拜。至於「避險神箭」故事類型其實是英雄使用塵封的武器的故事類型，或英雄解決宿有問題的類型，此種故事各民族皆有，俄狄浦斯王的故事也是圍繞這個問題展開的。

此外，我們還當注意到，《三教源流搜神大全》並沒有提到九龍及龍王的名諱，《封神演義》將哪吒除掉的龍太子命名為「敖丙」，這在哲學上是有寓意的。按：天干對應五行，甲乙木、丙丁火、戊巳土、庚辛金、壬癸水，天干亦分陰陽，以甲丙戊庚壬為陽，乙丁巳辛癸為陰，所謂「丙」便是陽火。上文已言及，哪吒是火命的代表，以火剋金。商代屬金、尚白，周代屬火、尚紅，武王伐紂便是以火剋金，商紂的帝號為帝辛，辛同樣是金，所以周朝方面的人物也當以火命的人物為先鋒最為適宜，因而火命的哪吒便成了不二之選。《封神演義》重雷法，而不重視五行法，所以除了羅宣一節之外，基本上不渲染火法，但終究要點出哪吒的火命，所以將其獵殺的龍族命名為「敖丙」，就是要他滅掉陽火。《封神演義》裏哪吒是李靖的第三個兒子，敖丙亦是敖光的第三個兒子，如果說申公豹和聞仲是姜子牙的反向，那麼敖丙便是哪吒的反向。

（二）姜子牙與歷史人物的神聖化

1. 先秦及兩漢時期：兵家和法家

姜子牙的本名叫做呂牙〔註41〕，他的先祖本姓姜，被封於呂，因為周文王

〔註40〕　《道德經・德經・第十八章》。
〔註41〕　《孫子兵法・用間》。

遇見了他，說：「吾太公望子久矣」〔註42〕，因而被叫做「太公望」，又因為武王師事之，且將他視為前輩，因而稱之為「師尚父」〔註43〕，後人把他稱為「姜尚」或「呂尚」便是從此而來，齊國的後代君主則因之是開國君主尊其為「齊太公」，直到《新唐書・宰相世襲表》才出現了「呂尚，字子牙」的說法，《封神演義》中稱之為姜子牙的歷史依據便在於此〔註44〕，至於羅泌《路史》說他「名涓，字子牙」，則完全不知有何依據。

齊國的史書至今無存，《詩經》中也沒有保留「齊頌」，姜子牙自身如何自我評價及他的後代和本國人怎樣評價他，我們均不得而知。《詩經・大雅》有《大明》和《皇矣》兩篇，把他塑造成輔佐文王、武王伐紂的重臣，這是因為《大雅》本係謳歌天子之政的詩歌〔註45〕，是為了頌揚文王之道而作，所以多強調開國的武功。及到了春秋時代，《左傳》多強調其與周公共同「股肱周室」〔註46〕，這是因為齊國在當時為成就霸主之業而在歷史中找到的依據，至於其與周公並稱，乃是因為《春秋》是魯國國史，所以強調其先祖周公的地位。

他的籍貫本是東夷〔註47〕，避居東海〔註48〕，年齡不詳。但按照《路史・發揮四》引《竹書紀年》，其卒於周康王六年，此前周成王在位22年，加上康王時期的6年，則其逝世當在周武王逝世28年後。《汲冢紀年存真》言：「（周武）王陟，年五十四」，若康王六年時周武王尚在，則年紀當為82歲，與姜子牙絕非兩代人，所謂「師尚父」者，當如劉向《別錄》所說，是男子的美稱，並非年老的意思。《荀子・君道》說他「七十有二」方才為文王所用，不知何據，但明顯有誤，疑從《史記・齊太公世家》所謂「吾太公望子久矣」而來，言即其年齡長於文王，與季歷相同，實則此一句「望子」所望之人並非姜子牙一人，而是類似於他的經世的人才。但《荀子》一出，後世紛紛沿用，《尉繚子・武議》說他「年七十，屠牛朝歌，賣食盟津，過七年餘而主不

〔註42〕《史記・齊太公世家》。

〔註43〕《詩經・大雅・大明》，《史記集解》引劉向《別錄》曰：「師之，尚之，父之，故曰師尚父。父亦男子之美稱也。」

〔註44〕本篇係研究《封神演義》之作，故本文依然稱之為「姜子牙」，而非「呂牙」。

〔註45〕《毛詩大序》：「雅者，正也，言王政所由興廢也。政有大小，故有小雅焉，有大雅焉。」

〔註46〕見《左傳・僖公三十六年》及《左傳・襄公十四年》。

〔註47〕見《呂氏春秋・首時》。

〔註48〕見《孟子・離婁上》、《孟子・盡心上》、《史記・齊太公世家》。

聽，人人之謂狂夫也」，《史記‧滑稽列傳》說他：「躬行仁義七十二年，逢文王，得行其說，封於齊」，《說苑‧尊賢》說他「七十而相周，九十而封齊」，同書《雜言》又說他「行年七十屠牛朝歌，行年九十為天子師」，成了大器晚成的典範。

其早期經歷，在楚史系統中是屠牛，《天問》：「師望在肆，昌何識？鼓刀揚聲，後何喜？」《鶡冠子‧世兵》：「太公屠牛」，至於《尉繚子》所謂「屠牛朝歌，賣食盟津」恐怕是不實之詞，盟津即孟津，因周天子與諸侯相盟誓而得名，彼時姜子牙已然相周，無賣食的可能。晉史系統則強調其垂釣，《呂氏春秋‧謹聽》說他「釣於滋泉」，《韓非子‧喻老》說「文王舉太公於渭濱」，這種說法後來被魯史系統繼承，《史記‧齊太公世家》稱其「以漁釣奸周西伯」，《范雎蔡澤列傳》稱其「身為漁父而釣於渭濱」，《尚書大傳‧商書》則逕言「周文王至磻溪，見呂望，文王拜之」。按：齊地本出於海濱，臨淄是重要的商業城市，姜子牙操刀在肆尚有可說，其垂釣於渭濱當自《莊子‧田子方》文王聘用垂釣的臧丈人中來，並非事實。

武王伐紂功成，將姜子牙封於齊國，姜子牙「因其俗，簡其禮」〔註49〕，《史記‧魯周公世家》則說他「簡其君臣禮，從其俗為也」。所謂「禮」即是周禮，「俗」則是齊國的風俗，亦即前文所論及齊國的巫術與巫教。《史記‧封禪書》說：「八神將自古而有之，或曰太公以來作之——齊所以為齊，以天齊也。」八神將指：天、地、兵、陰、陽、月、日、四，周朝尚《周易》，以陰陽為兩儀，天地即乾坤為八卦，故八神將的設置相較於周代八卦，不但名稱不同，而且完全是另一種系統，應即是齊國本土文化。稷下學派則稱其在受封於齊之後斬狂矞、華士之事，視他為法家的人物。《尹文子‧大道下》言：「太公誅華士」〔註50〕，《荀子‧宥坐》亦言：「太公誅華仕」，《韓非子‧外儲說右上》延續了這一說法。法家雖然與墨家、道家一道被劉向父子列入諸子略，筆者卻認為其並非現代意義上的學派〔註51〕。其對歷史人物的信仰亦經過對儒家信仰的改造，故儒家重視周公的文治，法家重視姜子牙的法治。《呂氏春秋‧長見》言：

〔註49〕　《史記‧齊太公世家》。
〔註50〕　《尹文子》屬稷下黃老學說，參考郭沫若《十批判書‧稷下黃老學派的批判》，中國華僑出版社《十批判書》，第112頁，其對稷下黃老學派的考證，筆者基本認同，參考同書第110～134頁。
〔註51〕　參考拙著《先秦諸子述林》，中國致公出版社，2019年2月版，第38頁。

周公旦封於魯，二君者甚相善也。相謂曰「何以治國？」太公
望曰：「尊賢上功。」周公旦曰：「親親上恩。」太公望曰：「魯自此
削矣。」周太公旦曰：「魯雖削，有齊者亦必非呂氏也。」其後齊日
以大，至於霸，二十四世而田成子有齊國；魯日以削，至於覲存，
三十四世而亡。

　　將周公視為儒家的先祖，姜子牙為法家的先祖。值得注意的是，此處寫齊
國、魯國同歸於盡，並沒有明顯偏袒儒家或法家的意思，可見《呂氏春秋》的
編者有意互存當時的歧說，沒有揚抑的態度，並非如商鞅將儒家道德視為「六
虱」，或像韓非將儒家學派視為「五蠹」之一。

　　《漢書・藝文志》有《周史六弢》六篇，顏師古注：「即今之《六韜》也，
蓋言取天下及軍旅之事。弢字與韜同也。」不過班固自稱其成書在「惠、襄之
間，或曰顯王時，或曰孔子問焉」，並非姜子牙的作品，但至遲在東漢末期，
已將《六韜》繫在姜子牙名下，《後漢書・竇何列傳》：「大將軍司馬許涼、假
司馬伍宕說進曰：『太公《六韜》有天子將兵事』」。《藝文志》亦記載有《太公》
二百三十七篇，分為《謀》八十一篇，《言》七十一篇，《兵》八十五篇，列於
道家的名下，大約是其《謀》和《言》都屬於道家性質。《戰國策・秦策一》
言蘇秦學《太公陰符》，此書為縱橫家言，但其言辭應在道家的範疇。《淮南鴻
烈・道應訓》：

武王問太公曰：「寡人伐紂天下，是臣殺其主而下伐其上也。吾
恐後世之用兵不休，鬥爭不已，為之奈何？」太公曰：「甚善，王之
問也！夫未得獸者，唯恐其創之小也；已得之，唯恐傷肉之多也。
王若欲久持之，則塞民於兌，道全為無用之事，煩擾之教。彼皆樂
其業，供其情，昭昭而道冥冥，於是乃去其督而載之木，解其劍而
帶之笏。為三年之喪，令類不蕃。高辭卑讓，使民不爭。酒肉以通
之，竽瑟以娛之，鬼神以畏之。繁文滋禮以弇其質，厚葬久喪以亶
其家，含珠鱗、施綸組以貧其財，深鑿高壟以盡其力，家貧族少，
慮患者貧。以此移風，可以持天下弗失。」故老子曰：「化而欲作，
吾將鎮之以無名之樸也。」

　　漢初重道，與儒家競爭，所以學說多託名黃帝，稱為「黃老」，有時也會
將言論繫在神農、姜子牙的名下，但卻並不是系統的。《淮南鴻烈》的其他章
節中仍然將姜子牙作為兵家和法家來對待。及至西漢末期，符讖之說興起，《論

衡·紀妖》言：「太公釣得巨魚，剖魚得書，云『呂尚封齊』，及武王得白魚，喉下文曰『以予發』」，託名劉向的《列仙傳》大約成書於東漢〔註52〕，有《呂尚》一篇羅列他的神跡，但《論衡·卜筮》則又寫他反對周武王的卜筮結果，分明是法家的態度。要之，漢初上承西周，整理舊史，姜子牙尚以武將和佐政之臣的身份出現在史冊中，因而其形象主要是以兵家和法家為主的。但隨著道教興起、符讖出現，便有了一定道家身份和神跡，雖不是主流，卻具有一定傳奇性質。他暮年發跡則基本上成為兩漢學者的共識，如《戰國策·秦策五》：「姚賈曰：『太公望齊之逐夫，朝歌之廢屠，子良之逐臣，棘津之讎不庸，文王用之而王。』」《韓詩外傳》卷八：「太公望少為人婿，老而見去。屠牛朝歌，賃於棘津，釣於磻溪，文王舉而用之。」這些均後來神化其形象提供了必要的條件，並為《平話》和《封神演義》關於姜子牙故事的創作提供了文獻基礎。

2. 魏晉隋唐時期：隱士與術士

魏晉時期，姜子牙形象主要出現了隱士和術士兩種形象。

魏晉時期名士風尚勃興，當時的士人不尚流俗，喜好隱逸市井。《三國志·諸葛亮傳》寫諸葛亮「躬耕隴畝，好為《梁父吟》」，《世說新語·簡傲》記載嵇康在樹下打鐵，向秀為之鼓風，姜子牙的形象亦由不發跡而向隱士過渡。《史記·齊太公世家》已有「或曰，呂尚處士，隱海濱」的說法，是其從法家、兵家向隱士過渡的開端，《晉書·夏侯湛列傳》言：「呂尚隱遊以徼文」，《抱朴子·外篇·交際》：「否則釣魚釣之業，泰則協經世之務」，坐實了姜子牙的隱逸。但這裡的隱逸仍然是「窮則獨善其身，達則兼濟天下」〔註53〕的儒家之隱，並非是道家的避世。事實上，姜子牙在後期身兼將相，道家絕沒有將他理解成避世的依據。與姜子牙一樣，伯夷、叔齊都是儒家的隱士，他們的尊卑思想更貼近儒家的主旨，所以司馬遷在作《史記》列傳的時候，將《伯夷列傳》推為第一，相較而言，姜子牙的隱逸更偏重於不得已。因而後世的文學作品如《平話》與《列國志傳》中，姜子牙救助武吉和他成就漁樵之隱，便突出了其在殷紂治下的不滿而被迫暫時隱逸。《藝文類聚》引《說苑》：

> 呂望年七十，釣於渭渚，三日三夜，魚無食者，與農人言。農

〔註52〕此從余嘉錫《四庫提要辯證》考證，參考《四庫提要辯證·下》，雲南人民出版社，2004年11月版，第1018～1026頁。

〔註53〕《孟子·盡心上》。

人者，古之老賢人也，謂望曰：「子將復釣，必細其綸，芳其餌，徐徐而投之，無令魚駭。」望如其言，初下得鮒，次得鯉，刳腹得書，書文曰：「呂望封於齊，望知當貴」。

　　上述內容為今本《說苑》所無，不知的否。但在這個故事中，將姜子牙的隱逸和農人的勸告結合在一起，是漁樵之隱的最初出處，武吉形象的歷史依據便在於此。到了《封神演義》中姜子牙和武吉之間的關係，卻成了姜子牙度化武吉修道，《韓湘子九度文公升仙記》中的韓湘子度化韓愈同樣如此，這是將其隱逸行為道教化的反映，要到宋元時期方才發生，下文另有論述，此不贅。

　　由於秦漢之間陰陽學派對儒家的滲透，使儒家產生了方士，漢代董仲舒《春秋繁露》有《求雨》、《止雨》諸篇，魏晉時期隨著道教、佛教的興盛，儒家也走向玄學化，如郭象注解《論語》，便是以佛、道兩家思想為依據的，姜子牙的形象則由東漢時期的傳奇走向了魏晉時期的術士。《宋書·符瑞志上》將東漢的符讖之說敷衍成了一個系統：

　　　　季秋之甲子，赤爵銜書及豐，止於昌戶，昌拜稽首受之。其文要曰：「姬昌，蒼帝子，亡殷者紂王。」將畋，史偏卜之，曰：「將大獲，非熊非羆，天遺汝師以佐昌。臣太祖史疇為禹卜畋，得皋陶。其兆如此。」王至於磻溪之水，呂尚釣於涯，天下趨拜曰：「望公七年，乃今見光景於斯。」尚立變名答曰：「望釣得玉璜，其文要曰『姬受命，昌來提，撰爾雒鈐報在齊。』」尚出遊，見赤人自雒出，授尚書曰：「命曰呂，佐昌者子。」文王夢日月著其身，又鳴於岐山。孟春六旬，五緯聚房。後有鳳皇銜書，遊文王之都。書又曰：「殷帝無道，虐亂天下，皇命已移，不得復久，靈祇遠離，百神吹去，五星聚房，昭理四海。」文王既沒，太子發代立，是為武王。武王駢齒望羊。將伐紂，至於孟津，八百諸侯，不期而會。咸曰：「紂可伐矣。」武王不從。及紂殺比干，囚箕子，微子去之，乃伐紂。度孟津，中流，白魚躍入王舟。王俯取魚，長三尺，目下有赤文成字，言紂可伐。王寫以世字，魚文消。燔魚以告天。有火自天止於王屋，流為赤烏，烏銜穀焉。穀者，紀后稷之德；火者，燔魚以告天，天火流下，應以吉也。遂東伐紂，勝於牧野，兵不血刃，而天下歸之。乃封呂望於齊。

　　如果將這一段直接編入《三教源流搜神大全》，亦無不妥。此外，《晉書·樂志下》有《釣竿》詩曰：「太公寶此術，乃在《靈秘》篇」，所謂《靈秘》

不知何指，當是讖緯或道經一類。《晉書・藝術列傳》引《太公陰謀》：「六庚為白獸，在上為客星，在下為害氣」，這時的《太公陰謀》已有了占星術的內容，《抱朴子・內篇・登涉》：「天地之情狀，陰陽之吉凶，茫茫乎其亦難詳也，吾亦不必謂之有，又亦不敢保其無也，然黃帝太公皆所信仗」，將黃帝與太公並舉，這當然是從漢初道家的經典裏延續下來的，但此中提及太公學說涉及「陰陽之吉凶」，則有了術士的影子。《南齊書・臧榮緒列傳》：「昔呂尚奉丹書，武王致齋降位，李、釋教誡，並有禮敬之儀」，此事本於《大戴禮記・武王踐祚》，所謂「丹書」不出西漢末期的符讖範疇〔註54〕，但將呂尚、武王與李、釋並稱且居於其前，並沒有將二人納入道教體系內，甚或像《封神演義》一樣將姜子牙作為老子的弟子。成書於魏晉時期的《搜神記》中有《灌壇令》一則，寫姜子牙為灌壇令，泰山神的女兒不敢經過灌壇興風作浪之事，此種小說家言雖然沒有成為主流，但也為後來姜子牙形象的進一步神化做了必要的助力。

至於對姜子牙的祭祀，民間自古有之，唐代設置太公廟令，但品階不高。唐高祖武德年間為七品下階，唐高宗永輝二年加至從五品上階，屬於文職事官。隋唐尚武，武則天長安二年設立武舉，為了配合武舉的設立，唐玄宗於開元十九年四月丙申下詔令地方上設太公廟，「凡大將出征，皆告廟授鉞，辭齊太公廟訖，不宿於家」，「元帥凱旋之日，皆使郊勞。有司先獻捷於太廟，又告齊太公廟」。唐肅宗上元元年閏四月，追封姜子牙為武成王，選配歷代良將為十哲。「武成」兩個字典出《尚書・武成》，從文字上看乃是對應孔子的尊號「文宣」，「十哲」的設置將姜子牙徹底神化，自是以後，民間稱孔子為「文聖」，稱姜子牙為「武聖」。但姜子牙的「武聖」地位一直受到士階層的質疑，直至唐德宗貞元二年，由關播奏議，廢除了對十哲的祭祀，貞元四年又根據李紓的建議，減少了武成王祭祀的規格。但民間仍按照武聖的規格禮遇姜子牙，直至宋後對關羽的信仰取代了對姜子牙的信仰為止〔註55〕。

〔註54〕明代陳耀文《正楊》說丹書便是律法，並舉證《左傳・襄公二十三年》「斐豹隸也，著於丹書」，然則此中丹書只是紅筆所書之意，並非文獻名，而《大戴禮記》中的「在《丹書》」是對《丹書》這部文獻的引據，其中所言為「黃帝、顓頊之道」，即託名黃老之學，而又言「敬勝怠者吉，怠勝敬者滅，義勝欲者從，欲勝義者凶」，即又不出儒家的範疇，屬西漢末期的讖緯之學。

〔註55〕上述史實參考《唐會要・武成王廟》及《舊唐書・職官志》，引文見《舊唐書・職官志二》。

正因隋唐重視姜子牙作為武將的意義，所以這時的一般作品中都側重對姜子牙文治和武功的描繪。要之，即在助力武王伐紂時是兵家，在輔佐文王及武王治國時是儒家。《李衛公問對》卷上將《漢書·藝文志》中的謀、言、兵理解為兵家的「三門」，並指出「《太公謀》八十一篇，所謂陰謀，不可以言窮；《太公言》七十一篇，不可以兵窮；《太公兵》八十五篇，不可以財窮」，從《意林》及《藝文類聚》中所收集的署名「太公」的《太公金匱》、《太公六韜》來看，這時太公的著作仍未脫離兵家和儒家的範疇。

只是《藝文類聚》中《武部·戰伐》提到「武王伐殷，丁侯不朝，尚父乃畫丁侯射之」的故事，與《封神演義》中落魂陣姚天君拜走姜子牙二魂六魄及陸壓用釘頭七箭書射殺趙公明的事情類似。又《木部上·槐》說：「武王問太公曰：天下神來甚眾，恐有試者，何以待之？太公曰：請樹槐於王門內，有益者入，無益者距之。」按：《說文》釋：「槐，從木，鬼聲」，《周禮·秋官》說：「面三槐，三公位焉」，並解釋：「槐之言懷也，懷來遠人於此，欲與之謀」，此處姜子牙所提議的樹槐，有招納有益之神的意思，槐樹即可視為《封神演義》中封神臺的原型。

唐代司馬貞《史記索隱》中第一次出現了「姜子牙」的說法，認為姜子牙姓姜而非呂，李瀚《蒙求》中「呂望非熊」則成為後來姜子牙別號飛熊的依據。宋人承五代學術紛雜的餘緒，故當時政府力求製造成說。這時候，經學上出現了《十三經注疏》，史學上出現了《資治通鑑》、《新唐書》和《新五代史》等，學界則精於考證。《容齋隨筆》討論「非熊」二字的由來〔註56〕，《識遺》則辨別「姜子牙」非呂望之名，證明在宋代，上述二說已廣為流傳。這是因為宋代平話發展，異說隨著傳奇故事愈發深入人心。姜子牙便是武成王，「非熊」的歷史依據則來源於《史記·齊太公世家》中的「非虎非羆」，所以武成王也便是「非虎」，黃飛虎為武成王即從此中來。只是在《平話》中，黃飛虎另被稱為「南燕王」，這或許與作者的地理位置有關〔註57〕。

在宋代，姜子牙的故事裏首次出現了直鉤垂釣的情節。直鉤垂釣最早出自東方朔《七諫》：「以直針而為鉤兮，又何魚之能得」，《七諫》本為屈原所作，言屈原忠直不為懷王所用，與姜子牙無關。蘇軾將這句詩同《莊子·外物》中「任公子為大鉤」一句聯繫在一起，寫出「聞道磻溪石，猶存渭水頭。蒼崖雖

〔註56〕見《容齋五筆》卷二。
〔註57〕李亦輝：《〈封神演義〉考論》，人民文學出版社，2018年4月版，第120頁。

有跡，大釣本無鉤。」〔註58〕將無鉤引入姜子牙渭水垂釣的故事。王十朋《太公》雖未徑言姜子牙以直鉤釣魚，但其「只釣文王不釣魚」之句卻為後來的姜子牙垂釣故事打上「只釣當朝君與相，何嘗意在水中魚」〔註59〕的烙印。姚勉則在其《章釣仙吹鐵笛善醫眼與齒相說法尤高》中說：「貫柳無魚囊有藥，直鉤應是太公鉤。」坐實了姜子牙用直鉤釣魚的事情。

　　《史記‧齊太公世家》記載姜子牙被周朝封做太師，後世每有太師之稱者皆願與姜子牙對比。東漢末董卓被封為太師後，打算再稱「尚父」，完全追平姜子牙，被蔡邕勸止〔註60〕。宋代文彥博也曾以太師致仕，時人也以姜子牙作比。陸佃《瓊林苑御筵奉詔送文太師致政歸西都》一詩：「太師勳業在《丹書》，乞得身歸土眷殊。五色詔容瞻鳳闕，白雲篇不換蛇珠。閒應物外神仙有，健復人間將相無」、「手持宸翰春羅馥，身入仙壺畫景舒。八十為師精力在，太公應愧齒先疏」，將文彥博與姜子牙作比的同時，突出了文彥博的道家氣質，這種氣質後來轉移到姜子牙身上，助長了姜子牙的道教身份。因為文彥博與包拯相交甚篤，隨著宋金時期平話家對包拯故事的傳頌〔註61〕，文太師的故事也隨之發生。《封神演義》中「文」與「聞」互通，五嶽之中的「聞聘」〔註62〕即在最後的封神榜中被寫作「文聘」〔註63〕，故「文太師」即是「聞太師」，聞太師名為「仲」則是受到姜子牙名「尚」的影響，「尚父」即與「仲父」相對。但這要到《封神演義》裏方才發生，上述其餘各項則被《平話》總結，形成了完整的姜子牙的故事。

3.《平話》與《封神演義》：從術士到道士

　　在《平話》中姜子牙主要是以軍事家的形象出現的，他能夠在紂王宣召之

〔註58〕蘇軾：《壬寅二月，有詔令郡史分往屬縣減決囚禁，自十三日受命出府，至寶雞、虢、郿、盩厔四縣，既畢事，因也朝謁太平宮，而宿於南溪溪堂，遂並南山而西，至樓觀、大秦寺、延生觀、仙遊潭，十九日乃歸，作詩五百言，以記凡所經歷者寄子由》。
〔註59〕《封神演義》第二十三回。
〔註60〕《後漢書‧蔡邕傳》。
〔註61〕《警世通言》有《三現身包龍圖斷冤》，《清平山堂話本》有《合同文字記》，是流傳至今的宋元時期包公話本故事。宋羅燁《醉翁談錄》卷一「小說開闢」條「公案」項下有《三現身》名目，元代陶宗儀《輟耕錄》記載的金院本名目中有《刁包待制》，為金代包公故事，足見包公的故事在宋金時期已有流傳。
〔註62〕《封神演義》第八十六回。
〔註63〕《封神演義》第九十九回。

後片刻之間寫成韜書，捉拿羊刃、黃飛虎，破離婁、師曠，布六甲陣，火燒烏文畫，建立五武寨，八卦陣困飛廉，這是他武功的展示。同時，《平話》的作者還不忘將姜子牙作為儒家的人物塑造他的各種美德，善養老母是其孝，釋放黃飛虎是其義，投身西伯是其智，為釣叟而不求官是其廉，幫助武吉脫難是其仁，見文王不卑不亢是其節，為恒檀公而又政績是其明，經過以上各點，一個完全符合儒家思想的政治家和軍事家便被塑造出來。

《平話》寫姜子牙的法術則主要以巫術為主，包括（一）善識陰陽、能夠識破金星化身，（二）能夠假死脫身，有「遺衣駐兵計」、投水代死以及幫助武吉脫身之事，（三）能夠預知未來，算出文王訪賢和殷交投誠等事，（四）能夠運用降妖鏡、降妖章等法器捉斬妲己。《封神演義》寫姜子牙則以道術為主，先敘述姜子牙的出身源流，寫其在崑崙山學道四十年，即出家四十年，《平話》則寫其在家。《平話》中的在家，使姜子牙的孝道具有意義，是儒家的傾向，《封神演義》的出家，使姜子牙沒有親情牽絆，使之無欲無情，修道才有根底，這便是道家的傾向。《封神演義》寫其運用法術時，同樣用道法而非巫法，如姜子牙火燒琵琶精時「把女子衣服解開，前心用符，後心用印，鎮住妖精四肢，拖上柴薪，放起火來」〔註64〕，即用道教的符籙，其破費仲、尤渾時冰凍西岐山則「披髮仗劍，望東崑崙下拜，布罡斗，行玄術，念表章發符水」〔註65〕，用的則是道教的「踏罡步斗」的「禹步」。

除此之外，《封神演義》中還多次寫姜子牙上崑崙山求助，在闡教十二金仙的幫助下破陣、降敵，其先鋒名將亦多為道教弟子。《三教源流搜神大全》說「陽則以武王伐紂，平治社稷；陰則以玄帝收魔，間分人鬼」，《封神演義》的整理者為了突出道教的作用，竟把一切關節性的事件皆交給闡教門人代勞，弱化了武王伐紂的意義。作為武王伐紂中軍事主導的姜子牙在《封神演義》中只承擔了道教與世俗的樞紐功能。加之《封神演義》又重視修道，所以又為姜子牙設計了「三死七災」為其必經之難，客觀上使其能力進一步弱化。故而《封神演義》將之道士化的同時，也瓦解了他作為政治家和軍事家的職能。就這個意義而言，《封神演義》並非「借神演史」〔註66〕，而是由

〔註64〕《封神演義》第十六回。

〔註65〕《封神演義》第三十九回。

〔註66〕談鳳樑、陳泳超：《借神演史的封神演義》，遼寧教育出版社，1992 年 10 月版。

「演史」過渡向「說神」——即演說道經。橫貫本書的封神榜則完全是以道教的旨意為依據的。

（三）《封神演義》造神的方式

道教的神祇皆來自對民間信仰的整合，從《真靈位業圖》來看，其神祇的來源共有四種：一、巫教的神祇，包含對傳統巫教中所敬仰或所畏懼的神或妖的祭奠，即前文已然討論的太一及龍王等；二、民眾所信仰的歷史人物，此在《真靈位業圖》中數量最多，前文以李靖、姜太公為例已然有所探討；三、對其他宗教神祇的仿傚與吸收，即前文探討過太乙救苦天尊形象對於觀世音菩薩的仿傚；四、神祇的原創，即通過模擬人間官僚而創作天官，並賦予其對應的職能。作為一部延續了道教說經文化的作品，《封神演義》對於神祇的創造也無外乎此四者。除對歷史人物的沿用已在「講史文學的演進」一節做出詳細討論外，其餘各種創作方法皆於以下分述——

1. 五路神：對巫教神祇的改造

《封神演義》第十六回寫姜子牙下山之後收服五隻精靈，命他們「逕往西岐山，久後搬泥運土，聽候所使」，五隻精靈姓名、身份俱不詳，自陳「小畜得道多年，一時冒瀆天威，望乞憐救」，文中以「妖怪」、「眾怪」、「五妖」稱之，儼然獸類成精。然則第十五回末預告此情節時，稱「子牙時來運至，後花園先收五路神」，第三十七回寫子牙回至西岐，有柏鑒和五路神出門迎接，則此五妖為五路神可知。

前文言明，《封神演義》中的說經故事的來源有二：一是以道教戰爭為主體的神魔鬥法故事，一是左道和正道之爭的故事。姜子牙下山及一上崑崙山一節，雖然有道教人物如元始天尊、南極仙翁等的出現，但並未涉及十二金仙，也未涉及闡、截二教之爭，均屬於左道之流，這個部分的特點是以歷史演繹為主，故多有史籍作為依據。考《舊唐書·儀禮志》引有《六韜》中《犬韜》佚文：「武王伐紂，雪深丈餘，五車二馬，行無轍跡，詣營求謁。武王怪而問焉，太公對曰：『此必五方之神，來受事耳！』遂以其名召入，各以其職命焉。」道藏本《搜神記》卷一「五方之神」條對此演繹，並按照《左傳·昭公二十九年》之成說，以「共工氏子曰尤，主社，為后土神；少昊子曰重，主木，為勾芒神；顓頊子黎，喜火，為祝融神；少昊第二子該，主金，為蓐收神；少昊第三子熙，主水，為玄冥神」。考慮到道藏本《搜神記》是《三教源流搜神大全》

直接來源，及《三教源流搜神大全》對於《封神演義》成書的影響，此情節或是姜子牙收五妖的直接來源也未可知。趙公明亦與五方神之說有關，梁代陶弘景《真誥·協昌期》便有「天帝告土下冢中直氣五方諸神趙公明等」的說法，道藏本《搜神記》中也有趙公明「巡察五方，提點九州」，部下有「五方雷神，五方猖兵，以應五行」等。《武王伐紂平話》中以史元革、趙公明、姚文亮、鍾士才、劉公遠五人追討黃飛虎及與姜子牙戰於黃河，趙公明以五人組合的形象出現，大概是受到此種傳說的影響。至於改五方神為五路神，則與時人對五路神的奉祀有關。

　　按：清代顧祿《清嘉錄》載，正月初五日有「接路頭」的習俗，即俗謂「破五」，蓋當日為五路神的聖誕。至於五路神為誰，則當時至少已經有何五路、顧野王的五個兒子等說法，又說此五路神稱為「五顯神」或「五通神」，大抵指財神而言〔註67〕。然而《封神演義》中別有財神五路，即正一龍虎玄壇真君趙公明、招寶天尊蕭升、納珍天尊曹寶、招財使者陳九公、利市仙官姚少司。由於《封神演義》是由不同題材的故事整理、歸納而來的，故僅在第十五、十六、三十七共三回中提及的五路神與後文中敘及的財神牴牾也在可以接受之列。但《封神天榜》是較為系統的作品，在宣讀封神兩榜之間五路神一度作為丑角引舞助興，足見在清代以《封神演義》為題材的故事中並不完全以五路神與財神對等。

　　然則小說中「狂風大作，惡火飛騰；煙繞處黑霧朦朧，火起處紅光滔滔」、「風火影中五個精靈作怪」等情節則的確是參考了五路神的形象的。道藏本《搜神記》卷二「五聖始末」條：「一夕園中紅光燭天，邑人驟至觀之」。書中先引《祖殿靈應集》談及五聖即五顯公，又說「先是廟號止名五通」，後加封為王號，即顯聰昭應靈格廣濟王、顯明昭列靈護廣佑王、顯正昭順靈衛廣惠王、顯直昭佑靈既廣澤王、顯德昭利靈助廣成王，因王號中各有一「顯」字而名為「五顯神」。可見，就道藏本《搜神記》的作者而言，五聖、五通神、五顯神

〔註67〕以上俱見（清）顧祿：《清嘉錄》卷一，其中「陳黃門侍郎先希馮公之五子」一句或理解為「南北朝時陳馮先希的第五個兒子」（見王樹村著《中國民間美術史》，嶺南美術出版社，2004 年 11 月版，第 96 頁），此種說法不確，蓋因陳朝時無黃門侍郎姓馮，更遑論馮先希其人。希馮為顧野王之字，顧為黃門侍郎，「先」字蓋尊稱而言。文中直言「五子」而非「第五子」，後文又說「並祀五侯」，並當指同時而言，應是指顧野王有五個兒子而非第五個兒子之意。又（清）顧張思《土風錄》詳細記載此五人的名諱，即顧盛南，字以成；顧鴻南，字扶九；顧周南，字雅持；顧夏南，字欲清；顧允南，字信符。

是同一神祇。明代盧熊《蘇州府志》引《祥符圖經》：「五通，婺源土神，通貺、通祐、通澤、通惠、通濟五侯，蓋初封也，後升王爵，冠以『顯』字，遂號五顯。其姓字未載。」按：《祥符圖經》為北宋真宗大中祥符年間所修撰，一千五百餘卷，為全國一統志〔註68〕，足見至遲在北宋年間，五通神已變為五顯神，且對於五通神的信仰已蔚然成風。《朱子語類》卷三記載朱熹回鄉（徽州府婺源縣）時，拒絕族人裹挾去五通廟的請求。據朱熹所言，當地人若要出門，必須帶紙片進廟祈禱，然後能行，若不敬五通神，則會受到相應的懲罰。可見至遲在南宋，五通神已經帶有一定邪神的特徵，朱熹將五通廟斷為「淫祠」，不算沒有道理。與朱熹同時之洪邁的《夷堅志》中也多有兩浙、江東一帶人奉祀「五通神」的記載，書中的五通神「神力甚大」，若得其保護，「閒野之鬼不可入」〔註69〕，而且能告知祀奉者的財貨虧贏、未來命運等〔註70〕，且當時還有黃鼠狼冒認五通神，許人財富〔註71〕，較二人稍早的吳曾《能改齋漫錄》卷十八「伍生遇五通神」條則寫少年伍十八因遇五通神而獲利千錢，可見此時的五通神已被認定具有一定財神的特徵。至於黃鼠狼冒認一事，則可以視為在五通神的信仰中確實存在的某些邪祟的情形，信奉者為了突出五通神的神格，只得將其諉過於邪靈之說。

　　南宋末吳自牧《夢粱錄》卷十九寫當時的杭州城內，「四月初八日，諸社朝五顯王慶佛會。九月二十九日，五王誕辰。每遇神聖誕日，諸行市戶，俱有社會迎獻不一。」可見南宋首都杭州仍將五顯神當做正神奉祀。同書卷十四記載當時朝廷贈五顯神的美號，分別是「顯聰昭聖孚仁福善王」、「顯明昭聖孚義福順王」、「顯正昭聖孚智福應王」、「顯直昭聖孚信福佑王」、「顯德昭聖孚愛福惠王」，各美號中均有一個「聖」字，大約便是五顯神又稱為「五聖」的依據。明代郎瑛《七修類稿》卷四十八「五通攝人」條，說五通神被世人認為是五聖，且從其對五通神的記載來看，此神動輒縱火〔註72〕、攝人婦女〔註73〕，已經完全帶有邪神的特點了。道藏本《搜神記》中所記載之五聖似乎也有類似的行徑，故作者不得不以《周禮・小宗伯》做引，將五通神即五聖的信仰還原到對

〔註68〕　陳橋驛主編：《中國都城辭典》，江西教育出版社，1999年9年版，第1336頁。
〔註69〕　《夷堅甲志》卷十五「毛氏父祖」條。
〔註70〕　《夷堅丁志》卷十五「吳二孝感」條。
〔註71〕　《夷堅丁志》卷十三「孔勞蟲」條。
〔註72〕　（明）郎瑛：《七修類稿》卷五「鬼神誠格」條。
〔註73〕　（明）郎瑛：《七修類稿》卷四十八「五通攝人」條。

五行的崇拜上來。以上述記載來看，則五通神、五顯神和五聖是不同時期對同一神祇的稱呼，只是隨著時間的推移，五通神漸由正神向邪神轉化。

正是由於這個緣故，智識階層不得不對五通神的神格進行分辨。明代中期田汝成《西湖遊覽志》卷十七：「華光廟，在普濟橋上，本名寶山院。宋嘉泰間建，紹興初丞相鄭清之重修，以奉五顯之神，亦曰五通、五聖，江以南無不奉之，而杭州尤盛，莫詳本始。」「或曰五顯，五行之佐，而五通非五顯也。」此時的五顯廟已成為「五顯靈官廟」，所祀之華光即《三教源流搜神大全》之「靈官馬元帥」。其神本無「五顯」之名，約在元明之際有此稱號。《水經注·洛水》另有「九顯靈君」，稱「九山顯靈府君者，太華之元子，陽九列名，號曰九山府君也。」約略是「太華元子」與「華光」之名近似而致誤，抑或當時將靈官與五顯合祀，故仿照「九顯靈官」而有「五顯靈官」之稱都未可知。然在明中期以後，五顯神遂成為馬靈官之別號，承擔了五通神固有的正神神格。至於其邪神神格，則仍以「五通」稱之，間或稱為「五聖」或「五郎」，此於《情史》、《聊齋誌異》、《研堂見聞雜錄》諸書在在多有，茲不備引。據《清嘉錄》，康熙朝江蘇巡撫湯斌毀地方邪神廟宇，五通神廟即在其中，故時人將之改稱為「五路神」，或稱為「財神」，另行奉祀。

清中葉以後又有「五猖」的信仰，亦屬此類。有學者以上文引據之道藏本《搜神記》中趙公明帳下率領五猖作為五猖祭祀的起源，以為其信仰遠早於明太祖時期〔註74〕，實則當時的五猖與八王猛將、六毒大神、五方雷神、二十八將、天和地合二將、水火二營共同為趙公明的部將，非但不是主要祭祀的對象，甚至在配祀的序列中也處於中間的位置，更遑論獨立成為奉祀的對象。《明史·禮志》記載洪武九年祭祀七神一事，也不能證明五猖的信仰存在，除了其叨陪七神之末以外，其餘六神分別是旗頭大將、六毒大將、五方旗神、主宰戰船正神、金鼓角銃炮之神和弓弩飛槍飛石之神，均為護衛軍事之神，後人所謂「五猖」的信仰則是與日常信仰有關。乾隆時人吳梅顛有《徽城竹枝詞》：「神像多年色改常，重開生面號開光。神來作賀神迎送，始則呼猖後犒猖。」〔註75〕俞樾有《呼猖歌（紀徽俗）》一詩，詳細記載了安徽呼猖的習俗〔註76〕，詩中以

〔註74〕樊嘉祿：《徽州民間信仰》，安徽大學出版社，2016年8月，第163頁。

〔註75〕轉引自王振忠：《五猖》，讀書編輯部編：《讀書2017年合訂本（上）》，生活·讀書·新知三聯書店，2018年5月版，第156頁。

〔註76〕見趙杏根編：《歷代風俗詩選》，嶽麓書社，1990年3月版，第377頁。

鬼擬五猖，自是邪神無疑，只是對五猖本身的描繪不詳。周樹人《朝花夕拾·五猖會》說，「神像是五個男人，也不見有什麼猖獗之狀；後面列坐著五位太太，卻並不『分坐』」〔註77〕，五猖的形象與道藏本《搜神記》對五聖的記載類同，時人斷為五通神並非沒有道理。

此外，道藏本《搜神記》又有「五盜將軍」一條，稱杜平、李思、任安、孫立、耿彥正五人為南朝劉宋前廢帝劉子業時期的五個盜匪，劉子業遣大將張洪將他們擊殺在新封縣以北，此五人死後時常作祟，故當地人祭祀，稱其為「五盜將軍」〔註78〕。此條與五路神之說相去甚遠，本無可說。然則江浙地區五路財神寶卷皆以此五人為主角，僅將李思寫作「李四」或「李泗」〔註79〕。清代翟灝《留青日劄》卷二十八說「五道將軍者，盜神也」，又疑其為五通神。蓋以「道」與「盜」同音，故以「五道將軍」稱之。同時，「五通神」與「五道神」形近，「道」與「路」同義，故時或雜糅，以為其為「五通神」即「五路神」之別名了。

要之，《封神演義》的作者將《六韜》佚文中的五方神改為五路神是為了迎合當時對五路神的奉祀的，五路神為邪神，故不宜主動歸周而宜於為姜子牙所降。又，北宋張君房《雲笈七籤》卷十五記載五方神之名號，以南方之神名為「祝融子」，號曰「赤精成子」，此名號當來自漢成帝時方士甘忠可《包元太平經》，方氏自稱「天帝使真人赤精子，下教我此道」，那時候漢代的德運已經改為火德，故有此一說。《封神演義》的作者將赤精子列入元始天尊門下十二金仙之一，自然是另外一回事了。

2. 從孔雀明王到孔宣：對佛教神祇的吸收

《封神演義》中的孔宣被作者暗示為佛教中的孔雀明王，稱「漫道孔宣能變化，婆羅樹下號明王」，後文中孔宣又多次以孔雀明王的身份與準提道人並肩破陣。在《封神演義》的整理者看來，孔雀明王的真身便是孔雀無疑了。無獨有偶，《西遊記》中的孔雀明王也是以孔雀的形象出現的，書中第七十七回如來自敘：「孔雀出世之時最惡，能吃人，四十五里路把人一口吸之。我在雪山頂上，修成丈六金身，早被他也把我吸下肚去。我欲從他便門而出，恐污真

〔註77〕《魯迅全集》第二卷，人民文學出版社，2005年11月版，第271頁。
〔註78〕《三教源流搜神大全》卷四「五盜將軍」條。
〔註79〕沈梅麗、黃景春：《五路財神寶卷的文本系統及財富觀念》，《民俗研究》，2019年第5期，總，147期，第32～40頁。

身；是我剖開他脊背，跨上靈山。欲傷他命，當被諸佛勸解，傷孔雀如傷我母，故此留他在靈山會上，封他做佛母孔雀大明王菩薩。」這些形象應該是受到了當時佛教造像影響的，如唐宋時期雕刻的大足、安岳石窟中的孔雀明王窟中就多有天神騎孔雀的式樣〔註80〕，其天神即「摩訶摩瑜利菩薩天神」又譯為「大孔雀王」。

《封神演義》中的孔宣被作者暗示為佛教中的孔雀明王，稱「漫道孔宣能變化，婆羅樹下號明王」，後文中孔宣又多次以孔雀明王的身份與準提道人並肩破陣。在《封神演義》的整理者看來，孔雀明王的真身便是孔雀無疑了。無獨有偶，《西遊記》中的孔雀明王也是以孔雀的形象出現的，書中第七十七回如來自敘：「孔雀出世之時最惡，能吃人，四十五里路把人一口吸之。我在雪山頂上，修成丈六金身，早被他也把我吸下肚去。我欲從他便門而出，恐污真身；是我剖開他脊背，跨上靈山。欲傷他命，當被諸佛勸解，傷孔雀如傷我母，故此留他在靈山會上，封他做佛母孔雀大明王菩薩。」這些形象應該是受到了當時佛教造像影響的，如唐宋時期雕刻的大足、安岳石窟中的孔雀明王窟中就多有天神騎孔雀的式樣〔註81〕，其天神即「摩訶摩瑜利菩薩天神」又譯為「大孔雀王」。

「孔雀明王」典出自《孔雀明王經》，經文中講了金曜孔雀王誦讀陀羅尼的故事——

> 往昔之時雪山南面，有金曜孔雀王於彼而住。每於晨朝，常讀誦佛母大孔雀明王陀羅尼，晝必安隱，暮時讀誦，夜必安隱……彼金曜孔雀王忽於一時忘誦此佛母大孔雀明王陀羅尼，遂與眾多孔雀婇女從林至林從山至山。而為遊戲貪欲愛著，放逸昏迷入山穴中。捕獵怨家伺求其便，遂以鳥胃縛孔雀王。被縛之時憶本正念，即誦如前佛母大孔雀明王陀羅尼，於所緊縛自然解脫，眷屬安隱至本住處，復說此明王陀羅尼。〔註82〕

〔註80〕陳瑛：《從孔雀明王窟談唐宋四川地區孔雀明王信仰的流傳》，收錄於秦臻主編：《田野、實踐與方法——美術考古與大足學研究》，重慶大學出版社，2016年7月版，第127頁。

〔註81〕陳瑛：《從孔雀明王窟談唐宋四川地區孔雀明王信仰的流傳》，收錄於秦臻主編：《田野、實踐與方法——美術考古與大足學研究》，第127頁。

〔註82〕引文出自唐代不空譯本，下同。

按：陀羅尼為密教的秘典，「明」字即「真言陀羅尼」之意，「明王」的含義即「陀羅尼之王」的意思〔註83〕。「佛母」即「佛法」之意，《大方便佛報恩經》卷六：「佛以法為師，佛從法生，法石佛母」。故所謂「佛母大孔雀明王陀羅尼」即由大孔雀所傳的至尊佛法。但「明王」二字尚有諸佛所現忿怒化身的意思〔註84〕，故易與抽象的明王相混淆。至遲在唐代，就已將孔雀與明王聯繫在一起並人格化，據不空譯後所附《佛說大孔雀明王畫像壇場儀軌》，當時「於蓮華胎上畫佛母大孔雀明王菩薩。頭向東方白色，著白繒輕衣。頭冠瓔珞，耳璫臂釧，種種莊嚴。乘金色孔雀王，結跏趺坐白蓮華上。」

不過，孔雀的人格化也不是完全沒有來由的，因為「孔雀」二字本自人的姓氏而來。印度有孔雀王朝，因其建立者為月護王旃陀羅笈多·孔雀而得名。孔雀本是印度常見禽類，月護王以此為姓氏本無足說，但有學者認為月護王父母為牟利人，「牟利」在梵文中與「孔雀」為同聲之轉〔註85〕，事涉梵文，無以詳辨，姑存其一說。至王朝第三代即月護王之孫阿育王時善於禮佛，「壞七塔，作八萬四千塔」〔註86〕，使佛教得以發展，也正是在此時期，佛教開始分為四大部派〔註87〕，同時阿育王又組織僧侶向周邊各國傳教〔註88〕，使其由地方性的宗教一躍成為世界性的宗教。故此，阿育王成為佛教護法名王，其所代表的孔雀王朝也成為佛教發揚的時代，佛教將其姓氏化為圖騰，成為造像中的重要元素，原因自然不言而喻了。

《西遊記》中將孔雀與佛祖的本生故事聯繫起來，大約是望文生義，將「佛母」理解為佛祖之母，其中被孔雀吞噬應該來自《聖經·舊約》裏約拿被鯨魚吞噬的典故。按：明朝之國號源自明教及「明王出世」的典故，明教一名「摩尼教」，創教者摩尼自稱佛祖、耶穌及瑣羅亞斯德的繼承者，其教義也頗受基督教的影響，典籍中常有基督教的典故，故為《西遊記》的作者所化用也

〔註83〕李英武注：《密宗三經》，巴蜀書社，2001年6月，第290頁。

〔註84〕李英武注：《密宗三經》，第290頁。

〔註85〕見〔印〕恰托巴底亞耶著，王世安譯：《順世論：古印度唯物主義研究》，商務印書館，1992年8月版，第562頁，陳瑛《從孔雀明王窟談唐宋四川地區孔雀明王信仰的流傳》一文對此頗多引據，本文不贅。

〔註86〕法顯：《佛國記》。

〔註87〕見聖嚴大師著：《印度佛教史》，收錄於《聖嚴大師文匯》，華夏出版社，2012年4月版，第180頁。

〔註88〕〔英〕文森特·亞瑟·史密斯著，高迎慧譯：《阿育王：一部孔雀王國史》，華文出版社，2019年5月版，第35頁。

是其中應有之義。《封神演義》則將孔雀與準提道人聯繫在一起，亦是由「佛母」二字所發生的聯想，準提道人當即佛教中的準提佛母，《準提經》曰：「準字門者，於一切法是無等覺義；提字門者，於一切法是無取捨義。」俗傳準提道人即《西遊記》中菩提祖師，亦非。「菩提」二字亦梵文，即「覺悟」之意，與「準提」二字不同。菩提祖師以道教的祖師冠以佛教的法號，意為悟空所傳之學本在佛道兩教之間。

此外，《西遊記》與《封神演義》中都有大鵬的故事，《西遊記》中的大鵬與孔雀同胞所生，均為鳳凰之裔，《封神演義》中的大鵬名為羽翼仙，不但與孔宣未能相識，反而一度交戰。大鵬的典故出自《莊子》之《逍遙遊》篇，《莊子》在道教中稱為「南華經」，地位僅次於稱為「道德經」的《老子》。《老子》通篇為短句，無譬喻、象徵，《莊子》卻能以「寓言十九，重言十七」〔註89〕的方法多造「謬悠之說，荒唐之言，無端崖之辭」。大鵬的故事正是全書首篇中的第一個寓言，故深為道教所重。

佛教則無此形象，僅有金翅鳥。按：金翅鳥本為印度教三相神之一毗濕奴的坐騎，也被信眾視為毗濕奴的象徵，地位尤為尊崇。佛教建立後，將印度教神祇吸收進本教，賦予金翅鳥以至尊地位。在印度教中，金翅鳥本是龍的天敵〔註90〕，佛教卻視其為以龍為食。《長阿含經》第十八卷：「此閻浮提所有龍王盡有三患，唯阿耨達龍無有三患」，第三患即「舉閻浮提所有龍王，各在宮中相娛樂時，金翅大鳥入宮搏撮，或始生方便，欲取龍食，諸龍怖懼，常懷熱惱，唯阿耨達龍無如此患。」金翅鳥的形象則與大鵬相近。《逍遙遊》說「鵬之背，不知其幾千里也；怒而飛，其翼若垂天之雲。」《菩薩處胎經》第二十八卷載：「時金翅鳥王身長八千由旬，廣三百三十六萬里，金翅鳥以左右翅各長四千由旬。」故《西遊記》中竟將二者混淆，稱獅駝嶺魔頭為「大鵬金翅雕」，《封神演義》第六十二回中沿用了這個說法，但在後文中徑以「大鵬雕」或「大鵬」稱之，實在是不知二者的區別，故有此誤。因其又名「迦樓羅」，為佛教八部天龍之一，故在《西遊記》中被佛祖封為護法，《封神演義》則讓它長伴燃燈道人之側。又因其以龍為食，故二書均以大鵬金翅雕為

〔註89〕《莊子·寓言》。

〔註90〕《摩訶婆羅多·初篇·阿斯諦迦篇·一四》：「誅滅龍蛇的大鵬金翅鳥，終於按時出生了。」見（印）毗耶娑著，金克木、趙國華、席必莊譯：《摩訶婆羅多 印度古代史詩》，第一卷，中國社會科學出版社，2005年12月版，第57頁。

食量甚大之物，《西遊記》中佛祖許諾「我管四大部洲，無數眾生瞻仰，凡做好事，我教他先祭汝口」，《封神演義》中則說其一連吃了一百零八個點心，極言其食量。在佛教造像中孔雀座與迦樓羅座時常並列，如莫高窟第 465 窟及俞林窟第 35 窟《五智如來曼荼羅圖》等〔註91〕，後世小說中將二者對舉當然就不足為奇了。

3. 梅山七怪：對《西遊記》故事的借用與仿傚

梅山諸神的故事在《西遊記》與《封神演義》中都有描繪，《西遊記》第五回說二郎神「力誅八怪聲名遠，義結梅山七聖行」，這裡的七聖指的是「康、張、姚、李四太尉，郭甲、直健二將軍」〔註92〕及二郎神自身。除二郎神外，六聖之名均不見於他書。按：中國神廟的祭祀方式，主神立於中央，旁有文武官員著裝的神祇配祀，六聖當即當時配祀二郎神者。宋時以李冰次子為二郎神〔註93〕，《宋會要輯稿·禮二·諸祠廟》記載：「宣和三年九月，又封其（指李冰次子，引者注）配為章順夫人，廟中郭舍人封威濟侯。」郭舍人即配祀二郎神者，本名不詳，後世戲劇中或稱其為「郭壓直」〔註94〕，或稱為「郭牙直」〔註95〕，或稱為「各牙治」〔註96〕，所謂「郭甲、直健」者應是將郭壓直之名析為二人，「甲」即「押」字的通假。

《封神演義》中稱之為「梅山七怪」，指袁洪、吳龍、常昊、金大升、戴禮、朱子真、楊顯七位妖仙，原型分別是猿猴、蜈蚣、蛇、牛、狗、豬、羊，大約來源於《西遊記》中的七個大聖——猴、牛、蛟、鵬、獅駝、獼猴、猢猻。二者的因循之處隨處可見：袁洪作為猿猴精，有七十二變，與美猴王孫悟空相同；其身份是梅山七怪的組織者，孫悟空是七個大聖的組織者；楊戩捉拿七怪時幾經變化，取與梅山妖怪原型相生相剋的道理，與捉拿孫悟空時鬥法變化相同；捉拿袁洪後刀劈猿頭後，猿猴再生頭顱，與捉拿孫悟空後「刀砍斧剁，雷打火燒，一毫不能傷損」相同。楊戩捉拿梅山七怪時得到女媧助陣，二郎神捉

〔註91〕 分別見羅世平，如常主編：《世界佛教美術圖說大典 石窟 5》，湖南美術出版社，2017 年 4 月版，第 1984、第 2146 頁。
〔註92〕 此從世德堂本。
〔註93〕 《朱子語類》卷三：「蜀中灌口二郎廟，當初是李冰因開離堆有功，立廟。今來現許多靈怪，乃是他第二兒子出來。」
〔註94〕 見元代楊景賢《西遊記》雜劇。
〔註95〕 明《灌口二郎斬健蛟》雜劇。
〔註96〕 明嘉靖《二郎開山寶卷》。

拿孫悟空時得到觀音助陣。《封神演義》中的猿猴精袁洪和牛精金大升是女媧親自降服的，《西遊記》中降服孫悟空和牛魔王都同時動用了天庭和佛教的力量。此外，山河社稷圖困住袁洪與五行山困住孫悟空及後文中缽盂困住六耳獼猴的情節也是十分相似的。不過，雖然《西遊記》的成書在《封神演義》之先，但《封神演義》最終定稿時的文人參與程度卻遠遠低於《西遊記》，故其保留了一些傳說的本來面目也未可知，不能遽作梅山七怪的故事改編自《西遊記》中二郎神降服孫悟空故事的結論。

梅山七聖的故事其實淵源有自。袁珂《中國神話傳說詞典》「梅山七聖」條引《灌志文徵》：「二郎喜馳獵之事，奉父命而斬蛟，其友七人實助之，世傳梅山七聖。」〔註97〕《灌志文徵》為民國二十二年（1933）葉大鏘、羅駿聲所著，此條所依據的是清代劉沅《李公父子治水記略》一文，見於劉氏《槐軒雜著》第二卷：「二郎固有道者，承公家學而年正英韶，猶喜馴獵之事，奉父命而斬蛟。其友七人實助之，世傳『梅山七聖』——謂其有功於民，故聖之。」〔註98〕但本文前後均是記載李冰治都江堰的民間傳說，並沒有古代的文獻作為依據。

今所知較早的記載梅山七聖的文獻是楊景賢所著元代雜劇《西遊記》，其中李靖命哪吒與眉山七聖搜山捉拿孫行者，二郎神不在其中。劇中第十六折《細犬禽豬》中二郎神自敘：「郭壓直把皂鷹擎，金頭奴將細狗牽。」郭壓直不在眉山七聖之列。成書在明代的雜劇《灌口二郎斬健蛟》〔註99〕也有眉山七聖出場，但不言其姓氏名字，僅以「大聖」、「二聖」等排行稱之，其中二郎神的部下寫作「郭牙直」和「奴廝兒」，「牙」、「壓」同聲之轉，「廝」即「小廝」與「奴」同為婢僕之稱。「金頭奴」即東北少數民族的小廝或士兵，《唐書・李匡威傳》稱李匡威為「金頭王」，李匡威為范陽節度使，《舊五代史》稱契丹有上將金頭王〔註100〕，南宋魏了翁《送鄭侍郎四川制置分韻得蓋字》有句：「金頭奴子扼熙秦，銀州兵馬沖蘭會。」襲用此典故。宋人王輝有《搜山圖》一卷，尾有宋人葉森題詩：「清源真君顏如玉，玉冠上服籠繡襦。座中神色儼而厲，來征水衡校林虞。文身錦膊列壯士，挾弓持彈金頭奴。」可見

〔註97〕袁珂：《中國神話傳說詞典》，上海辭書出版社，1985 年 6 月版，第 346 頁。

〔註98〕《槐軒全書（增補本）》第九冊，四川出版集團巴蜀書社，2006 年 9 月第 1 版，第 3388 頁，原書無標點，為引者所加。

〔註99〕此劇全本見潘殊閒、羅健勇總主編，曾曉娟本冊主編：《都江堰文獻集成　歷史文獻卷（文學卷）》，巴蜀書社，2018 年 4 月版，第 897～912 頁。

〔註100〕《舊五代史・晉書・少帝紀第二》。

至遲在宋代，金頭奴已為二郎神的親隨，元明之際郭壓直、金頭奴和眉山七聖的神話也是廣為人接受的，只是與《西遊記》及《封神演義》不同，此時二郎神的傳說中：（一）「梅山」都寫作「眉山」，（二）二郎神不在七聖之列，（三）七聖並非精怪，（四）二郎神有郭壓直與金頭奴作為部下，但二人均不在眉山七聖之列。

元雜劇《二郎神醉射鎖魔鏡》〔註101〕中二郎神自敘提及七聖的出身：「嘉州有冷源二河，河內有一健蛟，興風作浪，損害人民。嘉州父老，報知吾神。我親身仗劍入水，斬其健蛟，左手提健蛟首級，右手仗劍出水，見七人拜降在地，此乃是眉山七聖」。明代萬曆道藏本《搜神記》也說：「隋煬帝知其賢，起為嘉州太守……昱右手持刃，左手持蛟首，奮波而出。時有佐昱入水者七人，即七聖是也。」可見所謂眉山七聖最初為輔佐趙昱治水者。嘉州在今眉山市，《灌口二郎斬健蛟》中二郎神趙昱也自敘「官拜嘉州太守」，這與歷史上的趙昱的身份是相同的。按：趙昱於《隋書》及兩《唐書》無傳，宋代王銍《龍城錄》〔註102〕說：「趙昱，隋末拜嘉州太守」，故助其治水者，亦當是眉山之人可知。在元明之際的創作中，二郎神的故事均是發生於眉山而非梅山的，直到明嘉靖年間的《二郎開山寶卷》才寫作「梅山七位尊神聖，歸依爺上拜弟兄」，這才有了「梅山七聖」的說法。

學界多以「梅山七聖」為梅山教所信仰的神祇。按：梅山教發源於湘中梅山，地跨湖南邵陽、益陽、婁底、新化、安化、懷化等市縣，為當地瑤民所信奉〔註103〕。然則眉山七聖的舊有形象都是水神，梅山教之諸神則為冥神。如廣西瑤族《開壇書》：「一魂踏上梅山界，二魂踏上奈何橋」，瑤族師公《梅山歌》中唱道：「仙童玉女前頭引，梅山法主相護行。」《梅山歌》也是吟誦人歿之後，回歸梅山十洞的歷程的〔註104〕。此外又為獵神，如梅山神中的張趙二

〔註101〕關於此劇成書時間，王季烈《孤本元明雜劇提要》考證：「《二郎神醉射鎖魔鏡》，元人撰，姓名未詳。也是園藏有二本：一明刻，一明抄。」見《孤本元明雜劇》第一冊，中國戲劇出版社，1958年1月版，第13頁。

〔註102〕此書託名唐代柳宗元所作，實出於宋代王銍之手。

〔註103〕此種文章甚多，論述較為完備的可以參考張澤洪《中國南方少數民族的梅山教》，詹石窗總主編，《百年道學精華集成 第10輯 道學旁通》第四卷，上海科學技術文獻出版社，2018年3月版，第164頁。

〔註104〕此種文章甚多，論述較為完備的可以參考張澤洪《中國南方少數民族的梅山教》，詹石窗總主編，《百年道學精華集成 第10輯 道學旁通》第四卷，第164頁。

郎〔註105〕，但均與水神無關。何況瑤族固有十殿三十六洞〔註106〕，有梅山神張趙二郎與張元白、劉文達、鍾士貴、史嚴共七十二人學習道法之說〔註107〕，又有中元節開赦三十六罪、道法三十六卷等〔註108〕，均與三十六之數有關，七聖之數與此不符。

　　湘西土家族的「毛古斯」舞的「敬梅山」中倒是有七姊妹星化作梅山神的說法〔註109〕，但此種傳說的起源時間不詳，又與客家文化中的「七夫人」信仰相接近。按：今廣東省潮州市湘橋區磷溪鎮溪口一村尚有七聖古廟，供奉媽祖在內的十餘位神靈，其間有七夫人配祀，在民間傳說中為七仙女轉世臨凡的後身。同樣為客家文化的福建省寧化縣夏坊村也有對於七聖的信仰，據學者判斷至遲在明中後期已經形成，但當地人對七聖的認識，則不出《封神演義》梅山七怪的範疇〔註110〕。當地亦有傳說稱，所謂「七聖」最初是七個面具，原屬一個姓翁的人，是他在湖南撿回來的〔註111〕。面具即儺戲的象徵，湖南即梅山神傳說的起源地，原屬於翁氏所有，應即翁仲的影射，故此說實意為客家族的七聖信仰是起源於湖南梅山的。但此種說法並沒有當地的文獻作為支撐的依據，故難以判斷其與梅山女神的關係為何。事實上，就梅山當地文化來說，以獵神、冥神為象徵的男性形象佔據主導地位，而客家文化反倒崇奉以媽祖為代表的女性神祇，故在未找到確實的證據之前，不能貿然認定客家文化中的七聖即來源於湖南梅山，只能說二者之間的交互影響是一定的。同樣的，在沒有確實證據之前，也不能將二郎神神話中的眉山七聖和梅山教中的神祇等同起

〔註105〕 張趙二郎又名張五郎，是梅山教的重要神祇，對於此神學界多有探討，對其作為獵神的形象較為完備的介紹可參考趙硯球《梅山神——過山瑤的狩獵神》一文，《廣西民族學院學報（哲學社會科學版）》，1994年第4期，第32～37頁。

〔註106〕 張澤洪：《中國南方少數民族的梅山教》。

〔註107〕 《張趙二郎歌》，見鄭德宏等選編：《瑤人經書》，嶽麓書社，2000年9月版，第201頁。

〔註108〕 分別出自《三元三品歌》、《天師歌》，同見鄭德宏等選編：《瑤人經書》，嶽麓書社，2000年9月版，第201頁。

〔註109〕 康保成編：《儺戲藝術源流》，廣東高等教育出版社，2011年5月版，第290頁。

〔註110〕 《夏坊的宗族社會與「梅山七聖」崇拜》，見楊彥傑：《走進客家歷史田野：地方社會與文化傳統》，廣東人民出版社，2018年6月版，第26～65頁。

〔註111〕 《夏坊的宗族社會與「梅山七聖」崇拜》，見楊彥傑：《走進客家歷史田野：地方社會與文化傳統》，第33、34頁。

來，只能說《二郎開山寶卷》及《西遊記》、《封神演義》等將「眉山七聖」寫作「梅山七聖」，或許是受到了梅山教的影響。

4. 神祇的原創

除了繼承和改造歷史演變的神祇之外，《封神演義》尚有許多原創的神祇形象。從形象上看，其創造神祇的方式有二：一是異於常見人物的創造，即今日所謂的「異形」，此屬於巫教的範疇；一是將所見的人物去欲化、神聖化，便是對神仙的創造，此屬於宗教的範疇。

《封神演義》中的異形非常豐富，包括龍鬚虎、雷震子、哪吒、殷郊、楊任等，析而言之，龍鬚虎是對物的異形，屬於巫教中的圖騰範疇，雷震子、哪吒等屬於對人的異形，是借鑒了佛教中的「法身」的概念的。《封神演義》中的神仙則脫離世外，隱居洞府，雖然樣貌與常人無異，但其隱居洞府，清心寡欲，遠離紅塵，如龍吉公主、十二金仙、四大天王等。從龍鬚虎到龍吉公主的演變，體現了中國神話從求異到求美的轉變。求異的是「神」，《說文》釋「神」字：「天神，引出萬物者也，從示申。」又解釋「示」字：「天垂象，見吉凶，所以示人也。從二。三垂，日月星也。觀乎天文，以察時變。示，神事也。凡示之屬皆從示。」可見「神」是出於巫禮的。求美的便是「仙」，《說文》解釋：「人在山上。從人從山。」可見「仙」是出於人道的。由巫禮而致人道正是由於道教的發生。這魏晉時期追求仙道，強調「遊仙」，正是拋棄俗務、追求至美境界的事業。慕於神仙境界、用意志塑造仙境的詩便是遊仙詩，生活於現實、在現實中塑造仙境的詩就是田園詩。總之這時的文學已經開始由紀實的轉變為審美的，魯迅稱之為「文學的自覺時代」〔註112〕，不無道理。

伴隨著「遊仙」的產生，又出現了凡人與仙侶談情的故事，這在漢魏小說中並不罕見。與一般的戀情不同，仙凡之戀是由仙人掌握主動權的，且仙人高蹈，凡人在仙人面前總會自覺矮上一頭。如《漢武帝內傳》中即便貴為皇帝，漢武帝也只能迎候西王母；在《長恨歌》中唐明皇與楊貴妃本有尊卑之別，單位了使其落入才子佳人的戀愛模式，作者將其亡魂升為女仙。宋時稱高級妓女為「仙女」或「神仙」，唐人好與女道士交往也是出於同一種文化心態——在戀愛中處在求而不得的地位，使士人階層將在父權和夫權中獲得的優越感解

〔註112〕 魯迅：《而已集‧魏晉風度及文章與藥及酒之關係》，《魯迅全集》第三卷，人民文學出版社，2005年11月版，第526頁。

構。但《封神演義》對此處理卻非常粗糙，周朝陣營兩對情侶，土行孫是通過強姦而獲得鄧嬋玉的，龍吉公主與洪錦乃是由於月合仙翁說和而成，毫無道理，龍吉公主最終陷於宿命，也可以反證將這個故事插入《封神演義》的人絕不會是文人，因為其去欲的傾向與《封神演義》中的道教思想傾向是一貫的。此傾向後文詳論，茲不贅述。

在內涵上看，《封神演義》造神的角度則主要有四種：

第一是對道教文獻的闡釋。凡此種造神的方法在劉彥彥《〈封神演義〉道教文化與文學闡釋》一書中論說甚詳，此處僅為補充二處：一為龍鬚虎，即「龍籲虎」之意，「籲」同「呼」，《性命圭指·龍虎交媾圖》：「龍呼於虎，虎吸龍精，兩相飲食，俱相貪並。」龍象男根，虎象女陰，龍呼於虎則是陰陽交合之法。不過本書作者並非人元丹法的一派，龍鬚虎又是修仙法門而非神仙的象徵，所以作者設計他拜清修的姜子牙為師，使其不敵純陰之象的鄧嬋玉，也不入於封神榜中〔註113〕。一為武王所失陷之紅沙陣中，「紅沙」指道教之忌日。《協紀辨方書》第三十六卷引《轉神曆》：「紅沙者，孟月酉，仲月巳，季月丑，其日忌嫁娶。」按：一年之中分為四季，每季分為三月。其中第一月稱孟月，以酉日為紅沙；第二月稱仲月，以巳日為紅沙；第三月稱季月，以丑日為紅沙。引文中只提到紅沙日忌嫁娶，但在民間傳說中紅沙日卻甚為可怕，有「出外犯紅沙，必定不歸家。得病犯紅沙，兒子掛縗麻。嫁娶犯紅沙，實是破人家。蓋房犯紅沙，必然火燒家」〔註114〕的說法。此種說法在明清小說中甚夥，如《西遊記》第七十六回有「老怪遂帥眾至大路旁高叫道：『唐老爺，今日不犯紅沙，請老爺早早過山。』」正因如此，《封神演義》中的紅沙陣才「須得至尊親破，方保無虞」。

第二是對具體事物的象徵。如以混元金斗象徵淨桶〔註115〕，此物有二用，一為家庭衛具，則所謂「九曲黃河陣」便是屎尿，二為接生之用，則金蛟剪便是剪斷臍帶之用。同樣，「十絕陣」正對應八卦，天絕陣便是乾，地烈陣便是

〔註113〕 《封神演義》第五十三回贊龍鬚虎：「封神榜上無名姓，徒建奇功與帝家」，明舒載陽刊本《封神演義》中的封神榜名單中亦無龍鬚虎名諱，今本《封神演義》中補入龍鬚虎名諱應為後來版本改易所致。

〔註114〕 《紅沙日》，收錄於（明）柳洪泉撰輯：《繪圖三元總錄》，華齡出版社，2015年12月版，第73頁。

〔註115〕 《封神演義》第九十九回：「以上三姑，正是坑三姑娘之神，混元金斗，即人間之淨桶。」

坤，風吼陣為巽，金光陣為震，紅水陣為坎，烈焰陣為離，紅沙陣為艮〔註116〕，寒冰陣為兌，落魂陣陷人之魂，化血陣溶解人之肉。羅宣的火燒西岐便是火災，呂岳的瘟瘟陣便是瘟疫，潼關的痘神便是出痘的疫病，都是最常見的天災的具象化而已。書中的闡截兩教對應商周兩朝，周朝的王者為文武二王，文王為父，先死，武王繼承他的遺志伐紂，書中便設計闡教亦有兩個魁首，元始天尊直接派遣弟子下山興周亡紂，作為師兄的老子則在幕後坐鎮，便是對武王伐紂現實的映像。不稱元始天尊之師兄為「太上老君」而稱之為「老子」，大約是將「老子」視為「父親」的同義語，影射文王，「元始」即「奠基」之意，影射武王。其弟子十二金仙往往稱為「十二代弟子」或「十二代仙人」，頗為不類，但若將之理解為武王之後西周十二代君主，則於此便不難理解。商朝的王者為紂，為獨夫，故截教的首腦通天教主只為一人。教稱為「截教」，除魯迅所謂「『截教』或者就是佛教中所謂斷見外道」或如其他學者指出的出自《詩經·商頌·長發》中「相士烈烈，海外有截」之外，亦不乏為一種諧音暗示，「截」通「桀」字，與紂王合為「桀紂」。其實類似的諧音或暗示在《封神演義》中並不罕見，如聞仲兩個弟子吉立、餘慶便是吉利和留有餘慶的意思，鄧九公的三個部將太鸞便是配為鸞鳳，孫焰紅象徵婚燭，趙升諧音「早生」便是早生貴子之意，同時關於鄧九公的一段故事恰恰是由父親主持配成夫妻之禮的情境。

　　第三是對其他小說的模擬，馬善是燈芯，又是三眼，用的是妙吉祥即華光的故事，事見《南遊記》。在《三教源流搜神大全》中，華光之事記在馬元帥名下，即民間所謂的「三眼馬王爺」，《封神演義》亦不將馬善列入封神榜中，只是讓燃燈道人收了他去，正是尊重這一民俗。華光出生，與《三教源流搜神大全》中殷郊的出生及《封神演義》中哪吒的出生有類似之處，馬元帥的風火輪、金磚亦被認為為《封神演義》中的哪吒形象提供了借鑒。元雜劇《猛烈哪吒三變化》中，哪吒的法寶中有「擊天印」，《三教源流搜神大全》中哪吒降服的諸魔王裏有「番天魔王」，這便是「翻天印」的出處。

　　除此之外，《封神演義》中燃燈擒羽翼仙的過程與《西遊記》中唐僧用金箍降服悟空的情形相似，孔宣收法寶的過程與《西遊記》中青牛精的本領相同，

〔註116〕「紅沙」中的「沙」原本是「煞」的意思，但《封神演義》中卻望文生義，以為象徵，寫「張天君見三人趕來，忙上臺抓一把紅沙，往下劈面打來，武王被紅沙打中前胸，連人帶馬撞入坑去」，可見紅沙陣中上有紅沙，下有旋坑，實象徵高山、懸崖。

至若《封神演義》第六十一回寫準提道人的詩與《西遊記》第一回裏寫菩提祖師的話幾乎是完全相同的，由此可見《封神演義》對《西遊記》的剿襲。如果我們將《東遊記》、《南遊記》、《北遊記》視為《西遊記》的「別傳」，那麼《封神演義》也可以視為《西遊記》的「前傳」。《封神演義》與《水滸傳》的關係亦不算淺。其中黃飛虎被紂王戲妻的情節仿傚《水滸傳》中林沖被高衙內戲妻，土行孫和鄧嬋玉的關係仿傚《水滸傳》中的王英和扈三娘，封神榜則改用了《水滸傳》石碣中的天罡、地煞群星稱呼的設置。前文言及，《封神演義》在黃飛虎反五關的問題上仿寫自《三國志演義》中的關羽，關羽不但是《三國志演義》中蜀漢五虎上將的第一個人，在戲妻問題上仿寫的林沖雖然是梁山五虎將中的第二個人，卻是書中五虎將裏最濃墨重彩的。《封神演義》中一樣有「五嶽」，可視為周營裏面的「五虎將」，只是文聘、崔英、蔣雄這三個人的戲份遠遠不足，三人被迫落草為寇與鼓詞中黃飛虎收龍環、周紀等四人的故事相同〔註117〕，後者也恰好構成五虎將的模式。可見在之前存在過的關於黃飛虎的文本中，不乏一種收將意義的「五嶽」（五虎）聚義的故事，只是後來黃飛虎的故事融合在封神的故事裏，道教的故事衝擊和取代了武王伐紂的故事，使其餘四人的故事逐次缺位，五嶽相逢和四個部將的故事也漸漸支離成了兩個〔註118〕。書中的西伯侯訪姜尚大約模擬自《三國志演義》中的三顧茅廬，聞太師被三路大軍阻遏，只得兵走絕龍嶺，大約是模仿了其中的華容道的故事的。

第四是迎合市民階層的需要。例如趙公明是道教正一道上清派的神祇，梁代陶弘景《真誥·協昌期》便有「天帝告土下冢中直氣五方諸神趙公明等」，趙公明為五方神，主管幽冥之事，《道法會元》卷二百三十二《正一玄壇趙元帥秘法》稱之為「上清正一玄壇飛狐金輪敕法趙元帥」，其實亦不過是鬼仙，直到《三教源流搜神大全》中稱其「買賣求財，公能使之宜利和合。但有公平之事可以對神禱，無不如意」〔註119〕，這才有了財神的影子。且《大全》中的趙公明已經是一個黑面的胯下騎虎的人，與《封神演義》中的形象類似。

〔註117〕 車王府曲本《封神榜》，人民文學出版社，1992 年 1 月版，1994 年第 2 次印刷，第 400 頁。
〔註118〕 類似的情形還有《水滸傳》中林沖、王進和王慶的故事，見胡適《水滸傳考論》，收錄于氏著《胡適文存》第一冊，華文出版社，2013 年 7 月版，第 381 頁。
〔註119〕 《三教源流搜神大全·趙元帥》。

　　專職財神的出現是《封神演義》整理者的一大創造，因為封神榜中的封號多數不脫自然神即巫教神祇的範疇，這些神或司風雨雷電，或掌握窮通、吉凶，惟有少數職業神，如博士星杜元銑、力士星鄔文化、奏書星膠鬲、蠶畜星黃元濟等。但這些職業神是以占星術的視角產生，趙公明則被封為「金龍如意正一龍虎玄壇真君之神」，蕭升被封為招寶天尊，曹寶被封為納珍天尊，陳九公被封為招財使者，姚少司被封為利市仙官，都非斗部的成員，是真正以財為業的職業神。《封神演義》前沒有固定的財神，《夷堅志‧癸》卷三以五通神為財神，《鑄鼎餘聞》則以五路神為財神。在《封神演義》之後，民間則形成了文財神、武財神之說，武財神仍是趙公明，文財神則是比干，因為比干無心，可保證公平——武財神保佑其發跡，文財神保佑公允。晚明社會求財的方式雖然各有其巧妙，但慕於財貨則是同一的。財神的出現迎合晚明市民階層財富傾向的需要，這是《封神演義》反作用於民間的又一個例證。

五、《封神演義》的價值觀念

　　凡是一本書的寫作，總有其目的。一般說來，明清兩代的小說之創造無非兩種目的：第一是基於創作者自我表達的目的，一般以文人小說或文人參與最終整理的小說為主，前者如《聊齋誌異》、《紅樓夢》等，後者如毛宗崗父子整理的《三國志演義》、馮夢龍整理的《三遂平妖傳》，無論是在寫作或是改造的過程裏，作者和最終的整理者總是希望附加自己的思想在其中，此種作品的思想宜按照對現代小說的思想分析模式進行闡釋；第二種為了滿足社會娛樂需求，亦即滿足寫作者和出版者的商業需求的，諸如熊大木編訂的講史作品、余象斗編訂的《四遊記》等，此種作品的思想分析可側重於兩方面，一是研究當時人的社會心理，一是研究故事的歷史演變，以完成對國民心態的歷史詮釋。

　　《封神演義》的情形略為複雜些，前文將其來源分析為講史和說經的兩種，其中講史的部分更多是有歷史沿革的，自元代《武王伐紂平話》開始至《封神演義》為止，宜為這一故事做歷史分析；說經的部分則是有專業道教的人士進行參與的，在《封神演義》中能夠明顯看出作者試圖用道教的立場對儒家傳統故事進行改造，除前文已然指出的令道家的創始者老子為作為儒家不祧之祖的文武二王師事之的姜子牙的老師外，在第六十八回《首陽山夷齊阻兵》中，有哨探馬報入中軍：「啟元帥！有二位道者，欲見千歲並元帥答話。」被儒家頌揚的人物伯夷和叔齊，至此變作了道士。

（一）道教因素：道士的參與和《封神演義》對道教精神的悖離

　　《封神演義》中的道法在在有之，如星占術、交感巫術、徵兆法術、飛

頭術、放蠱術、奇門遁術、變糧術等〔註1〕。其對數字的設計也往往依託道教的旨意。道教有十二星宮、十二元辰、十二老母，故《封神演義》有十二金仙，並設計西方教有十二蓮臺，直到萬仙陣時白蓮童子釋放蚊蟲，導致蚊蟲「四散飛去，一陣飛往西方，把十二蓮臺食了三品」，才成了「九品蓮臺登彼岸，千年之後有沙門」〔註2〕。其對數字的設計有時則是為了迎合道家經典的。如其構建道家的師承結構，正是為了印襯《老子》中「道生一，一生二，二生三，三生萬物」〔註3〕的旨意。「道生一」，「一」便是鴻鈞道人；「一生二」，「二」便是闡、截兩教；「二生三」，「三」便是三友：老子、元始天尊、通天教主；「三生萬物」，便是十二金仙、燃燈道人、度厄真人、鄧華、申公豹、姜子牙及截教眾仙。所以鴻鈞道人只調和三友之間的矛盾，三友僉押封神榜才是對接整頓世俗及傳教的義務。故而三友是道教的領袖，接引道人與準提道人則是西方教的領袖，並不存在有些學者所言的鴻鈞與準提等同輩的情況。

此書對內丹道所尊奉的祖師唐人呂岩即後世所謂呂洞賓頗為推崇。梁歸智先生發現《封神演義》中引用的許多詩作便改自乃至徑抄自呂洞賓的詩歌〔註4〕，並指出十絕陣、黃河陣等都是道教內丹與外丹之間的較量，陣法中以內丹勝於外丹〔註5〕。在改造「雲中子進劍除妖」的過程中，作者特別加入一段「雲水之對」——

> 紂王曰：「那道者從何處來？」道人答曰：「貧道從雲水而至。」
> 王曰：「何為雲水？」道人曰：「心似白雲常自在，意如流水任東西。」
> 紂王乃聰明智慧天子，便問曰：「雲水散枯，汝歸何處？」道人曰：「雲散皓月當空，水枯明珠出現。」

此對話出自元明之際《呂真人神碑記》——

> 黃龍曰：「汝乃何人？」（呂）答曰：「雲水道人。」黃龍曰：「何為雲水？」（呂）答曰：「身似白雲常自在，意如流水任東西。」黃

〔註1〕見劉彥彥：《〈封神演義〉道教文化與文學闡釋》，西安交通大學出版社，2016年6月第1版。
〔註2〕《封神演義》第八十三回。
〔註3〕帛書《老子》乙本·《德經》第五章。
〔註4〕梁歸智：《神仙意境》，生活·讀書·新知三聯書店，2022年10月版，第238～241頁。
〔註5〕梁歸智：《神仙意境》，第105頁。

龍曰：「假如雲散水枯，還歸何處？」（呂）答曰：「雲散則皓月當空，水枯則明珠自現。」〔註6〕

　　凡此皆可見作者對內丹道的推崇，應有專業的內丹道道士的參與。有學者以此認為本書的作者即為內丹道道士，甚至將之確鑿為內丹道的東派祖師陸西星，卻同樣是有失偏頗的。前引《呂真人神碑記》本出自《五燈會元》「呂洞賓飛劍斬黃龍」一事，言為呂洞賓過杭州時，拜見黃龍禪師，兩人酬對，呂洞賓飛劍預備威脅黃龍禪師，卻被後者阻住，於是拜服佛法。此故事中呂洞賓明顯處於下風，道教祖師亦在佛教禪師之下，設若為內丹道東派祖師的陸西星寫作此故事，勢不能將黃龍禪師作為正面形象寫入《封神演義》內。然而《封神演義》所謂闡教十二金仙中恰有一名黃龍真人，即黃龍禪師的變體。何況，儘管內丹道在創建之時吸收了神霄派的雷法，但陸西星在創建內丹道東派的過程中，逐漸將雷法毀棄，設若其將呂洞賓定為雲中子之原型之一，絕不至於在描繪絕龍嶺之戰時，使其以神霄派所主張的雷法齏殺聞仲。就文化傳統而言，內丹道的呂洞賓傳說中本有以飛劍取人頭的方式，從文學角度來說，許文素即云中子的故事與呂洞賓的故事中惟一有關聯的部分正在於「劍」這一道具，呂洞賓以飛劍斬黃龍，雲中子以木劍斬妲己，故其擊殺聞仲亦當以飛劍取其性命才是。

　　此外，儘管內丹道吸收了神霄派的一些功法，但神霄派畢竟是天師道的分支，其所奉養的神祇與內丹道迥異，內丹道最著名的三大宗教神話群落分別是五祖神話、七真神話、八仙神話〔註7〕，《封神演義》完全迴避了這些神話的主角，反而以神霄派所奉養的雷部天君們為主角。在元明兩代內丹道的戲劇中，「金母」即指「王母」，處在故事中相對較高的位置，如明代雜劇《祝聖壽金母獻蟠桃》中，金母自稱「梓童乃九靈大妙龜山金母元君是也，西華之至妙，洞陰之極尊」〔註8〕，《封神演義》中卻將之分為金靈聖母與龜靈聖母，極盡邊緣化、污名化之能事，其中龜靈聖母不但在跟廣成子交戰時現出母烏龜的原型，而且最終被白蓮童子放出的蚊蟲吃成了空殼，完全不是內丹道的教徒所能為者。

〔註6〕轉引自孫楷第：《小說旁證》，人民文學出版社，2000年12月版，第177頁。
〔註7〕吳光正：《文化與神話：八仙故事系統的內在風神》，武漢大學出版社，2022年6月版，第10頁。
〔註8〕中國戲劇社編：《孤本元明雜劇》第4冊，中國戲劇出版社，1958年1月版，第579頁。

故此，我們相信在《封神演義》的成書過程中，一定有專業道教人士進行參與，但這種參與並非出自同一人之手，也絕非自始至終參與了本書的創作的。簡單地說，神霄派參與了前期的故事創作，所以小說中的許多主角皆以雷部天君為主；內丹道則參與了後期的創作，主要的工作是以自身的立場對小說中的觀點進行闡釋，例如補入呂洞賓的詩歌及將呂洞賓與黃龍禪師的對話屬入雲中子與紂王的對話等。甚或在十絕陣及黃河陣的過程中，黃龍真人以丑角的形象出現，也可能是內丹道道士改造的結果，但這種改造只是局域性的。前文已然分析，本書的最終整理者絕非文人或專業性極強的道士，故這些道士作者的參與只是《封神演義》成書中接近中間的一環，所以也不能簡單將此書簡單視為一部闡發宗教的著作。或許，我們可以簡要的說，在本書呈現出的不同結構中，講史的部分以民間思想的嚴格為主，最終展現了儒家的價值傾向，說經的部分則以道士的參與為主，以道教價值為依歸。二者統一於最終參與整理的民間藝人或書商，致令此書呈現出了多元化的思想傾向。

（二）儒家命題：武王伐紂再判斷

1. 湯武革命的問題及解決

《封神演義》取材於武王伐紂，這一史實與商湯伐桀並稱為「湯武革命」，是儒家的經典論題。因為儒家一方面主張忠君，另一方面卻主張仁政，當君主強行不實施仁政時是捍衛君主實施暴政的權力還是推翻君主另行仁政便形成了一種倫理上的斷層。儒家所捍衛的周禮建自周朝，周朝正是用暴力推翻商朝而誕生的，因而這種倫理斷層所造成的諷刺意義便愈發明顯。及至春秋戰國時代，一方面民眾冀求社會秩序穩定，一方面長期的戰爭迫使統治者不斷壓迫民眾、民不聊生。於是儒家提出重視民生與民本，將古代君王聖賢化，由於聖賢必須與現世有所距離，因而儒家必須選擇開國君主，將周文王、周武王與夏禹、商湯並稱為「三王」，也是現實的需求所致，但其所造成的倫理悖論卻是致命的：齊宣王田闢彊責難孟軻說：「臣弒其君，可乎？」孟軻告訴他：「賊仁者謂之賊，賊義者謂之殘，殘賊之人謂之一夫。聞誅一夫紂矣，未聞弒君也。」〔註9〕但這裡的標準卻是模糊的，因為君主的道德標準——即「賊仁」和「賊義」的界定標準——並非是客觀的。孟軻慣於用立場取代邏輯，這是其人、其

〔註9〕《孟子・梁惠王下》。

書長期無法經典化的一個重要原因。到了漢朝，這個問題被重新提及，《史記・儒林列傳》記載：

> 清河王太傅轅固生者，齊人也。以治詩，孝景時為博士。與黃生爭論景帝前。
>
> 黃生曰：「湯武非受命，乃弒也。」
>
> 轅固生曰：「不然。夫桀紂虐亂，天下之心皆歸湯武，湯武與天下之心而誅桀紂，桀紂之民不為之使而歸湯武，湯武不得已而立，非受命為何？」
>
> 黃生曰：「冠雖敝，必加於首；履雖新，必關於足。何者，上下之分也。今桀紂雖失道，然君上也；湯武雖聖，臣下也。夫主有失行，臣下不能正言匡過以尊天子，反因過而誅之，代立踐南面，非弒而何也？」轅固生曰：「必若所云，是高帝代秦即天子之位，非邪？」
>
> 於是景帝曰：「食肉不食馬肝，不為不知味；言學者無言湯武受命，不為愚。」遂罷。
>
> 是後學者莫敢明受命放殺者。

　　信仰唯物主義的歷史學家用階級史觀分析，認為黃生和轅固生是儒道之爭，這是沒什麼道理的。從先秦文獻來看，黃老之學本不講求等級，莊子的遺說則是遠避政治的，強調君臣不能易位的，得其反倒是儒家的正名思想。儒家內部之所以有這樣的分歧，乃是由於孔子的創造。周武王與紂王原本不是君臣關係，乃是世仇。紂的父親文丁殺害周武王的祖父季歷，二者為軍事鬥爭、權力鬥爭。且殷周的關係乃是方伯和宗主的關係，較之春秋時期的諸侯與天子尚弗如遠甚，更遑論後世的君臣關係。但孔子既準備尊王，實行「大一統」，自然地要將這段歷史道德化，一方面將周文王塑造成嚴格恪守君臣之誼之人，稱他「三分天下有其二，以服事殷」[註10]，另一方面卻要承認周武王革命的合法性。這就必須將紂王刻畫為一個殘暴、無恥的君主，連孔子的弟子端木賜都知道「紂之不善，不如是之甚也。是以君子惡居下流，天下之惡皆歸焉。」[註11]然而，歸惡於紂並沒有解決武王伐紂的倫理困境，這一論題保留到漢朝，直到漢景帝強行以行政手段停止了學術討論。

〔註10〕《論語・泰伯》。
〔註11〕《論語・子張》。

但強行停止討論並不能使問題得以解決，在漢景帝之後的武帝時代，司馬遷在《史記》中將《伯夷列傳》推為列傳中的第一篇，其敘述伯夷、叔齊的內容僅有 215 字，其通篇都在討論伯夷、叔齊反對武王伐紂的合理性。後世討論武王伐紂便用討論《伯夷列傳》的方式進行，王充《論衡》則將伯夷和姜子牙對立起來，稱「太公、伯夷俱賢也，並出周國，皆見武王。太公受封，伯夷餓死」，把原本抽象的問題具象化，但稱「道雖同，同中有異；志雖合，合中有離」〔註 12〕，各打五十板。但武王及周公是儒家的先驅，伯夷又是符合儒家思想的聖賢，故以當時的情境看，其批評情形也只得如此。

2.《封神演義》對武王伐紂的再評判

宋元話本以演史為主，以講史的態度，認為前朝被後代接替乃是必然，在敘述中則突出在歷史中有推動作用的英雄人物，故在武王伐紂的事蹟上，極力頌揚武王革命，痛斥紂王的暴行，認為紂王作惡多端，理應被推翻。《封神演義》則以講史作為背景，就事論事，代入感很強——前文已然證明《封神演義》的成書時間在明代中後期，此時社會思想逐漸形成了某種異變。一方面，理學至此已經與政治倫理結合，形成一種思想上的禁錮，如將三綱即父權、夫權和君權倫理化，表現在《封神演義》中便是「君命召，不俟駕。君賜死，不敢違」〔註 13〕以及「天下無有不是的父母」〔註 14〕等說法；另一方面當時的民間文學又產生了一種放縱慾望乃至背叛主流價值的傾向，如《水滸傳》贊許私力救濟，林沖在受盡壓迫後逼上梁山，武松在求告無門後為兄報仇皆被視為英雄之舉，這便是傳統所謂「誨盜」；《金瓶梅》頌揚性自由和人性解放，西門慶所迎娶的幾房小妾全部是人妻，根本沒有「失節事極大」的煩惱，這便是傳統所謂「誨淫」；「三言二拍」中以前被抑制、醜化的商人階層竟然得以按照正面的形象出現，《喻世明言》開篇的《蔣興哥重會珍珠衫》中的主角蔣興哥、《拍案驚奇》開篇的《轉運漢巧遇洞庭紅》的主角文若虛等都是商人出身，前者情深義重，後者有膽有識，凡此無不是道德和需求的背反。到了《封神演義》中則乾脆斗膽到論述「武王伐紂」這一儒家思想歷史上最為艱難的命題，這一行為本身便是一大創見，只是最終的整理任務落在了一位並無才識的民間整理者之手，勢必難以承接這樣宏大且具有挑戰性的工程。故整理者一面頌揚武王伐

〔註12〕 王充：《論衡·逢遇》。
〔註13〕 《封神演義》第二回。
〔註14〕 《封神演義》第十四回。

紂，一面又讓背叛紂王的臣子在被前來征討的紂方將領辱罵後「靦面難回」。甚至在明清時期的戲曲舞臺上，儘管在某劇中姜子牙居於正面角色的地位，但卻間或以白臉的形象示人〔註15〕，尤其可見當時的藝術對武王伐紂這一行徑評價的為難。

至於紂王的作惡，《封神演義》的整理者一方面不能取消紂王的這些暴行，否則武王伐紂便失去了道德意義，另一方面在紂王可以隨心所欲的前提下，又不能用這些暴行否定君主行政的合理性。所以《封神演義》的整理者一方面將這些責任歸咎妲己，一方面又用悲天憫人的態度表示適度的同情。如寫到紂王剖孕婦一事時，《平話》評價道：「剖胎斫脛剖忠良，顛覆殷湯舊紀綱；積惡已盈天震怒，瀆天不免鹿臺亡」，《封神演義》則寫道：「敗葉飄飄落故宮，至今猶自起悲風；獨夫只聽讒言婦，目下朝歌社稷空」以及「大雪紛紛宴鹿臺，獨夫何苦降飛災；三賢遠遁全宗廟，孕婦身亡實可哀」〔註16〕。

不過對於商朝的重臣，《封神演義》的作者也並非簡單以歌頌的態度處理。《封神演義》有三位被正面描寫的忠臣良將：張桂芳、魯雄和聞仲。作者對待張桂芳的情感非常複雜，一方面其寫張桂芳的樣貌：

> 只見對陣旗腳下，有一將銀盔素鎧，白馬銀。上下似一塊寒冰，如一堆瑞雪。怎見得？
>
> 頂上銀盔排鳳翅，連環鎧素似秋霜；白袍暗現團龍滾，腰束羊脂八寶鑲。護心鏡射光明顯，四棱鋼掛馬鞍旁；銀鬃馬走龍出海，倒提安邦白杵。胸中習就無窮術，授玄功寶異常；青龍關上聲名遠，紂王駕下紫金梁。白上面書大字，奉敕西征張桂芳。

是一個非常漂亮的人物。能在「青龍關上聲名遠」，其武藝當不至於泛泛。但他卻先交戰哪吒失利，後被黃天祥敵住。根據上文所列年表，黃天祥本年11歲，哪吒本年18歲，作者在突出少年英雄的同時，也利用少年突出了張桂芳的困窘。在與哪吒交戰時，「張桂芳雖是法精熟，也是雄威力敵，不能久戰，隨用道術要擒哪吒」〔註17〕而終於未果，在與黃天祥交戰時則「三十回合未分上下」，最後被迫自殺。在三個忠臣中，張桂芳是最困窘的，因為「周營數十

〔註15〕見其《渭水河》造像，收錄於王文章主編：《中國藝術研究院藏清昇平署戲裝扮像譜》，學苑出版社，2005年10月版，第5頁。
〔註16〕《封神演義》第八十九回。
〔註17〕《封神演義》第三十六回。

騎，左右搶出……圍裏上來，把張桂芳圍在垓心」，這種狀態下，張桂芳只有服輸，但作者卻設計張桂芳自殺，連生擒受辱的機會都不留給對方，為這位忠臣留下了最後的體面：

> 從清晨只殺到午牌時分，桂芳料不能出，大叫：「紂王陛下！臣不能報國立功，一死以盡臣節。」自轉頭一刺，桂芳撞下鞍鞽，一道靈魂往封神臺來，清福神引進去了。正是：英雄半世成何用，留得芳名萬載傳。

同回寫魯雄，寫其口出大言，稱「張桂芳雖少年當道，用兵特強，只知己能，恃胸中秘術。風林乃匹夫之才，故此有失身之禍。」對同僚傲慢，對自己自負，然其才幹只是平常，聞仲對他的看法是「魯雄雖老，似有將才，況是忠心」〔註18〕，「似有」便是「實則未必」的意思，其人終於成為在張桂芳和四天王之間的過渡人物，首級也被姜子牙當成祭祀岐山的祭儀。但作者仍然為魯雄保留了最後的體面，不但用「魯雄站立，費、尤二賊跪下」突出了魯雄的氣節，而其也用他臨終前的最後一段詈語突出了其忠臣的立場。《論語·衛靈公》說：「志士仁人，無求生以害仁，有殺身以成仁。」魯雄和張桂芳便是殺身成仁的典範。

作者真正刻畫得濃墨重彩的商朝忠臣乃是太師聞仲。前已言之，其名「仲」正是姜子牙名「尚」的反向。如果說申公豹是姜子牙在道教問題上的鏡像，那麼聞仲便是姜子牙仕途上的鏡像。由於《封神演義》作者在當時的思想，即宣揚忠君，故殷商的老臣也當設計成老成謀國之人。姜子牙既然為「相父」，則聞仲必然承擔託孤的責任。作者在寫聞仲出兵之前先有「人臣將身許國，而忘其家；上馬掄兵，而忘其命」的言論，然後用「此一別去：不知何年再君臣面，只落得默默英魂帶血歸」的句子預示了他的悲劇結局，使其出征具有悲壯感。雖然作者沒有在這個過程中再次描繪聞仲的相貌和著裝，但通過四天君罵他為「妖道」以及小校上山來所報：「啟二位千歲！有一穿紅的道人，把大千歲引入一陣黃氣之內，就不見了。」可見聞仲並未戎裝出征，反而是穿一件紅色的道袍，突出了他的仙風〔註19〕。此處詳言其收四天君，突出了他的道術，後文又通過子牙觀陣之後的感歎：「聞太師平日有將才，今觀如此整練，人言尚

〔註18〕《封神演義》第三十九回。
〔註19〕《封神演義》第四十一回。

未盡其所學」〔註20〕突出了聞仲的將才和本事。從第四十一回至五十二回，關於聞仲征伐西岐的章節有十一個半回目之多，這尚且不算前文「太師回兵陳十策」、「聞太師驅兵追襲」以及其他推動性的情節，可見聞仲乃是作者在商朝陣營中最濃墨重彩的人。在聞仲死後，「忠心不滅，一點真靈，借風逕至朝歌，來見紂王，申訴此情」〔註21〕，在封神之際，「他英風銳氣，不肯讓人，那肯隨柏鑒？子牙在臺上看見，香風一陣，雲氣盤旋，率領二十四位正神，逕闖至臺下，也不跪」〔註22〕，將聞仲的忠誠和骨氣延續到了最後。相形之下，聞仲所效忠的紂王則僅被封為「天喜星」而已，沒有得到更為重要的突出。《封神演義》將聞仲延續到最後，乃是為了將氣節和忠誠延續下去，至於史家重點討論的「夷齊阻兵」，作者雖然設計伯夷、叔齊與姜子牙在陣前辯論，不過是對《史記》內容的簡單翻譯，但是由於前文中討伐西岐的商臣與周朝臣子辯難不斷重複，所以伯夷、叔齊的正當性反而被瓦解。

對於周朝陣營，《封神演義》的作者無法醜化當中的任何角色，但卻通過主張天命和宿命的方式，力圖消融武王伐紂中的非道德成分，即將主觀的「反叛」、「侵略」和「奪權」，客觀成為「天命」。武王伐紂中的「天命」成分來源可溯於《詩經·大雅·文王》：「周雖舊邦，其命維新」，其中的「命」便是天命。中國的「革命」是依據天命而循環，西文的「revolution」乃是打破循環，這是其自來含義的不同。有了天命為依據，領袖的作用便可以弱化。從《封神演義》的文本來看，文王的個性更像劉備，突出忠義而非權謀，武王的個性則像唐僧，被眾將、眾仙保護，自己沒有勇氣和能力，僅有前進的意志而已。武王看見白魚躍舟的反應「水勢分開，一聲響亮，有一尾白魚，跳在船艙來，就把武王嚇了一跳」〔註23〕，與唐僧看到自己屍體的反應「那佛祖輕輕用力撐開，只見上溜頭泱下一個死屍，長老見了大驚」〔註24〕，如出一轍。李靜在《天命之外的困惑——〈封神演義〉的倫理困境及解決》〔註25〕中提出相對於《平話》及《列國志傳》，文王、武王的形象均被弱化，這自然事實。但同樣，《封

〔註20〕《封神演義》第四十二回。
〔註21〕《封神演義》第五十二回。
〔註22〕《封神演義》第九十九回。
〔註23〕《封神演義》第八十八回。
〔註24〕《西遊記》第九十八回。
〔註25〕《天命之外的困惑——〈封神演義〉的倫理困境及解決》，人民日報出版社，2018 年 1 月版。

神演義》中散宜生、黃滾等立於朝廷之士的形象均不突出，商亡周興的責任完全係在姜子牙一人身上。以姜子牙為樞紐，用道教弟子代替朝臣，武王及非神的系統退居二線，由主動的「謀逆者」變為了「天命」的「執行者」，革命與忠君的矛盾至此得到解決。

（三）世俗價值：《封神演義》的欲望批判

1. 入世與避世

道教自來不是避世的，其產生於東漢，「太平道」致力於亂世中而求太平，「五斗米道」則直接救助生民。避世的信仰乃是出於漢唐時期的隱士，如張良、李泌等人，晉代《高士傳》則描繪了這一幫隱士的群像——這些人是從《論語》中的隱士長沮、桀溺而來的，《莊子》、《列子》等書塑造的一系列隱士則為之推波助瀾。然而《老子·德經·第一章》則言：「上德不德，是以有德，下德不失德，是以無德」，以無德的表現為其最高的標準，《莊子》言「齊物」，視是非、榮辱同一。所以在道教生成的時候，只有「道」而無其「教」，即不能通過教化的方式使民眾接受。為了適應傳教，道教的經書便出了許多「勸善書」，如《太善感應篇》：「夫欲求天仙者，當立一千三百善；欲求地仙者，當立三百善。」「善」即道德，即儒家的價值。道教一方面學習儒家，以入世為最基本的態度，另一方面又對儒家的價值予以認同，尤其認同忠孝。金代王重陽開山全真道時即令弟子首讀三本經書，《孝經》即其中之一。道本無善惡，儒家的倫理亦不乏兩可之說。對於《封神演義》而言，在周固然是仁義之師，在商卻也是君臣大倫，其矛盾已如上文所述。故此，闡教和截教並不是正邪之別，更不必特指某一教派而言，否則便將《封神演義》的哲學意味解釋得膚淺了。何況在《封神演義》插入神仙的故事前已經先有了左道的故事，這為其轉換成截教助紂伐周提供了可能。

在闡截兩教中，主張避世的是截教，主張入世的是闡教。通天教主在碧遊宮門口寫下偈子，勸誡截教眾仙：「緊閉洞門，靜誦黃庭三兩卷；身投西土，封神榜上有名人」〔註26〕，是用避世的態度教弟子，弟子每履西土便被闡教眾人責以此訓。然則闡教十二金仙無人不投身西土，常常在碧遊床上正運元神的時候「心血來潮」，記起西土之事，便命弟子下山，老子、元始天尊不過責其「三尸未斬」而已。按：三尸之說，出自《酉陽雜俎》：「一居人頭中，令人多

〔註26〕《封神演義》第三十八回。

思欲，好車馬」，便如黃天化，一旦下山即擺武成王王子的威風，「黃天化在山吃齋，今日在王府吃葷。頭挽雙抓髻，穿王服，帶束髮冠，金抹額，穿大紅服，貫金鎖甲，束玉帶」〔註27〕；「一居人腹，令人好飲食，恚怒」，便如秦完對姜子牙稱「你將九龍島魔家四將誅戮，豈非欺侮吾教？我等今日下山，與你見個雌雄」；「一居人足，令人好色，喜殺」，便如土行孫強姦鄧嬋玉，呂岳一干人妄加殺戮。《封神演義》中的「三尸」則較之有更高的要求，非但求於無欲，而且是求於無情。故太乙真人令哪吒弒父，不是挑撥是非，而是要廢掉固有的倫常。無情而後無己，無己而後無功，無功而後無名〔註28〕。只有經歷是非才能超脫是非，所以李靖、哪吒等七人必須在滌蕩殷商之後歸隱，最終都能夠肉身成聖，這便是用入世的方式修道，《封神演義》中黃天化和姜子牙固然如此，明代萬曆年間鄧志謨《飛劍記》寫呂洞賓在塵世的經歷，也與《封神演義》的志趣相同。

　　修道入世如《封神演義》是道教的作品，修道遁世的《鏡花緣》反而是儒家的作品。《鏡花緣》的書名取義「鏡花水月」，這不是道家的避世，而是儒家的避世。其書講究「遊仙」，即遊歷、嚮往仙界，所以《鏡花緣》中的仙界不但飲酒、而且可以吃肉；《封神演義》卻志在「修仙」，即修道，這就必須苦行和無欲。是故在《封神演義》的作者看來，道教不必以出世為自身的態度，只需要以煉氣、斬三尸為最終的目的即可。書中自稱為「煉氣士」的有雲中子、清虛道德真君、黃天化、王魔等九龍島四聖、秦完、呂岳師徒、法戒、朱子真等。除雲中子與清虛道德真君外，其餘如黃天化、秦完、呂岳等人均有富貴之心、是非之心、勝負之心，都是未斬三尸的表現。

　　與一般的道教小說描繪的悟道方式不同，《封神演義》不講究徹悟，不講究體道，不講究長生，甚至不重視修仙、羽化的過程，凡是用細筆描繪的都是尸解，即因魂魄脫離肉身而成仙者。漢魏之時已有三品仙之說，為天仙、地仙、尸解仙。《封神演義》以天仙為高，尸解仙最低，作者自言：「根行深者，成其仙道，根行稍次，成其神道，根行淺薄，成其人道」〔註29〕，「仙」就是「肉身成聖」者，「神」就是尸解者。前者以混元得道，後者以破身修行。前者是修行而來的，後者則是利用封神榜封出來的〔註30〕。《封神演義》中除龍吉公

〔註27〕《封神演義》第四十回。
〔註28〕《莊子‧逍遙遊》：「至人無己，神人無功，聖人無名」。
〔註29〕《封神演義》第七十七回。
〔註30〕《封神演義》第四十回：「子牙把打神鞭使在空中，——此鞭只打的神，打不的仙，打不得人；四天王乃是釋門中人，打不得，後一千年，才受香煙，因此

主出身昊天上帝的親女之外，再沒有明確的天仙。女媧出處不明，有一些天仙的意思，其餘如三皇、元始天尊、老子等都居住在洞府，為地仙。陸壓無明確洞府，與蕭升、曹寶等同為散仙，至於封神榜上有名諱的人物都是尸解仙一流。《封神演義》重點描繪了這些人戰死的情狀，如寫瓊霄仙子之死：「元始命白鶴童子把三寶玉如意祭在空中，正中瓊霄頂上打開天靈，一道靈魂往封神臺去了」，寫碧霄仙子之死：「元始袖中取一盒，揭開蓋丟起空中：把碧霄連人帶馬裝在盒內，不一會化為血水」，均寫她們尸解的方式，至於十二金仙如何修煉、李靖父子等如何肉身成聖，完全不在作者的考慮範疇。相比之下，《西遊記》中的神仙則主要是天仙，地仙只有鎮元子，而無尸解仙，與《封神演義》的格局不同。從這個意義上，《封神演義》與《西遊記》剛好合為完璧。

2. 禁慾與縱慾

在所有的禁慾問題中，最被《封神演義》的作者看重的乃是性慾。這在小說的第一回中即體現出來，作者立了兩個對比：女媧禁慾為女神，妲己縱慾為女妖。後文中紂王的縱慾成為他的一切暴行之始，這印證了俗話所謂「萬惡淫為首」。文王無性而得雷震子，故得以成為聖君。這是道教禁慾思想的一種外化，也是儒家倫理的一種延續。按：在儒家重塑的古史系統中，將夏朝的滅亡歸咎於妹喜，殷商的滅亡歸咎於妲己，西周的滅亡歸咎於褒姒。作為一部對儒家經典歷史命題進行重構的小說，《封神演義》無疑接受了這種「女性誤國論」；明代中葉的許多情色小說，則打著「懲淫」的名義進行色情書寫，也間接影響了《封神演義》的思想；更重要的是縱慾這一行為也是違背宗教禁慾思想的，所以在進行道教寫作的過程中，該名寫作者將淫慾視為最大的阻礙，故其書寫妲己之死時並未延續至少在北宋時期就已生成的姜子牙蒙面斬妲己的故事〔註31〕，而是讓妲己死於陸壓贈與姜子牙的葫蘆，將妲己之魅與趙公明之神通並列，可見該作者對欲望的重視乃至畏懼。所謂「葫蘆」即「囫圇」或「混沌」之意，如《紅樓夢》中有《葫蘆僧亂判葫蘆案》，混沌是無欲望和是非的，故這段情節意味著以無性的葫蘆而斬性慾的化身，以無極的混沌而斬兩性陰陽的交合。

上把打神鞭也被傘收去了。」可見魔家四將在封神之前已經修成仙家正體，但最終仍在封神榜上存有名姓，乃是因為投身商周戰場而沒能保住自己的肉身，只得以尸解仙的身份參與最後的封神。

〔註31〕 《資治通鑒》第一百七十七卷《隋紀一》。

　　故作者雖推崇內丹道，卻並非人元丹法一派，更不主張陰陽雙修。全書直接寫到有性行為的，只有紂王和土行孫，但都沒有寫到他們性行為之後的子嗣問題。紂王雖然有二子殷洪、殷郊，但與二子之母姜皇后已經無性甚久，與之頻繁發生性關係的妲己、王貴人等卻沒有一子。同樣，土行孫強姦鄧嬋玉一節，作者寫得十分香豔，但二人至死未有一男半女。作者寫哪吒出生，不寫「父精母血」，反而寫「道人將一物，往夫人懷中一送，夫人猛然驚醒」〔註32〕的感孕而生。文王有九十九子，卻不寫其妻妾，而詳寫路上拾來的雷震子。文王和李靖有性有子卻無欲，紂王和土行孫有性有欲卻無子，這當然是過去講史平話的遺留。但從另一方面而言，也是符合《封神演義》自身哲學的——無欲便是仙，有欲便是人，所以月合仙翁勸和龍吉公主與洪錦時說二人有「俗世姻緣」〔註33〕——凡是姻緣必委諸俗世。

　　在世俗層面，作者也有意批評對欲望的放縱。道教金丹派並沒有對世俗欲望有刻意迴避，以其祖師呂洞賓的故事來說，黃粱夢的故事便是勘破名利，三戲白牡丹便是勘破色慾。但到了《封神演義》中便著重批評了黃天化下山以後「下山吃葷」、「變服忘本」〔註34〕，並對土行孫強娶鄧嬋玉頗多諷刺〔註35〕，足見此書主張苦修禁慾的主旨，更接近儒家的理學範疇。不過，書中對於傳統理學的觀念也未必有足夠的堅持，如其描繪紂王令蘇護獻女導致蘇護反叛時是嚴重缺乏理學上的倫理依據的，書中寫蘇護的反詩：「君壞臣綱，有敗五常，冀州蘇護，永下朝商」〔註36〕。「君為臣綱」即《論語·八佾》所言「君使臣以禮，臣事君以忠」，紂王決定選妃並非踐踏君臣之禮，反而是對君臣之禮的維護。且紂王只宣召妲己一人代替全國範圍內的選妃，並非如蘇護所言「人君愛色，必顛覆社稷；卿大夫愛色，必絕滅宗廟；士庶人愛色，必戕賊其身」〔註37〕，反而是節欲的表現，蘇護的一段論述並沒有基於理學的道義依據，只是最終的整理者為了劇情的推進強行使之如此而已。

　　在女性形象的刻畫上，儘管《封神演義》塑造了數以十計的女仙，但這些女仙的女性特徵並不突出，女將和妃子的出現只是情節推進的需要，因此

〔註32〕　《封神演義》第十二回。
〔註33〕　《封神演義》第六十七回。
〔註34〕　《封神演義》第四十一回。
〔註35〕　《封神演義》第五十六回。
〔註36〕　《封神演義》第二回。
〔註37〕　《封神演義》第二回。

除了作為男性的泄欲工具必須要求她們面目美麗、身材姣好之外，完全看不出任何的女性個性特徵，這主要是模擬自《水滸傳》中的女性，而後者同樣是無欲的。如果說《金瓶梅》繼承了《水滸傳》中的蕩婦形象，那麼《封神演義》中就繼承了《水滸傳》中的烈女和俠女的形象——黃飛虎妻賈氏模仿林沖之妻林娘子，鄧嬋玉不但繼承了扈三娘的勇武，也繼承了她被主帥操弄嫁給了醜陋矮小的己方將領，且她們都是無欲的。相形之下，《水滸傳》尚且不避諱蕩婦的描寫，《封神演義》中著墨最多的妲己不但沒有肉身出軌的情事，即便其挑逗伯邑考也不過是說出「你移於上坐，我坐於懷內，你拿著我雙手，撥此弦」〔註38〕，遠遠不如《水滸傳》中潘金蓮「暖了一注子酒，來到房裏，一隻手拿著注子，一隻手便去武松肩胛上只一捏」〔註39〕。妲己人妻的身份非但不能引起伯邑考的興趣，反而讓其「暗暗切齒」，在《金瓶梅》中人妻的身份往往是男女雙方的興趣點，在《封神演義》中卻成了雙方關係發展的阻礙，作者利用這種方式宣傳禁慾，也是對當時以縱慾為主的小說流行的一種抗衡。

（四）死亡詩學：《封神演義》對鬼域描繪的得失與影響

1. 道教的死亡詩學及其內在矛盾

所謂「死亡詩學」即基於死亡的藝術想像，這些想像既包含哲學的，如莊子或禪宗的死亡觀念，也包括文學的，如《紅樓夢》對於晴雯之死的藝術性描寫。對於死亡，傳統巫教表現得十足嚴肅。在巫教語域內，人的出生不過是在父母的愛意和企盼中的偶然結果，與自我的意志無關，故《九歌·少司命》極寫即將成為父母的男女初見時的情境〔註40〕；但面對死亡體現的卻是在自我意志健全的前提下面對必然結局時的態度，死亡是自我意志的消失，故《大司命》的壓迫感和無力感極重〔註41〕。《山帶閣注楚辭》說：「《大司命》之辭肅，《少司命》之辭昵」，是很得詩中三昧的。相較之下，儒家較少探討死後的時空，更多探討的是死後遺留的現實空間的問題，如其所謂：

〔註38〕《封神演義》第十九回。

〔註39〕《水滸傳》第二十二回。

〔註40〕《九歌·少司命》：「秋蘭兮青青，綠葉兮紫莖。滿堂兮美人，忽獨與余兮目成。」

〔註41〕《九歌·大司命》：「愁人兮奈何！願若今兮無虧。固人命兮有當，孰離合兮可為？」

「未知生，焉知死」〔註42〕、「君子疾沒世而名不稱焉」〔註43〕。這是由巫入史的必然結果，在宗法傳統的前提下，人們重視一個人死後的名譽，涉及的正是誰來敘述歷史和如何評判歷史的問題，也即《公羊傳》所謂「一字之褒，寵踰華袞之贈；片言之貶辱，過市朝之撻」。這種生死觀下，儒家諸子有意迴避了從更高維度維度探討虛無的問題，而更傾向於探討實際的生活，也即是生者的態度和立場。道家則看穿了人們對於死亡的恐懼主要來自對現世欲求的珍惜，生命和欲望是同構的，故老子說：「吾所以有大患者，為吾有身也。及吾無身，有何患？」〔註44〕，因此主張「為無為，事無事，味無味」〔註45〕。莊子則借助路逢骷髏的寓言，得到「死，無君於上，臣於下；亦無四時之事，從然以天地為春秋，雖南面王樂，不能過也」的結論〔註46〕。其內在的邏輯是，既然欲望是痛苦的根源，欲望又與生命同構，則擺脫了生命的束縛後，自然能夠得到真正安樂的境界。在這種邏輯下，莊子將萬物視為平等（齊物）、追求與天地精神往來（逍遙）也便在情理之中了。或許我們可以借用康德的術語，認為儒道兩家都意識到了死後世界的空虛，於是試圖為死亡本身賦予某種外在的意義，只是儒家為死亡賦予的是崇高感，表現出「死者為大」的特質，道家為死亡賦予的是優美感，表現出來的是死亡對於生命及欲望的解脫。

　　成立於東漢的道教雖以道家的哲學為依規，卻在生死觀上發生了一個較大的變化，馮友蘭在《中國哲學簡史》中曾簡要概括二者看待生死的區別：「道家教人順乎自然，而道教教人反乎自然。舉例來說，照老子、莊子講，生而有死是自然過程，人應當平靜地順著這個自然過程。但是道教的主要教義則是如何避免死亡的原理和方術，顯然是反乎自然而行的。」〔註47〕因為漢末三國的時代爆發了長達半個世紀的瘟疫，加之連年戰亂，政權動盪，導致無論官民皆存在十分嚴重的憂患意識。上位者如三曹、嵇阮之輩，無不將人生比為朝露，感慨萬千〔註48〕，中位者如寫作《古詩十九首》的樂府詩人們，主張及

〔註42〕 《論語·先進》。
〔註43〕 《論語·衛靈公》。
〔註44〕 帛書《老子》乙本·《道經》第十三章。
〔註45〕 帛書《老子》乙本·《德經》第二十六章。
〔註46〕 《莊子·至樂》。
〔註47〕 馮友蘭：《中國哲學簡史·中國哲學的精神》，見氏著《三松堂全集》第6卷，河南人民出版社，2000年12月版，第7頁。
〔註48〕 曹操《短歌行》：「譬如朝露，去日苦多。」曹丕《曹蒼舒誄》：「惟人之生，忽

時享樂〔註49〕，下位者則是眾生，時有「農桑失業，兆民呼嗟於昊天」的說法〔註50〕。此時，張道陵創立道教，逕名之曰「五斗米道」，以糧食的發送迎合下位者的趣味，對於上位與中位者則迎合他們對於生命的需求。按：彼時的窮人家一生困苦，是不必以長生延緩這種種痛苦的，惟獨富貴人家於此執迷。自晚周至秦漢，貴族、士人無不以求長生為理想，《史記·留侯世家》記載張良晚年預「願棄人間事，欲從赤松子游耳」，並學習辟穀之道，流連於修道成仙。同書《封禪書》則幾次記載諸侯與皇帝派方士向海外尋求仙丹的事蹟，後世的人嘲諷說這無非是「吃了五穀想六穀，做了皇帝想登仙」。《後漢書·方術列傳》說：「漢自武帝頗好方術，天下懷協道藝之士，莫不負策抵掌，順風而屆焉。後王莽矯用符命，及光武尤信讖言，士之赴趣時宜者，皆騁馳穿鑿，爭談之也。」兩漢之際貴族、官僚、名士競相以「延年」、「延壽」、「萬歲」、「千秋」、「彭祖」等為名，著名者有劉彭祖、李延年、田千秋等。於是道教的神仙之說試圖滿足這些人的欲望，每每將修仙之道構建在對世俗榮華的超越上，《抱朴子·內篇·對俗》逕說：「人道當食甘旨，服輕暖，通陰陽，處官秩，耳目聰明，骨節堅強，顏色悅擇，老而不衰，延年久視，出處任意，寒溫風濕不能傷，鬼神眾精不能犯，五兵百毒不能中，憂喜毀譽不為累，乃為貴耳。」在這種邏輯下，即便窮苦人家的子弟想要登仙，也必先經歷榮華、滿足欲望，然後才能勘破名利，得到精神世界的躍升。道教自身的故事如呂翁黃粱夢的故事固然如此〔註51〕，闡述道教之理的世情小說如《二刻拍案驚奇》中「田舍翁時時經理 牧童兒夜夜尊榮」，編寫牧童兒在經歷榮華與乖蹇的對比後而得到徹悟的故事也同樣如是。這或許便是周樹人所謂：「人往往憎和尚，憎尼姑，憎回教徒，憎耶教徒，而不憎道士。懂得此理者，懂得中國大半」〔註52〕的緣故。

若朝露。」曹植《贈白馬王彪》：「人生處一世，去若朝露晞。」嵇康《五言詩》：「人生譬朝露，世變多百羅。」阮籍《詠懷詩》：「身輕朝露，焉知松喬。」

〔註49〕 如《青青陵上柏》：「人生天地間，忽如遠行客。斗酒相娛樂，聊厚不為薄。驅車策駑馬，遊戲宛與洛。」《今日良宴會》：「人生寄一世，奄忽若飆塵。何不策高足，先據要路津。無為守貧賤，轗軻長苦辛。」等。

〔註50〕 仲長統《昌言·損益》。

〔註51〕 關於呂翁黃粱夢故事的轉化，可參考吳光正：《文化與神話：八仙故事系統的內在風神》第六章《呂洞賓黃粱夢故事考論》，武漢大學出版社，2022 年 6 月版，第 164～212 頁。

〔註52〕 魯迅：《而已集·小雜感》，《魯迅全集》第三卷，人民文學出版社，2005 年 11 月版，第 556 頁。

　　於是，道教承擔了兩種社會職能。對於下位者滿足他們的生存需求，於是吸納了巫教的神祇和人們所信奉的歷史人物，因為巫教的神祇本是基於民眾對於自然的畏懼而設立的，將之吸納入道教的譜系有利於對信眾的招徠。對於上位及中位者者則順應他們選擇的立場，他們冀求擺脫現世的痛苦，於是有了遊仙的想像，產生了許多遊仙詩，道教則在此基礎上構建了自己的神仙及仙境之說；他們避離於藥與酒，服用五石散緩解精神的壓力，於是道教便吸收神仙教之說，以修煉仙丹為本門的功法；他們主張長生，道教便主張修行與飛昇。

　　在這種邏輯下，道教建立之初便對死亡問題採取了迴避的態度，也沒有地獄之說。今世所謂羅酆山為鬼帝治所的說法起源於晉人葛洪《枕中書》，題名陶弘景的《真靈位業圖》亦有酆都北陰大帝，但至遲在晉代，道教仍沒有形成熟且系統的地獄的說法。今日道教所傳十殿閻羅之說全抄佛教《佛說十王經》，酆都成為道教的地獄則在宋代左右〔註53〕。此外，道教又吸收了傳統巫教中的「尸解」之說〔註54〕及儒家的「魂」、「魄」觀念〔註55〕，並在東晉逐漸形成了「三魂七魄」的概念〔註56〕。能尸解，則遊魂勢不能為閻羅陰司所制，這是道教理論的內在矛盾之處。後來的說經文學中對此也形成了異說，一方面形成了基於閻羅審判制度的陰司果報，另一方面又寫遊魂停留在人間作祟，特別體現為女鬼吸納凡間男子的陽氣。其實，如果沒有陰司，群鬼因無法攝取能量勢必慘於人間的流民，不至於恐怖如斯，如果存在陰司，則遊魂幾乎等同於人間逃逸的囚徒，自然不肯輕易現身，使陰司有追查的證據。這個矛盾不解決，宗教小說裏的神魔關係其實是無以成立的。

　　不過歷代的作家們故意模糊了這個矛盾，單一強調鬼魂對現實空間的作用，如唐傳奇《霍小玉傳》中，被李益負心而死的霍小玉作祟，使李益三次成婚皆不得安寧，宋代話本《碾玉觀音》中璩秀秀的亡魂也主動扯崔寧做了一對鬼夫妻。這種邏輯導致中國的戲劇中並不存在真正意義上的悲劇，英人莎士比

〔註53〕 上述考證的部分內容參考了周曉薇《四遊記叢考》，中國社會科學出版社，2005年11月版，第159～162頁。

〔註54〕 《史記·封禪書》：「宋毋忌、正伯僑、充尚、羨門高最後皆燕人，為方仙道，形解銷化，依於鬼神之事。」

〔註55〕 《左傳·昭公七年》：「子產曰：『人生始化曰魄，既生魄，陽曰魂。』」

〔註56〕 （東晉）葛洪：《抱朴子·內篇·地真》：「師言欲長生，勤服大藥，欲得通神，當金水分形，形分則自見其中之三魂七魄，而天靈地紙皆可接見，山川之神皆可使役也。」

亞的作品如《哈姆萊特》、《麥克白》等藉以眾人的死亡作為收場，使全劇籠罩在悲情之下，關漢卿的名作《竇娥冤》則在竇娥的悲劇之後又增添其魂魄追隨父親竇天章為自己翻案等情節。同理，莎士比亞的作品《羅密歐與朱麗葉》與中國梁山伯與祝英臺的傳說幾乎脫胎於同一母題，前者停留在有情人的死亡，故此被視為悲劇，後者卻增補出「化蝶」情節，使故事得以團圓。這是因為無論是正統宗教還是民間信仰都相信人死後的靈魂還可以再有作為，在凡間得不到公正的必將受到因果報應，這是一種補償心理。《封神演義》中的封神臺與封神榜也可以作如是觀，那些死去的忠臣良將被封為神祇，折衝了原本故事中的悲劇屬性。

2.《封神演義》對死亡的書寫

對死亡的書寫是中國傳統章回小說的重要的敘事內容之一，除了《西遊記》這一純粹的說經文學置而不論，其餘如《三國志演義》中有諸葛亮對周瑜的弔孝、白帝城劉備的病亡，《水滸傳》中有對武大和晁蓋的祭祀，《金瓶梅》有李瓶兒、西門慶的葬禮，《紅樓夢》有秦可卿之死。這些死亡書寫一方面推動了情節的發展，另一方面也通過對死亡的思考完成對故事主旨的反思。不過，死亡書寫殊非易事，因為在敘述死亡之先要形成一種自我意識，只有存在自我憂患才能達到對死亡的共情。沒有經歷過生死離別，體味過生命意義的人，不足以瞭解存在的意義，其死亡書寫勢必失於淺薄與流俗。其次要進行有效的渲染，如同樣是《三國志演義》中的文學描繪，讀者很難為死於長阪坡的數萬將士乃至死於趙雲槍下的名將們感到惋惜，甚至故事最終出現的夏侯傑之死竟然是為了突出張飛勇猛而設的，將死亡當做了諷刺和揶揄的材料，然而讀者卻在讀到關羽或諸葛亮之死為他們的壯志難酬感到遺憾，這無疑是小說前期從正面刻畫人物的種種細處而令讀者共情的必然結果。不過，後一種刻畫在中國章回小說中並不常見，在通常的袍帶故事中，整理者在進行戰爭死亡書寫時無外乎兩個特點：第一、歌頌戰場上的個人英雄，推崇「一將功成萬骨枯」的敘事邏輯，將士們的戰功被繫在某一英雄人物的名下，乃至於戰爭便是將領們在兩軍陣前捉對廝殺；第二、回避戰場的殘酷性，將群體性死亡高度概括化、模糊化，僅用宏大場面突出其震撼，這亦是自有其傳統的。如《孟子·盡心下》引《尚書·武成》佚文「血之流杵」，《左傳·宣公十二年》所謂「舟中之指可掬」云云皆是如此。對於來自民間的說話藝人們來說，其日常中固有對死亡的文化避忌，是民間「避諱」心理的一種。如在敘述袍帶或短打故事中雙方互放

狠話，往往省稱為「不是你，便是我」。「你」、「我」二字之後分別避去「死」、「亡」二字。由是，說話藝人們在創作時往往會避諱掉死亡的具體描繪，然則建構共情的模式的要義卻是要將宏觀場面細節化、日常化，如寫唐代邊塞戰爭的時候，陳陶棄用了《弔古戰場文》中宏大的敘事〔註57〕，以春閨佳人的第一視角，將累累白骨視為夢中之人，將遠離於生活的戰場情境變為讀者可接觸到的生活情境，變戰爭的殘酷為生命的無常，而在彼時通訊尚未發達的時代，這種無常會落到每個人身上，因此也喚醒了人們內心的共通感。由是我們可以得到結論，死亡詩學的核心是對死亡的共通感的建立。

在這一點上，《封神演義》的處理無疑不算成功。如其寫聞仲戰敗後行將歸神之際的周邊環境：「夕照西沈，處處山林喧鳥雀；晚煙出岫，條條道徑轉牛羊。」〔註58〕夕陽映照英雄的戰敗，本是很好的襯托素材，但《封神演義》的整理者竟然用詩讚的方式一筆帶過，假若其能夠將此段情境代入正文之內，能如《三國志演義》寫孫堅在洛陽對月流淚一般處理〔註59〕，相信一定會更加動人。這或許是因為《封神演義》的專業道教整理者並沒有「死生亦大矣」〔註60〕的觀念，如其只注重神靈的去處，寫諸仙或諸將臨陣死亡時每以「一魂已入封神臺去了」作結，卻鮮少寫及兩軍如何處理對方及同儕的屍體。惟一例外的是黃天祥戰死後，整理者寫及其被丘引「先梟了首級，仍風化其屍，掛在城樓上」及土行孫和周紀盜回屍首後，「黃飛虎打發第三子黃天爵押送車回西岐去了」，但這一情節屬於描繪左道的故事而非專業的道士所描繪的說經故事〔註61〕。書中對復生故事的描繪亦可以說明專業的道士整理者對生死之事並不看重，例如哪吒在得到蓮花化身而復生後仍然對李靖怨念未消，並怒火衝衝地對他的師尊太乙真人說：「師父在上，此仇決難干休」；楊任在被清虛道

〔註57〕《臨漢隱居詩話》：「詩惡蹈襲古人之意，亦有襲而愈工若出於己者。蓋思之愈精，則造語愈深也……李華《弔古戰場文》：『其存其沒，家莫聞知。人或有云，將信將疑。悁悁心目，寢寐見之。』陳陶則云：『可憐無定河邊骨，猶是春閨夢裏人。』蓋工於前也。」
〔註58〕《封神演義》第五十二回。
〔註59〕《三國志演義》卷二《袁紹孫堅奪玉璽》：「堅到寨中，是夜星月交光，暖風習習，按劍露坐於建章殿上，仰觀天文，見紫微垣中白氣漫漫。堅歎曰：『帝星不明，賊臣亂國，萬民塗炭，京城一空！』言訖，淚下如雨。」
〔註60〕《莊子·德充符》。
〔註61〕《封神演義》第七十四回，黃飛虎在聽聞黃天祥戰死後，作詩一首以誌感：「為國捐軀赴戰場，丹心可並日爭光；幾番未滅強梁寇，左術擒兒年少亡。」明確提及黃天祥死於左道之手。

德真君救起後，仍然沒有放棄對政治的執念，參與到了伐紂興周的大業中；聞仲在絕龍嶺死後又在封神臺上居住數年，竟依然「英風銳氣，不肯讓人」、「率領二十四位正神，逕闖至臺下，也不跪」，不肯放棄生前忠君的執念。在小說中，生與死似乎只有空間的轉換，即將靈魂由體內轉入體外，並沒有對人性發生任何影響，這與日常生活中在生死線上走過一遭甚至在大病初癒後放棄執念的常情是迥然不同的。書中惟一在生死線上進行過反思的只有紂王，在武王兵臨城下後，趙啟、姜后等魂靈齊來向他索命，使他自思「朕王不聽群臣之言，誤被讒臣所惑」，但這種反思不過是歷代君王在國家動盪中所作的罪己詔式的懺悔，在情節上亦顯得轉變突然，不能視為紂王的肺腑之言，更無法使讀者取得共情。惜此書刊刻與天啟年間，後來的書商又不肯於此情節多做改動，否則以明末皇帝朱由檢與王承恩之死對應紂王與朱升之死，讓紂王說出「朕涼德藐躬，上干天咎，然皆諸臣誤朕」〔註62〕的話，或許更具有藝術的感染力。

　　值得注意的是，書中趙啟、姜后等向紂王索命情節的出現，意味著《封神演義》放棄了對鬼域有序和無序的討論，亦淡化了人間與亡魂之間的界線。書中原有封神臺作為靈魂的皈依之所，但其管理似乎並不完善，除了索命情節外，聞仲、殷郊等人戰死後也可以不第一時間前往，反而轉向對紂王託夢。另外，封神臺建造於書中第三十七回，則在此前死去的亡靈在何處託庇亦交代不清，僅於書中第三十二回見過賈氏為黃飛虎示警一次，並不見其他遊魂作祟或自證清白。此外，主要角色如西伯侯姬昌等人死後並沒有進入封神榜中，整理者亦沒有交代其靈魂所在，那些被紂王敲骨剖孕婦的冤魂們無疑也沒有入駐封神臺、名列封神榜的資格，說明封神臺外理應有更大的鬼域，但整理者於此無疑失於描繪了。

　　整理者用功最勤的在於對死亡本身的描繪。李贄《焚書・五死篇》列有五種「善死」：「人有五死，唯是程嬰、公孫杵臼之死，紀信、欒布之死，聶政之死，屈平之死，乃為天下第一等好死。其次臨陣而死，其次不屈而死……又其次則為盡忠被讒而死……又其次則為功成名遂而死。」整理者著力描寫的是第二、三、四種，其中第二種的代表人物為張桂芳、聞仲，第三種的代表人物為魯雄、鄧九公，第四種的代表人物則有趙啟、梅伯等一干進諫而死的忠臣。至於李贄所謂「天下第一等好死」應今人所謂為理想信念而死，其代表人物屈原至遲在西漢初期已經受到崇拜，漢文帝時文士賈誼有《弔屈原賦》將屈原的死

────────────

〔註62〕《明史・莊烈帝本紀》。

亡與「逢時不祥」聯繫在一起。《史記‧屈原賈生列傳》則將楚辭《漁父》繫
在屈原名下,其中「舉世皆濁我獨清,眾人皆醉我獨醒」更成為屈原精神世界
的象徵及其死亡的動因,其逃離時代與社會的情操既成了《莊子》一書中拒絕
王位的許由、巢父之流的後昆,也成了後世無以自效的文人們的先輩。《封神
演義》之中的類似人物則為拒絕與得勝的周武王合作的伯夷、叔齊,整理者甚
至為二人單開了一個章回以完成這種精神書寫,但最終因為他們的言辭與前
文中商周陣營互相辯難的內容高度重複,因此使這一情節缺乏了應有的張力。

　　《封神演義》中寫的最為動人的兩個死亡案例分別是哪吒之死與伯邑考
之死,二者均與孝義有關。伯邑考之死第一是因為父進貢贖罪而不避諱父親當
年留下的「七年之厄已滿,災完難足,自然歸國,不得造次」的勸告,第二是
不肯接受妲己的勾引,最後勸諫紂王、琴擊妲己,前者為孝,後者為義。哪吒
的故事在《三教源流搜神大全》中本與龍王無關,《西遊記》中將其改造為「這
太子三朝兒就下海淨身闖禍,踏倒水晶宮,捉住蛟龍要抽筋為絛子。天王知道,
恐生後患,欲殺之。哪吒奮怒,將刀在手,割肉還母,剔骨還父,還了父精母
血。」〔註63〕其中並沒有關於孝義的內容。《封神演義》則描繪哪吒抽敖丙龍
筋時的心理是「也罷,把他的筋抽去,做一條龍筋絛,與俺父親束甲」〔註64〕,
其「剖腹剔腸,剜骨肉還於父母」的原因則是四海龍君奏准玉帝,來拿李靖與
殷夫人〔註65〕。直至上世紀五十年代朝花美術出版社出版的連環畫《哪吒鬧
海》時才將哪吒的死因改易為四海龍王準備水淹陳塘關,並由七十年代末上海
美術電影製片廠攝製的同名動畫電影的推廣而廣為人知。值得注意的是,無論
是連環畫還是動畫電影中的哪吒之死都是革命浪漫主義文學下的犧牲精神,
並非宗教意義上對眾生的救贖使然。事實上,《封神演義》一書中也並未有某
位神祇如耶穌救世般普度眾生而死,這是道教的內在邏輯決定的——只有通
過道教的指引飛昇成仙之後才有普度眾生的資格,凡人並不會因為普度眾生
而在仙界有一席之地。

3. 孟婆與《封神演義》死亡詩學的影響

　　自《封神演義》的故事流行以後,中國民間的神譜算是漸漸有個頭緒了,
聶紺弩先生說:「《封神榜》卻作為大眾讀物之一,在中國舊社會裏面,占著它

〔註63〕《西遊記》第八十三回。
〔註64〕《封神演義》第十二回。
〔註65〕《封神演義》第十三回。

確乎不拔的支配地位。『姜太公在此，諸神迴避』的紙條兒，到處都可以碰見；財神趙公明，東嶽大帝黃飛虎以及麒麟送子的三霄娘娘……的廟宇，各地都有。至於三頭六臂的哪吒，八九玄功的楊戩們的英勇的戰績，就是不認識字，沒有直接看過這書的鄉下放牛的砍柴的人們，也背得出一兩套來。」〔註66〕不過，《封神演義》所塑造的世界中，凡是魂魄，無論是忠臣孝子抑或作惡多端之徒，皆有神祇之位作為封賞，故其不涉陰間及輪迴轉世之說。然而凡人關心的卻不止於神靈的有無，更多地在意自己及親人死後是否有靈魂，及生命由何而來、到何而去等問題。佛教於此回答出輪迴之說，但其中卻存在一明眼可見的矛盾，即若靈魂不滅且能夠延續前生的記憶，何以在新生之後將前世盡忘。為了解決這一矛盾，作為死亡與遺忘化身的孟婆便應運而生了。

在明朝之前，孟婆是船神的名字，最早見於唐代段公路《北戶錄》卷二，名為「孟姥」。書中言用雞骨卜筮吉凶的辦法：「卜吉，即以肉祠船神，呼為『孟公孟姥，其來尚矣』。按：梁簡文《船神記》云，船神名馮耳。《五行書》云：下船三拜三呼其名，除百忌。又，呼為孟公、孟姥。劉思貞云：玄冥為水官，死為水神。冥、孟聲相似。又，孟公父名幘，母名衣。孟姥父名板，母名履。或云，冥公冥姥，因玄冥也。《異苑》曰：船神曰孟公孟姥。利涉之所虔奉，商賈之所崇仰也。荊州送迎，恒烹牛為祭。」

宋代亦以孟婆為船神，如宋徽宗有《月上海棠》詞，末句云：「孟婆且與我做些方便，吹個船兒倒轉。」〔註67〕又蔣捷《解佩令·春》詞：「春雨如絲，繡出花枝紅嫩。怎禁他孟婆合皂。」楊慎《譚苑醍醐》卷五以此認為，孟婆便是風神，楊慎或以為風吹船動，又風吹花枝，實則徽宗之意是船神送其回到舊土，蔣捷以為船神不作美，故難從容欣賞江景。此外，南宋白玉蟾《聽趙琴士鳴弦》：「先疑易水渡荊軻，已轉似勸無渡河。美人金帳別項籍，壯士鐵笛吹孟婆。」渡河即蔡邕《琴操》所引《箜篌引》「公無渡河」之詩，項藉別虞美人又在烏江之畔，三句皆與河水相關，故孟婆為船神無疑。又南宋王奕《和迭山隆興阻風》：「殷士莫嗟留楚棹，孟婆久送過河船。」故宋時以孟婆為船神無疑。

〔註66〕 聶紺弩：《論〈封神榜〉》，《聶紺弩全集》第一卷，武漢出版社，2004年2月版，第126頁。

〔註67〕 趙彥衛《雲麓漫抄》卷四。《雪舟脞語》引作「孟婆、孟婆，你做些方便，吹個船兒倒轉。」《詞品》卷五引作「孟婆好做些方便，吹個船兒倒轉。」《甕牖閒評》卷五認為此係無名氏詞，引作「孟婆且告你，與我佐些方便。風色轉，吹個船兒倒轉。」

　　但楊慎此說的影響甚大，明代周嬰《厄林·補遺》引其《楊用修外集》：
「石尤，江中蟲名。此蟲出，必有惡風。舟人目打頭風曰石尤，猶嶺南人曰
颶母，黃河人曰孟婆也。」王世貞《弇州四部稿》第一百五十七卷則徑言：
「風神曰孟婆，對颶母可也；又風母如猿，打殺遇風即活，雷公如豬」又孫
毅《古微書》：「風母如豬，名曰孟婆」，此不見他書，疑為上引《弇州四部稿》
之誤。

　　另有一說，以孟婆為江神。明代王鏊《姑蘇志》「陸士秀」條：「齊使李騊
駼至江南，問：『江南孟婆，是何神也？』士秀曰：『《山海經》云：帝之二女
遊於江。郭璞注云：天帝二女，尊之為神。由此言之，則孟婆也，以天帝女，
尊之為孟婆。猶《郊祀志》以地神為泰媼也』。」陸士秀為南朝陳時人，若此
條記載確係錄自六朝舊典，則是對於「孟婆」記載最早的文獻，惜乎實未見到
《姑蘇志》之前的文獻有此記載。《姑蘇志》為王鏊主編，叢編者有杜啟、祝
允明、蔡羽、文璧等〔註68〕，清代王蟫齋《月令雜事詩》注引祝允明《野記》
佚文：「七月江南有大風，相傳必為孟婆發怒。按：《山海經》謂：『帝之女遊
於江中，出入風雨自隨』，以帝女故，曰孟婆。」未見陸士秀典故，孟婆仍與
風相關，但其稱孟婆即帝女，與《姑蘇志》同，故此得以聊備一說，卻未能深
信。

　　明代崇禎刻本小說《醋葫蘆》〔註69〕第十六回已有「孟婆湯」的說法：

　　　　原來地府中，若個個要用刑法取供，一日閻羅也是難做，虧殺
　　　最妙是這盞孟婆湯。俗話：孟婆湯，又非酒醴又非漿，好人吃了醺
　　　醺醉，惡人吃了亂顛狂。怪不得都氏正渴之際，只這一碗飲下，也
　　　不用夾棍拶子，竟把一生事蹟兜底道出。孟婆婆一一錄完，做下一
　　　紙供狀，發放磷作，帶送十殿案下。

　　不過這裡的「孟婆湯」並非令人遺忘前世的湯水，而是迷惑人心智、使人
將平生罪孽一一道出的迷魂藥。刊行於順治十七年的《續金瓶梅》第五回：「原
來孟婆酒飯就是迷魂湯，吃了骨肉當面昏迷，何況這一點情緣，緣盡變為路人：
正是那陰陽善化處」，能令人見了當面見了骨肉也昏迷不認的，自然有遺忘前
世的功能。

〔註68〕見《四庫全書提要》。
〔註69〕此書為明代崇禎筆耕山房刻本，藏於日本內閣文庫，見習斌：《中國繡像小說
　　　　經眼錄上》（上海遠東出版社，2016年5月版），第3頁。

　　清代的詩詞中仍以孟婆為風神，如清代黃永《如夢令·春朝旅店風雪》：「既是雪花飄泊，又是孟婆作惡」，詞題為「春朝旅店風雪」，首句寫雪，次句「孟婆」為風神無疑。又曹貞吉《珂雪詞》：「孟婆潦倒，滕六商量，怕梅花孤瘦，又化作、輕煙薄霧。」滕六為雪神名，又寫梅花，足見同樣以孟婆為風神。

　　但這一時期的小說則主要承襲了孟婆掌管前世記憶的說法。成書於乾隆末期的《諧鐸》載有《孟婆莊小飲》一首：「月夜魂歸玉佩搖，解來爐畔執香醪；可憐寒食瀟瀟雨，麥飯前頭帶淚澆。」詩中的孟婆已掌管「香醪」，「醪」就是濁酒的意思，可見孟婆湯本是酒的一種。同書又有《孟婆莊》一則，講妓女蘭蕊、玉蕊是一對姐妹，玉蕊與一位姓葛的書生戀愛，蘭蕊死後，葛書生困頓，為情自殺，蘭蕊在孟婆莊前見到葛書生正在爐子邊拿起瓢來喝孟婆湯，趕緊搖手勸他勿飲。蘭蕊說：「君如稍沾餘瀝，便當迷失本來，返生無路。」當壚賣酒原是成典，可見孟婆湯亦屬酒類無疑，而且有令人迷忘前世的功能。

　　至遲成書於嘉慶朝的《玉曆寶鈔》則完整地塑造了醧忘臺、孟婆湯等神話：

> 　　孟婆神，生於前漢，幼讀儒書，壯誦佛經。孟婆娘娘凡有過去之事不思，未來之事不想，在世唯勸人戒殺吃素。年至八十一歲，鶴髮童顏，終是處女。只知自己姓孟，故人皆稱之「孟婆娘娘」或「孟婆阿奶」。入山修真，直至後漢。

> 　　世人有知前世因者，妄認前生眷屬，好行智術，露泄陰機。是以上天敕命孟氏女為幽冥之神，造築醧忘一臺。準選鬼吏使喚。將十殿擬定，發往何地為人之鬼魂，用採取俗世藥物，合成似酒非酒之湯，分為甘、苦、辛、酸、鹹五味。諸魂轉世，派飲此湯，使忘前先各事。帶往陽間，或思涎，或笑汗，或慮涕，或泣怒，或唾恐，分別常帶一二三分之病。為善者，使其眼耳鼻舌四肢，較於往昔，愈精愈明愈強愈健。作惡者，使其消耗音智神魄魂血精志，漸來疲憊之軀，而預報知，令人懺悔為善。

> 　　臺居第十殿冥王殿，前六橋之外，高大如方丈，四圍廊房一百零八間。向東甬道一條，僅闊一尺四寸，凡奉交到男女等魂。廊房各設盞具，招飲此湯，多飲少吃不論。如有刁狡鬼魂，不肯飲吞此湯者，腳下現出鉤刀絆住，上以銅管刺喉，受痛灌吞。

諸魂飲畢，各使役卒攙扶從甬道而出，推上麻紮苦竹浮橋。下
有紅水橫流之澗，橋心一望。對岸赤石岩前上。有斗大粉字四行曰：
「為人容易做人難，再要為人恐更難。欲生福地無難處，口與心同
卻不難。」

鬼魂看讀之時，對岸跳出長大二鬼分開撲至水面。兩傍站立不
穩，一個是頭蓋烏紗，體服錦襖，手執紙筆肩插利刀，腰掛刑具，
撐圓二目，哈哈大笑，其名「活無常」。一個是垢面流血，身穿白衫，
手捧算盤，肩背米袋，胸懸紙錠，愁緊雙眉，聲聲長歎，其名「死
有分」。催促推魂，落於紅水橫流之內，根行淺薄者。歡呼幸得人身。
根行深厚者，悲泣自恨在生未修出世功德，苦根難斷。

男婦等魂，如醉如癡，紛紛各投房舍，陰陽更變，氣悶昏昏，
顛倒不能自由。雙足蹬破紫河車，奔出娘胎，哇的一聲落地。日久
口貪滋味，勿顧物命，迷失如來佛性，有負佛恩以及天帝神恩，不
慮善終惡死、何樣結局，而復又作拖屍之鬼矣。

以上二十二行，係醞忘臺下書吏，謹附奏玉皇大帝，並纂載玉
曆，通行下界知之。

往後孟婆的種種故事便由此發展下去了。

孟婆故事的完善與廣泛接受是因為明清時期的小說多以神話做起首，以
神仙轉世作為書中主角的身份來源，如《水滸傳》以洪太尉誤走一百零八魔星
開篇，《鏡花緣》寫心月狐與眾花仙轉世，《說岳全傳》寫大鵬轉世為岳飛，《紅
樓夢》寫絳珠仙子和神瑛侍者轉為林黛玉與賈寶玉等，而《三國志演義》雖未
以轉世之說開篇，但《三國志平話》中卻寫韓信、英布、彭越轉為曹操、孫權、
劉備，也頗為當時的說話家吸收。加之清代的說經文學更為通俗，基本上脫離
了佛教的哲學範疇，更多以說輪迴、因果或神魔鬥法為主，《西遊記》只有神
仙投胎，而未涉及凡人的轉世故事，至於因果也多數是對待神佛態度而非社會
意義上的，但《濟公全傳》和《白蛇全傳》等則全為世俗的因果所作。因而明
清時期的故事裏通常有能說三生的人，《聊齋誌異》卷一、卷十中都有題為《三
生》的故事，卷十一中的《汪可受》也是講三生的，《閱微草堂筆記》卷九《如
是我聞卷三》中也有能記前生之事的「兩世夫婦」的故事。

少數人能講述前生乃至三生而多數人做不到，對於說書者而言必須確證
輪迴的存在，但又必須為多數人的不記得找到一個因由。能夠致幻的，一是夢，

二是酒，而鬼域本是以審判為職業，斷人間之不能斷，所以必須清醒而非夢，因而轉世之前必須以酒類的物質相勸，才能使人忘卻。當壚賣酒多為女性，做茶湯的往往是媒婆，故設計為「婆」。「孟」則仍如前文所引《北戶錄》的觀點，即取義「冥」字。

至於把孟婆成仙的時間追溯到西漢，是因為民間眾神僅追溯到漢——商周以前有《封神榜》為阻礙，周代又有孔子與周公二聖，所以追溯眾神以西漢為宜，民間的八仙故事也只追溯到漢代的鍾離權，故孟婆的成仙的時間也能看出這一故事的民間性。

結論：《封神演義》的成書

　　研究《封神演義》無外四個維度：第一是儒家倫理的維度，即關於湯武革命的自我辯難，本文認為《封神演義》的作者通過天命的方式淡化革命的主動性，通過重點刻畫忠臣強調「君為臣綱」；第二是道教系統的維度，即本書的道教思想、道教法術及神譜的形成，本文認為《封神演義》有專門道教傾向的設計，封神榜即是對道教神譜的整合；第三是成書過程與主題的漸變，本文認為《封神演義》固然是在《武王伐紂平話》的基礎上層累出來的，但關於道教的神仙故事則另有所本；第四是敘事的維度，即敘事圈套與敘事原型，本文已通過對毘沙門天王父子、姜子牙形象的嬗變及《封神演義》的造神方式對此說明。

　　要之，本文認為，《封神演義》分為講史和說經兩個部分，前者是從《武王伐紂平話》為底本，不斷層累起來的，並以儒家的思想為主，在層累的過程中吸收了有關於黃飛虎的故事，出現了一些描摹巫術為主的情節；後者則是橫叉入書中的，以道教的思想為主，其中哪吒的出身與龍吉公主的故事又與全書描摹尸解仙的設計不同。或許這些情節本是獨立的片段式的故事，最終被《封神演義》連綴成篇。按：將片段化的故事綴連成一個整體，本是說話家的慣例。《三俠五義》的藍本《龍圖耳錄》便是在短篇話本故事集《百家公案》、《龍圖公案》的基礎上創造出來的，《武王伐紂平話》中屢屢出現「此計號曰『遺衣駐軍計』」、「此石名曰『王皇石』也」、「此是文王崩也」等解釋之詞，也可看出說話家有意將自己所講的故事與已有的故事印證。這些故事或是獨立的話本故事，或是形成一個類似於《百家公案》、《龍圖公案》的話本故事集，沒有形成一個具有時間線索的版本。《封神演義》的成書亦當受到此種話本或故事

集的影響，除前文提及的殷洪、殷郊的故事高度雷同外，誅仙陣與萬仙陣，瘟神與痘神，胡升胡雷、韓升韓變及徐芳徐蓋的故事都是出自同一原型的，更接近說話家對故事的搜羅與陳列，而不是文學家的創作。舒沖甫識語說「此書久繫傳說，苦無善本」，李雲翔序所言「俗有姜子牙斬將封神之說，從未有繕本，不過傳聞於說詞者之口」，也都是明證。當然，本書的整理者未必沒有注意到這些問題，然則第一是故事涉及的法術不同、各有奇妙之處，若中間取捨則失去了這些想像的精彩，二是本書需要湊成百回，如若以此種方式刪節，則篇幅將大為縮減，故此不得不俱為保留下來。

李亦輝亦在其文章中引述了上述兩則材料，並判斷《封神演義》當有一個「詞話本」的階段〔註1〕，實則正因此兩則材料便可以證明「詞話本」並不存在，否則舒、李二人只需要借助詞話本整理即可，根本不需要另刻。李雲翔所謂「余友舒沖甫自楚中重資購有鍾伯敬先生批閱『封神』一冊」，更可見所謂的《封神》只是一個底本，即經文人編修過的說話家講史的文學。書中動輒有「三十六路兵伐西岐」的說法，按書中的意思，三十六路大軍乃是姜子牙惹翻申公豹所致，至蘇護時最多只有聞仲、鄧九公及蘇護三路大軍，原文卻說「算將來有三十路矣」，應是舊有一種專以英雄征伐為主體的封神故事原本，其中對叛臣的訓斥亦當是此時形成，今本《封神演義》當是據此刪略而成。說道經的文學則是零散的故事，則可能與當時的雜劇有關。約略成書於正統時期的明傳奇《岳飛破虜東窗記》中提及了炮烙之刑，《金瓶梅詞話》中多次提及封神故事，如第二十五回：「又吃紂王水土，又說紂王無道」，第二十九回：「如今這一家子亂世為王，九條尾狐狸精出世了，把昏君禍亂的貶子休妻」，可見此種單篇雜劇故事至遲在明代中期已經被民間廣泛接受。書中的道人們時常「作歌」，其實就是戲劇中的唱詞，人物對話裏冗雜的故事敘述也是雜劇中獨白的遺跡。等到說話家改造時，則因其需要擇其中重要且易於演說的部分串聯到一起，所以這一段故而情節不但重複，而且經常跳脫，並時序不詳。

所以李氏所謂「結構上皆以『二將……』起，以『從來惡戰……』結，中間部分則反覆採用『這一個……那一個……』的套語，具有非常明顯的程式化特徵」並不能成為「《封神演義》曾經歷過詞話本階段的又一重要表徵」〔註2〕，只能證明《封神演義》成書於說話家之口即成書過程有說話家參與而

〔註1〕李亦輝：《〈封神演義〉考論》，人民文學出版社，2018年4月版，第265頁。
〔註2〕李亦輝：《〈封神演義〉考論》，第271頁。

已。至於其「情節設計、人物形象皆一犯再犯」〔註3〕反而證明了其未經歷詞話本階段，因為從現有文學作品來看，所謂「詞話本」並非說話家的粗糙底本，而是藝人經過精修過的講述本，藝人完全可以通過其說書的敘事技巧避免此類問題，《龍圖耳錄》與《金瓶梅詞話》都是例證，鼓詞抄本《呼家將》及車王府曲本《封神榜》也都沒有李氏所言的問題。至於書中言出兵必在三山關，如鄧九公、張山、洪錦、孔宣等，言煉氣士必在九龍島，如王魔四人、呂岳師徒、羅宣的副手劉環，乃至於十絕陣中地烈陣的陣主趙江等人都在九龍島修煉〔註4〕，三山關總兵前後相繼尚有可說，但煉氣之事猶如占山為王，一夥被招安之後，數十年內資源枯竭，必不會有人復聚嘯於此，如果交給真正的說話家來處理，不至於有此之誤。在處理「子牙火燒琵琶精」時，將「琵琶精」理解為「玉石琵琶精」而非雜劇中通常所謂的「琵琶蠍」，也可看出此書只是從話本故事的基礎上轉錄，而並非由說話家直接最終整理的「詞話本」。故而在整理者的身份上，可以看出《封神演義》接受了一定說話家的敘事技巧和敘事圈套，但並非由說話家直接整理。前文已然言明，這些故事形成的過程中或有文人的參與，但最終整理《封神演義》的作者則絕不會是文人，應係書商在舊有講史故事的基礎上對說經故事加以整合。且這一整合過程也非一次完成，是經歷了多次剪裁和改寫的。如封神臺本是為收納亡靈而建造的，凡塵之墓穴尚且需要推算和選址，更何況明知死後有靈，更應當選擇合適的陰宅之址，但姜子牙卻在建造之前只是吩咐清福神柏鑒：「柏鑒，你就在此督造，待臺完，吾來開榜。」這是因為推算、選址等屬於術數中的堪輿學，也即是傳統巫教中的內容，作為道教化身的姜子牙自然要捨此不取，故專業道士出身的整理者對原本的左道情節做了調整。書中屢屢寫神仙誦《黃庭經》、斬三尸、修煉內丹等，甚至連刻畫法寶時也注重其相生相剋，如陰陽鏡和太極圖皆出於「太極」，二者共同出現時或以太極圖輔助陰陽鏡搶回姜子牙的魂魄〔註5〕，或以太極圖克制陰陽鏡使殷洪絕命〔註6〕，亦可見到這位整理者的精心設計，但是最終的整理者卻連道德真君是太上老君的別名也不知道，更遑論其餘，可見這位最終的整理者是完全沒有道教的背景的。陝西省綏德縣張家砭合龍山的真武廟有一

〔註3〕李亦輝：《〈封神演義〉考論》，第273頁。
〔註4〕雖然趙江為金鼇島十人之一，但《封神演義》第四十五回趙江讚語卻寫他「九
　　　龍島內真龍士，要與成湯立大功」
〔註5〕《封神演義》第四十四回。
〔註6〕《封神演義》第六十一回。

座「重修四天王碑」提到了一種版本的《封神傳》，可以證明今本《封神演義》的情節確實經歷過迭變：

夫所謂天王者，余始不知其何人而為神也。追偶覽《封神傳》，有魔家四將，而名魔禮青、魔禮紅、魔禮福、魔禮壽者，意者其人與。後殷太師聞仲，因黃飛虎反商歸周，遂伐西岐，請道仙排列十絕陣，以擒周太師呂尚。俱為太公所破，四將折於陣內，英魂杳渺，往封神臺而聽姜子牙所封，故稱四天王之神者，或者其為即是歟？〔註7〕

碑文中將魔家四將第三位寫作「魔禮福」，又說四將死於十絕陣中，均與今本不同，大約是在天啟金閶舒載陽刊本之前另的一種本子。徐朔方亦發現世德堂本《西遊記》與《封神演義》在文本上的襲用並非單向的，而是互相襲取〔註8〕，足見《封神演義》至少有一種與今本相接近的成熟版本成書在萬曆二十年（1592 年）之先。書中第四十一回寫聞太師兵伐西岐時武器中有狼銃，王闓運及柳存仁皆以此判斷本書當成書於戚繼光發明狼筅之後〔註9〕，但清人李紱《穆堂別稿》卷二十一《練兵記文告附》早已指出：「狼筅者，狼人所製，明時徵發狼兵咸用此器。」故此並不能作為《封神演義》成書的時間證據。然則書中第七回姜皇后受刑時引用「古云」：「粉身碎骨俱不懼，只留清白在人間」卻可以成為成書時間的佐證。按：此句即襲用于謙《石灰吟》詩。于謙為正統、景泰兩朝名臣，但因明英宗奪門之變而含冤致死，直至弘治二年（1489 年）朝廷為之「旌功」方才得以昭雪，故此段情節當在弘治二年之後，今本《封神演義》的成書亦當在弘治二年至萬曆二十年之間。不過，在流傳過程中，《封神演義》的文本也發生了不小的變化，僅以舒載陽刊本與今本相比較來看，光是封神榜中的許多人物名諱都已完全不同，今日通行的《封神演義》應係以晚清的版本為底本而重新整理過的，所以若真存在一種早期版本，則其中是否具有前引文字仍在未定之天，故亦不能遽為結論。

在思想方面，《封神演義》以道教的傾向為主，其法術、思想皆非專業的道士或修道者不能明晰，而其將儒家的思想家改造為道士，同樣可見其意在對

〔註7〕轉引自李天飛：《號令群神：李天飛「封神」筆記》，江蘇鳳凰文藝出版社，2020年 11 月版，第 275 頁。

〔註8〕徐朔方：《小說考信編》，上海古籍出版社，1997 年 10 月版，第 355 頁。

〔註9〕柳存仁：《陸西星、吳承恩事蹟補考》，見《和風堂文集》冊，上海古籍出版社，1991 年 10 月版，第 1398 頁。

儒家的故事進行改造。不過，在《封神演義》的最終整理中，仍然有儒家編修者的參與，儘管其並沒有對一些諸如「太公望」和「姜子牙」矛盾衝突的地方做細節的調整，但第九十九回和第一百回的順序明顯置換過。第九十九回題名「姜太公歸國封神」，所謂「歸國」必先有國，足見此文當在「周天子分封列國」之後，本書既以「封神」為名，自當以封神榜收束全篇，不能以分封做結。這是因為最終整理的書商乃是有儒家傾向的，但其才力、時間皆不允許其對全文框架、思想異動，只得做這樣的調整，並使《封神演義》終於獲得了《武王伐紂外史》這樣的別名。

　　或許正因其來源的複雜及歷代整理者的參差，導致了《封神演義》的文學成就並不高，但其中綺麗的想像和對仙界神戰的構建卻在當時及後世的小說中獨樹一幟，使其對於後來的小說頗有影響，其中影響最大的當屬武俠小說。今人研究武俠小說的源流，總是上溯到平江不肖生的文字，而後上溯至《三俠五義》，以為武俠小說應是公案小說的別脈。這當然是正確的，但現代武俠小說的源頭非一，在當時能與平江不肖生齊名的尚有趙煥亭，有「南向北趙」之稱。趙煥亭創建「武功」的概念，並區分「內功」、「外功」，稱內功是由「玄天罡氣」、「先天真氣」修煉而來。「玄天」、「先天」本自道教，這是不必另談的，所謂「內功」、「外功」之別則來自道教的內丹和外丹。按：外丹即道教所煉仙丹，內丹即以人體為爐，周身有五行，人則通過調養和運行五行的精氣在體內煉成「內丹」〔註10〕，煉就內丹的軀體位置即名為「丹田」〔註11〕，分為上丹田、中丹田、下丹田三處〔註12〕，修煉內丹時則需要運轉周身經絡〔註13〕，近世武俠小說中所謂內功的修煉方法便由此轉變而來。以金庸小說為例，其早期作品《書劍恩仇錄》與《碧血劍》皆以劍術為主，但第三部作品《射雕英雄傳》中卻開始強調內功，書中出場的第一位重要俠客丘處機正是全真教的重要領袖丘處機為原型的，其人亦以修煉內丹為法門，恐怕不能以巧合視之。

〔註10〕《龍川略志》：「養生有內外。精氣，內也，非金石所能堅凝。四支、百骸，外也，非精氣所能變化。欲事內，必調養精氣極而後內丹成，內丹成，則不能死矣。」
〔註11〕《性命圭旨》：「此著工夫最是簡易，不拘行住坐臥，常損此心，退藏夾脊之竅，則天地之正氣可扯而進，與己混元真精凝結丹田，以為起生之本。」
〔註12〕《性命圭旨》：「仙諺曰：欲得長生，先須久視。久視於上丹田，則神長生；久視於中丹田，則氣長生；久視於下丹田，則形長生。」
〔註13〕《丹經極論》：「運丹生成之際，忽覺夾脊上沖泥丸，瀝瀝有聲，從頭似有物觸上腦，須臾如雀卵，顆顆自愕下重樓，如冰酥香甜，甘美之味無比。覺有此狀，乃得金液還丹。徐徐咽歸丹田不絕。」

　　《封神演義》中首度將內丹外化、法術化，如雲霄介紹黃河陣時，稱其中的惑仙丹和閉仙訣「能失仙之神，消仙之魄，陷仙之形，損仙之氣，喪神仙之原本，損神仙之肢體」，「肢體」對應的是「形」，即是外在的形態，「原本」對應的是「神」、「魄」、「氣」，即是內在的元神。這種元神與後世武俠小說中的「內功」或「內力」頗有相似之處。文殊廣法天尊破天絕陣時，「把口一張，有斗大一朵金蓮噴出；左手五指裏有五道白光垂地倒往上卷；白光頂上有一朵蓮花；花上有五盞金燈引路」，這種描繪雖然仍較後世的「劍氣」或「內功」更為具象，但已經顯現出俠士們運用內功的雛形。《封神演義》也是中國第一部刻畫多門派、多師承的小說，這是因為道教講究不同門派的緣故。道教的門派則出於儒家的學案，將之小說化後，便由廟堂降入市井。因為說話家也有巧妙的不同，同樣講究師承和譜系。明代中葉以前藝術未有流派之說，清末始有程派、余派等藝術流派，正是《封神演義》所帶來的影響。到了新武俠裏面，武林出現了各門各派，當然是對各藝術流派的仿傚，但追溯其源頭，則仍不得不推崇《封神演義》。

參考文獻

〔1〕（明）許仲琳編、鍾伯敬評，新刻鍾伯敬先生批評《封神演義》〔M〕，
臺北：天一出版社，1985。

〔2〕朱一玄，明清小說資料選編〔M〕，天津：南開大學出版社，2012。

〔3〕丁錫根，中國歷代小說序跋集〔M〕，北京：人民文學出版社，1996。

〔4〕仝晰綱、王耀祖，姜太公研究資料彙編〔M〕，濟南：山東文藝出版
社，2006。

〔5〕李愛紅，《封神演義》的藝術想像與經典化研究〔M〕，濟南：齊魯書
社，2011。

〔6〕王勇，玩·《封神》：54個你所不知道的《封神演義》之謎〔M〕，南寧：
廣西人民出版社，2007。

〔7〕周曉薇，《四遊記》叢考〔M〕，北京：中國社會科學出版社，2005。

〔8〕趙景深，《中國小說史略》旁證〔M〕，西安：陝西人民出版社，1987.06。

〔9〕石昌渝，中國小說源流論（修訂版）〔M〕，北京：生活·讀書·新知
三聯書店，2015。

〔10〕鄭鵬程、丁波，中國宗教流變史〔M〕，武漢：湖北人民出版社，2000。

〔11〕苟波，道教與明清文學〔M〕，成都：巴蜀書社，2010。

〔12〕張澤洪，道教唱道情與中國民間文化研究〔M〕，北京：人民出版社，
2011。

〔13〕楊寶玉，敦煌本佛教靈驗記校注並研究〔M〕，蘭州：甘肅人民出版社，
2009。

〔14〕李忠明，17世紀中國通俗小說編年史〔M〕，合肥：安徽大學出版社，
　　　2003。

〔15〕（日）中野美代子，《西遊記》的秘密（外兩種）〔M〕，王秀文等譯，
　　　北京：中華書局，2002。

〔16〕（日）渡邊義浩，關羽：神化的《三國志》英雄〔M〕，李曉倩譯，北
　　　京：北京聯合出版公司，2017。

〔17〕陸揚，死亡美學〔M〕，北京：北京大學出版社，2006。

〔18〕辜美高、黃霖，明代小說面面觀　明代小說國際學術研討會論文集
　　　〔C〕，上海：學林出版社，2002。

外篇 《封神演義》衍生作品評介 及其他

一、《封神榜全傳》評介

　　《封神榜全傳》一書，函套題為《繡像繪圖封神榜全傳》，下署「上海世界書局印行」，書名題為《繪圖封神榜全傳》，目錄與內頁書側均題為《繪圖封神傳》，提要稱為《封神傳演義》，為世界書局於民國十二年（即 1923 年）七月首次出版，目前能見到最遲的版本為民國十七年（即 1928 年）五月第五版，中有民國十四年（即 1925 年）四月第三版。全書八冊，六十八回。書前有提要：

> 　　《封神傳演義》一書，離奇變幻，神怪莫名。移山倒海，響應須臾；地府天庭，往來咫尺。仙凡聚會，逞法身、法寶之奇；爾我神通，盡相剋相生之妙。其荒唐怪誕，無異《西遊記》、《鏡花緣》等書，難以取信。然證諸正史，已不無足徵者。要在吾人之眼力、識見，有以判之耳。且吾人批閱小說，無非以遣興消閒為目的，是書變幻多端，當酒後茶餘，正資談助，家庭笑語，更足解頤。誰謂是書之不可讀乎？第是章回牽縐，語言錯綜，不無使閱者有損腦力、費時間之弊。本局有鑑於此，特倩名筆從事改編，取其精華、袪其糟粕。凡前後複雜，使人閱而生厭者，盡舉而刪除之。將其中變化不測、最足悅目醒心者彙集成篇，計共得六十八回，逐段分開，如演劇然。正當名伶薈萃，笙樂齊鳴，使觀者聚精會神，無暇旁瞬。是誠改造舊小說之良法也。

　　民國十二年即公元 1923 年，正是胡適倡導整理國故的時候。彼時胡適正與陳獨秀等接受上海亞東書局汪原放的邀請為其書局出版的新標點本的舊小說作序，後結集為《中國舊小說考證》，而汪氏的影響甚大，以至於北京

北新書局、上海新文化書局等紛紛仿傚。北新書局延請劉半農標點《何典》，費力不討好，魯迅說：「標點只能讓汪原放，做序只能推胡適之，出版只能出亞東圖書館。劉半農、李小峰、我，皆非其選也。」〔註1〕民國二十三年（即1933年）新文化書局延請薛恨生點校《封神傳》、《當爐豔》等舊小說、劇本及《板橋集》、《唐詩三百首》等詩文作品，而其封面一如亞東書局，左文右圖——小說便選用插圖，文集則用花草代替。該書局並未出版《水滸傳》、《西遊記》等習見小說，足見汪氏亞東書局點校本影響之大，十年後他社仍不敢爭鋒。薛恨生雖為署名，生平卻不見於同時人著錄，各書中亦未能見其介紹，代表作品僅有《西廂記小說》，改編自元稹《會真記》及王實甫《西廂記》〔註2〕。其人於民國二十三年十一月一個月之內便點校有《大紅袍》、《小紅袍》、《孔子家語》等多種古籍，疑為新文化書局法人的託名。

世界書局另於民國二十三年（1934年）出版《足本封神榜》，主編趙苕狂作《封神傳考》並寫作《人名詞典》，標點封神〔註3〕。趙氏《封神傳考》署「一九三四，八，七」，故此書出版至早在當年八月七日之後。趙氏本名澤霖（1892～1953），字雨蒼，苕狂是他的號，另有別號憶鳳樓主，吳興（即今浙江省湖州市）人。肄業於上海南洋公學電機系，曾任大東書局首任總編，又在世界書局任十七年總編，主編有《紅玫瑰》雜誌，前後九年，作品屬鴛鴦蝴蝶派。在任世界書局書局總編時整理舊小說，每於出版的舊小說前廣加考證，其舊小說考證的作品至少有《封神傳考》、《浮生六記考》〔註4〕、《紅閨春夢考》〔註5〕、《兒女英雄傳考》〔註6〕、《影梅庵憶語考》〔註7〕、《水滸傳考》、《徵四寇考》、《後水滸傳考》〔註8〕、《儒林外史考》〔註9〕、《七俠五義考》、《小

〔註1〕魯迅：《華蓋集續編·為半農題記「何典」後，作》，《魯迅全集》第三卷，人民文學出版社，2005年11月版，第320頁。
〔註2〕薛氏的其他作品多為點校之作，故未計算在內。
〔註3〕此書原本筆者未曾得見，翻刻本有香港星洲維明公司1960年據以重版的《封神傳》和香港廣智書局據以重版的《足本封神榜》兩種，本文的介紹及所附《封神傳考》依據的均是廣智書局《足本封神榜》，但此書出版未標明年月。
〔註4〕甘肅人民出版社1994年重版《浮生六記》附有此文。
〔註5〕中國書店1988年5月重版《紅閨春夢》附有此文。
〔註6〕廣西人民出版社1980年重版《俠女奇緣》附有此文。
〔註7〕嶽麓書社1991年重版《香畹樓憶語影梅庵憶語秋燈瑣憶浮生六記》附有此文。
〔註8〕以上三種均見於《〈水滸〉評論資料》，上海人民出版社，1975年版。
〔註9〕本文節選見李漢秋編《儒林外史研究資料集成》，2017年6月版，第331頁。

五義考》、《續小五義考》〔註10〕、《紅樓夢考》〔註11〕、《西遊記考》〔註12〕、
《三國演義考》〔註13〕等作品。然而趙氏所謂考證不過一般介紹，所謂考證皆
雜抄胡適、魯迅、孫楷第等人文，且所引史料多有舛誤〔註14〕，未深入版本及
流變。而《封神演義》一書文筆又難與《紅樓夢》、《水滸傳》等名作齊驅，故
世界書局的《封神傳》雖然幾經翻刻，卻依然未發生足夠的影響，反不如此前
編輯《封神榜全傳》更為暢銷。

　　此外，趙氏另有一部《小封神傳》，為世界書局所編「繪圖小小說庫（二
集）」之一種〔註15〕，至民國十五年（1926年）時已出至第七版之多。此書計
分十回，以姜子牙下山開篇，截取《封神演義》中較為關鍵的章回演繹，書中
多用民國白話改寫，敘事省要，書後連封神榜名單也沒有，故雖適應於般讀
者略窺《封神演義》的門徑，卻不足以代表原著的全貌。

　　《封神榜全傳》全書雖六十八回，但情節全在前六十七回中，第六十七回
末姜子牙宣讀完玉虛宮告敕，第六十八回開篇即宣讀對柏鑒的安排。自次以
後，是完整的封神榜名單，除二十四位雷部天君之外，其餘諸神姓名之間均無
「諱」字〔註16〕，同時也沒有像原著一樣，在封諸神的過程中加入姜子牙代元
始天尊宣讀的其他敕令。封神榜列完，略說斬飛廉、惡來及李靖、楊戩七人辭
官之事後，僅用數句話交代：「次日，武王登殿，命御弟周公旦唱名冊封。先
追封王祖考，自太王、王季、文王皆為天子，其餘功臣與帝王先朝後裔俱列為
五等：公、侯、伯、子、男，其不及五等者為附庸。」隨後附寫列位受封國號
名諱，僅將陳國調正於邴國之先，並以此為結，敘事頗為省要。

〔註10〕以上三種均見於北京圖書館編：《民國時期總書目 1911～1949 文學理論・世
　　　　界文學・中國文學下》，書目文獻出版社，1992年11月版，第703頁。
〔註11〕以上三種均見於北京圖書館編：《民國時期總書目 1911～1949 文學理論・世
　　　　界文學・中國文學下》，第694頁。
〔註12〕世界書局1934年版《西遊記》附有此文。
〔註13〕文藝出版社1934年版《（足本）三國演義》附有此文。
〔註14〕以《封神傳考》為例，趙氏不經的地方如引陶潛《群輔錄》中「曹叔振鐸」寫
　　　　成「曹叔振鋒」等，且只引《群輔錄》而未能引《史記・管蔡世家》，引《太
　　　　公金匱》「戊巳」竟然誤為「戊巳」、引俞樾《壺東漫錄》將鍾士季（鍾會）寫
　　　　為「鍾士李」，足見其對史料不夠熟稔，而其所謂引《史記》、《通鑒》、《毛詩》
　　　　者多與原文出入，詳見本文附錄——為保持趙氏考證原貌，本文並未對趙氏
　　　　舛誤一一訂正。
〔註15〕《申報》，1928年10月13日，第5頁。
〔註16〕如原著中「東斗星君蘇諱護、金諱奎」，本文寫作「東斗星君蘇護、金奎」。

　　編輯者逕署名為「通俗小說社」，所謂「特倩」之「名筆」，不過是受雇於書局的一般文人的代稱，所有權利亦歸於書局。在所倩之「名筆」的筆削下，《封神榜全傳》較今本通行的《封神演義》在章回上刪去了近三分之一，內容上保留了今本《封神演義》的幾乎全部主要情節，順序也與今本相同。在篇目取捨上，對一些情節衝突比較尖銳的章回基本上逐一對應，如第十回《現蓮花哪吒化人身，祭火塔道人庇李靖》基本上對應今本《封神演義》第十四回《哪吒現蓮花化身》，而第十七回《夏大夫鹿臺怒斥君，聞太師回朝陳十策》基本上對應今本《封神演義》第二十七回《太師回兵陳十策》；而一些描寫重複、說教拖沓的章節則被整理者做了捨棄，如第十四回《雷震子奉命下終南，姜子牙做法救武吉》竟然對應了今本《封神演義》第二十一回《文王誇官逃五關》、第二十二回《西伯侯文王吐子》、第二十三回《文王夜夢飛熊兆》的全部內容以及第二十四回《渭水文王聘子牙》前三分之一的內容。但在文章敘述上，本書並未對今本《封神演義》的設定做大規模調整，既沒有對「武王」、「紂王」等明顯不符合歷史的稱謂進行改寫，也未對相似的章節如殷洪、殷郊的故事或誅仙陣及萬仙陣的故事進行合併，且沒有對時序有明顯衝突的哪吒出世和姜子牙下山等做出必要調整。被完全刪去的部分是：（一）回前詩、（二）正文中的全部詩詞、（三）交戰時雙方將領名字的羅列。這就脫去了舊話本小說的影子，減少了不必要的人物，避免了今本《封神演義》中太公望和姜子牙同時出現的謬誤。被部分刪去的內容則是一些基本會話和人物衝突，這就不免讓文章少了許多生氣。比如第二十五回「施法力冰凍西岐」一回，本書寫道——

　　　　再說聞太師在朝歌接張桂芳告急文書，言王魔、楊森、高友乾先後陣亡，心下大驚，急問部將誰去援助張桂芳？魯雄皓首蒼顏，自告奮勇，太師乃准奏紂王，命費仲尤渾二人恭贊軍機〔註17〕。二人雖然畏懼，不敢不從。

今本《封神演義》第三十九回「姜子牙冰凍西岐山」寫此節——

　　　　話說聞太師在朝歌執掌大小柄事，其實有條有法。話說汜水關榮報入太師府，聞太師拆開一看，拍案大呼曰：「道兄！你卻為著何事，死於非命？吾乃位極人臣，受國恩如同泰山。只因國事艱難，使我不敢擅離此地。今見此報，使吾痛入骨髓。」忙傳令點鼓聚將。只見銀安殿三通鼓響，一干眾將，參謁太師。太師曰：「前日吾邀九

〔註17〕疑為「參贊軍機」之誤。

龍島四友，協助張桂芳，不料死了三位，風林陣亡。令與諸將共議，誰為國家輔張桂芳？破西岐走一遭？」

言未畢，左軍上將軍魯雄，年紀高大，上殿曰：「末將願往。」聞太師看時，左軍上將軍魯雄，蒼鬚皓首上殿。太師曰：「老將軍年紀高大，猶恐不足成功。」魯雄笑曰：「太師在上，張桂芳雖少年當道，用兵特強，只知己能，恃胸中秘術。風林乃匹夫之才，故此有失身之禍。為將行兵，先察天時，後觀地利，中曉人和。用之以文，濟之以武，守之以靜，發之以動。亡而能存，死而能生，弱而能強，柔而能剛，危而能安，禍而能福，機變不測，決勝千里，自天之上，由地之下，無所不知，十萬之眾，無有不力，範圍曲成，各極其妙。定自然之理，決勝負之機；神運用之權，藏不窮之智，此乃為將之道也。末將一去，定要成功。再副一二參軍，大事自可走矣。」

太師聞言，魯雄雖老，似有將才，況是忠心。欲點參軍，必得見機明辨的方去得，不若令費仲、尤渾前去，方可。忙傳令命費仲、尤渾為參軍。軍政司將二臣領至殿前，費仲、尤渾見太師行禮畢，太師曰：「方今張桂芳失機，風林陣亡，魯雄協助，少二名參軍。老夫將二位大夫，為參贊機務，征西岐。旋師之日，其功莫大。」費、尤聽罷，魂魄潛消，忙稟道：「太師在上，職任文宮，不諳武事，恐誤國家重務。」太師曰：「二位有隨機應變之才，通達時務之智；可以參贊軍機，以襄魯將軍不違，總是為朝廷出力，況如今國事艱難，當得輔君為國，豈可彼此推諉？」左右取參軍印來，費、尤二人落在圈套之中。只得掛印，簪花遞酒，太師發銅符，點人馬五萬，協助張桂芳。

這裡既寫出聞太師對王魔等人的情誼，也寫出魯雄的急躁（「言未畢」）和輕佻（輕視張桂芳），同時寫聞太師對他的觀感是「似有將才」，既寫出對魯雄的不信任，又寫出迫於無人而任用魯雄的無奈。同時任用費仲、尤渾，並不僅是利用這一次戰役為朝廷鋤奸，而是看重了二人「見機明辨」，這就把人物的個性寫活了，避免了刻畫的短平。同時聞太師對二人說：「旋師之日，其功莫大」，是針對他們的功名之心；「如今國事艱難，當得輔君為國，豈可彼此推諉」，是用自己站在道德制高點並用在朝中的威勢恫嚇二人，把聞太師的威而有度刻畫得淋漓盡致。不過，聞太師每次聽說道友犧牲反應總是「拍

案大呼」，每次刻畫人物急躁都用「言未畢……」無疑是舊小說的敘事習慣，而魯雄一段對於張桂芳的非議和對自己的吹捧也流於浮表，如果照用現代小說的做法則可以在聽說王魔死訊後刻畫聞太師的回憶和心態，再用幾句話點明魯雄的自負，而刪掉那些複雜的句子。但在「名筆」們的改造之下，不但把複雜的句子都刪掉了，連那些並不「使人閱而生厭者」的主要情節也都一併刪除，通篇讀下去宛若流水帳式的情節梗概，使人讀來，味如嚼蠟，完全沒有現代小說的一絲影子。

事實上，「名筆」們恐怕也未必要將此書編成現代小說，全書通篇都用明清白話而非現代白話〔註18〕，用力最勤的地方是每一章回的標目。今本《封神演義》在標目上都是單句，如第一回的標目是「紂王女媧宮進香」、第二回的標目為「冀州侯蘇護反商」。而《封神榜全傳》中則將用雙句標目，依照原文的題目改取對仗的形式，如其第一回的題目是「女媧宮紂王進香，冀州城蘇護造反」。將「冀州侯」改為「冀州城」意在與「女媧宮」相對，而將「女媧宮」前置、「反商」改為「造反」目的也在於此。且「商」為平聲，若與「香」相對，宜應改為仄聲字。但其回目中反覆出現「敗」、「破」、「打」等字樣，單調重複，第二回則乾脆用「被捉」標目，格調不高。回目中有以七言對仗，也有以八言對仗，並不整齊，足見整理者才華不逮。

僅從標目來看，現有六十八回的標目基本上是由今本《封神演義》一百回的標目合併整理而來的，但突出袍帶或神魔鬥法的情節，如今本第十二回「陳塘關哪吒出世」被「名筆」們改為「南天門哪吒打龍王」、第六十四回「羅宣火焚西岐城」被改為「黃金塔李靖打羅宣」，第十八回「子牙諫主隱磻溪」被改為「姜子牙土遁救萬民」、第三十八回「四聖西岐會子牙」被改為「姜尚法收龍鬚虎，王魔命喪遁龍樁」。改造後的標目一般淡化平直敘述而突出人物關係，並有意降低周文王出現的頻率，突出武王的地位。在今本一百回的標目中有九回涉及周文王（姬昌、姬伯、西伯），五回涉及周武王（周主、周天子），而改造後的標目文王僅標目兩次，武王則維持標目五次不變，今本第八十八回「武王白魚跳龍舟」被改為「抵孟津周武會諸侯」，突出周武王天下共主的地

〔註18〕如上海新文化書局署名薛恨生的《西廂記小說》就是將《西廂記》改寫成現代白話的，福建人民出版社 1981 年 7 月有重印本，可以參見。但《西廂記》本是小書，改為現代小說容易，而《封神演義》則成本大套，如要改成現代小說，恐怕要作成系列。

位,同時又將「女媧賜授社稷圖」標目,突出周武王君權的神授,這是有意合於武王伐紂的一段歷史。就情感傾向而言,標目突出忠臣孝子,如今本第九十四回「文煥怒斬殷破敗」中明顯看出原作者的情感傾向是認同姜文煥而將殷破敗視為反面形象,而改造後的標目「殷破敗大義責君臣」則從情感態度上將之定義為正面形象。但這並不意味著「名筆」們認同傳統的忠君思想,因為其對周武王和商紂王的忠臣有明顯的認同,如寫崑崙山眾仙困於黃河陣,標目為「混元宮雲霄拿眾仙」,用「拿」字而不用「擒」,寫張奎殺五嶽,標目為「澠池縣張奎絕五嶽」,用「絕」字而不用周朝殺商朝將領時的「誅」、「戮」、「斬」、「滅」等。

有了這個情感傾向做前提,本書在一些地方的整理便頗不乏意思,如第七回寫商容於九間殿死節——

> 商容打發殷郊去後,隨後趕到朝歌,徑入午門。亞相比干及百官俱來迎謁,具述朝廷變故及二位殿下被風刮去之異。商容驚歎良久,乃曰:「老夫此來,決計犯顏諫諍,捨身報國。倘無生理,此後望諸君轉旋補救,社稷幸甚。」言罷,流淚不止。

「倘無生理」說明他自來時便有必死的決心,而所謂「望諸君轉旋補救,社稷幸甚」,說明他作為商朝老丞相的憂心國事,流淚不止自是他對時局的悲觀,也是他知其不可而為之的宿命。有了這個鋪墊,以下痛罵紂王時所說:「可惜先帝克勤克儉,傳此錦繡山河,傳於昏君。不數年間,被你喪敗,落於他人之手。」是對成湯基業毀於一旦的預言,也是對紂王臨死之前最後的勸諫,所謂人之將死其言也善,表示出拳拳報國之心,更符合其成湯首相的身份。相形之下,今本《封神演義》第九回的對應章節中所說:「今日有負社稷,不能匡救於君,實愧見先王耳!你這昏君!天下只在數年之間,一旦失與他人。」更側重忠君,這一段話對於說話家而言是說教,代入原文的情境則有做作之嫌。此種改動自然與民國以降國民意識的普遍生成有關,將小說中的紂王視為舊時代的君主,商容等人則承擔了批判昏君並以犧牲換取革命易代的任務,由此小說中的直斥君主的部分反而較神魔鬥法的故事更為動人。

此書從民國十二年初版至民國十七年,前後至少有五版之多,可見銷路之廣。除了符合那時整理國故的時代潮流之外,或與這時娛樂文化的興起有關。一方面文明戲和國產無聲電影的傳播使人無暇閱讀足本章回小說,故刪節本的小說本自有其市場;另一方面,彼時京劇也日益發展,關於封神題材的戲劇

迭出不窮，人們樂於在看完京劇之後對完整劇情再多一些系統瞭解，故此書一直流佈。特別是民國十十七年（1928年）周信芳編次連臺本《封神榜》大獲成功之後，封神題材故事日益傳播，而其他書局紛紛重刻《封神傳》〔註19〕便是應有之義了。

附一：《封神榜全傳》目次

第一回　　　　女媧宮紂王進香，冀州城蘇護造反
第二回　　　　放神鷹蘇全忠被捉，噴鼻光崇黑虎遭擒
第三回　　　　蘇冀州獻女贖罪，雲中子進劍除妖
第四回　　　　杜諫言紂王造炮烙，避危害商容辭官爵
第五回　　　　費仲計害姜皇后，殷郊懷怒斬姜環
第六回　　　　憤殘暴二將反朝門，施法力雙仙救殿下
第七回　　　　現將星雷震降燕山，殺忠良詔赦西伯侯
第八回　　　　演神數姬昌囚羑里，得怪夢殷氏產奇男
第九回　　　　南天門哪吒打龍王，金光洞太乙收石磯
第十回　　　　現蓮花哪吒化人身，祭火塔道人庇李靖
第十一回　　　離崑崙姜子牙下山，運三昧琵琶精現形
第十二回　　　蘇妲己蠆盆坑宮女，姜子牙土遁救難民
第十三回　　　伯邑考贖罪遭慘刑，散宜生入朝行賄賂
第十四回　　　雷震子奉命下終南，姜子牙做法救武吉
第十五回　　　姬昌渭水聘子牙，紂王鹿臺宴仙子
第十六回　　　設毒謀喜媚入宮，療心疾比干剖腹
第十七回　　　夏大夫鹿臺怒斥君，聞太師回朝陳十策
第十八回　　　黃飛虎放鷹逐狐狸，姜子牙榻前受遺命
第十九回　　　賈夫人墜樓殉節，黃飛虎背主投周
第二十回　　　聞太師兵返朝歌，黃天化潼關救父
第二十一回　　汜水關余化擒眾將，西岐城飛虎見子牙
第二十二回　　姜子牙設計降二將，張桂芳奉敕征西岐
第二十三回　　姜子牙崑崙求救，聞太師五嶽請兵
第二十四回　　姜尚法收龍鬚虎，王魔命喪遁龍樁
第二十五回　　奮神威連斬四將，施法力冰凍西岐

〔註19〕如新文化書局延邀薛恨生在已點校、整理過的諸通俗小說中獨整理《封神傳》，上海廣益書局、上海錦章圖書局等亦出版整理本《繪圖封神演義》等。

第二十六回	姜尚倒海救諸將，楊戩盜寶變花狐
第二十七回	黃天化寶釘誅四魔，聞太師神鞭打三吒
第二十八回	姜子牙魂遊崑崙山，太極圖失陷落魂陣
第二十九回	掌符印燃燈代元戎，借寶珠子牙破惡陣
第三十回	廣成子擲印打金光，趙公明荒山降猛虎
第三十一回	蕭昇曹寶松下弈棋，公明燃燈陣前鬥法
第三十二回	趙公明仙島借金剪，姚少司西岐盜箭書
第三十三回	紅沙陣武王受災厄，混元宮雲霄拿眾仙
第三十四回	二天尊同破黃河陣，姜子牙大敗聞太師
第三十五回	絕龍嶺聞太師喪命，三山關鄧九公西征
第二十六回	鄧嬋玉石打哪吒，土行孫夜刺武王
第三十七回	懼留孫陣上擒徒，散宜生鄧營作伐
第三十八回	姜子牙計收鄧女，蘇冀州兵伐西岐
第三十九回	四瘟神邪術困諸將，呂道人瘟丹害萬民
第四十回	呂岳分兵打四門，殷洪背師助蘇護
第四十一回	殷洪戰敗赤精子，文殊妙法收馬元
第四十二回	化飛灰殷洪入太極，秉旄鉞張山征西岐
第四十三回	化大鵬羽翼歸真，反西岐殷郊背誓
第四十四回	照妖鑑楊戩窺馬善，黃金塔李靖打羅宣
第四十五回	借仙旐燃燈設陣，受犁鋤殷郊應誓
第四十六回	洪元戎西岐招親，姜子牙金臺拜將
第四十七回	首陽山夷齊扣馬，金雞嶺孔宣拒兵
第四十八回	放神光孔宣敗周兵，施妙法準提收孔宣
第四十九回	姜子牙分兵取關隘，廣成子奉命滅火靈
第五十回	碧遊宮眾徒激教主，青龍關飛虎大折兵
第五十一回	比陣法陳奇鬥鄭倫，取丹藥楊戩賺餘元
第五十二回	祭飛刀餘元慘遭戮，噴白氣鄭倫取二韓
第五十三回	二教師會面界牌關，李老君巧設陷仙陣
第五十四回	三大教會破誅仙陣，鄭將軍活捉法頭陀
第五十五回	穿雲關徐芳擒四將，瘟瘟傘呂岳敗周兵
第五十六回	楊任大破瘟瘟陣，五痘種毒穿雲關
第五十七回	萬仙陣大會三教宗，三大士收服獅象犼
第五十八回	四教主入陣戮群仙，老鴻鈞解紛和二教

第五十九回　　　白骨旛卜吉誘戰，臨潼關鄧芮歸周
第六十回　　　　澠池縣張奎絕五嶽，土行孫夫婦同歸天
第六十一回　　　掛榜文商紂招賢，捉張奎子牙授簡
第六十二回　　　抵孟津周武會諸侯，驗陰陽紂王剖孕婦
第六十三回　　　姜子牙計捉桃柳精，蟠龍嶺火燒鄔文化
第六十四回　　　女媧賜授社稷圖，楊戩殲滅梅山怪
第六十五回　　　殷破敗大義責君臣，姜子牙當廷數十罪
第六十六回　　　子牙束髮捉三怪，商紂自盡摘星樓
第六十七回　　　正大位周武返西岐，慰幽魂子牙宣告敕
第六十八回　　　姜子牙披露封神榜，周天子大封眾功臣

附二：《小封神傳》目次

第一回　　　　　三教共定封神榜　　子牙閒居渭水河
第二回　　　　　抽龍筋哪吒鬧海　　收法寶石磯殞身
第三回　　　　　姜子牙一上崑崙　　申公豹小試幻術
第四回　　　　　聞太師提兵伐周　　眾仙子鬥寶破陣
第五回　　　　　楊戩放犬傷左道　　陸壓定計射公明
第六回　　　　　報大仇三姑下山　　陷絕地群仙造劫
第七回　　　　　捆仙繩人翻馬倒　　地行術鬼歎神嗟
第八回　　　　　雲霄洞赤精訓徒　　太極圖殷洪絕命
第九回　　　　　老子一氣化三清　　四長同心破邪教
第十回　　　　　三教大會萬仙陣　　公豹被填北海濱

附三：《封神傳》考

　　明按：為保持趙氏原貌，本文中所引與史料原文不符者並未一一改正，特此說明。

（一）本書傳為明許仲琳所編

　　神魔小說，也為說部中之一類，可以獨樹一幟者，而在有明一代，是類小說出版的很不少，其所以如是發達的原因則以崇尚釋道之風，在明初雖有稍衰，一至中葉復興盛了起來，幾於宋元二朝可以相埒。成化時有方士李孜、釋繼曉，正德時有色目人於永，皆以方技雜流拜官，頗為一事所企羨，由是妖妄之說大盛，更影響而及於文章了。

在這些神魔小說多量的產生之中，《封神傳》也是可以屈指計及的一種，它的格調雖與《西遊記》有所不同，然它自有它的特點，所以能流傳下來而直到於現在，並能在通俗小說中占得一席之地。

然則這部書究竟是何人所做的呢？關於這個問題卻有上了以下的述說，其一是據著清梁章鉅的《浪跡續談》的，他在卷六中云：

> 林樾亭先生，嘗與余談《封神傳》一書，是前明一名宿所撰，意欲與《西遊記》、《水滸傳》鼎立而三，因偶讀《尚書武成篇》「惟爾有神，尚克相予」語，演成此傳……

其二是據著《歸田璅記》的，它云：

> 吾鄉林樾亭先生言，昔有士人罄家所有，嫁其長女者，次女有怨色，士人慰之曰：「無憂貧也。」乃因《尚書》武成篇「惟爾有神，尚克相予」語，演為《封神傳》，以稿授女，後其婿梓行之，竟大獲利云……

照著筆記所述，一是說作者自己對於這部書頗有矜誇之意，意思是說作者所以著是書的動機和目的事情雖是各有不同，然而兩番話卻出自同一人，同為林樾亭所說，那麼前一則中所謂的某名宿，後一則中所謂的某士人大概同為一個人吧？所可惜的，林樾亭始終沒有把作者的姓名宣布出來，直至我們見到日本內閣文庫圖書第二部漢書目錄，始知本書為明許仲琳所編，在他們所收藏的是一部明刻本，上面是如此的載著，這大概是可信的。至於成書的年代卻不能確實的考定，但觀之於張無咎所做《平妖傳序》，已說及了本書，大概總在隆慶、萬曆之間了。

最近看到了近人孫楷第所編成的《中國通俗小說書目》，卻把《封神傳》列在明清小說部乙類裏，並說他所見到的有四種本子：

1.《封神演義》，一百回，明許仲琳撰，日本內閣文庫藏，明刊本

2.《新刊鍾伯敬先生批評封神演義》，二十卷，一百回，日本內閣文庫藏，明刊本

3.《封神演義》，八卷，一百回，馬隅卿藏，清覆明本

4.《四雪草堂訂正本封神演義》，一百回，流行本

這裡我們知道了二點：1. 這中間的四種就是現在的通行本，其餘三種在外面已是不大有得見到的了，2. 在明代還沒有把作者的姓名淹沒，到了清代，不知道為什麼竟不署名是何人所作了。

仲琳，南京應天府人，自不詳，號鍾山逸叟。

他從那裡考證而得沒有說明，我們如要再知道的多一點，只能遇有機會在關於南京文獻的各書籍上慢慢的去搜尋了。

（二）封神一說之由來

考之於史，武王伐殷，一戎衣而天下大定，未嘗有許多的戰事；而在本書之中，乃費如許戰爭，馴至一切仙佛皆來助戰，未免與事實太不相符。且以武王之大聖，而竟求助於鬼神，更與理上有些說不過去，這無非是作者從《尚書·武成》篇「惟爾有神，尚克相予」這兩句話上硬行生發了出來的。可是他不知道，《武成》一篇於周季已非真本，故孟子曰：「盡信《書》則不如無《書》，我於《武成》成取二三策而已」。何況後又在經東晉人的改篡，其書更不足憑呢。由此說來書中一切事實都係出自臆造，那是無可疑的了。但封神一說倒也不是漫無根據的，《史記·封禪書》有云：

> 始皇遂東遊海上，行禮祠名山大川及八神，求仙人羨門之屬。

> 八神將自古而有之，或曰太公以來作之。

這就是它最大的一個來源，此外《太公金匱》又云：

> 武王伐紂，都洛邑。明年陰寒，雨雪十餘日，甲子平旦，五大夫乘馬車，從兩騎，止王門外。尚父曰：「四海之神與河伯、雨師耳。」請使謁者各以其名召之，五神皆驚，武王曰：「天陰乃遠來，何以教之？」皆曰：「天伐殷立周，謹來受命！」

《太平御覽》十二引《陰謀》所載，與上述者略同；而以祝融、勾芒、玄冥、蓐收為四海神名，馮修為河伯神名，這也是很可附會為太公封神之說的。再一冠之於今人門戶，每書有「姜太公在此，百無禁忌」字，更可知太公封神之說由來已久的了。

（三）闡教與截教

仙佛與魔怪原是立於對待的地位的，用了一切仙佛之來助周，便有一切魔怪之來助殷，而對壘之局由是已成，戰爭之禍也由是而烈。於是書中把他們分為闡截二教，凡所謂闡教者，一切仙佛——即釋、道二教中人——皆屬之，而一切魔怪及旁門左道之士，則悉歸之於截教。在這裡上面早已說過，闡教是助周的，截教是助殷的，可是也不盡然。如申公豹原為闡教中人，卻一味的和子牙作對，引了多少路兵來助殷伐周。洪錦本屬旁門左道之士，後來卻又幫助了

周朝，這可以算是中間一點小小的變化。結果截教是戰敗了，截教中人大半為闡教所殺，而闡教中人也頗有陣亡者，書中則悉委之為劫數。至所以名為「闡教」者，當是闡明道旨之意，而「截教」則不知所謂，錢靜方之《小說叢考》上則云：

> 《周書·克殷》篇：「武王遂征四方，凡憝國九十有九國，馘魔億有十萬七千七百七十有九，俘人三億萬有二百三十。」（按：此文在《世俘篇》，錢偶誤記）魔與人分別言之，作傳者遂於釋、道之外，又設一截教名目。截教者，即由「魔」字中生發者也。故其中以魔家四將（魔禮青、魔禮紅、魔禮海、魔禮壽）為最神勇。

這些話也頗有幾分理由，因為轉錄於此。

（四）姜子牙

本周既以《封神傳》為名，而封神一事時由姜子牙主掌之。那麼姜子牙是全書主要的人物可以不消說得的了，他的名稱最多，諸書所載各有不同，綜合起來共有五個：

一名望：《孟子》曰：「若太公望……」

一名尚：《史記·齊世家》曰：「太公望呂尚者，東海上人。其先祖於虞舜時為四嶽，佐禹平水土甚有功，封於呂，或封於申，姓姜氏。從其封姓，故曰呂尚也。」

一名牙：《索隱》引譙周之言曰：「姓姜，名牙。炎帝之裔，伯夷（此係虞舜時之伯夷，非與太公同時之伯夷）之後。」

一名涓：《太平御覽·鱗介部》引符子之言曰：「太公涓釣於隱溪。」

一名渭：《路史·炎帝紀》云：「呂渭字子牙……」

一人而有五名，令後人無所適從，正不知哪一個是真的，是對的？倘能細加推究，則此分歧的五個名稱也各有端倪之可循，茲舉述意見如下：

1. 望是別號：——《通鑒》言：「西伯出獵，遇尚於渭水之陽，與語大悅曰：『吾先君太公曰：「當有聖人適周。」』子其是耶？太公望子久矣！』遂號之曰太公望。」

2. 尚乃官名：——武王尊之為「師尚父」，眾口隨之，遂稱呂尚。

3. 渭則以其所釣之處而得名。

4. 涓又為「渭」字之訛。

如此說來，只有子牙是他的真名了。

又俗傳太公八十遇文王，然各書所載，卻與此頗有不同，宋玉《楚辭》曰：

> 太公九十乃顯榮兮，誠未遇其匡合。

又《漢書》東方朔曰：

> 太公體行仁義，七十有二乃設用於文、武。

一說是九十，一說是七十二，都沒有說是八十的，不知何者為可信。然我們在這裡有一事可以確定的，太公仕周年紀已是很大，總在七十以外的了。

（五）妲己

妲己也是書中重要的人物，姜子牙以外就要數及她的了，她是確有這個人的，一見之於《尚書·牧誓》篇，再見之於《史記·殷本紀》，經史明文，彰彰可考。又《晉語》云：

> 殷辛伐有蘇，有蘇氏以妲己女焉——韋注曰：有蘇，己姓之國，
> 妲己其女也。

《史記索隱》亦云：

> 姓己，名妲。

這是把她的姓名及家世，更是說的明明白白的了，而袁子才卻要自作聰明，硬說：「妲者，婦官之號也；己者，以十干為次第，為蘇氏第六女。」這不反成為無稽之談麼？

而演義中更可笑，這妲己明明是貴族子女，偏要說她是九尾狐狸精所幻化，然而她也是有所本的，《古今事物考》云：

> 商妲己，狐精也，亦曰雉精，猶未變足，以帛裹之，宮中效焉。

恐即此一說的來源吧，而照此說來，後是纏足之始作俑者還是妲己呢。

入宮之年已不可考，《竹書紀年》云：

> 帝辛九祀（殷禮稱年為祀），伐有蘇，獲妲己以歸。

《通鑒前編》則云在八祀，而《初學記》引《帝王世紀》又云：

> 紂二年，納妲己。

三書所載，各不相同，究不知以何一說為可靠？

至妲己之死，諸書亦有異同，《藝文類聚》及《御覽》等書引《帝王世紀》曰：

> 周公為司徒，使以黃鉞斬紂頭，懸於大白之旗。召公為司空，
> 又使以玄鉞斬妲己頭，縣於小白之旗。

據此殺妲己者乃召公，但《古今注》云：

> 武王以黃鉞斬紂，故王者以為戒。太公以玄鉞斬妲己，故婦人以為戒。

在這裡殺妲己的又是太公了，究不知以何一說為是？

又《演義》謂妲己有同類姊妹三人，事亦有本，《周書・克殷》篇云：

> 王適二女之所，二女既縊，王又射之，矢三發，乃右擊之以輕呂，斬之以元鉞──孔晁注云：二女，妲己及其嬖妾也。

《史記》亦云：

> 「王至二女所，二女皆經自裁。」

是則妲己之外尚有嬖妾一人，《帝王世紀》云：

> 紂自燔於宣室而死，二嬖妾與妲己亦自殺。

照這一則看來，妲己之外更有二人了，此即演義之所本。至謂其一為雉雞精，乃由《古今事物考》妲己一條中變化而出，其一為玉石琵琶精那是全為作者所捏造出來的了。

（六）書中故事之可考證者

此外，書中故事見之於他書者也頗多；茲撮舉其一二作為考證如下：

1.「文王百子之說」，這是出於《毛詩》的詩云：

> 太姒嗣徽音，則百斯男。

其實，這也只是一種善頌善禱之詞，百男不過虛言其數罷了。陶潛《群輔錄》言太姒十子：伯邑考，武王發，管叔鮮，周公旦，蔡叔度，曹叔振鐸，郕叔武（一作毛叔閩），霍叔處，康叔封，聃季載。既能一一歷舉其名，其說自較可靠。

2.「伯邑考為紂所烹事」，這也是有所本的。《史記・管蔡世家》，但云「伯邑考既已前卒」而亦未言其所以卒之故，《殷本紀》正義則引《帝王世紀》云：

> 紂囚文王，文王之長子曰伯邑考，質於殷焉，為紂御。紂烹以為羹，賜文王，曰：「聖人當不食其子羹。」文王得而食之。紂曰：「誰謂西伯聖者？食其子羹尚不知也。」

據此伯邑考見烹真有其事，非小說家之妄言了。然關於伯邑考之記載，各數也頗有異同，《史記》謂之前卒，似已先文王、武王而死，乃《禮記・檀弓》篇云：

> 「文王捨伯邑考而立武王。──鄭注曰：權也。──正義曰：

> 文王在殷之世,殷禮立君,兄終弟及。今伯邑考見在而立武王,故
> 云權也。」

在這裡文王之崩,伯邑考又明明尚未死,那麼見烹之說當然是不能成立
的了。

3.「射死趙公明事」,亦有所本,《太公金匱》云:

> 武王伐紂,丁侯不朝。尚父乃畫丁侯,三旬射之。丁侯病大劇,
> 間卜占云:「祟在周!」丁侯恐懼,乃遣使者詣武王,請舉國為臣虜,
> 尚父乃以甲乙日拔其項箭,丙丁日拔其目箭,戊巳日拔其腹箭,庚
> 辛日拔其股箭,壬癸日拔其足箭,丁侯病癒。四夷聞之,皆懼,各
> 以其職來貢。

此言太公所射者為丁侯,《演義》中卻說是趙公明,又復略加變化,在中
間添出了一個陸壓道人來,並與《金匱》所載異其結果:丁侯是射而未死,趙
公明竟生生的死在「釘頭七箭書」之下了。

至趙公明之名久已流傳,並不是《演義》中憑空捏造出來的,曾見《壺東
漫錄》云:

> 《封神傳衍義》有趙公明,初以為無稽之談耳。乃讀《太平廣
> 記》二百九十四卷云:「散騎侍郎王祐疾困,聞有通賓者曰:『某郡
> 某里某人。』有頃,奄然來至,曰:『今年國家有大事出,三將軍分
> 布徵發,吾等十餘,為趙公明府參佐……』云云。」初有妖書云:
> 「上帝以三將軍趙公明、鍾士李,各督數萬鬼下取,人莫知所在。」
> 祐病差,見此書,與所道公明合焉。注云:「出《搜神記》。」然公明
> 之名亦流傳有自矣。

此為一證。而在俞曲園之《茶香室續鈔》中則更謂趙公明之名,於《真誥·
協昌期》篇中已一見了。

(七)書中仙佛之可考者

本書先佛之多在說部中可算的是首屈一指的,但大半均有所本。茲也撮舉
其一二為作考證如下:

1. 太上老君,關於此有兩說:(甲)《舊唐書·經籍志》丙部有《太上老君
玄元皇帝聖記》十卷,唐尊老子為玄元皇帝,是太上老君即老子。(乙)《隋
書·經籍志》曰:有元始天尊生於太元之先,稟自然之氣,長存不滅,每至天
地初開或在玉京之上,或在窮桑之野,授以秘道,謂之開劫度人,然其開劫非

一度矣。故有延康、赤明、龍漢、開皇，是其年號，其間相去，經四十一億萬載。所渡劫諸仙，上品太上老君、太上丈人、天真皇人、五方天地，及諸仙官，轉共承受，照此看來太上老君又非即老子了。

2. 元始天尊：見前條《隋書・經籍志》。

3. 廣成子：為古仙人見《莊子・在宥》篇。

4. 赤松子：見《史記・留侯世家》。

5. 赤精子：見《漢書・李尋傳》。

6. 九天玄女：見《史記・黃帝本紀》，又《唐書・經籍志》有《黃帝問玄女兵法書》三卷，云係玄女所撰。

7. 托塔天王：《元史・輿服制》有東南西北天王旗，右手執戟，左手捧塔，觀此，是托塔天王亦有所本，特未詳其姓名。

8. 哪吒：《夷堅志・程法師》一條云：

> 法師見黑物如鍾，從林間直出正前，知為石精，遂持那吒火球咒。俄而見火球從己身出，與黑塊相擊。

在這裡不但有哪吒之名，並連《演義》所載哪吒與乾元山與石磯娘娘鬥法一段也是有所本的，而所謂風火輪者，蓋即從火球二字變化而出。

（八）顯著的訛誤之點

據林樾亭說這部書是明朝一宿儒所撰，意欲與《西遊記》、《水滸》鼎立而三，（已見第一章），依理，雖未盡善而必盡美，可不致有甚麼訛誤之處了。可是也不盡然，如第十回內所載：

> 周有三母，乃昌之母太姜，昌之元妃太姬，武王之元配太妊，
> 故周有三母，俱是大賢聖母。

這顯然的是錯誤的，按：太姜為太王之妃，王季之母，於文王實是祖母了。太姬猶後代之稱長公主，為武王之長女。《左傳》：「庸以元女太姬配胡公而封之陳」；這是有書為證的。太妊恐係太任之誤，如係太任那是文王之母，武王應得稱她一聲祖母；這筆賬更不知算錯到哪裏去了！其實周有三母，乃是太姜、太任及文王之妃太姒，不知作者下筆時為甚麼久媽媽虎虎的這一來，沒有細細的查考一下？又第二十四回內載有這數語：

> 昔伏義皇帝不用茹毛而稱至聖，當時有首相名曰風后，進茹毛
> 與伏義。

風后大家都知道他是黃帝的宰相，而他纏到了伏羲這一邊去，這是一誤，茹毛之「茹」是虛字，而他在這裡竟做實字解，以致弄到不知所云，這是二誤，又，在同回內云：

> 昔上古神農拜常桑，軒轅拜老彭，黃帝拜風后，湯拜伊尹……

在這裡他倒又自己糾正了上面的錯誤，知道風后是黃帝之相了，可是他又把軒轅與黃帝分作二比講，顯然的又誤認作兩個人！總之：伏羲、軒轅、黃帝這三個名號，他大概始終沒有把來弄得清楚吧？

一九三四，八，七，莒狂於上海

二、《封神榜鼓詞》評介

　　有關於封神故事的鼓詞，照目前來看，一共有兩種：一是《封神榜鼓詞》，二是《封神榜影詞》〔註1〕，其中《封神榜影詞》僅見於著錄，未見藏本或流通，《封神榜鼓詞》則有六種藏本，流通於市者則以兩種為最。

　　一種是八卷本，函套與書名均題名《繪圖新編封神榜鼓詞》，下均署「上海校經山房印行」，首頁題為《新編說唱封神榜鼓詞》，目錄題《繪圖新編封神榜說唱鼓詞全傳》，每卷前均署「膠州傅幼圃編」，民國六年版。傅氏名藍坡，一名藍波，號幼圃，山東膠州人，為上海書局、江東茂記、校經山房成記、大成書局等書局改編鼓詞數種〔註2〕，並有原創小說等。今日明確為傅氏所著鼓詞除《封神榜鼓詞》外，另有《薛仁貴征東鼓詞》、《繪圖紅樓夢鼓詞》等，傳統題材小說如《十五續彭公案》、《十八續彭公案》，現代題材小說《繪圖愛國醒世小說國事真悲》、《徐樹錚演義》等。

　　另一種是四卷本，函套題《大字足本繡像繪圖封神榜鼓詞》，書名題為《神仙小說封神演義鼓詞》，下署「上海校經山房書局印行」，首頁題為《姜子牙斬將封神神仙鼓詞封神演義》，下署「上海求石齋書局印行」，目錄題《繪圖封神榜鼓詞》，王塵影編纂，未題時間。王塵影，號「太原神隱」，從業於民國路工商聯合會，民國武俠作家，臨城劫車案的親歷者之一，著有《華山女俠》、《奇俠救國記》、《張勳全史》、《黃慧如自述》、《雙花漫談》等作品，編纂通俗禮儀

〔註1〕李豫、李雪梅、孫英芳等著：《中國鼓詞總目》，山西古籍出版社，2006年4月版，第100頁。
〔註2〕楊麗瑩：《清末民初的石印術與石印本研究──以上海地區為中心》，上海古籍出版社，2018年8月版，第127頁。

規範類的工具書如《好朋友尺牘》、《言文對照商業交際尺牘》、《交易所要義》等，整理一些舊小說或平話，但篇升較少，除《封神榜鼓詞》外，另有《八大錘大鬧朱仙鎮》一部，未見傳本。

兩種版本的鼓詞均為五十回，八卷本在每回均標兩個回次，以示由今本《封神演義》整理而來，四卷本則徑寫某回，如第一回的標目中，八卷本寫作《第一、二回　殷紂王進香留褻句，冀州侯朝商題反詞》；四卷本則寫為《第一回　紂王進香留污句，蘇護朝商題反詩》。兩者不但均由校經山房印行，在回目上亦能看出兩者有繼承關係。兩者在某些標目上完全相同，如八卷本的第十五、六回與四卷本的第八回標目都是《哪吒化身借用蓮葉，子牙下山火燒琵琶》，八卷本第十七、八回與四卷本的第九回標目都是《蘇妲己忍心遭蠆盆，伯邑考進貢贖父罪》等；一些標目則是相互借鑒改造來的，除上引第一回標目可以看出這一點外，尚有八卷本的第五、六回《雲中子進劍鎮妖邪，殷紂王無道造炮烙》被四卷本第三回寫為《雲中子進劍鎮妖神，蘇妲己勸王造炮烙》等。事實上，此種類似在兩書標目中比比皆是，即便略有調整，也不過是兩者相較，增刪一二字而已，其標目俱可見本文附錄，讀者容易一一比對，茲不備引。

相較而言，八卷本的標目更為整齊，均為八言對仗，而四卷本的標目則為七言或九言對仗不等。就用字而言，八卷本的標目中用異體字及偏僻字更多，如「岳」、「塲」等字，且對仗十分生硬，如第七、八回《賊費仲設計害皇后，楊淑妃假怒救儲君》中「賊」字為形容而「楊」則為淑妃姓氏，第二十一、二十二回《雷震子救父到西岐，西伯侯夜兆飛熊夢》中「到西岐」為動賓短語，而「飛熊夢」則為名詞，詞性不匹配；而有的標目甚至連前後兩個半句的斷句也不相同，第九、十回《老商容九間殿死節，西伯侯燕山救雷震》，前半句應斷為「老商容／九間殿／死節」，後半句應斷為「西伯侯／燕山／救雷震」；第十三、四回《太乙真人法收石磯，哪吒剔骨肉還父母》前半句應斷為「太乙真人／法收／石磯」，而後半句則應斷為「哪吒／剔骨肉／還父母」，第四十七、四十八回《聞太師西岐城大戰，姜子牙魂遊崑崙山》前半句當斷為「聞太師／西岐城／大戰」，後半句則應斷為「姜子牙／魂遊／崑崙山」。類似的情形在四卷本中就要好許多，八卷本第四回刪去首字，改為《費仲設計害皇后，貴妃有意放殿下》，第十一回將後半標目改為「西伯侯夜夢兆飛熊」，將「夢」字置於「兆」字之前，詞性便趨一致；第五回改為《老商容九間殿撞死，西伯侯燕山

地收子》，第七回改為《太乙法收石磯精，哪吒剔骨還父母》，第二十四回改為《聞太師大戰西岐城，姜子牙魂遊崑崙山》，將「大戰」與「西岐城」異位，斷句便完全相同；至於異體字，則除第五十回將「拿」字寫為「舒」字之外，未見其餘。

在錯字方面，八卷本中僅有一處錯誤，即第三十七、八回標目的前半「伐西岐張桂芳奏詔」，「奏」顯係「奉」字之誤。而四卷本中第二回前半回的標目「西伯解圍進妲己巳」，「巳」無疑為衍文，而脫去「侯」字；第十九回前半標目「代西岐張桂芳奉詔」，第三十二回後半標目「冀州侯代西岐城」，「代」字均係「伐」字之誤；第三十四回前半標目「申公豹說反殷郊」，「郊」字顯係「洪」字之誤；第四十四回後半標目「子牙潼關遇五瘟」，「瘟」即為「痘」之誤。而第三十五回「奉詔旨張山戰西岐，聽讒言羽翼仙大戰」中「戰」字迭出，疑前一個「戰」字為「伐」字之誤；第四十五回「三大士同收獅犼」與後半標目「四教主同破萬仙陣」字數不同，當脫去「象」字；第四十六回「澠池縣五兵各歸山」明顯與內容不符，「兵」疑為「岳」字之誤，「山」疑為「天」字之誤，說明四卷本在刊刻過程中校對遠不如八卷本更細。

就情感態度而言，四卷本的標目相較比卷本更突出道德評判，如八卷本中的「殷紂王無道造炮烙」在四卷本中被寫作「蘇妲己勸王造炮烙」，將造炮烙的責任由紂王轉嫁給蘇妲己；八卷本中的「赤精子力救姜子牙」在四卷本中被寫作「赤精子遺失太極圖」，突出了赤精子在遺失太極圖問題上的責任；八卷本中的「公豹設計說反殷郊」在四卷本中被寫作「殷郊受讒背師言」，將申公豹隱去，意在責備殷郊不該忘記師恩及對恩師的承諾；八卷本中「散宜生為主通尤費」在四卷本中被寫作「伯邑考教琴受禍」，突出伯邑考的災難；八卷本中的「姜子牙登金臺拜將」在四卷本中被寫作「子牙登臺武王拜將」，突出了周武王的地位；八卷本中的「斬侯虎託孤姜子牙」在四卷本中被寫作「崇黑虎大義滅親」，突出崇黑虎的道德；八卷本中的「聞太師燒死絕龍嶺」在四卷本中被寫作「聞太師捐軀絕龍嶺」，突出了聞太師的公忠體國；八卷本中的「姜子牙奉玉勅封神，周天子論功封列國」在四卷本中被寫作「女媧助子牙三妖被舒，武王論功罪眾官加封」，將女媧與武王並列，突出君權神授。相形之下，八卷本更與今本《封神演義》原有回目接近，而四卷本則更多了一些編寫者的主觀價值。故四卷本雖然校勘不善，與八卷本相比，文人的參與程度卻更高。故四卷本當出於八卷本之後。

筆者所寓目者乃八卷本，書前有短序：

> 嘗觀古今傳詞，皆取節義醒世勸人之嘉策，而《封神》一書，事出詭異，然其新奇之處，有足以消長夏、袪睡魔者。一時風行海內，膾炙人口。雖文人墨士，津津樂道焉。獨是書卷帙繁多，鄉曲俗子頗難涉獵。本主人有鑑於此，特請小說專家就其原文編成說唱鼓詞，刪去繁冗，縮短為一百回，宜雅宜俗，一目了然。即登諸鼓版，當男女無不愛聽，老少無不樂聞也。
>
> 民國六年夏　本局主人謹識

從短序中能夠看出此書為文人整理之作，雖名為「鼓詞」，其實不過是文人的「擬鼓詞」作品。全書嚴格按照當時的鼓詞要求，唱詞全部為十言韻文，說白則簡要說明當時背景。晚清的鼓詞多半以《西江月》開篇，本書則以七言絕句開篇，第一、二回開篇的說白也是節編了小說《封神演義》篇首的敘述，正文中能夠亦看出本書是由《封神演義》小說整理而來。其回前詩多自《封神演義》回前詩裁取，如其第十五、六回回前詩：「仙家妙術甚奇精，起死回生有異能。一粒金丹歸命寶，數根荷葉成體形。」正是改自《封神演義》第十四回的首聯和頷聯：「仙家法力妙靈量，起死回生有異方；一粒丹砂歸命寶，幾根荷葉續魂湯。」至於情節上也頗相類，如哪吒降生一節，鼓詞將《封神演義》中的「李艮」寫成「李良」，應即形近而致誤，其中多處援引《封神演義》原文，如寫哪吒打敖丙：

> 哪吒起身看水，見波浪中現出一獸，獸上坐看一人，手提畫戟，大叫：「何人打死我巡海夜叉李良？」哪吒道：「是我。」敖丙問：「你是誰人？」哪吒道：「我是陳塘關李靖第三子哪吒是也。我父鎮守是關，我在此洗澡，與他無干，他來罵我，我打死的，他又何妨？」敖丙說：「李良乃天宮差遣，你膽敢把他打死，尚敢亂言？」說罷，一戟刺來。哪吒把頭一低，鑽將過去，說：「少動手！你是何人？」敖丙道：「孤乃東海龍君三太子敖丙是也。」哪吒笑道：「你原來是敖光之子，妄自尊大，若惱了我，連你那老泥鰍都拿出來，把皮剝了他的。」三太子大叫一聲：「氣殺我也！好潑賊，這等無禮！」又一戟刺來，哪吒急把七尺混天綾望空一展，似火塊千團，往下一裹，把三太子裹下逼水獸來了。

　　整段與《封神演義》第十二回原文僅有個別字句出入。而書中也多化用《封神演義》原詩，如寫伯邑考為紂王彈《風入松》一曲時，《封神演義》第十九回寫道：「楊柳依依弄晚風，桃花半吐映日紅；芳草綿綿鋪錦繡，任他車馬各西東。」而鼓詞第十九、二十回寫為：「只聽是楊柳依依弄晚風，緊接著桃花半吐映日紅；又聽地芳草綿綿鋪錦繡，尾聲是任他車馬各西東。」而《封神演義》中伯邑考的賦詩「一點忠心達上蒼，祝君壽算永無疆；風和雨順當今福，一統山河國祚長」在鼓詞中被寫作「其首音一點忠心達上蒼，次又云祝君壽算永無疆；緊接著風和雨順當今福，尾聲是一統山河國祚長。」僅在句首加襯字而已。而鼓詞中將「五嶽」多寫為「五岳」，「灑淚」多寫為「洒淚」，與《封神演義》所慣用俗字相同，足見其行文、用字多以今本《封神演義》為依據。第十九、二十回中「絃」字多有末尾闕筆，即避康熙皇帝之諱。而是書即標明民國六年，既無避諱之必要，又非成心作古，原不當多此一舉，而同回「按絃多有錯亂」一處卻未曾闕筆。民國六年，去清未遠，當時用活字印刷《封神傳》，而校經山房又於光緒十二年（1884 年）業已創辦，此次刊印鼓詞，即在舊版基礎上調整，因而有此闕筆，而未曾闕筆的，當是民國後新刻補入的活字。所以鼓詞的用詞多有不當之處，如第十五、六回中，李靖為哪吒所追心想「我生前不知作了何孽」，「生前」顯係「前生」之誤，第二十五、六回「姜了牙明知文王駕已到，他在那上磯之上把詩占」，「了」即「子」字之誤，同回「墨麒麟」寫為「黑麒麟」，第二十七、八回「節鉞」錯為「節義」，第二十九、三十回「君不臣妻禮也」，脫一「見」字，「黃明笑道：『兄長你罵得有禮』」，「禮」係「理」之誤，均當是活字排印時工匠的誤植。而第十五、六回中將「棋」字寫作「某」，與《封神演義》不同，亦當是山房的活字如此，並非作書人的純心作古。

　　但本書在細節上的一些改動也能看出整理者的精心設計，如第二十一、二回寫姬昌逃出五關時：「西伯侯被殷、雷二將追趕得前有高關、後有追兵，正在危機，西伯在馬上猛聽大叫一聲：『馬上可是西伯嗎？』西伯聞聲抬頭觀看，並不見有人——列位，你道這是何故呢？」然後才引出雷震子下終南山一事。相較於《封神演義》原文中「文王正危急，按下不題。且說終南山雲中子在玉柱洞中碧遊床運元神，守離龍，納坎虎，猛的心血來潮，屈指一算，早知吉凶」，不知高明多少。原作中秉承著「花開兩朵，各表一枝」的傳統敘

事，而鼓詞中已聞其聲而未見其人，將雷震子的故事補敘出來，則是民國小說的常見技法，這也是用現代筆觸整理古文的一種方式。

而整理者同樣也選擇性的補入了一些當時的傳聞，如敖光向李靖問罪，對李靖說：「我與你在崑崙山學道，結為兄弟，你何忍心縱子打死我子？」《封神演義》原著中李靖拜師九鼎鐵叉山八寶雲光洞度厄真人，並不在崑崙山，而原文亦未提及龍王修道及與李靖結拜之事，應為整理者根據當時的戲劇情節或是傳說故事增補，但除此之外全是依託今本《封神演義》的情節，再難找見今本未有的內容。

今本《封神演義》中一些雖然有衝突卻不利於人物形象塑造的情節也被整理者有選擇地略去了，如寫哪吒出世時，南天門打龍王和箭射白骨洞一段僅由幾句鼓詞一帶而過：「這一去打的敖光服了氣，攜回來進關見父稟分明。李靖把敖光放去喝退子，這哪吒又到關上去拉弓。一箭把石磯童子就射死，報進洞石磯娘娘怒氣生」。一些家庭夫妻間瑣細的故事同樣也不為整理者所珍重，如寫姜子牙下山娶馬氏一節，僅有第十七、八回中的兩段鼓詞和一段口白：「不幾日又為子牙娶一婦，姓馬氏六十八歲才貌全」，「且說子牙娶了馬氏，夫妻二人談起心來，馬氏說：『不可專靠宋伯伯，人無百年不散的筵席，總得做點生意，後日也好自立。』」「到家內說起諫紂險被害，馬氏就百般抱怨老不才。子牙道此地不足展我志，且收拾同到西岐列三臺。馬氏他情願離婚另改嫁，把一個子牙難的不放懷。宋異人勸說不必留戀了，才寫了一紙休書兩離開。這馬氏收拾回家改節去，姜子牙辭別異人往西來。」相形之下，評書藝人如單田芳、袁闊成、郭德綱等都更傾向於將姜子牙和馬氏的故事敷衍成數個章回，這也符合評書藝人願藉此說出書情戲理的傾向，而鼓詞中有意將之忽略，更見其是文人的「擬鼓詞」而非由藝人創作整理成的鼓詞作品。至於每章末尾多言「下回分解」，乃至二十九、三十回末稱「若要知太師他要怎麼問，等在下歇歇喘喘吃帶煙」等，只不過是為了適應鼓詞這種題材而作的收束，並不能證明此書是藝人的創作。

附：《封神榜鼓詞》目次

八卷本		四卷本	
第一、二回	殷紂王進香留褻句，冀州侯朝商題反詞	第一回	紂王進香留污句，蘇護朝商題反詩

第三、四回	西伯侯解圍進妲己，恩州驛狐狸借人身	第二回	西伯解圍進妲己巳，恩州驛狐狸借人身
第五、六回	雲中子進劍鎮妖邪，殷紂王無道造炮烙	第三回	雲中子進劍鎮妖神，蘇妲己勸王造炮烙
第七、八回	賊費仲設計害皇后，楊淑妃假怒救儲君	第四回	費仲設計害皇后，貴妃有意放殿下
第九、一十回	老商容九間殿死節，西伯侯燕山救雷震	第五回	老商容九間殿撞死，西伯侯燕山地收子
第十一、十二回	羑里城西伯連囚繫，陳塘關哪吒初降生	第六回	羑里城西伯遭困，陳塘關哪吒降生
第十三、十四回	太乙真人法收石磯，哪吒剔骨肉還父母	第七回	太乙法收石磯精，哪吒剔骨還父母
第十五、十六回	哪吒化身借用蓮葉，子牙下山火燒琵琶	第八回	哪吒化身借用蓮葉，子牙下山火燒琵琶
第十七、十八回	蘇妲己忍心遭蠆盆，伯邑考進貢贖父罪	第九回	蘇妲己忍心遭蠆盆，伯邑考進貢贖父罪
第十九、二十回	散宜生為主通尤費，西伯侯誇官逃五關	第十回	伯邑考教琴受禍，西伯侯逃出五關
第二十一、二十二回	雷震子救父到西岐，西伯侯夜兆飛熊夢	第十一回	雷震子救父到西岐，西伯侯夜夢兆飛熊
第二十三、二十四回	西岐城武吉傷人命，渭水河文王訪子牙	第十二回	西岐城武吉傷人命，渭水河文王訪子牙
第二十五、二十六回	蘇妲己設計害比干，聞太師班師陳十策	第十三回	蘇妲己設計害比干，聞太師班師陳十策
第二十七、二十八回	周文王兵伐崇侯虎，斬侯虎託孤姜子牙	第十四回	周文王兵伐崇城，崇黑虎大義滅親
第二十九、三十回	黃飛虎被激反朝歌，聞太師回兵聞兇信	第十五回	黃飛虎反出朝歌，聞太師回兵問情
第三十一、三十二回	追飛虎聞太師中計，臨潼關黃天化救父	第十六回	追飛虎太師中計，臨潼關天化救父
第三十三、三十四回	氾水關余化逞邪術，西岐山黃滾立行營	第十七回	氾水關余化逞邪術，西岐山黃滾立行營
第三十五、三十六回	周武王官封黃飛虎，晁將軍領兵探西岐	第十八回	周武王官封黃飛虎，晁將軍領兵探西岐
第三十七、三十八回	伐西岐張桂芳奏詔，下乾元李哪吒逞能	第十九回	代西岐張桂芳奉詔，下乾元李哪吒逞能

第三十九、四十回	一上崑崙子牙見師，四聖領兵西岐助戰	第二十回	一上崑崙子牙見師，四聖領兵西岐助戰
第四十一、四十二回	姜子牙二上崑崙山，張桂芳再進乞師表	第二十一回	姜子牙二上崑崙，張桂芳再表乞師
第四十三、四十四回	凍岐山費尤終死數，逞變化楊戩建奇功	第二十二回	凍岐山費尤終死數，逞變化楊戩建奇功
第四十五、四十六回	四天王巧遇丙靈公，聞太師伐周收四將	第二十三回	四天王巧遇丙靈公，聞太師伐周收四將
第四十七、四十八回	聞太師西岐城大戰，姜子牙魂遊崑崙山	第二十四回	聞太師大戰西岐城，姜子牙魂遊崑崙山
第四十九、五十回	赤精子力救姜子牙，燃燈道議破十絕陣	第二十五回	赤精子遺失太極圖，燃燈道議破十絕陣
第五十一、五十二回	廣成子大破金光陣，趙公明輔佐聞太師	第二十六回	廣成子大破金光陣，趙公明輔佐聞太師
第五十三、五十四回	陸壓仙箭射趙公明，周武王失陷紅沙陣	第二十七回	陸壓獻計射公明，武王失陷紅沙陣
第五十五、五十六回	三仙姑計擺黃河陣，燃燈道請教玉虛宮	第二十八回	三仙姑巧擺黃河陣，燃燈道拜請二天尊
第五十七、五十八回	二天尊破陣誅三霄，姜子牙劫營破聞仲	第二十九回	二天尊破陣誅三霄，姜子牙劫營破聞仲
第五十九、六十回	聞太師燒死絕龍嶺，申公豹說反土行孫	第三十回	聞太師捐軀絕龍嶺，申公豹巧說土行孫
第六十一、六十二回	鄧九公父女雙受傷，土行孫西岐暗行刺	第三十一回	鄧九公父女受傷，土行孫西岐行刺
第六十三、六十四回	姜子牙計收鄧元帥，冀州侯蘇護伐西岐	第三十二回	姜子牙收鄧九公，冀州侯代西岐城
第六十五、六十六回	西岐城子牙逢呂岳，火雲洞楊戩求丹藥	第三十三回	西岐城呂岳稱能，火雲洞楊戩來丹
第六十七、六十八回	赤精子遣徒弟下山，太極圖殷殿下絕命	第三十四回	申公豹說反殷郊，太極圖殿下絕命
第六十九、七十回	奉詔書張山伐西岐，聽讒言羽翼仙大戰	第三十五回	奉詔旨張山戰西岐，聽讒言羽翼仙大戰
第七十一、七十二回	公豹設計說反殷郊，燃燈道人收回馬善	第三十六回	殷郊受讒背師言，燃燈設計收馬善
第七十三、七十四回	焚西岐羅宣遭塩死，背師言殷郊受犁鋤	第三十七回	焚西岐羅宣遭慘死，背師言殷郊受犁鋤

第七十五、七十六回	洪錦遭擒得結婚姻，姜子牙登金臺拜將	第三十八回	洪錦遭擒反得姻緣，子牙登臺武王拜將
第七十七、七十八回	首陽山夷齊扣馬諫，金雞嶺孔宣阻周兵	第三十九回	首陽山夷齊諫武王，金雞嶺孔宣阻周兵
第七十九、八十回	準提道人法收孔宣，火靈聖母燒敗洪錦	第四十回	準提道人法收孔宣，火靈聖母燒敗洪錦
第八十一、八十二回	碧遊宮廣成子三謁，青龍關黃飛虎折兵	第四十一回	廣成子三謁碧遊宮，黃飛虎排兵青龍關
第八十三、八十四回	土行孫盜騎火焚身，氾水關鄭倫捉二將	第四十二回	土行孫盜駝被捉，氾水關鄭倫擒將
第八十五、八十六回	李老子一氣化三清，四教主會破誅仙陣	第四十三回	李老子一氣化三清，四教主會破誅仙陣
第八十七、八十八回	楊任下山破瘟癀陣，子牙潼關遇五瘟神	第四十四回	楊任大破瘟癀陣，子牙潼關遇五瘟
第八十九、九十回	三大士同收獅象犼，四教主同破萬仙陣	第四十五回	三大士同收獅犼，四教主同破萬仙陣
第九十一、九十二回	臨潼關鄧芮歸西伯，澠池縣五岳齊歸天	第四十六回	臨潼關鄧芮歸西伯，澠池縣五兵各歸山
第九十三、九十四回	土行孫夫婦雙殞命，周武王白魚躍龍舟	第四十七回	土行孫夫妻雙殞命，周武王白魚躍龍舟
第九十五、九十六回	紂王殘酷敲髓剖孕，楊戩鬥法力除七怪	第四十八回	敲髓剖孕紂王殘酷，楊戩鬥法力除七怪
第九十七、九十八回	東伯侯怒斬殷破敗，姜子牙數紂十罪惡	第四十九回	東伯侯怒斬殷破敗，姜子牙數紂十罪惡
第九十九、一百回	姜子牙奉玉勅封神，周天子論功封列國	第五十回	女媧助子牙三妖被斬，武王論功罪眾官加封

三、車王府曲本《封神榜》評介

　　車王府曲本為清代車臣汗王府所收藏的說唱和戲劇的刻本與抄本，1925年為孔德學校收購，計有各類圖書 1,444 種，2,154 冊，顧頡剛先生整理並編成分類目錄。1989 年郭精銳、陳偉武做了系統提要，將說唱部分分為子弟書、鼓詞、雜曲三類，戲曲部分按照不同的故事年代做了歸納〔註1〕。整理本現有劉烈茂、郭精銳、陳偉武等主編，中山大學出版社於 1990 年出版的《車王府曲本選》，人民文學出版社於 1992 年整理的「車王府曲本」書系〔註2〕，劉烈茂等主編，陳偉武等整理，中山大學出版社於 1992 至 1993 年出版的「車王府曲本菁華」書系〔註3〕，劉烈茂、郭精銳主編，江蘇古籍出版社於 1993 年出版的《清車王府鈔藏曲本：子弟書集》，首都圖書館編，學苑出版社於 2003 年出版的《清車王府藏曲本》及 2010 年出版的《未刊清車王府藏曲本》等。其中《封神榜》一書即出自 1992 年人民文學出版社「車王府曲本」書系，亦即本文評介的依據〔註4〕。

〔註1〕郭精銳，陳偉武等：《車王府曲本提要》，中山大學出版社，1989 年 12 月版。

〔註2〕包括《封神榜》、《劉公案》等。

〔註3〕包括《先秦兩漢魏晉南北朝卷》、《隋唐宋卷》、《宋卷》、《元明卷》、《明清卷》、《綜合卷》。

〔註4〕由於筆者未能搜尋到此書的影印版本，故一些文字上的問題未能得以確證，如本書不避諱「玄」字，多處有「八九玄功」和「玄門道者」的說法，不知是闕筆避諱還是已經不再避諱，書中稱姬叔明為「文王之子武王帝」（1652 頁），「帝」字明顯為「弟」之誤，又將闡教寫成「闍教」（1425 頁）、祖母綠寫成「祖母祿」（1238 頁）、北海眼寫成「南海眼」（第 1704 頁）等，不知原文如此抑或本書付印時的手民之誤。

全書共二百二十回，每兩回的回目各成為一個對仗的句子，如第九、十兩回「武成王撞鐘請駕」、「雲中子進劍除妖」，第二十五、二十六兩回「姦臣請命審惡奴」、「昏君下旨抓姜后」，無論從詞性還是從斷句的角度都是彼此契合的，但是有時卻文題不符，如第八十七回的標題是「哪吒抽剝小龍筋」，但抽筋一事發生在第八十八回，故此有理由相信，本書原本是一百一十一回，每回各有一個對仗的題目，只是因為各回內容過長，所以將一節析之為二，而題目也隨之割裂成兩個了。從文章敘述的角度來說，本書通篇採用第三人稱的方式敘述《封神演義》原著中的故事，但有時也以第一人稱跳入跳出，甚或講到「不像我們家裏那口子，說的全都不像人話，早起來就先過了癮，才梳頭，梳完了，喝茶，先吃個燒餅兒，喝個甜漿粥兒，吃飯呢，搶先兒。」〔註5〕用自己的故事宕開一筆，為的是博聽者一笑，這完全是說書藝人的聲口。書中自稱——

> 眾公，此書中的結目甚多，必得一處一處的表說明白，方顯不能漏空，不然，只恐諸公挑禮，說是在下的這套封神演義有些不講理。怎麼徹地夫人剛然派兵預備灰瓶、炮子、滾木、礌石，就有人前來攻城，這卻是從那裡所起呢？理該從頭說說是何人領兵前來取城池，也叫聽書的人心內明白，那怕多花幾個大錢，那倒沒要緊。你只管從頭說來，我們必多給你幾個光板，如若不多花幾個大錢，是個拉駱駝的。你只管說罷，說罷。這可是列位說的，有了，咱就說說攻城的事。〔註6〕

自稱「在下的這套封神演義」，說明《封神演義》的鼓詞絕非同一套，本書整理者所依據的是一種有所傳授的舊本，後文中又說：「眾公，細想要照古人詞上說，豈不無有了穿場了嗎？咱不管古人詞的閒事，還照抄錄而言。」〔註7〕也可以見出本書的整理者別有發揮，並非完全照本宣科的。本書多有脫文〔註8〕，且多次提到「此書總是抄錄傳，不可重敘簡而明」〔註9〕也可以映證這一點，甚至在較原著多出的東伯侯起兵各回中也不免詞話，足見整理者自

〔註5〕車王府曲本《封神榜》（上中下），人民文學出版社，1992 年 1 月版，第 740 頁，以下凡引此書皆略作「《封神榜》」，腳注僅標頁碼。

〔註6〕第 551 頁。

〔註7〕第 1459 頁。

〔註8〕如第 1058 頁「有一把」與「又見」之間，第 1465 頁「才過了」與「這才是」之間明顯缺少文字。

〔註9〕第 100 頁。

有傳授而非向壁虛構。「你只管從頭說來，我們必多給你幾個光板，如若不多花幾個大錢，是個拉駱駝的。你只管說罷，說罷。」這兩句是模擬聽者的聲口，且說這兩句話的人應是說話家安排在聽者中的託，故本書應是說話家師徒傳授的秘本，故將向聽者索要錢財的方式一併列入，若僅為閱讀起見，便無此必要。故此書雖收錄於車王府，是非為貴族的審美趣味而作的。故此，其用詞都多不考究，如姜皇后名為「太真」，取義楊玉環之道號〔註10〕，與《二進宮》中皇后稱為「李太貞」同義〔註11〕。紂王自稱「我朕」〔註12〕，於歷史不合，卻是鼓詞中的慣用詞彙〔註13〕。書中的一些設施或稱謂完全為明清時期所特有，如書中有曲柄傘〔註14〕、司禮監〔註15〕等，更不必說商代時期本不可能有的「更改年號坐朝廷」〔註16〕、「款動金蓮」〔註17〕、「再與愛妃飲劉伶」〔註18〕、「先上一道蘑菇肉，後上東坡與三鮮」〔註19〕等表述。足見本書完全是由民間說話家來作的，不但並非文人所作的「擬鼓詞」〔註20〕，也未見有文人的後期參與整理。

　　是書大約成於清代同治年間（1862～1875 年），書中的王道士自陳「本是旁門洪揚教，看香治病哄愚蒙。」〔註21〕按：「洪揚教」三字不通，當是「洪楊教」之誤，即以洪秀全、楊秀清為首腦的太平天國民變，事在咸豐元年（1851年）至同治十一年（1872 年）間。書中又敘：「不必遠比，現在同治佛爺手內的二件事可做比樣，先是鬧黃病，又轉腿肚子，後來又鬧嗓子，死了有多少人

〔註10〕白居易《長恨歌》：「中有一人字太真，雪膚花貌參差是。」
〔註11〕「太貞」即「太真」，避雍正皇帝諱。
〔註12〕首見於第 4 頁。
〔註13〕如《大明興隆傳》中就有「先生，莫非寡人有甚昏憒之處，怕有那四處逆黨群寇，都要到我金陵城內攪亂我朕的世界？」見鄭振鐸《中國俗文學史》第十三章《鼓詞與子弟書》所引據，江西教育出版社，2018 年 7 月版，第 471 頁。
〔註14〕首見於第 5 頁。
〔註15〕首見於第 12 頁。
〔註16〕第 205 頁。
〔註17〕第 226 頁。
〔註18〕第 603 頁。
〔註19〕第 1461 頁。
〔註20〕「擬鼓詞」指由書局書坊聘請專門的懂鼓詞寫作的文人按照鼓詞的格式風格專門創作的供閱讀的鼓詞，見李雪梅編《中國鼓詞文學發展史》，上海人民出版社，2012 年 10 月版，第 107 頁。
〔註21〕第 808 頁。

呀？」〔註22〕「黃病」即黃疸〔註23〕，「轉腿肚子」是霍亂引起的痙攣〔註24〕，「鬧嗓子」大約即白口糊〔註25〕，其中「轉腿肚子」一詞是天津方言，且此數次霍亂均以天津為主〔註26〕，故本書整理的過程中必有津門人士參與。同時又稱「比如咱們這裡京城裏也有幾處熱鬧，什麼南頂、北頂、東頂、西頂、中頂、金頂妙峰山、東頂丫髻山、馬駒橋、蟠桃宮、豐臺、三月裏東嶽廟，這幾處都是有會的地方，那還可矣。」〔註27〕則分明是京城說書人的聲口，書中講到的一些菜品也完全是京式的。但京津二地毗鄰，或是津門說書人流寓至京，在當地以唱說鼓詞謀生，亦未可知。

整體來看，全書通用北方方言，如其中說「嘰嚹旮旯全找遍，不見哪吒公子形」〔註28〕，「嘰嚹旮旯」今作「犄角旮旯」，是北方話中隱秘的角落的意思；又說「伸手毛腰忙拿起，將金磚，收在豹皮囊內盛」〔註29〕，書中多用的「毛腰」今多寫作「貓腰」，即躬身的意思，其用語總不出京津二地的範疇。又多將戰馬稱為「徵駝」，其盔甲贊應自番邦故事化來。通書用韻以東、庚二韻為主，時或屬入侵、青、文、真等韻部，凡「瞧」字均寫作異體的「睄」字，「了不得」均作「了不成」，「江山」都寫作「江洪」等，足見本書是經過統一整理過的。

但其前後事件、用語又有牴牾，如第四十回中晁雷、晁田兄弟已經投入西岐，但在第四十六回又重新出現在迎接黃飛虎的朝臣行列中，第一百三十五回更是代表商朝討伐西岐，方弼、方相兄弟的情況與之類似，而本書中較為重要的角色楊戩則在第一百八十九回左右被頻繁稱為「楊二郎」，第二百零七回開始被頻繁稱為「楊二爺」。這種情節設定和用語習慣的不同，足以說明本書雖

〔註22〕 第 1629 頁。

〔註23〕 （清）李學川《針灸逢源》卷六。

〔註24〕 《申報》1877 年 9 月 7 日第 2 版《津沽近事》：「霍亂吐瀉之症，津人名之曰『轉腿肚子』，不終朝而便成不救。」

〔註25〕 此種說法見於吳恩裕《有關曹雪芹十種》，中華書局，1963 年 10 月版，第 110 頁，其中提到曹雪芹之子所患之「鬧嗓子」即白口糊。

〔註26〕 「轉腿肚子」一詞在《申報》中凡四見，除上引之文外，尚有 1895 年 8 月 19 日第 2 版《析津近事》，1880 年 7 月 30 日第 1 版《津多時症》，1882 年 8 月 3 日第 2 版《津地多疫》，其消息題目中明確指出天津多發疫病，而正文中亦載「轉腿肚子」多發於天津。

〔註27〕 第 806 頁。

〔註28〕 第 744 頁。

〔註29〕 第 1247 頁。

經過統一的整理，卻並非採納自同一來源。按照情節先後設定的不同，大略有姐己封后、東伯侯反商、哪吒出世、姜子牙下山、黃飛虎反五關、伐岐山、聞太師紅下山、鄧九公伐西岐、殷洪殷郊犁頭厄、姜子牙金臺拜將、周武王伐紂，共十一個故事，而故事內部仍有一些不夠和諧的地方，以下詳為述評——

第一至五十四回為「姐己封后」，大約佔了全書的四分之一，其內容卻僅相當於原著中前九回，且刪掉了原著中的蘇護午門題詩反商和姬昌解圍進姐己之事，情節推進較為緩慢，側重於邏輯同細節上的刻畫。如把尤渾訪蘇護一事列於女媧傳召三妖之前，女媧甚至有針對性地指使了三妖對姐己的謀殺〔註30〕，說明姐己亂政並非偶然而是神仙的有意為之。雲中子與紂王閒談講話之時，耽誤朝廷正事，「眾文武心中著急，霎時間人人盡都私語」〔註31〕，符合明代萬曆皇帝朱翊鈞怠政時的群臣表現。在紂王焚燒雲中子所進的寶劍時，整理者將紂王焚劍與最終的自焚聯繫在一起，稱「此乃天意非人定，造定該，紂王一命被火焚」〔註32〕，更是神來之筆。

在刻畫費仲、尤渾二人時，突出了二人位高權重，且生性讒佞，紂王在聞仲離朝之後即刻任用二人〔註33〕，說明即便不出於姐己之亂，紂王也必為昏君無疑，只是滅亡不必如此之速罷了。為了滿足聽者的情感需求，作者幾次借書中人物之手戲耍二人，如在狐狸攝姐己魂魄的當夜狂風大作，嚇得尤渾躲進鍋腔子裏去〔註34〕，廣成子、赤精子施法救殷郊兄弟時，掀起了一陣狂風，吹倒了監斬棚，「整個子把兩個奸賊扣在裏面，只砸的二人鼻青臉腫，滿面鮮血直流，昏迷不醒，不能爬將出來」〔註35〕。第十二回竟用了半回的篇幅寫雲中子戲耍費仲〔註36〕，此事應係從《打嚴嵩》的故事中化出來的〔註37〕，故頗具戲劇性。其寫姐己則特別區分了作為人的姐己與妖狐所幻化的姐己，原著中作為人的姐己不過是狐狸攝魂的一個工具，本書則講姐己深明大義，為周全冀州黎

〔註30〕 第 20 頁。
〔註31〕 第 84 頁。
〔註32〕 第 93 頁。
〔註33〕 第 3 頁。
〔註34〕 第 46 頁。
〔註35〕 第 415 頁。
〔註36〕 第 96～100 頁。
〔註37〕 戲劇《打嚴嵩》見於《春臺班戲目》著錄，同時甘肅遠清嘉慶古鐘有鑄目，秦腔、京劇具有此劇目，見金登才：《清代花部戲研究》，中國戲劇出版社，2006年 8 月版，第 179 頁。

民的安全而入宮，作為妖狐幻化的妲己則在紂王元配姜皇后面前故作張狂以為挑釁〔註38〕，但到了紂王面前卻故作可憐〔註39〕，足見其陰鷙。姜皇后手握「斬妃劍」，但因對妲己心懷仁慈而放過妲己，最終被妲己算計，不但失去印劍，也被囚禁在昭陽宮，此事或許影射慈安焚燒咸豐約束慈禧的遺詔，終為慈禧所害的傳聞〔註40〕也未可知。書中又將勾連費仲、尤渾的角色由妲己身邊的宮女蘇捐換成了太監全忠，與明代權監魏忠賢姓名相似，二人同屬司禮監，妲己與紂王稱其為「伴伴」，正是歷史上天啟帝朱由校對魏忠賢的稱呼，此情節當時影射明朝宦官之亂。

　　整理者在敘述這一事件的時候，在原著的基礎上做了一些必要的邏輯調整，如本書中不再是費仲一人設計，而是與尤渾以較多時未拿出能夠陷害姜皇后的主意，偶然聽說姜環酒後鬧事，自忖「家丁姓姜對機會，又是山東粗魯男」〔註41〕，便有了買凶陷害的想法。這個邏輯在原著中是有暗示的，但卻沒有給出細節，以至於《封神天榜》不得不寫成妲己的結拜兄弟兔精撲死姜環，幻化其身云云〔註42〕。原著中楊任以宦官的身份與黃妃之兄黃飛虎公開討論姜后謀反一事，那面有交通之嫌，本書改為了由比干領銜、眾官附和〔註43〕，這是很對的。紂王沒有在百官面前沒有直接講出姜環是姜后派來的刺客，「一來是怕文武們聽見此言不信，有些個疑心；二則前日所為美人妲己，一怒貶了姜后，恐怕文武說他棄舊迎新，故意使人誣賴昭陽的國母，行此短見。」〔註44〕這完全是帝王的心術，當然，如果再能寫出大臣們逢迎之意，主題也許會更為深化一層。在審訊過程中，原著先寫剜姜皇后之目，再寫炮烙其手，實則雙目被剜較炮烙雙手更為痛心，本書將之顛倒順序，也是符合事理的。

　　至於書中一些正面的角色，整理者則有意迴避他們的問題，如提出祭祀女媧的不是商容而是尤渾〔註45〕，擇清商容在紂王題淫詩一事上的責任。紂王徵召妲己為妃不是與蘇護面談，而是費仲寫了一道具有侮辱性質的詔書，引起了

〔註38〕第 160 頁。

〔註39〕第 162 頁。

〔註40〕見惲毓鼎《崇陵傳信錄》，然惲氏亦稱「相傳」云云，故此事當早有成說，不必出是書而後可。

〔註41〕第 190 頁。

〔註42〕《封神天榜》第一本第二十一齣。

〔註43〕第 215 頁。

〔註44〕第 207 頁。

〔註45〕第 4 頁。

蘇護的反感〔註 46〕，蘇護也並沒有公開反商，只是覺得妲己取媚紂王有辱門楣，故此私回本省而致罪〔註 47〕。晁雷、晁田在事件中只有制止方弼、方相反出朝門及奉紂王之命捉拿二位殿下的責任，原著中的追殺二位殿下在本書中則由全忠代勞〔註 48〕。黃飛虎在這個故事中的存在感不高，只有在捉拿太子時方呈正文，所以本書整理者先寫其勸諫紂王赦免蘇護，突出了他的忠誠和正直〔註 49〕，又在杜元銑死時預寫了他的老成謀國〔註 50〕，趙啟死前寫其因勸諫紂王而遭罷官且闔府被封〔註 51〕，很好地說明了為何在此之後相當一段長的時間裏黃飛虎都沒有正面出場。其妹黃妃原本是審訊姜皇后的主要角色，本書中變成了妲己的陪審〔註 52〕，原著中黃妃奉命令人剜去姜皇后一目，本書則設計為妲己提出剜目，黃妃拼死反對，減少了她的愚忠而報以一番人情筆墨。書中的一些反面形象也不完全是臉譜化的，如雲中子進見幾致妲己死命時，紂王抱著妲己痛哭表白的一段戲〔註 53〕，其實也頗感人。

　　從三十五回後半到五十四回是一個獨立單元，相當於原著中的八、九兩回，敘述方弼、方相護衛太子殷洪、殷郊二人逃亡之事，故事的情節延續了原著之外，大約也參考了《水滸傳》中宋江在清風山和江州之事以及《隋唐演義》秦瓊賣馬之後的聚義故事。本書將雷開、殷破敗與黃飛虎追及太子的兩個故事合為一個，將二人設計成了黃飛虎的部將，又讓黃飛虎率兵到達商容的住所，並將此處命名為「集賢村」〔註 54〕，正是群賢畢至的意思。在這個故事中，方弼和方相不再是原著中走出宮門之後便拋棄殷郊、殷洪的過場人物，原著中寫人人突然因殷郊、殷洪事件反抗朝廷，忠肝義膽，後又寫他們臨時拋棄殷郊兄弟，有始無終，完全是衝動、鹵莽，又無法承擔後果的小人形象。本書則在杜元銑死後便寫二人作為鎮殿將軍的怒火〔註 55〕，預先寫定兩人為國的情懷，而後又寫二人護送殷郊兄弟至商容的住所。當中又有一段詳寫二人在酒館的表

〔註 46〕 第 22 頁。
〔註 47〕 第 66 頁。
〔註 48〕 第 272 頁。
〔註 49〕 第 56 頁。
〔註 50〕 第 138 頁。
〔註 51〕 第 155 頁。
〔註 52〕 第 221 頁。
〔註 53〕 第 89 頁。
〔註 54〕 第 339～346 頁。
〔註 55〕 第 138 頁。

現及與走堂六懷的對話，「方爺只顧這麼一樂，不好拙比，就猶如打了一個焦雷一樣，到把花園中的這些年幼之人嚇了一跳」〔註56〕，用酒館、花園中平凡人的反應，照見方弼、方相兄弟的非凡。舊時說話家多以酒館映照英雄，一是因為酒館流動性大，個中常來常往的異數之人較多，二是因為說話家常在酒館演出，故於此環境特別熟悉，宜於觀瞧。今日各家評書《水滸傳》中每以孫二娘、朱貴等人為主要角色，《隋唐演義》中多以程咬金在酒館中的故事起步，也是一樣的道理，本書不過是沿襲舊日說話家的故智罷了。作者用黃明、周紀、雷開、殷破敗的武力映照方弼、方相的實力，又以方弼、方相的武功映照黃飛虎，一段流離的戲碼以黃飛虎槍挑莽漢作結，不疾不徐，將四十四回作為黃飛虎的本傳，實在是生花妙筆。

原著中殷郊獨自行到天黑，走投無路間，「只見一府第，上書太師府」，於常情不合。自古官員無將職事書於門牌的道理，何況商容已經歸隱，更不可能將從前的身份大書於人前。至於「又進一層門，只聽得裏面有人長歎作詩」云云，則未免做作。本書改成殷郊一行闖入商容所開的酒鋪，被商容知曉，所以前來迎迓〔註57〕。這是因襲《水滸傳》寫柴進遇林沖、孔亮遇武松的方法，殷郊兄弟年紀分別是十四歲及十歲，不認識外朝丞相情有可原，但朝臣及其隨扈必認識二位王子，方弼、方相以鎮殿將軍的身份關聯起了內廷和外朝，是一種很巧妙的設計。此外，比起原著對殷郊兄弟的先捉後放，本書中黃飛虎於群賢共保二王子入朝無疑更合情理，其後更是為保護二人不惜毀詔撞鐘〔註58〕，派四位部將將殷郊兄弟送至法場，為此幾乎與紂王決裂。相比起原著，本書中的黃飛虎對殷郊兄弟仁至義盡，兩位王子也更應該對黃飛虎感恩。原著中為了突出紂王的威權，有意忽視了其他朝臣的作用，寫「奉御官讀詔已畢，百官無可奈何，紛紛議論不決，亦不敢散」，完全是戲曲舞臺上的龍套形象，本書則寫紂王預備殺子時群臣相阻，紂王只得派費仲、尤渾執行〔註59〕，黃飛虎因在商容死後為其求情險被金瓜擊死，滿朝文武為此合心脫袍辭官，方才使之免於一死〔註60〕，自然，這也可能是對明末「大禮議」事件的映像。

〔註56〕第 207 頁。
〔註57〕第 318 頁。
〔註58〕第 394 頁，原著中毀詔撞鐘者為趙啟，本書前文敘趙啟已因救助梅伯而死。
〔註59〕第 388 頁。
〔註60〕第 440 頁。

　　第五十五至八十四回前半為「東伯侯反商」，此事完全不見於原著，在本書中由方弼、方相兄弟的視角展開。第七十五回起開始與《封神演義》的舊有情節有涉，但仍將文王收雷震子、羑里受囚及東伯侯、南伯侯被殺之事全部納入紂王討伐姜桓楚這一框架下。其中西伯侯修書罷戰之事應係化用了原著中西伯解圍進妲己一節。整體而言，這一部分的情節以袍帶文為主，突出秦忠的忠勇及徹地夫人的智勇，並無明顯的正邪或偏向可言，刻畫人物也不出奇。方弼、方相固然是故事的關鍵——報訊、遇伏、投書等重要情節都是以二人的視角開展的。一處明顯的問題在於二人一旦受西伯侯救助之恩，即刻便對東伯侯以仇敵相待，按說話家的本意，應是為了將西伯侯姬昌設計為能夠仁而下士、感召忠勇的仁人君子，但卻使得方氏兄弟的形象顯得情緒失常，實屬下策。

　　第八十四回後半至一百一回前半為哪吒出世，整理者明顯注意到本書前文中所提及的哪吒故事的獨立性的問題，故將李靖的故事與遊魂關的故事並敘，設計哪吒出生之日李靖收到竇榮的公文〔註61〕，是將本故事與妲己亂政的主線情節對接，又說「今年是通天教主傳了法旨，應該石磯娘娘煉丹」〔註62〕，是將太乙真人與石磯鬥法的故事引入後來將發生的闡教、截教戰爭的故事之內。在敘述哪吒鬧海的過程中，加入了奶公這一人物形象〔註63〕，就道理而言，七歲孩童已經無需奶公在側，只需像原文一樣有家將護衛即可，但這個形象的出現在於寸步不離地注視著哪吒，方便李靖夫婦及時地介入到鬧海一事中。哪吒在九灣河洗浴時，受到夜叉制止。原著中寫夜叉不過問了一句：「那孩子將甚麼作怪東西，把河水映紅、宮殿搖動？」哪吒則直接罵對方為「畜生」而引發糾紛。本書寫夜叉初見哪吒時，大叫道：「何處來的小孩童？玷穢龍宮該萬死，眼下叫你喪殘生！」隨即「手舉鋼叉迎面刺，威風凜凜令人驚」〔註64〕，儼然是要哪吒性命，哪吒用乾坤圈將他打死，只不過正當防衛而已。

　　相較而言，其他各部分內容的鼓詞和念白多為重複，如第二十九回中先用一段韻文寫黃妃勸說姜皇后之言——

　　　　口中只把皇娘叫：「此乃是，天意造定不非輕。今日國母遭劫

　　數，被屈含冤受苦刑。這也是，娘娘命中該如此，前世冤家今世逢。

〔註61〕　第 705 頁。
〔註62〕　第 759 頁。
〔註63〕　第 718～719 頁。
〔註64〕　第 715 頁。

妲己與你作了對，所仗得寵欺正宮。紂王天子心昏憒，賊人讒言信
是真。因此上，龍顏一變心中惱，不念君妻一往情，欽派奸狡的惡
妖婦，奉聖旨，一同小妃問口供。狗賤所仗有印劍，因此膽大下狠
心。這如今，總然渾身盡是口，遍體排牙說不清。我勸皇娘認了罷，
倒免的，國母受了苦惱刑。」

而後又用敘事性的散文將此段話重述一遍——

黃貴人口中叫道：「國母娘娘，這如今雖說身遭冤枉，被屈含
冤，此乃也是天意造定，該當如此。就便國母至死不認，那個奸妃
也是不肯歇心相容。二則間，國母豈不枉自受些苦惱之刑，反叫鳳
體受痛。我勸娘娘暫且認成此事，一來免受些刑具；二則合朝的文
武知道娘娘身受冤枉，一定必替國母上本諫言，辯明被害之情。那
時天子迴心轉意，必把奸妃治罪，與娘娘報仇雪恨。大料並無憂慮。」
〔註65〕

　　兩段話從內容上看完全沒有任何區別，應該是原有故事中僅有念白，整理
者做整理時插入鼓詞，故使得文章重複、冗長，不得不將一回析為二回。但哪
吒出世的相關回目則將鼓詞和念白無縫銜接，且其中多用詩讚，與其他各節有
明顯的區別，故此這部分當是相對獨立完整的章回。從敘事語言上來說，這一
部分用語做到更為通俗乃至庸俗的地步，如寫燃燈「奔婁頭上髮如松」，「奔婁
頭」即北方話中額頭突出的意思。其寫石磯娘娘時，極言她「柳眉杏眼，桃口
香腮，生的千嬌百媚，萬種風流，真令人見了消魂失魄」〔註66〕，但在寫被太
乙真人煉出原形之前卻是「上下衣服全燒盡，根線皆無赤條精」〔註67〕，完全
是為了滿足男性聽眾的庸俗審美傾向的。但從另一方面而言，這一部分也因用
語的通俗變得更為詼諧、幽默，其中刻畫了一個黿丞相，大約是後來戲劇及影
視劇中龜丞相的前身，只不過地位遠不如後者為重，每日在龍宮的任務是做
「挑水澆葡萄，栽上倭瓜秧子」的農家雜活，其個性「是平素假裝老實，嘴尖
舌快，專愛在背地裏講究個瞎話，說說這個不好，叨叨那個不是，就是他是個
好人，其實更是一肚子的男盜女娼」〔註68〕，是個愛搬弄是非的小人形象。龍

〔註65〕第 235 頁。
〔註66〕第 781 頁。
〔註67〕第 794 頁。
〔註68〕第 730 頁。

王的形象也十分滑稽，被哪吒在南天門毆打之後，連忙跟哪吒攀親：「侄兒，我作大爺的不去奏事就是了，未知賢侄的意下如何？」〔註69〕至於給敖丙發喪之時，編者更是極盡揶揄之能事——

　　　孝堂中，陪弔派了鯰學士，知客派了李相公。螺螄旁邊遞祭酒，大門上，傳號乃是蟹先鋒。癩蛤蟆，嘴大充作吹鼓手，田雞贊禮碑咕哖。大蝦米，起簧外帶來巡夜，青魚白鱔受經棚。鮎魚姥姥將菜作，大眼賊兒，腿快叫他把菜盛。〔註70〕

　　想來此書作時正值晚清，民眾已於政府不滿，故易於發洩，然又恐於文禍，故不得不寓語小說以寄之。就《封神演義》這部書來講，紂王與文王、武王有明顯的正邪之別，欲渲染紂王之惡便要渲染其威而非其蠢，文工、武工則是本書突出的聖主形象，自然不能有所微瑕，於是龍王及其龍宮變成了揶揄的對象。何況哪吒又是這段書的書膽，其對立面自然為邪惡一方無疑，故此對其嘲弄也是無傷大雅的。

　　相對於原著，本書加入了一些原創性的情節，其中一些情節應是出於對其他小說的仿傚，如燃燈於瓜地中擒拿哪吒〔註71〕就是仿照《西遊記》中彌勒瓜地擒黃眉怪的。另有一些如提及敖丙字京文〔註72〕、石磯說服度厄真人放李靖下山〔註73〕等，卻也沒有做過多的展開，稱肉身成聖七人之中的一人為「韋陀」而非後文中的「韋護」〔註74〕，應是說話家別有傳授，也說明與後文的故事並非同一來源。其設計哪吒撒豆成兵，並與其他孩童共同操練軍隊等情節〔註75〕，突出了哪吒的法術及統帥能力，為其後來成為姜子牙部下的先鋒官埋下伏筆。

　　第一百回後半至一百七回為姜子牙下山，整合了原著中以姜子牙下山和文王訪賢為中心的故事，敘述的進度明顯較前面各部分加快，刪去了原著中十一回半的複雜敘述，僅保留雷震子救父和文王吐子兩節，其中第十八回後半對楊任被挖眼、子牙和離、伯邑考贖罪、文王逃五關、比干剖心、文王訪賢、聞

〔註69〕第 755 頁。
〔註70〕第 730 頁。
〔註71〕第 825 頁。
〔註72〕第 717 頁。
〔註73〕第 761 頁。
〔註74〕第 835 頁。
〔註75〕第 763～768 頁及第 773～775 頁。

太師陳十策、周文王託孤等均用一段鼓詞便敘述完畢〔註76〕。這個部分雖然也引用大量詩讚，卻與《封神演義》的原文攸同〔註77〕，與前部分敘述哪吒所引詩讚所具有的原創性有很大差距。同時，「幾句殘詩念罷」本該是說話家念過定場詩之後引入正文時具有的固定模式，但這部分卻常常在故事敘述當中出現〔註78〕。姜子牙自陳其經歷時說「二十年來窘迫聯」〔註79〕，若按照原著則應為「二四年來窘迫聯」，即指下山之後至文王訪賢之前的八年窘迫，然而整理者又寫姜子牙「四八崑崙訪道去」〔註80〕，即三十二歲上山學道，足見其並非不知「四八」、「二四」之意，只是因為整理或刪節的過程過於倉促而致此誤，由此也得以反證這個部分原本是一個獨立完整的大段落，是經過整理者的刪改才演變成了今天所看到的面貌。

第一百八回至一百三十四回寫黃飛虎反五關之事，基本上是按照原著情節而發展的，只是增加了增加了許多袍帶文字，如張鳳與黃飛虎交戰原著僅寫張鳳「一刀劈來，飛虎大怒，縱騎挺，牛馬相交，刀並舉。戰三十回合，張鳳力怯，撥馬便走，飛虎逞勢趕來」，本書則敷演出一大段交戰的本末〔註81〕，極寫黃飛虎武功之強。在寫哪吒與余化交戰的過程中詳寫二人交戰過程，直到余化無力使出左道本領之後，才使哪吒祭出金磚作為暗器〔註82〕，一則顯示了說話家善講袍帶文的本領，二則為了烘托哪吒的正面形象，故不令他率先動用暗器。又將臨潼關改為潼關，原著中的潼關則被改為了《西遊記》中出現的雞鳴關〔註83〕，大概是說話家有一些地理上的常識，知臨潼關已近西岐，故刪之。潼關雖同樣去西岐未遠，卻是中國歷史上一大名關，只得保留。同時本書也刪掉了原著中黃飛虎與紂王交戰的情節〔註84〕以及晁雷對姜子牙的侮辱之

〔註76〕第 882～883 頁。

〔註77〕如第 879 頁所引詩「懸肉為林酒作池，紂王無道類窮奇。薫盆怨氣衝霄漢，炮烙精魂向火炊。文武無心扶社稷，軍民有意破宮緯。將來國土何時盡？戊午年來甲子朝。」僅將原著第十七回的詩讚中的「傍」改為「向」、「墀」改為「緯」、「期」改為「朝」。

〔註78〕第 842 頁、846 頁等。

〔註79〕第 838 頁。

〔註80〕第 845 頁。

〔註81〕第 960～963 頁。

〔註82〕第 1090 頁。

〔註83〕第 963 頁。

〔註84〕第 942 頁。

辭〔註85〕，這是整理者的一貫作風，不但將前文中的蘇護反商一節刪掉，連後文中的子牙曝紂王十罪完全刪去了，只說「太公說罷一席話，昏君聞聽氣滿腔」〔註86〕，其實這段鼓詞之前，姜子牙只說了一句「陛下，老臣甲冑在身，不能全禮」，整理者刪掉十罪使原文完全不具邏輯。蓋紂王雖是昏君，卻仍是天子威嚴不可侵犯，至於姜子牙則不但是周朝首相，更是本書第一重要的角色，說話家自然不肯稍加侮辱了。本書對黃飛虎過界牌關一節的改動最大。書中設計了黃飛虎妻弟賈君仁這一角色，並將之作為黃滾的副將〔註87〕，賈氏因受紂王調戲而致死，使得黃飛虎與界牌關守將共同叛逃黃滾便有了情理上的依據。

事實上，在這一部分的敘述中，整理者特別重視人情的表現，如在賈氏墜樓後，紂王將妲己入宮以來的所有禍國行為一一數落〔註88〕，全然不像原著中那樣沒有心肝。又在《邊城中子牙迎賓》一回寫姜子牙親迎黃飛虎的熱鬧，先是將南宮适的身份提升為元帥，而後寫他聞知黃飛虎到來向西岐報訊，姜子牙上奏武王後親自迎接〔註89〕，比起原著中的黃飛虎孤身投周更符合黃飛虎的身份，比起原著中的黃飛虎進入西岐長驅直入、如入無人之境更符合邏輯。在接待黃飛虎的宴會上，整理者寫宴會的座次，先是武王姬發、次是黃飛虎，第三席才是太公姜老爺〔註90〕，完全符合西岐的待客之道。黃滾面對姜子牙提出自己老邁，不願為官，一則符合他以忠貞侍殷商的一貫，二則也很好地解釋了原著中何以黃滾不再以將軍的身份出現。除此之外，黃明在與黃滾答話時提到「這幾年，不是旱來就是澇，處處田苗有蝗蟲。五穀不收民遭難，米貴如珠一般同。有幾處，天災時症人難躲，十家九戶喪殘生。有幾處，地動山搖房屋倒，眾生靈，在數遭劫把命坑。」〔註91〕完全是站在民間的立場來敘述商周革命這場宏大的歷史事件的。

值得注意的是，這一部分更側重於對歷史的演義。其中稱本書為《興周傳》〔註92〕，說「按《周鑒》，南宮适乃是武王駕下一員上將」〔註93〕，實

〔註85〕　第 1133 頁。
〔註86〕　第 1820 頁。
〔註87〕　第 1023 頁。
〔註88〕　第 907 頁。
〔註89〕　第 1111～1120 頁。
〔註90〕　第 1121 頁。
〔註91〕　第 1029 頁。
〔註92〕　第 1186 頁。
〔註93〕　第 1132 頁。

則並無《周鑒》其書，這不過是按鑒演義的別語。說話家不知戰國之前無鑒可按，所以杜撰出了這個名目。但其寫南宮适駕下有伯達、仲突，出自《論語‧微子》，二人僅見於原著中《姜子牙冰凍岐山》一節，可見整理者也確實有因史書而改造本節的意思。

第一百三十五回至一百五十五回為伐岐山，包括原著中的晁氏兄弟兵探西岐、張桂芳、魯雄及魔家四將討伐西岐之事。就情節上看，其實是反五關與聞太師紅下山之間的一個過場戲。按：本書後文中說：「我們對門的主兒常賃《反五關》的鼓詞，說是三霄娘娘下山，睄見趙公明的死屍，就怒擺黃河陣，那你這書上乃多？」〔註94〕說明此書確分為不同故事進行演繹，講《反五關》的人是可以接演到十絕陣乃至黃河陣的，但傳統意義上的《反五關》僅到哪吒打傷余化為止，《紅下山》則是以黃花山收鄧辛張陶為序篇。對於本書來說，這個部分則是較為獨立的一個單元，書中後文幾次出現「姜呂望」或「太公呂」的說法〔註95〕，這裡卻仍將呂公望列入圍攻張桂芳的群雄之中。這個部分尤其重視袍帶文，連原著中的龍套角色姬叔乾也被本書提升了戰力〔註96〕，在寫魔家四將征伐西岐時，將無聊的陣前答話滯後，直接引入哪吒與魔禮紅之間的袍帶文〔註97〕，更是刪去了黃天化變服身死的故事，直接寫他用鑽心釘殺掉了魔家四將〔註98〕。一些原創的情節是黃飛虎為楊森所殺〔註99〕，木吒為救黃飛虎而下山〔註100〕，如果聯繫後文中將聞太師擊殺姜子牙變為擊殺黃飛虎〔註101〕等情節，有理由相信，說話家手中應有一個以黃飛虎父子為主角的故事，所謂「三死七災」大約也應到黃飛虎身上。原著中姜子牙越權斬魯雄三人在本書中被寫成向周武王請示，祭祀岐山時周武王和姜子牙各有禱告之詞，周武王以大義告祭上天，說明此時已有反商的決心，絕非原著中迂腐地恪守君臣倫理的角色。至於黃天化與魔家四將交鋒時，周武王更是與姜子牙同往觀陣，突出了人王帝主的憂國愛賢之意。值得注意的是，此節已經寫道楊戩的形象是「立生一目三隻眼，額下風飄三絡髯。凜凜身材有一丈，仙風道骨不

〔註94〕 第 1459 頁。
〔註95〕 第 1329、1333、1431、1437 頁，第 1323 頁又稱其為「太公呂」。
〔註96〕 第 1154 頁。
〔註97〕 第 1245～1247 頁。
〔註98〕 第 1288 頁。
〔註99〕 第 1192 頁。
〔註100〕 第 1204 頁。
〔註101〕 第 1323 頁。

非凡」〔註 102〕，又說他此時已使用三尖兩刃刀〔註 103〕，應該是採用了二郎神的民間形象的，也是目前所知最早提及二郎神三隻眼的一段文字。

　　第一百五十六至第一百八十二回前半是聞太師紅下山，其用語上的特色是經常將姜子牙稱為「姜呂望」，即用呂望興周的典故。這個部分的獨立性在於敘述赤精子破落魂陣時說：「破腹驗胎古來少，敲骨驗髓真罕聞」，事不見於前文，而是本書二百十六回即原著八十九回之事，此外，民間小曲《聞太師顯魂》中也提及「三不該砸腿骨將髓驗看，四不該殺孕婦看女看男。」〔註 104〕應是有一種鼓詞的傳本是將紂王剖腹敲骨之事置於十絕陣之前的。另，方氏兄弟的出身「流落江湖作響馬，劫奪客商是經營」〔註 105〕與原著相同，本書前文卻令西伯侯姬昌安排二人「留在遊魂關內聽信」〔註 106〕，整理者為了能夠和前文的情節對隼，有意刪掉了方氏兄弟搶奪定風珠一節，並且不讓散宜生而讓廣成子前往借珠〔註 107〕，這也是符合常情的，畢竟只有廣成子一行與度厄真人交好，也只有仙家用遁法前去才能節約來回的時間成本。這一部分在敘事上的特點是重視歷史和袍帶的敘述，而不重視神魔或宗教的部分。整理者不但刪去了趙公明收服猛虎及見趙江被弔發怒等事，連蕭廾和曹寶的出現也寫成二人自來投軍〔註 108〕，卻詳寫了趙公明與廣成子、赤精子交戰的袍帶文〔註 109〕。燃燈道人說「多虧教主大發慈悲，命蕭升、曹寶下山」〔註 110〕，是不知道原著中的散仙與崑崙弟子之別。燃燈先是自稱「貧僧」後又自稱「貧道」〔註 111〕，是佛道不分。聞太師為求趙公明下山，不惜在他面前搬弄是非〔註 112〕，這是有意提高財神的修為，但卻讓雷神普化天尊的人性變得可疑。

〔註 102〕　第 1269 頁。
〔註 103〕　第 1272 頁。
〔註 104〕　李玉壽編：《民勤小曲戲》，甘肅文化出版社，2015 年 2 月版，第 314 頁，民間小曲中題為《聞太師顯魂》或《陰回朝》的小曲很多，如雷恩洲、閻天民主編；馬本殿、柳克珍、陳同慶副主編：《南陽曲藝作品全集　第 2 卷　大調曲子（中）》（河南大學出版社，2004 年 8 月版）及敦煌市文化館編：《敦煌曲子戲》（甘肅人民美術出版社，2010 年 1 月版）中均有收錄，茲不備引。
〔註 105〕　第 1377 頁。
〔註 106〕　第 679 頁。
〔註 107〕　第 1375 頁。
〔註 108〕　第 1406 頁。
〔註 109〕　第 1401〜1404 頁。
〔註 110〕　第 1412 頁。
〔註 111〕　第 1411 頁。
〔註 112〕　第 1391 頁。

若是有宗教家參與，料絕不至於如此。書中寫三姑擺黃河陣時，原著中只需六百大漢，本書改稱五百大漢與四十名懷孕的婦女，且將婦女脫光、五臟掏出〔註113〕，用的是邪術而非仙術，尤其可見其與宗教主題的反動。

從創作傾向上而言，這部分仍是在市民的趣味的，如書中寫三霄娘娘為趙公明發喪一段〔註114〕極具人情化，又用一大段文字寫出征將士們對家中的牽掛〔註115〕，都是很足的人情筆墨。在聞太師赴絕龍嶺時，連用二十六次「為江山」作為唱詞的開頭〔註116〕，極寫他作為成湯首相的無奈，顯然是受到了余三勝唱《坐宮》一齣時連唱七十四句「我好比」〔註117〕的啟發，自然也是市民的審美需要。這部分的整理過程也不乏草率，如將陳九公又寫作「陳九宮」〔註118〕，書中提到有「陸壓疆場講循環」一節，還說要費去聽者半碗茶資〔註119〕，顯然是預備整回講述的，但書中陸壓並未講幾句循環，便在陣前被瓊霄攻擊，很快跑掉了，回目也改成了與前文相對應的「周將祭鞭中二霄」，這些都是整理者最後整理時不慎的結果。書中又將原著中的楊戩變化奪釘頭七箭書改成慈航道人與廣成子做法〔註120〕、玉鼎真人寫為紫微真人〔註121〕以及用「太上老君」稱呼老子〔註122〕，大概則應是說話家另有傳授了。

第一百八十二回後半至一百八十七回前半是鄧九公伐西岐的故事，本書走筆至此，進程明顯加快，申公豹說反土行孫及土行孫在陣前立功顯耀、土行孫對陣楊戩、調戲妃子及楊戩遇龍吉公主、收金毛童子等故事統統在對話中一筆帶過，土行孫與鄧嬋玉閨房纏綿的故事更是隻字未提。在這個故事中，姜子牙自稱「本閣」〔註123〕，儼然是明朝大學士的聲口，又拿後世的美女比照鄧嬋玉，說她是「說什麼，出塞昭君重出世，不亞如，姑蘇臺上女西施」〔註124〕，以後世比古人已經不妥，何況又是「重出」，說明整理者完全沒有基本的常識

〔註113〕 第 1469 頁。
〔註114〕 第 1461 頁。
〔註115〕 第 1502～1503 頁。
〔註116〕 第 1498 頁。
〔註117〕 翁思再：《余叔岩傳（修訂版）》，上海古籍出版社，2011 年 8 月版，第 6 頁。
〔註118〕 第 1435 頁。
〔註119〕 第 1464 頁。
〔註120〕 第 1436 頁。
〔註121〕 第 1477 頁。
〔註122〕 第 1483 頁。
〔註123〕 第 1517 頁。
〔註124〕 第 1519 頁。

和邏輯。但其寫散宜生向鄧九公求親時，將變鄧九公與散宜生的辯難改成了鄧九公自身的心理活動〔註 125〕，倒還算是合理合情的。

　　第一百八十七回後半至第一百九十八回為殷洪殷郊的犁頭之厄，這部分的最大特點是刪去了前文中重點描繪的袍帶文，書中不但屢次提到「鈔錄不念盔甲贊」〔註 126〕、「剪斷而言才為高」〔註 127〕，甚至曾一度自陳——

> 列公，此書剪斷，不比野史，這回書若到古人詞上，可就是事故由兒多了，一個人一副盔甲贊，騎什麼馬，使什麼兵刃，又是一回疆場比試，怎麼殺，怎麼剁，還有怎麼擒的周將。列公想，也不過是兩道白光，眾位聽之也絮煩，在下說著也費事。〔註 128〕

　　書中又說：「眾公，這節目要到了別的書上，就了不的了。此書不表。」〔註 129〕分明是以刪除袍帶、文字減省為驕傲的，與前文對袍帶文的濃墨重彩完全不同。在這種邏輯下，殷洪下山、哪吒與殷郊交戰、廣成子與殷郊交戰等部分統統被刪去，一些說教意味的對話和無關主線的細節如蘇護勸鄭倫降周、申公豹說反殷郊、燃燈騙大鵬吃下念珠、楊戩向雲中子借照妖鏡等也不見於正文。書中正面稱楊戩為「二郎」〔註 130〕或「二爺」〔註 131〕，與前文的稱謂全然不同〔註 132〕，黃飛虎見殷洪時稱「十里亭前我放你命，午門前救你的殘生」〔註 133〕，雖與原著相同卻與本書姐己封後的章節全然矛盾。書中又稱聞太師所擺為八卦陣〔註 134〕，大約是另有所本。

　　第一百九十九至二百四回是以姜子牙金臺拜將為核心的，共講了洪錦、龍吉公主雙旗門及孔宣兵阻金雞嶺兩個故事，篇幅不長。但姜子牙金臺拜將卻是全書的一個關鍵，在此情節前是大軍討伐岐山，此情節後才到武王伐紂。這個部分的行文速度也較快，原著中《首陽山夷齊阻兵》的一個完整回目僅用

〔註 125〕 第 1539～1540 頁。
〔註 126〕 第 1609、1615 頁。
〔註 127〕 第 1596 頁。
〔註 128〕 第 1555 頁。
〔註 129〕 第 1616 頁。
〔註 130〕 首見於第 1568 頁。
〔註 131〕 首見於第 1574 頁。
〔註 132〕 前文中僅在燃燈收服靈珠子時稱「哪吒下山，化三頭六臂，與姜太公作先鋒官，與李靖、金吒、木吒，還有二郎楊戩、韋陀、雷震子名為七聖，肉體昇天。」（第 835 頁）但這是敘述七人成仙之後事，並非對楊戩的正面指代。
〔註 133〕 第 1585 頁。
〔註 134〕 第 1561 頁。

一句話便被帶過〔註135〕，而孔宣連贏七陣的精彩更是完全看不出來〔註136〕。
書中再度提到崇侯虎，其人不但死而復生且以北伯侯的身份率領北方諸侯反
商，李登對紂王奏稱「東伯侯姜文煥、南伯侯鄂順、北伯侯崇侯虎，這三路
不過是癬疥之疾，何足懼哉」〔註137〕，說話家更是直接敘述「南伯侯鄂順操
人馬，姜文煥練將操兵等著主公，北伯侯爵崇侯虎，帥領著天下諸侯會孟津」
〔註138〕，顯然並非筆誤可以解釋。前文中被姬昌封為北伯侯的崇黑虎在這個
部分被改為崇城侯〔註139〕，不但於前文有明顯的牴牾，於後文的設計也明顯
不諧〔註140〕。此部分對詩詞的引據多用文人詩作，如二百一回《月下老為人
作伐》開篇引明嘉靖帝朱厚熜詩〔註141〕、第二百三回《子牙兵阻金雞嶺》開
篇引文徵明《題畫蘭》詩〔註142〕、第二百四回《孔雀緣歸龍華會》的行文中
間引清代彭元瑞的對聯〔註143〕。其中第二百四回所引「詩曰」之後竟然不是
另起一章回而是隔斷袍帶文，第二百回「未知如何」後竟又寫龍吉公主呼喚黃
巾力士等事，大約都是整理倉促，未能修繕的結果。此外，書中又略掉了五嶽
相會的袍帶文，卻又說「這回書叫作五嶽聚會」〔註144〕，未免使讀者有文不
對題之感。

　　本書的最後一部分是自二百五回開始至末回即二百二十回結束，寫周武
王伐紂的一段歷史。弔詭的是，前文寫神魔鬥法的部分當做歷史來寫，而本
處原應極寫史實和戰爭的部分卻被宗教思維佔據。青龍關黃飛虎折兵的部分
被前置且一筆帶過，洪錦與胡升、胡雷的交戰也僅在其信中略為一提〔註145〕。
書中的用語多是內丹道教的詞彙，如「姹女」、「嬰兒」、「黃婆」、「木丹」等
〔註146〕，但其敘述過程仍不免說話家的聲口，大約是模擬《西遊記》的講法
而來的，只是在這個部分中跳脫書外的旁白已不復見，又稱「雲中子，相對

〔註135〕 第 1680 頁。
〔註136〕 第 1692 頁。
〔註137〕 第 1645 頁。
〔註138〕 第 1669 頁。
〔註139〕 首見於第 1688 頁。
〔註140〕 後文又將崇黑虎稱為「北伯侯」，見第 1781 頁。
〔註141〕 第 1664 頁。
〔註142〕 第 1680 頁。
〔註143〕 第 1693 頁。
〔註144〕 第 1688 頁。
〔註145〕 第 1698 頁。
〔註146〕 第 1702 頁。

慈航老道人」〔註147〕，用的是道人而非戲曲舞臺上的旦角形象，相較而言這部分的故事更偏文人化。由於對歷史事實的不甚瞭解，本書在寫武王即位建諸侯時，竟然將「齊國」寫為「齊民」，並把該地的君主當成了「炎帝裔孫伯益」〔註148〕，不但於《史記》不甚瞭解，也未能精確理解原著，這樣就使得後文中姜子牙歸國變得不倫不類〔註149〕。

　　不過，卻不得不承認，此部分的文筆甚佳，特別是寫白魚躍舟和孟津會八百諸侯兩事，文筆簡約，也令武王的形象不似原著中一般虛偽。其中引詩則多具原創性，如二百十二回開篇所引「圓滿皈依從正道，靜心定性誦黃庭。玄都大法傳吾輩，方顯清虛不二門。朝元最戀貪嗔敗，脫骨須知掛將排。總是諸仙逢殺劫，披毛帶角一齊來。」〔註150〕詩的首聯和頷聯直接沿用了原著中《三教大會萬仙陣》一回的讚語，後兩聯則是作者的原創之作。然則本詩本是為了萬仙陣而作，但本書卻將之移在余化龍父子失機一回的前面，同時「敗葉紛紛落故宮，至今猶自起悲風。獨夫只聽讒言婦，目下朝歌社稷空。」〔註151〕一詩應是指紂王敗亡而言的，本書卻將之植於楊戩奮威收七怪的中間。另外，以「正是：……」為結尾，以「詩曰：……」為開篇本是文人式小說的做法，但本書卻將之移在故事中間〔註152〕，由一首詩引起的話說也應是各章回開篇的手段，本書也令之居於章回之中〔註153〕，自然也是整理倉促所致。也正是由於這個緣故，原著中哼哈二將顯神通、餘元逃於水遁、徐芳與徐蓋的答話、楊戩赴火雲洞求仙草、四天尊在六魂幡前展現法力、鴻鈞道人約束三位弟子、卞吉與周將對陣、商朝招募袁洪一行、金吒智取遊魂關及姜文煥怒斬殷破敗的故事也被統統刪去了。連臨潼關守將歐陽淳的事蹟也完全不見，只在兩處不甚緊要的地方提及了他的名字〔註154〕。較為可惜的是由於刪掉了智取遊魂關的故事，使得前文中濃墨重彩的竇榮和徹地夫人至此死得悄無聲息，這當然也是由於前後故事並非同一來源所致。其他與前文有所分別的地方尚有兩處，一是前

〔註147〕　第 1726 頁。
〔註148〕　第 1847 頁。
〔註149〕　第 1848 頁。
〔註150〕　第 1754 頁。
〔註151〕　第 1807 頁。
〔註152〕　第 1707 頁。
〔註153〕　第 1779 頁。
〔註154〕　第 1775、1778 頁。

文中「陰人」多指婦女，這部分卻指妖精而言〔註155〕，二是此部分不但頻繁地稱楊戩為「楊二爺」，而且姜子牙也被稱為「老爺」、陸壓也成為了「老祖」〔註156〕，倒有幾分公案小說的文風。

要之，車王府曲本的《封神榜》是明顯分為十一個部分，這些部分彼此獨立、文風不同，情節間或牴牾，應是整理者就當時演繹各情節的不同曲本各取所長、拼接整理而成的。整體而言，本書是說話家的作品，代表民間的立場，前三個部分的敘事進度最慢，邏輯最為縝密，中間四個部分對原著既有增益又有損捨，後四個部分的進度則明顯加速，以致章回錯亂、文字也失於考究。但作為一部完整編演《封神演義》的鼓詞，車王府曲本《封神榜》的存在無疑為讀者展開了《封神演義》故事的另一種可能的版本，也豐富了中國近代的曲藝寶庫。

〔註155〕 第 1769 頁。
〔註156〕 第 1816 頁。

四、貴族意識與縝密邏輯——論宮廷連本大戲《封神天榜》對封神榜的改造

　　清代宮廷連本大戲《封神天榜》，共十本，每本二十四齣，共計二百四十齣，今佚第二本全部二十四齣，內容大致相當於小說《封神演義》中第十回後半至第二十一回前半共計十一回的內容，重要內容如姜子牙出世、哪吒出世、西伯姬昌囚羑里等都收在此本。每齣各有一題目，皆為七字，每兩齣回目間的用詞及平仄彼此對應。本劇有清內務府抄本，為乾嘉兩朝所抄，商務印書館於1964 年 1 月出版影印，收錄在《古本戲曲叢刊》第九集，將原本每一本分為兩冊，共計十八冊，即本篇評介所為依據。

　　所謂宮廷連本大戲，為應承宮廷需要而作，趙翼《簷曝雜記》卷一：「上秋獮至熱河，蒙古諸王皆觀。中秋前二日為萬壽聖節，以月之六日即演大戲，至十五日止。所演戲，率用《西遊記》、《封神傳》小說中神仙鬼怪之類，取其荒誕不經，無所觸忌，且可憑空點綴，排引多人，離奇變詭作大觀也。」自六日演至十五日，為十整日，故連本大戲皆為十本。這些連本大戲皆為元明清三朝章回小說或戲劇改造而來，為符合宮廷統一的風貌，各劇名目皆改為四字，如《三國志演義》改為《鼎峙春秋》，《水滸傳》改為《忠義璇圖》等。《封神天榜》即在《封神演義》的另名《封神榜》的基礎上著一「天」字，表示此書故事中的封神榜乃承昊天上帝的旨意而來，同時「天」亦為皇權的象徵，這種改動也是與清代彰顯皇權的傳統是同構的。

　　從文字上看，此書並非一人抄成，劇中的許多用字並不統一，如劇中多用「仝」字代替「同」字，但在第七本中多用「同」字，只有該本第八至十出仍

用「仝」；第五本第十三、十五兩出的「逃」字，在第十四出中寫為「迯」等。劇中的許多文字是經過補綴的，其中九、十兩本至為明顯，尤以第九本為最。本劇每頁分正反兩面，唱詞用大字，每面八行，每行二十一字，科範及切末均用小字標識，每面十六行，每行二十一字，即小字左右兩字共佔據大字一符位。但在第九本中經常可以見到字數超過固定數量的情況，如第八頁第二面第二行左側〔註1〕原本應是十個字符位的位置插入了十五字，第十四頁第一面第五行右側原本應為十一字符的位置插入了十七字，類似情形不可枚舉。但察其大略，總歸是有脫訛，如涉及鄧昆芮吉的地方總有兩字符的增補〔註2〕，應是原本寫作「鄧芮二侯」而後改作「鄧昆芮吉二侯」而造成的偏差；第六十頁第二面第四行原本是五個字符的位置插入了七個字，「黃明」二字應是增補，蓋本段寫卜吉捉將「一次拿了南宮适，二次拿了黃飛虎、黃明，三次拿了雷震子」，增補進黃明的名字符合《封神演義》原著，但在念白的節奏上就差得多了。

　　一些章節是有明顯缺失的，如潼關遇痘神一事完全沒有正面描寫，只從楊戩求救開始寫起〔註3〕。但劇中前後情節卻盡最大程度保持了統一，如劇中設定黃飛虎投周之前在商為武成公，則在後文方弼、方相兄弟見到黃飛虎〔註4〕及鄧芮二侯歸周前〔註5〕仍以「武成公」稱之，第一本中涉及的兔仙撲死姜環一事〔註6〕也在後文中得到了印證〔註7〕。本劇應係直接由小說《封神演義》整理而來，劇中的許多對話都是按照《封神演義》原著轉錄的，但將聞太師手下「吉立」改為「吉志」〔註8〕，魔家四將的名字改為魔風、魔調、魔雨、魔順〔註9〕，「金光陣」改為「毫光陣」、「紅沙陣」改為「綠沙

〔註1〕為保證行文統一，此處所說行數均以大字行數為主，如出現小字，則在同行之中分別左右。

〔註2〕如第九本第六十七頁第二面第一行在四字符的位置插入六字，第六十八頁第一面第二行在三字符的位置插入了五字，本文所引據均依照商務印書館影印《古本戲曲叢刊》第九集《封神天榜》，商務印書館，1964年1月版，此處為證實脫訛，故均按頁數引據，引文皆在第九本。以下討論情節，凡引此書，均只寫某本某齣，凡有標點均為引者所加。

〔註3〕第九本第一齣。

〔註4〕第五本第十七齣。

〔註5〕第九本第十三齣。

〔註6〕第一本第二十一齣。

〔註7〕第七本第三齣。

〔註8〕首見於第四本第十二齣。

〔註9〕首見於第四本第二十三齣。

陣」〔註10〕等，應是故事戲曲化的過程中經過民間藝人的再創作而致此。

　　今將本劇劃分為十本，應該不是最初的樣貌。如第三本第二十三、二十四兩出與第四本前九齣共同構成一個完整的章回，即今日京劇所謂《反五關》者，若加之第三本第二十一齣中黃飛虎放神鳥抓傷妲己一事，則剛好為十二回，是每本齣數的一半。此事又正是妲己陷害黃飛虎的直接原因，故此十二齣實在應屬於同一個故事的。第三本第七齣和第十五齣都寫北戎番王賽罕作亂，事不見《封神演義》原著，此兩齣共占十一頁，前後各回都寫比干被剖心一事，即便刪掉此兩齣也不影響劇情的完整表達，且此兩齣雖與主線支離，卻能保證彼此前後的一貫，有理由相信是後來增插進來的。原本的內容應該類似於今日的京劇《大回朝》，先寫聞太師平叛各種情形，而後寫其回朝陳十策等，則這兩齣便相當於一個引子，自然與各齣就和諧得多了。如果這個想法成立，則第三本中各齣頁數參差，應是整理者強行將之前的二十四齣整理為二十二齣，以同其他各本齣數保持一致的結果。

　　再如第五本第二十三、二十四齣及第六本第一齣，原作中的故事順序是：武王失陷紅沙陣——申公豹游說三姑——三姑計擺黃河陣——二天尊破黃河陣——南極仙翁破紅沙陣。在故事之中嵌套故事，用以增加武王的磨難。本劇的故事順序則是申公豹游說三姑——武王失陷綠沙陣——南極仙翁破綠沙陣——三姑計擺黃河陣——二天尊破黃河陣。將綠沙陣的故事講完再講黃河陣，使每一個故事都成為獨立單元。蓋《黃河陣》本是傳統劇目，具有一定獨立性，本劇中如刪掉這個章回（共計六齣），則十絕陣的故事同樣為十二齣，故此有理由相信，本劇的十絕陣和黃河陣原本是各自獨立的，將趙公明的故事及申公豹游說三姑的故事插入十絕陣中反而是根據《封神演義》原著整理的結果。此外，黃飛虎放鳥抓傷妲己一事在《封神演義》中被安排在姬昌、姜子牙出兵伐崇之前，劇中則移至殺崇侯虎與文王託孤之間〔註11〕，頗為突兀。羅宣火燒西岐城安排在了張山、李錦陣亡之後〔註12〕，於邏輯不通。張山等人死後，商兵已無統帥，則商軍陣中何人可以接納羅宣，羅宣又復以誰為依靠，在劇中都難以得到有力的解釋。丁策投軍放在徹地夫人洞察金吒、木吒陰謀及二人破關的中間〔註13〕，割斷了前後兩齣的有機聯繫，且在破遊魂關之後，金吒、木吒不

〔註10〕首見於第五本第八齣。
〔註11〕第三本第二十一齣。
〔註12〕第七本第十三齣。
〔註13〕第十本第九齣。

言其功，只交代斬殺了在投軍之後再未出場過的丁策〔註14〕，前後邏輯處理得十分生硬。凡此種種皆當是整理者對原有情節拆分重組時處理不慎的結果。

事實上，在清末掌管宮廷戲劇的昇平署中，封神題材的劇目共有十三種，計：《釣魚賣柴》、《賣菜》、《乾元山》、《陳塘關》、《渭水河》、《炮烙柱》、《回朝》（一名《太師回朝》）、《攻潼關》、《誅仙陣》、《三山關》、《黃河陣》、《興周滅紂》、《佳夢關》。據學者研究分析，只有《釣魚賣柴》和《賣菜》與《封神天榜》的文字內容有關〔註15〕。如果仔細分析兩者的文字我們不難發現，《釣魚賣柴》及《賣菜》的文字相對俚俗，更接近於民間戲劇的風貌，《封神天榜》的文字則較為典雅，應係昇平署太監改易所致。故而，儘管《釣魚賣茶》和《賣菜》等劇目出現在道光年間始設立的昇平署中，但有理由相信他們所依據的文本是直接來自《封神天榜》之前的單本戲劇或是由此直接重編而來的。基於這一理由，我們相信《封神天榜》當有一原本是按照故事而非時間分本演繹的。今本《封神天榜》以二十四齣為一本，以時間為線索，是後來整理的結果。因此，本劇急於將彼此關聯的情節在一齣或相連的幾齣內合併敘述，如本劇在處理姜子牙劫營破聞仲時，設計了聞仲的六個部將全部戰死〔註16〕，實則在原著中劫營時僅死掉一位張節，聞仲的其他部將則是在劫營後到絕龍嶺的路上次第死掉的。

與一般《封神演義》的改編本相比，《封神天榜》對《封神演義》內容進行了很大程度的改造，計有：對結構的改造、對事實的改造、對人物的改造、對風格的改造、對主題的改造、對邏輯的改造以及用戲劇結構對情節進行重塑。以下分述。

（一）對結構的改造

在結構上，《封神天榜》有意構造更為宏大的天人之境。第一本的第一齣是引子，提綱擎領，只有敘事，沒有人物。從第二齣起，先由昊天上帝開端，由神而人，元始天尊與四方採訪使者均對昊天上帝跪拜，封神榜也非三教僉押，而是昊天上帝御旨託付元始天尊去辦，女媧請三妖下凡亦須請旨然後施行，其接旨的行為則在同本第八齣寫明「女媧作迎接、跪科」云云。《封神演

〔註14〕 第十本第十一齣。

〔註15〕 牛剛花：《〈封神天榜〉研究》，中國戲劇出版社，2021 年 12 月版，第 83～91頁。

〔註16〕 第六本第二齣。

義》的成書過程中本有宗教人物的參與，故以三清為尊；《封神天榜》則為宮廷大戲，有意討好人間帝王，昊天上帝為帝王在上天的象徵，自然位在三清、女媧之上。同本第三齣姬發率先登場，一是姬發乃是伐紂的主角，讓姬發率先出場自然更符合歷史；二是姬發本是西周開國的君主，故應提前寫出，表示人間亦以帝王為尊；三是在封神故事中周與商有正邪之別，先正後邪、先仁主後昏君，正是儒家道德式的寫法。寫姬發、姬考準備家筵，重申孝悌之義，以祥和的景致取代《封神演義》開篇的淫亂和肅殺，這也是皇家戲劇的做法。而後四五兩齣才是女媧宮紂王進香，始與《封神演義》的內容相同。但同本第四齣仍然從女媧趕赴乾元山大會寫起，然後才是商朝重臣出面，由是天、人、周、商次第展開，封神的舞臺便算是鋪墊下了。同樣，在本劇末尾數齣，先寫武王對諸侯分封，其次是對黃滾、武吉等加封，之後才是姜子牙封神，先爵、後官、最後為神，全劇以神起、以神收，正映襯了本書的神話主題。

　　等到封神臺建成、封神榜供奉之後，栢鑒〔註17〕受姜子牙之命將在封神榜僉押之前已經去世的人物全部引入封神臺來〔註18〕，稍後的情節裏這些魂魄再度出場〔註19〕，於是《封神天榜》遂構成了一個以昊天上帝、女媧娘娘為代表的神界，以封神臺為主要舞臺的冥界，及以闡截兩教、商周兩朝為代表的人間世界。聞仲戰死後，所有亡靈同在封神臺預備迎接即將作為「諸神領袖」、「神侶之樞機」的聞仲英靈的到來〔註20〕。原著中對封神臺的塑造極為無聊，通常是在斬將之後附上一句「一魂已入封神臺去了」，但劇作卻有其具象化的好處，通常是每齣之末由栢鑒引路，各角色扮魂魄，搭魂帕紙錢在臺上走一遍過場，尤其是萬仙陣後一百九十條各具姓名的魂魄次第過場〔註21〕，蔚為壯觀。姜子牙宣讀封神榜時，原著在封斗部正神時，僅宣布一條敕誥，而後便列了一份長名單，本劇為了觀感則重新劃分了斗部，每一部宣讀之前都加入了一些敕誥的內容〔註22〕，錯落有致，不致使觀者煩悶。

　　本劇中的封神榜名單是重新整理過的，如原著中雲霄、瓊霄、碧霄被封為「坑三姑娘」，本劇則將她們封為感應仙姑、隨應仙姑、報應仙姑，封神也不

〔註17〕原著作「柏鑒」，下同。
〔註18〕第四本第十六齣。
〔註19〕第四本第十九齣。
〔註20〕第六本第四齣。
〔註21〕第九本第五齣。
〔註22〕第十本第二十四齣。

是斬將之後的必然，許多在封神臺但不在封神榜名單中的人「自有閻君收管」〔註23〕。且整理者多次使這些靈魂出場或獨白或與生者對話，如讓妲己離開封神臺對蘇護託夢，言說自己被妖狐佔據身軀等事〔註24〕，趙啟、梅栢、膠鬲、夏招、商容、比干、姜后、黃妃、賈氏在封神臺的允許下來到朝歌對紂王討命等〔註25〕。至此，三界之間交通便以人間世界，尤其是武王—姜子牙一系為核心了，即姜子牙可以直接取得與神界和冥界的聯繫。至於神冥兩界在本劇中並不互通，為了滿足這個架構，原著中受符元仙翁之命的月老在本劇中接受的是玉虛符命〔註26〕，龍吉公主也不再是封神故事裏突兀的一員，而作為神界的代表於周朝陣營中存在。

本劇之寫人間，亦頗有設計。第三本第七齣、第十五齣寫太師聞仲征討北戎番王賽罕，也在原著小說所不及見。原著中寫聞太師平北方袁福通之亂，《封神天榜》改為「北戎番王賽罕作反，擾我邊疆」〔註27〕，蓋彼時紂王失德尚不明顯，袁氏之反自然說不通，何況聞仲一走就是數年，如果僅是境內造反，又有北伯侯崇侯虎協助鎮壓，不當有如是規模。原著中將袁福通之亂僅做暗中表述，《封神天榜》則在第三本的兩齣中直接刻畫賽罕形象。如果說第七齣中不過寫其欲迎戰聞仲，並未有實質情節，那麼第十五齣中的情節便頗有深意：賽罕與聞仲交兵失敗，逃至瀚海遊獵——賽罕暗意聞仲將中原之兵，勢不能到瀚海，故此優游，不意被聞仲追至。賽罕逃命時戰馬已死，自料不能逃生，元始天尊化身一道者放狂風救助，並留書與聞仲，理由是「自古天生夷種，各占一方，為天之嬌子，不與中國相同」〔註28〕。此事當仿自成書於明末清初的傳奇《牛頭山》第九齣中龍王背負金兀朮及《如是觀》第二十六齣鮑方營救金兀朮等事，特別是後者中「上帝有好生之德，非庇佑夷狄也」及「華夷天塹，各自高標」等論述〔註29〕，與「天生夷種，各占一方」的表述幾近完全相同，而金兀朮被救之後身處北海亦與《封神演義》原著中的袁福通身居北海有相似之處。本劇中強調的「中國」二字固為「中原」的本義，然而考慮到劇中的戎族

〔註23〕第十本第二十四齣，「閻君」即「閻君」。
〔註24〕第七本第三齣。
〔註25〕第十本第十七齣。
〔註26〕第七本第十六齣。
〔註27〕第一本第七齣。
〔註28〕第三本第十五齣。
〔註29〕《古本戲曲叢刊》編輯委員會：《古本戲曲叢刊》第三集，商務印書館，1957年2月版，《如是觀》下卷第28及29頁。

的扮相雖然有「各戴盔簪，狐尾雉尾」，像極了古游牧民族的裝扮，在扮相上卻都是「大鼻子」，不似亞洲人種，故應係影射清聖祖康熙帝玄燁討伐沙俄之事，此間關於華夷人種的探討也應是當時整理者的有意為之，體現的應是乾嘉時期對中華民族與周邊民族關係的一種官方認識。此外，武王分封，將箕子的封地由高麗改為羸〔註30〕，大概也是考慮到朝鮮使者可能觀看宮廷大戲時的觀感，也可以理解成當時帝王已不再信奉世界同出華夏的世界觀。

（二）對事實的改造

　　就事實而言，《封神天榜》明顯是經過「按鑑」式的調整的。例如第一本中除文中說白的部分稱「紂王」之外，其餘各處均稱其為「受辛」或「帝辛」，「伯邑考」改為「姬考」，文王的正妻改成了「太姒」，以符合《史記》，而非《封神演義》之錯為「太姬」。不過，這些稱呼在第三本及以後各本中並不能恪守，其間仍不乏將紂王稱為「皇帝」〔註31〕、文王為「先帝」〔註32〕，或將妲己稱為「皇后」〔註33〕、比干稱為「皇叔」、聞仲稱為「皇叔祖」〔註34〕的例子，並且劇中仍稱姬昌為「西伯侯」。第四本第十齣黃飛虎為保晁出，對姜子牙說其人「只知有紂，不知有周」，第五本第六齣武王稱「叵耐紂王無故加兵，前來問罪」，都把作為諡號的「紂」字直接講出。

　　就情節塑造的邏輯看，本劇有時未必合於歷史而是為了影射現實的。第一本、第三本及第四本前半，對黃飛虎的封爵稱為「武成公」而非「武成王」，是符合商周之時的實際的，那時候惟天子稱「王」，群臣最多只到公爵。然而轉入第四本飛虎投周後，周武王將他由商朝的鎮國武成公改為周朝的開國武成王，不但不合歷史，而且不合情理。蓋西周本以禮治，黃飛虎初入周朝，背主投敵，對他的賞賜便成了對僭越尊卑的鼓勵，必會動搖統治理論。何況其投周之時並沒有寸功，僅憑所帶人馬就能晉爵並闔家受封，無異於助長其傲慢與野心。然則此節亦可能影射清初吳、孔、尚、耿四王受封之事——吳三桂等在明最高不過是伯爵，入清即為王。類似的影射還有蘇護統兵觀陣時，所觀之兵

〔註30〕　第十本第二十一齣。
〔註31〕　如第三本第七齣，四番將稱：「俺家主公親領大軍騷擾中華，商家皇帝差了太師聞仲前來征討。」
〔註32〕　第六本第七齣。
〔註33〕　第三本第八齣等。
〔註34〕　第三本第十二齣等。

為刀法、槍法、藤牌棍法及火器〔註35〕。本劇固不知整理者為誰，然則清代詞臣料不能如此無識，以為商代便有火器，當是影射清代火器營之意。

此外，劇中引用後世的書籍、典故等亦在在有之，如第三本第一齣姬昌唱詞中有「酆都」、「神荼」之類。同本第十三齣，比干自陳讀過《素問》、《本草》等書，二書同出兩漢，但託名神農、黃帝，言及尚有可說，但同出後文又引「救人一命勝造七級浮屠」的佛教倫理，便毫無道理。同本第四齣寫武吉求救於姜子牙時引用「結草銜環」的春秋典故，雖是引用《封神演義》原文，但卻不合整理者一貫改造原著以諧應歷史的做法。至於後文中費仲、尤渾說自己「紙上談兵」、又說自己「從不知六韜」〔註36〕，雷震子投周時引用「斑衣彩戲」的典故〔註37〕，乃至借姜子牙之口說出孔子的名言「其身正不令而行，其身不正雖令不從」〔註38〕等，更是尤為不類了。

就事實發生的邏輯看，《封神天榜》更注重基於君尊臣卑的倫理。如第一本第十齣將蘇護的反叛合理化，因為至少在清朝，皇帝向大臣提出納女並不是無理要求，蘇護以此為名反叛，失其正當性。《封神天榜》刻畫蘇護的心理狀態：「一則怕人談論，二來恐那四鎮方伯譏誚他以色惑主，只怕少時還有一番議論，惹動聖上大怒，難免殺身之禍。」寫紂王因為得不到女色動輒殺害大臣，此是昏君行為，自然能夠免於殃及其他君主的類似行徑。

原著中始終令雷震子稱姬昌為「父親」或「父王」，本劇則令雷震子稱之為「義父」〔註39〕，是王室血緣不可混亂的意思。聞仲的身份則改為「身為帝族，乃成湯之後裔，躬贊朝綱，乃兩朝之宰輔。先王武乙係老夫之嫡姪，今上受辛乃老夫之姪孫」〔註40〕，借鑒的是《隋唐演義》中靠山王楊林、《楊家將》中八賢王的形象，使後文陳十策變得更為合理，否則便像權臣當道。於是，本劇將原著中的「痛陳十策」改成了滑稽戲，紂王與聞仲雖皆以淨角應工，但一問一答間彷彿老生和丑角的對話。這裡的對話是家人式的，體現紂王和聞仲間的倫理關係，一旦延伸到政治事務中，如聞仲毆打費仲、尤渾後，要求紂王對二人斬訖時，原著中寫道：「費、尤二人雖是冒犯參卿，其罪尚小，且發下法

〔註35〕第六本第十七齣。
〔註36〕第四本第二十一齣。
〔註37〕第五本第六齣。
〔註38〕第六本第二十四齣。
〔註39〕第三本第一齣。
〔註40〕第一本第七齣。

司勘問。情真罪當，彼亦無怨。」本劇則說：「二人以忤皇叔祖而見誅，則皇叔祖反有欺君之名也」〔註41〕，看似商榷的口氣之下，卻飽含了對王權維護的堅決，聞仲聽得這種言辭，自然也不好堅持。

　　事實上，《封神演義》的最終整理者並非文人，故有許多民間的風氣。作為宮廷大戲，《封神天榜》變民間藝術為宮廷文學，自然在迴避對帝王形象的醜化的同時恪守君臣之間的尊卑界線。如第八本第二十齣寫界牌關徐蓋上書紂王，被置之不論，原著中極寫紂王與箕子之間的問對，本劇則將對話全都變成紂王與妲己之間的，削弱了紂王的自我意志，突出了妲己對於亡國的責任。第一本第二十二、二十三齣有意識迴避了晁雷、晁田及雷開、殷破敗等人追殺、絹拿殷洪、殷郊的過程，以此迴避王室的內在恩怨。同木第二十齣寫梅栢〔註42〕進諫遭受炮烙一事，不直接寫紂王與妲己的對話，而從費仲、尤渾之口道出，但到了第二十一齣寫對姜皇后剜目、炮烙雙手時卻將二人對話寫的很詳細，這是秉承清代後宮不應干涉前朝之事的祖訓，后妃之爭本是後宮之事，所以不在此限。尤渾又說：「我聽得說是蘇娘娘恐進諫人多，勞煩聖聽，想出此處治的」，「聽說」二字既寫後宮與前朝的界線，又增添了人主的神秘與恐怖。

　　第三本第十六齣寫夏招犯言直諫，原著說：「內有一下大夫厲聲大叫：『昏君無辜擅殺叔父，紀綱絕滅，吾自見駕。』此官乃是夏招，自往鹿臺，不聽宣召，逕上臺來。」儼然以紂王的審判者自居，《封神天榜》中則寫夏招的百般計較：「不是俺鹵莽難容，只為昏德無端誇暴勇，即便弒他何礙？除害情深，重建中宮。成湯社稷可無崩，蒼生災難應消淨。」倒顯得是拼死維護商朝社稷的忠勇形象。原著中寫夏招面對紂王時，直言「特來弒君」，這裡改成了「特來斬除妖婦」，這也是對君主權威維護的一種表現。夏招處處針對妲己，是過去小說或史書中將亡國責任推與女性的故技，但他對紂王的那番辯駁：「死一妲己，天下何愁再無妲己之美；死一比干，朝廷那裡還得有比干之忠？」〔註43〕倒有一些藉此宮廷大戲規諷當時帝王的意思。

　　在傳統倫理中，父子關係與君臣關係往往是同構的，在家為孝子，在朝為忠臣。《封神演義》原著將《武王伐紂平話》中的先行官殷郊改造成了幫助紂

〔註41〕第三本第十七齣。
〔註42〕原著作「梅伯」。
〔註43〕以上諸引文均見第三本第十六齣。

王反周的人物，正是因為秉承「世間那有子助外人，而伐父之理」，書中時常又有「天下無有不是的父母」及「君叫臣死，不敢不死；父叫子亡，不敢不亡」的說法。父子倫理間的辯難以哪吒出身處為最多，而本劇則剛好失落相關的內容。但後文中用整整三齣寫卞金龍死後其子卞吉為父報仇的故事〔註44〕，並在第九齣中用卞吉之母胥氏的哭夫變英雄傳奇為世情小說，增加了觀眾對於卞吉一家的共情，也體現了整理者在不動搖商周正邪對立這一基本框架的前提下對於卞吉為父報仇這一行為的同情態度。

事實上，不但君臣、父子之間如是，主僕之間亦是如此。如本劇寫黃飛虎之反，眾將、眾子反覆逼迫黃飛虎「還是反了的好」，但部將黃明等人並不像原著中反諷說「又不是我們的事，惱他怎的」，還敢跟其他三名部將在旁「抬一桌酒吃，四人大笑不止」，只是假傳黃飛虎的軍令，告訴「眾將官上帳聽令，元帥反了」〔註45〕。基於這種設計，本劇的整理者自然也刪去了有後文中周紀攛掇黃飛虎與紂王在午門前的那場大戰，用最簡單的對情節的刪和改的方式維持著脆弱的尊卑正義。

（三）對人物的改造

作為宮廷大戲，《封神天榜》對人物的塑造是基於對現實帝王將相形象的理解的，其中對姬昌的改造可謂是大刀闊斧的，在第三本中極寫他的雄才。作為帶有民間文學色彩的作品，《封神演義》對君主的期許是「寬仁」，所以極寫他的仁義，乃至於懦弱的地步。比如劇中寫姬昌逃五關時，雷震子欲背他逃走，姬昌居然惦記其自己的白馬：「此馬隨我患難七年，今日一旦棄他，我心何忍？」又寫他在被姬發及群臣迎接後，「作歌罷，大叫一聲：『痛殺我也。』跌下逍遙馬來，面如白紙」，其後便是吐出伯邑考的肉餅，肉餅變為兔子云云，此事甚至上了原著小說的回目〔註46〕，作為民間說話代表的車王府曲本《封神榜》刪去了許多緊要的章回，但於此情節也予以保留〔註47〕，但到了《封神天榜》中便完全刪去了〔註48〕。同齣甚至還刪去了姬昌「澤及枯骨」的故事——此事固然可以說明姬昌仁德，但卻必須要挖沼成功才能成立，而後者卻又體現

〔註44〕第九本第八至十齣。
〔註45〕第三本第二十四齣。
〔註46〕《封神演義》第二十二回。
〔註47〕車王府曲本：《封神榜》，人民文學出版社，1992年1月版，第882頁。
〔註48〕第三本第三齣。

了其朝令夕改，對君主形象的塑造有所傷害。迎接姜子牙的過程中刪去了姜子牙不在家的情節，過程之中也少了許多做作，但原著中僅憑几句歌詞就認定姜子牙是大賢未免失之草率，所以用一句「那六韜三略事非長」將複雜的軍政大計帶過〔註49〕，卻表明了二人君臣相得的際遇。兵伐崇侯也由原著中的姜子牙苦勸變成了姬昌的自我決策，他對姜子牙說：「俺這裡兵機要審何為要？」看似是問計姜子牙，其實不過要他一句「天子假以節鉞，原可以將無道者伐之，並非擅動征誅」的名頭〔註50〕——作為君主，出兵必須有正義性，而這又不能由自己說出，最好由下屬代勞——即由原來的毫無主見變為了帝王心術。

為了深化姬昌的這一個性，又寫他與姜子牙同去校場祭纛，下令「如有暴害黎民及專擅不用命、退縮不前者，法應無赦」〔註51〕，「專擅」自然指將領而言，「退縮不前」則指士兵而說，展露了姬昌作為王者的決斷。姬昌準備審判崇侯父子時，姜子牙出首阻止，稱「主公不消，恐他有乞憐之狀，主公動欲放之慈，反為不便」〔註52〕云云，不過一唱一和，故作仁義罷了。最終鋪姬昌之死，寫他的獨白「不想近日以來，精神頓減，寢食乖常，自覺不久人世」〔註53〕，相較於原著中「自殺侯虎之後，孤每夜聞悲泣之聲，合目則立於榻前，吾思不能久立於陽世矣」的理由自然更為可信。凡此種種，皆與原著的仁懦形象迥異，卻更符合奠基之主的丰姿。

然則，出於對君臣尊卑界線的恪守，整理者仍不得不按照原著的旨意，讓姬昌在臨終之前囑託武王及姜尚勿得反叛：「倘吾死之後，總然君惡貫滿盈，切不可使我兒聽諸侯之言，以臣伐君。若背孤言，冥中不好相見」、「商雖無道，吾乃臣子，必當恪守其職，毋得僭越」〔註54〕，真可謂「曲終奏雅」，用他臨終前的一番無聊說教，對儒家所探討的湯武受命放殺做了一點盡力卻並不高明的衷和，卻把之前改造的立體形象消磨去大半了。

武王和姜子牙亦是本劇中的重要角色。原著中的武王與文王的形象類同，仍然是仁懦的形象，只是年紀更輕，更為膽怯，以至於畏葸的地步。本劇的處理方式是有意淡化了他對姜子牙的依賴，如姜子牙一上崑崙時，本劇

〔註49〕 以上情節均見第三本第六齣。
〔註50〕 以上情節均見第三本第十八齣。
〔註51〕 以上情節均見第三本第十八齣。
〔註52〕 第三本第二十齣。
〔註53〕 第三本第二十二齣。
〔註54〕 第三本第二十二齣，「總」字當即「縱」字之通假。

沒有像原著一樣，正面描寫姜子牙辭別武王一事，自然就沒有寫到原著裏武王所謂「兵臨陣下，將至濠邊，國內無人，相父不可逗留高山，使孤盼望」的話，讓他有了一定的自決〔註55〕。姚賓用落魂陣拜去姜子牙的魂魄後，赤精子營救而不得，若不像原著一樣為姜子牙的情形著急哭泣，便失去了明主的仁心，過於急切而哭又失去了作為人君的決斷殺伐。為了處理這個問題，整理者將赤精子面見武王交待姜子牙的生死情況改寫為武王派出楊戩、哪吒迎接赤精子，赤精子只需對兩位屬下師侄交待即可〔註56〕。至於從個人質素上，武王也多了一些勇毅和包容，如原著中寫武王初見雷震子時「見雷震子形形象兇惡，不敢命入內廷，恐震太姬等」，本劇則直接由自己帶著雷震子「入宮朝見妃母去者」〔註57〕。

　　白魚躍舟的一場戲是本劇整理者對武王形象重塑的重頭戲，此事典出《史記》,《論衡》及《宋書·符瑞志》對此多有發揮〔註58〕。原著中為了突出武王仁者的形象，有意將他的形象弱化，寫「水勢分開，一聲響亮，有一尾白魚，跳在船艙來，就把武王嚇了一跳」，更在姜子牙解釋這是「繼湯而有天下」的象徵之後不肯接受，「仍命擲之河中」，還是姜子牙力主，「左右領子牙令，速命庖人烹來，不一時獻上」。本劇則在此情節中刻畫出武王的政治決斷，上場時便是一曲《望鄉歌》，氣勢非凡：「闢地開疆，風洽萬方。龍旌遙逐風雲望，戈矛遙指群歸向。喜見昇平象。沿溪路，古道旁，黎民稽首獻壺漿。齊稱頌，學拜颺，願祈伐罪展恩光。」曲子的第一句先寫武功再寫文治，二三兩句作為證明。四五兩句則寫民心在彼，以此證明伐紂的正義性。自然，這個曲子仍不免帶有歌頌清朝文治武功的意思，但放在這裡卻很好地證明了周武王對於伐紂正義性的堅定及對前途的樂觀。所以當風雲變色，「內作風濤聲」的時候，武王只是問了姜子牙一句：「相父，為何風濤掀波，龍舟蕩漾起來？」等到姜子牙說出：「臣啟主公，黃河浪急，平昔猶然，正值風順帆揚，是以如此」，武王便說出：「相父之言有理，中軍，吩咐艄水緩緩而行，待孤家觀覽景致一番。」面對大風大浪，不是畏懼而是從容，正是武王之為「武」的特點。白魚入舟後，武王問姜子牙：「此魚入舟，主何佳兆？」只言「佳兆」而非像原著一樣問「主

〔註55〕第四本第十五齣。
〔註56〕第五本第十二齣。
〔註57〕第五本第六齣。
〔註58〕見本書《封神演義成書考》一文。

何吉凶」，是武王自信事已至此，無往不利。至於他預備放生白魚，只是覺得
以凡人的身份吃掉天降的祥瑞是「不仁」之舉，並沒有拒絕代商自立的意思。
姜子牙一旦對他解釋此事並不違反天意後，便令中軍烹殺，政自己出，不假於
人，這才是開國雄主的應有風範。

　　在武王被眾諸侯推舉為天子時，原著以說話家的立場，以為應該反覆謙讓
才能體現出武王的謙遜，不僅有「位輕德薄，名譽未著」的謙辭，甚至說出「孤
與相父，早歸故土，以守臣節而已」的話並一度舉薦姜文煥為天子，這卻是不
符合政治規則的。清初的時候，正是由於豪格的假意謙虛才給了多爾袞口實，
不但失去了皇位而且最終丟掉了性命。即便小說中，這種情境下的推讓也不合
邏輯。《水滸傳》中宋江之所以敢將寨主之位假以讓給呼延灼、盧俊義、關勝
等是因為自己在梁山地位穩固，其他將領不可能接受外來者的統治，而外來者
又無足夠的軍事能力與梁山抗衡。換在此情境下，紂王方死，其餘黨尚在，周
武王有要以一人之力應對八百諸侯中錯綜複雜的關係，任何能夠落人口實的
言行都有可能成為政治上的敗筆。所以本劇以政治的立場淡化了武王的推讓
過程，在群臣推戴中武王僅開口兩次，之後便假手於姜子牙完成了自己執政的
合法化〔註59〕。

　　姜子牙的情況則更複雜些，為了確保姜子牙的主角地位，整理者自然要迴
避原著中姜子牙在失敗時的一些醜態，但後文中三十六路大兵伐岐本就是宗
教文學中的挫折歷練之意，一如《西遊記》中的八十一難。如果每次都以姜子
牙絕對勝利或不明顯的失敗為關節，則故事未免失之平淡。因而整理者在安排
情節時對姜子牙的失敗都用暗筆，如寫姜子牙被九龍島煉氣士打敗及二上崑
崙等事，全用姜子牙獨白道出〔註60〕，原著中所允承的稱臣、開倉、送還黃飛
虎三件事情，則是借王魔之口道出的：「姜尚那廝曾對我說，要將黃飛虎擒獻。」
〔註61〕對於他的勝利，整理者則重點寫他作為人間丞相的運籌帷幄，而非作為
道士的法術高明，如冰凍西岐山一節，只寫了姜子牙的一段獨白，並沒有直接
刻畫他的作法降雪〔註62〕，在對抗羽翼仙水淹西岐之時，原著中姜子牙做法求
救在本劇中也變成了元始天尊的主動行為〔註63〕。同時整理者也有意刪掉了

〔註59〕第十本第十八齣。
〔註60〕第四本第十八齣。
〔註61〕第四本第二十齣。
〔註62〕第四本第二十二齣。
〔註63〕第七本第六齣。

武王一方在被聞仲擊敗後的大勝而直接接入姜子牙劫營一事，此事在原著中僅有99字，本劇則安排為一齣，並用一支《南呂・九轉貨郎兒》一唱到底，極寫他排兵佈陣之能〔註64〕。

原著中所寫姜子牙殺胡升一事，先寫姜子牙對著胡升的裨將王信許諾「你主將既已納款，吾亦不究往事；明日即行獻關，毋得再有推阻。」並勸慰阻止此事的洪錦。然則等胡升真正來降時又責以「此事雖是火靈聖母主意，也要你自己肯為，我也難以準信，留你久後必定為禍」，並將他斬首，簡直是反覆無常。所以有學者以為「這和姜尚平日守信義、重諾言的性格是矛盾的，《三國演義》寫孔明，就決不會有如此敗筆。」〔註65〕本劇的整理者則設計胡升在王信的引見下自己請降，姜子牙沒有答應胡升的請求，更沒有在旁人面前對之開脫，只說「你且起來，引路到帥府中去」，為後來的殺降留下了合理的空間。同樣，原著中姜子牙先勸告武王封飛廉、惡來為中大夫而後因封神榜名額不夠而殺之，與《西遊記》八十一難不足而後補之的敘事方法是一致的，但卻難免給人以姜子牙反覆之感。本劇則全由武王發號施令，將飛廉、惡來直接處死〔註66〕，既避免了姜子牙的出爾反爾，又強化了武王乾綱獨斷的個性。

但整理者對姜子牙的另外一些描繪則有失沉穩，如原著寫申公豹與姜子牙賭頭之前要求：「你依我燒了封神榜，同吾往朝歌，亦不失丞相之位」，姜子牙跟他賭誓燒榜自然情有可原。但在本劇中申公豹只是要求「拿榜來，我替背著，與你同去」，這時姜子牙說出「你果能如此，我就焚了此榜，同你下山助紂」〔註67〕，以其本意而言固在說姜子牙待人至誠，但還原到當時的情境裏，其實未免失於輕佻。

對於劇中的正面人物，整理者有意誇張他們的貢獻，並始終保持著極大的同情而迴避他們的問題。誇張貢獻的如將原著中四天王水淹西岐時姜子牙倒北海之水救西岐變為了「拘得四海水來保無虞」〔註68〕，增加了原著中楊戩的出場次數，比如在收服馬元的時候，原著中馬元掏心被擒的對象在本劇中被定

〔註64〕第五本第五齣。

〔註65〕黃秋耘：《略談封神演義》，見黃秋耘著《黃秋耘自選集》，花城出版社，1986年3月版，第765頁。

〔註66〕第十本第十九齣。

〔註67〕第四本第十五齣。

〔註68〕第四本第二十四齣。

義成了楊戩的化身〔註69〕，原著中楊戩盜取混元珍珠傘在本劇中也變成了盜
走魔家四將的全部寶貝〔註70〕，原著中楊戩的成功多數是靠法術護體，本劇則
增加了他的智慧，如在抵抗余化的化血神刀時，原著中寫其「運動八九玄功，
將元神遁出，以左臂迎來，傷了一刀」，但在本劇中則改為楊戩用樹枝幻化為
左臂迎接這一刀〔註71〕。在向玉鼎真人〔註72〕尋求解決方法時，原著交代玉
鼎真人對楊戩「附耳：『如此如此方可。』」但在本劇中則之說：「但是欲得此
丹，非爾不可」，楊戩便說：「多謝師尊，弟子理會得也，就此告辭。」〔註73〕
一答一對之間，體現的是拈花微笑般的心證。這種人物的設計倒是很符合帝王
及貴族們的審美意趣。

　　迴避問題的如原著寫黃飛虎被聞仲叫陣，自是「覿面難回」，本劇中便被
刪去了〔註74〕。又在迎戰徐蓋的過程中刪掉了孫子羽之死〔註75〕，而讓他死
在後文的郕文化劫營中〔註76〕，目的在於避免原著中「蘇家父子不敢向前」，
迴避了蘇護對於戰敗棄逃的責任。原著中黃天化下山後「在山吃齋，今日在
王府吃葷。頭挽雙抓髻，穿王服，帶束髮冠，金抹額，穿大紅服，貫金鎖甲，
束玉帶」被姜子牙訓斥，只好找藉口說：「弟子卜山，退魔家四將，故如此將
家裝束耳，怎敢忘本？」分明是背棄清虛道德真君的教誨。本劇則將變服一
事推諉於黃飛虎：「手下將他帶至後營，換了衣冠，前來拜見」〔註77〕，體現
的不是黃天化為富貴棄道行，而是黃飛虎拳拳愛子之心。所以黃天化戰死又
被清虛道德真君救醒後，後者也沒有責備他變服的問題〔註78〕。為了徹底洗
脫黃天化的責任，整理者在寫雷震子前來投效時，武王的反應是「可將御弟
帶至朝房，換了衣冠」〔註79〕，楊戩在後文遇到金毛童子而變服時，姜子牙
便為楊戩開脫，「你乃玉虛門人，本不當變服犯規，但此乃大緣相遇，不比等

〔註69〕第七本第一齣。
〔註70〕第五本第一齣。
〔註71〕第八本第十二齣。
〔註72〕本劇為避雍正皇帝諱，將真人統一寫為「貞人」，本文為前後行文統一，皆寫
　　　　作「真人」。
〔註73〕第八本第十三齣。
〔註74〕第五本第四齣。
〔註75〕第八本第二十一齣。
〔註76〕第十本第四齣。
〔註77〕第四本第二十四齣。
〔註78〕第五本第一齣。
〔註79〕第五本第六齣。

閒」云云〔註80〕，前後各用了一番人情筆墨，把黃天化的變服也變成了情理之中。

但在處理鄧九公這一形象時整理者的態度卻出現了僅有的曖昧，除了延續原著中用自己女兒婚姻為餌試圖誘捕姜子牙的情節外，增加了他賺滿營將士歸周的情節，鄧九公欺騙將士們說：「我女方才到來，言失機敗走，並未曾被人所擒，我等所聞乃傳言非實。他路遇朝歌差官，言朝廷密旨道，我屢次兵敗辱國無能，拿解朝歌，與孩兒將並一同問斬也。女兒聞聽此言，殺了差官，前來報信。他不肯隨吾入朝，我勸他不住，竟自投入西岐去了也。」一是否定了鄧嬋玉因為被土行孫強姦而加入西岐的事實，二是詭稱朝廷密旨暗指朝廷已對眾將士不滿，三是用鄧嬋玉殺差官將眾將士與自己的利益裏挾在一起。自然能得到「元帥，反了好」的結論。於是鄧九公將投周的責任全部甩給全營將士：「今日此舉非下官主見，皆因爾等眾心合一，以為天命不可違逆。」完全是一個會將女兒終身大事作為賭注的政治家的行事。原著對鄧九公勸說軍士投周的行為隻字不提，固然可以理解成鄧九公權力之大，在全營中說一不二，但若沒有本劇的對比，是完全感受不到這一點的，故此本劇寫鄧九公之權謀更具說服力。自然，這裡的權謀也可以理解為正面的智慧，但後文寫對戰丘引時，故意隱去了鄧九公之死，只在丘引的獨白中略為一提〔註81〕，雖說是為趕後面的進程而不得不如此，但整理者連原著中的鄧嬋玉、土行孫夫婦為父報仇的情節也刪去了〔註82〕，完全不符合本劇重視人情的一貫，只能理解成整理者對鄧九公的腹誹。

至於商朝陣營裏的角色，則著力於淡化他們的能力及影響，以整理者的初心，大約是要突出周營內部的人物能力，但有時卻不免失去了原著中的一些精彩，也讓原著中的一些情節得不到合理的解釋。如原著中較為精彩的聞仲受封時「率領二十四位正神，逕闖至臺下，也不跪」在本劇中就被完全刪掉了，只在全劇最末交代其與伯邑考、黃飛虎「各作上香畢，帥眾行禮畢，起科」，以此表明了其為群神之首〔註83〕。哼哈二將的對戰改成了攻破青龍關之後二人對戰，鄭倫更是只用一個回合就殺掉了陳奇〔註84〕，全無哼哈二將並尊的意思。原著中韓升、韓變兩兄弟夜劫周營，「只殺得血流成渠，屍骸遍野，那分

〔註80〕第六本第十二齣。
〔註81〕第八本第八齣。
〔註82〕第八本第十齣。
〔註83〕第十本第二十四齣。
〔註84〕第八本第十齣。

別人自己，武王上了逍遙馬，毛公遂、周公旦保駕前行。」連武王都差點不保，引起了眾怒，所以即便韓榮宣布陣前起義，姜子牙還是毅然殺掉了他的兩個孩子。本劇為了削弱他們的實力，寫姜子牙在二人劫營之後「點聚兵將，未曾大有損傷」，這固然是為了襯托姜子牙治軍的能力的，但卻在姜子牙殺二人時缺乏一定說服力，只顯得這一人物較為殘忍。

　　至於一些輔佐紂王的神祇則被醜化為妖邪。如原著中並未寫下山助殷洪的馬元是何種怪物，但其行徑除喜食人心肝之外，頗與人類相同，本劇則使馬元「戴黑熊精臉腦」，並在與楊戩等人交戰時都化作黑熊原形〔註85〕，在吞噬楊戩反受其害，與《西遊記》中鐵扇公主吞噬孫悟空之事有異曲同工之妙。法戒的結局在原著中是有明確提及的──「後來法戒舍衛國化祁它太子，得成正果，歸於佛教」，「祁它太子」即祇陀太子，是最早建立伽藍奉養釋迦牟尼的人，但在本劇中卻變成了梅花鹿精，收服他的人也由準提道人變成了南極仙翁〔註86〕。這大概是秉承「國之將亡必有妖孽」的古訓，加之截教又多「披毛戴角之人，濕生卵化之輩」，所以對這些角色進行了妖魔化處理。

（四）對風格的改造

　　如果說《封神演義》是平民的文學，那麼《封神天榜》的審美便是貴族的。原著中寫武吉初見姜子牙時，並不相信他的大才，待姜子牙說「不為錦鱗設，只釣王與侯」時，武吉便譏笑他：「看你那個嘴臉不相王侯，你到相個活猴。」完全是民間文學中把侮辱當幽默的惡趣味，《封神天榜》便將此類完全刪掉了，自然也刪掉了姜子牙為求武吉認可的自辯之詞〔註87〕。雖則當一個有高才的人沉淪下流時，這種自辯之詞是很常見的，但故事裏的姜子牙早已一度入仕朝歌，年事又高，又有崑崙山四十整年的修行，原不必如此。除此之外，本劇還刪除諸如哪吒與黃天化鬥嘴〔註88〕、三大士收獅象犼時在原身上掛名牌〔註89〕等情節，將鄧嬋玉被土行孫強姦僅以「小姐，漏已三鼓，良時不可錯過，我與你同入洞房去者」及「須索是鳳枕鴛衾，把海誓山盟細較蹉」兩句輕

〔註85〕　第六本第二十四齣，臉腦即「磕腦」，又稱「抹額」，即包在額頭上的巾飾，戲曲舞臺上用以表明妖魅的原型。
〔註86〕　第八本第二十二齣。
〔註87〕　第三本第四齣。
〔註88〕　第六本第八齣。
〔註89〕　第八本第四齣。

輕帶過〔註90〕。甚至原著中捉神荼鬱壘時，姜子牙用女人屎尿的術士之行也被刪去了，踏罡步斗被改成了命四雷公、四風神來布置〔註91〕，突出其神性而不是江湖習氣。

文王臨終時，武王與他討論自己夢見上帝與自己增加九齡之事〔註92〕，事不見於《封神演義》原著，全出《禮記·文王世子》章。原著中不及伯夷叔齊的出身，本劇則據《史記·伯夷列傳》補出二人乃孤竹君二子，因固讓君位，而下野隱居的故事〔註93〕。武王分封，諸侯的次序亦按照《史記》做出了調整，先齊而後魯〔註94〕。青龍關攻陷後，原著寫「營中治酒歡飲」，僅有六字，本劇則詳細寫君臣大慶成功的場面，並將功勞全部歸結於「主上洪福，元帥妙算」〔註95〕，不忘了在複雜的戰爭行文間強調對帝王的忠誠。

此外，《封神演義》裏龍吉公主雖然自稱「那年蟠桃會，該我奉酒，有失規矩，誤犯清戒，將我謫貶鳳凰山青鸞斗闕」，但卻只是曲言而已，後文敘述她「只因有念思凡，貶在鳳凰山青鸞斗闕」，套用的是仙女思凡的母題。本劇中則改為龍吉公主「有失威儀」〔註96〕，用人間的皇室禮儀對神界的故事進行改造，自然也需要迴避神界皇室的混亂的，這也是符合本劇作為宮廷連本大戲的意趣的。

在宗教的層面，本劇明顯自佛教的立場做了一定改造，如原文中預說李靖的前程是「肉身成聖超天境，久後靈山護法臺」，本劇則說他「凌霄護法臣，北闕群神主。環列勾陳，統攝為元輔。威風耀紫宸，浩氣輝天府。入聖超凡，身似菩提樹，同天不老金身固。」〔註97〕呼應了李靖作為毘沙門天王的地位。準提道人雖然是道人的身份，卻在道袍之外身披袈裟，且對孔宣開化之時口出梵音〔註98〕，太乙真人傳授哪吒收放法相的咒語也都由梵文構成，哪吒的法相為三頭六臂〔註99〕，文殊法相為三頭六臂、普賢四頭八臂、慈航千手千

〔註90〕第六本第十五齣。
〔註91〕第九本第二十四齣。
〔註92〕第三本第二十二齣。
〔註93〕第七本第十九齣。
〔註94〕第十本第二十一齣。
〔註95〕第八本第十一齣。
〔註96〕第七本第十三齣。
〔註97〕第七本第十八齣。
〔註98〕第八本第一齣。
〔註99〕第八本第十八齣。

眼〔註100〕，保持了與其在佛教法相的相同。此外，慈航道人以旦角應工，燃燈道人被崑崙山眾人稱為「祖師」〔註101〕，都與他們在佛教的形象和地位相同。原著中雖然刻意保持著三教的平等，但有些情節卻將道教師尊位列於佛教之下，如破萬仙陣後，西方教主本欲與老子、元始天尊及通天教主同執弟子禮，拜見鴻鈞道人時，鴻鈞道人說：「吾與道友無有拘束，這三個是吾門下，當得如此。」這話是不錯的，但隨後鴻鈞道人與西方教主同坐，老子等反而站立受訓，三清的身份便隱然位於佛祖之下，故此本劇改稱「他二人破陣之後，不知教主駕臨，自回西方去了」〔註102〕，避免了佛道位次及當面訓徒的尷尬。

（五）對主題的改造

從主題上來講，《封神天榜》更側重人力而非天意。本劇中雖不乏一些天命之論，卻並不如《封神演義》一樣奉為圭臬。第一本中，女媧聽說商周交代之事，第一反應是「天心不無可轉，君德亦足挽回。那受辛果能修德行仁，雖當劫數，亦未必即便遷轉。」〔註103〕可見商周易代，非惟天數，抑亦人謀。商朝之所以有忠臣良將，乃是因為「昔日成湯開基創業，也曾施義行仁，今日國運已終，還需得忠義之士報效於商，以表成湯弔民伐罪之正」〔註104〕，使人從情感上更能接受無數仁人志士為殷紂而死的事實，而非簡單以愚忠愚孝視之。

第三本敘述比干路遇賣菜女的故事，亦由天意變成了計策。原著說：「婦人言人無心即死。若是回道：『人無心還活。』比干亦可不死。」本劇則寫妲己為徹底除掉比干化身為賣菜女，專等比干於途中，所以比干必死無疑〔註105〕。原著中寫黃飛虎早知比干被剖心，所以派黃明、周紀暗中跟隨，本劇寫成比乾兒子追隨，黃飛虎隨後得知，派黃明、周紀尋訪未及，自然是更合人情的〔註106〕。

〔註100〕第九本第四齣。
〔註101〕首見於第五本第十四齣。
〔註102〕第九本第六齣，此處「教主」指鴻鈞道人。
〔註103〕第一本第四齣。
〔註104〕第一本第二齣。
〔註105〕第三本第十四齣。
〔註106〕第三本第十四齣。

　　除此而外，本劇還對湯武受命放殺這個主題做了更為深度的探討。從本劇第七本開始，劇情的進程明顯加快，以至於許多重要的情節如洪錦被擒〔註107〕及其與龍吉公主成婚〔註108〕、除徐蓋之外的穿雲關三將被擒〔註109〕，及鄧九公〔註110〕、蘇護〔註111〕、龍吉公主、洪錦〔註112〕、鄧嬋玉〔註113〕、鄭倫〔註114〕等主要將領之死都用獨白的方式交代，但卻用一大段的獨白只寫徐蓋在商周之間左右搖擺的心緒〔註115〕，並用完整的一齣寫其與兄弟徐芳的對話〔註116〕。原著中，兩人的對話只是陣前的交談，與敵我雙方在道德上互相審判別無不同，但本劇中卻將兩人對話的場景安排在府內，完全是兄弟間推心置腹的敘談。正因如此，雙方間對商周正邪間的辯難是拋開了政治需要的道德與信仰之爭，最終以徐芳的忽施強暴作結，看似整理者沒有做出結論，實際上用此一番氣急敗壞反映了徐芳的心虛。

　　這個問題的集中反映則是在姜子牙痛數紂王罪惡的時候，原著中「子牙暴紂王十罪」在本劇被歸納成「泄神明之忿」、「慰中宮之靈」、「正父子之倫」、「抒忠魂之怨」、「泄眾人之冤」五條，先鬼神、次倫理、再君臣，最後才是律法。在清代宮廷大戲的邏輯中，民意和民怨是最不重要的，所以整理者將原著中的其他罪惡融為一爐，在激怒諸侯之外，也為他們的「犯上」賦予了一定的正義性。至此，關於此主題的探討便告結束，原著中伯夷、叔齊在武王登基之後的再度阻礙及餓死首陽山等事便被整理者全盤刪掉了〔註117〕。

（六）對邏輯的改造

　　就邏輯而言，《封神天榜》會依照政治家的視角重新整理人情。紂王進香時，「外扮比干、生扮微子啟、副扮費仲、丑扮尤渾，各戴紗帽，穿蟒束帶，

〔註107〕第七本第十六齣。
〔註108〕第七本第十七齣。
〔註109〕第八本第二十四齣。
〔註110〕第八本第八齣。
〔註111〕均見第九本第一齣。
〔註112〕第九本第五齣。
〔註113〕第九本第二十齣。
〔註114〕第十本第六齣。
〔註115〕第八本第二十一齣。
〔註116〕第八本第二十三齣。
〔註117〕第十本第十九齣。

執笏全從上場門上」〔註118〕,「副」即「付」,即介於生、丑之間的角色,多
為奸詐之人;丑則是喜劇角色。二人與比干、微子啟同時出場,說明紂王已寵
信姦佞在先;女媧的籠幔並非因風吹起,而是紂王命內侍高卷,說明紂王瀆神
之意早在題詩之先。聞仲離京時,費仲、尤渾二人亦前往送行〔註119〕,聞仲
瞭解二人為人,不至於因捕風捉影之辭而將之列入所陳十策中,在陳十策之
前,亦見二人,問道:「請問費、尤二大人近來驟升何官?」明確了對二人無
功而致高位的不滿。二人說:「靠我二人有何功績?這總是太師素日栽培,聖
上洪恩。」〔註120〕看似對聞仲的討好,實則將其列在紂王之前,可見二人的
心機。如果是原著中當聞仲直面直陳他非禮、非臣、非法的「不識時務」的形
象,恐怕也很難討好紂王,這處邏輯上的改造使姦臣的形象變得可信。聞仲離
京又與鄧九公、雷鯤、雷鵬、魯仁傑等同行,很好地解釋了紂王為亂時這些人
何以不在朝中。

　　原著中蘇護沒有向費仲、尤渾送一分錢的禮物。本劇寫費仲、尤渾收受四
大方伯的賄賂,只有西伯姬昌和蘇護送的最少,「一共腦兒值不上七七八百兩銀
子」〔註121〕。因為費仲、尤渾得勢不止一年,收受賄賂自然也不是從本年開
始的,如果一開始姬昌和蘇護就沒有打算送禮物,費仲、尤渾早當與二人交惡,
不至於在女媧宮降香後才想到出計陷害。但若此二人聲勢日漲,姬昌、蘇護所
送的禮物無法滿足二人的需求,相形之下就合理得多。

　　黃飛虎妻賈氏被逼死後,其妹黃妃決定去摘星樓勸諫紂王之前心中計較:
「且住,我想此時哭也無用,嫂嫂既死,哥哥必反,將我置之何地?不如死在
哥哥未反之先,還省許多周折。」完全是政治世家女兒的心事。賈氏、黃妃死
後,紂王埋怨妲己:「他二人之死皆由你一言而起,可不是你不好」〔註122〕,
這是正常人遇事之後推卸責任的反應,相較之下,原著中寫「心下甚是懊惱。
只是不好埋怨妲己」云云,偏愛之餘便成了畏懼。

　　整理者在做劇情的調整時,實在是非常細心的,一些次要的人物整理者在
劇中都增加了他們出場的次數,如寫楊戩為了捉拿馬善拜訪靈鷲山時,見到了

〔註118〕第一本第五齣。
〔註119〕第一本第七齣。
〔註120〕第三本第十六齣。
〔註121〕第一本第九齣。
〔註122〕以上情節同見第三本第二十二齣。

已被燃燈道人收服的羽翼仙〔註123〕。原著中沒有結局的人物在本劇中也都有了各自的前途。如蕭銀釋放黃飛虎後，原著僅交代：「飛虎稱謝曰：『今日之恩，不知甚日能報？』彼此各分路而行。後來蕭銀要會在十絕陣內，此是後話不表。」實則十絕陣的故事中僅有蕭臻〔註124〕和蕭升，而無蕭銀。《封神天榜》中則增加了二人對話。黃飛虎邀請道：「張鳳已死，蕭將軍可同我同奔前途，到了西岐，末將必有重報。」蕭銀則回答：「末將功名之念已灰，出世之心早起，恩主一路留心，趲行休滯，恐有追兵，不當穩便。」〔註125〕這才是兩個互有恩情之人告別的應有態度，也是對蕭銀結局的最好交代。此外，本劇還將原著中未交代結局的龍環、周紀等十一人與本劇中未能在前文中戰死的孫子羽放在一起，以鄔文化劫營戰死的方式交代了他們的結局〔註126〕，雖然是一種很偷懶的做法，但相對於原文主將陣亡後偏將的故事也隨之結束的方式確實要好得多了。

　　至於原著中邏輯不通的地方在本劇中也都得到了很好的解決。黃飛虎投周，原著寫他自尋門路而來，《封神天榜》改為武王與姜子牙早知其事，並派散宜生與南宮适一文一武前往迎接。姜子牙說：「尚在西岐，已備知將軍冤屈」，武王自陳：「商朝武成公黃飛虎為因君王無道，妻妹慘亡，因此與他父子、諸弟及諸戰將殺出五關，投入西岐」。武王與姜子牙俱是有野心之人，自當關注商朝內部的政治變革，原著中姜子牙初見黃飛虎之面便躬身請問：「大王何事棄商？」無異於讓黃飛虎將悲慘經歷復述一遍，等同於傷口撒鹽，於情節更是拖沓。《封神天榜》改由武王發問：「將軍之事，西岐早知，但不知家門奇變從何而起？」〔註127〕看似問其經歷，實則問商朝內部的朝政關係。黃飛虎自然知趣，詳說狐妖一節而略提身世，此為西岐所不知者，亦是武王所感興趣的對象。

　　第三本寫比干之死，先寫其被紂王宣召得知剖心之事，之後寫回家與家人訣別，才想到拆姜子牙密劄，合情合理。另外，紂王固然殘忍暴虐，但剖心王叔之事理應避諱群臣，所以不寫群臣是有其道理的〔註128〕——在《封神天榜》

〔註123〕 第七本第十一齣。
〔註124〕 本劇中寫作「蕭秦」，見第五本第十八齣。
〔註125〕 第四本第一齣。
〔註126〕 第十本第四齣。
〔註127〕 以上各情節均見第四本第九齣。
〔註128〕 第三本第十三齣。

的原意，大概是要減少舞臺上不必要的人員安排，但卻是符合現實道理的，相形之下《封神演義》先寫比干拆封姜子牙密劄，而後會晤群臣，搞得人盡皆知，這些人卻沒有及時對比干進行救助，反而徒增喧鬧了。

　　第五本寫十絕陣，原著中的「玉虛宮第五位門人鄧華」已經被成為「仙家」，在本劇中秦完卻責怪「鄧華幼子，不知進退」，燃燈道人也在鄧華死後感歎說秦完「傷吾一弟子」〔註129〕，儼然是憐惜晚輩的口吻。原著的初心本是用鄧華玉虛宮門人的身份襯托天絕陣的險惡，但後文中接連試陣的韓毒龍、薛惡虎乃至方弼、方相之流或是門人，或是凡夫，所以本劇將之身份整理為一致倒不失為一種合理的手段。而在處理方弼、方相在見到散宜生和晁田並奪其定風珠的時候，整理者便有欠思量。原著寫方弼此刻的想法是「昔日反了朝歌，得罪紂王，一向流落；今日得定風珠，搶去將功贖罪，卻不是好？我兄弟還可復職。」淪落江湖後與原本的鎮殿將軍職務落差甚大，有此心理不足為怪，本劇整理者卻從維護正面人物的形象出發，寫他們有心歸周，說「奪了他的寶珠，做個贄見之物，投入西岐，有何不可？」〔註130〕但眼見對方宰執級的高官散宜生不想著接納，反而打劫他的寶物作為贄見之物，這便實在說不通了。

　　第六本將楊戩所遇的金毛童子由兩人改為一人，明確指出他的師父為戰死在十絕陣中的曹寶，並補敘他與玉鼎真人有舊〔註131〕，這就很好地解釋了為何會有人專在五夷山對楊戩等候，又何以聽聞其說楊戩的名字倒身便拜。原著中寫周武王兵進朝歌時，魯仁傑親自上城、設法防守的情節，但隨即在朝歌人民獻城之後又出現在了朝堂之上，本劇則用各軍士的同白指出「魯元帥棄城逃命去了」，一是交代了結局，二也讓軍隊放下武器、棄城投降的舉動變得更加合理。

　　至於原著中未作明確交待的情節，整理者也以原創的本領做出了很好的解釋，如其寫三妖的出處：「他三個本是秉天地之氣，採混沌之精，洞中修煉，不記春秋。雖有妖名，實成仙體」。又說：「修成變化，功行千年大；服氣餐霞，終有日飛昇高駕」。可見三妖本是仙體，因女媧復仇在先而墮入魔道。但為了擇清女媧的責任，著者特意要她說：「但不可殘害生靈，殺傷人命，事成之後，

〔註129〕第五本第十五齣。
〔註130〕第五本第十七齣。
〔註131〕第六本第十一齣。

使爾等亦成正果。謹記吾言，切不可妄生毒害。」〔註132〕此外，整理者另外設計了三妖的一結義兄弟兔仙，妲己欲收買姜皇后的隨嫁內監姜環刺殺紂王時，自忖「我想其計雖好，倘或姜環不從，洩漏此事，反為不美」，於是命兔仙撲死姜環〔註133〕。這個情節於情不合，按《封神演義》的原文，所謂兔子者乃是西伯侯吐子之後形成的，雖然本劇刪去了此處情節，但仍然難免不尊重原著之嫌。不過，本劇整理者用這樣一處心理活動卻很好地解釋了妲己何以由陷害人而動了殺心，妲己的這個變化與斯坦福監獄實驗的心理變化極為相似，只是前者更側重心理描繪，後者更重視心理分析而已。由此也可見整理者的心理洞察能力。

至於本劇的第一重要的道具封神榜，原著中給出的描繪並不明確，本劇整理者則寫明封神榜為兩卷，這大概是因為本劇最後的情節裏要宣讀完整的封神榜名單，出現全部受封的人物，所以勢必要將這一段情節分為兩齣，以第十本第二十三齣宣讀頭榜，第二十四齣宣讀二榜。為了避免全劇的枯燥，在宣讀二榜之前還令五路神跳舞作為中場休息〔註134〕。與原著明顯的不同是，元始天尊明確告訴姜子牙，這兩卷封神榜「汝當寶藏莫露」，姜子牙獨白「建造一臺，安供神榜，不可開看，臨期自有分曉」。原著中說「取封神榜與你，可往岐山造一封神臺，臺上張掛封神榜」。整理者這樣處理，大概是覺得斬將封神之時，各人對自己是否標名封神榜有知有不知，前後牴牾，故此統一整理為不知，認為封神榜秘而不宣，解決了這個難題。至於封神榜的規模也較原著大了許多，原著只說「子牙捧定封神榜」，本劇卻說姜子牙是身背封神榜的，用重量體現了此榜的重要〔註135〕。同時交代「非有符勅降下，凡塵難以按榜加封」，在說明了為什麼不能對名單上的人物隨斬隨封的同時，也突出了玉虛宮在斬將封神活動中的決定性的地位。

（七）戲劇結構對情節的超越

作為戲劇中的特定方式，獨白及龍套在本劇中都得到了很好的運用。

對於獨白的使用，整理者有意將一些枝蔓的情節使用角色的獨白道出，解決了許多形象創作上的麻煩：首先是上文提及的避免刻畫正面人物的醜態。其

〔註132〕第一本第八齣。
〔註133〕第一本第二十一齣。
〔註134〕第十本第二十四齣。
〔註135〕第四本第十五齣。

次是解決了一些道具運用上的難題，如楊戩殺花狐貂〔註136〕、雷震子與辛環交兵〔註137〕、金蛟剪剪除燃燈道人的梅花鹿〔註138〕等皆很難在舞臺上展現，所以借人物一口一筆帶過。在寫聞仲「黃花山收鄧辛張陶」時，整理者乾脆將原著中聞仲搬山、運海、設金牆、大林等統統捨棄，改成鄧忠等人早就有心歸降，所以聞仲甫亮身份，弟兄四人便投順報效〔註139〕。

再次是保持主幹情節的延續性，原著中經常有「文王正危急，按下不題。且說終南山雲中子在玉柱洞中碧遊床運元神，守離龍，納坎虎，猛的心血來潮，屈指一算，早知吉凶」之類非常生硬的轉折，如果是單純的說話尚有可說，到了戲劇舞臺上，複雜的布景變換勢必會浪費舞臺資源，同時也讓觀眾在不同的場景下切換，不利於故事的延續。因而整理者將此支線情節全部轉化為獨白，如將雷震子吞杏一事全由獨白道出〔註140〕，頗省事體。這也是戲曲相對小說的優勢之處——戲曲可以容忍人物的長篇獨白，小說則必須在情節和對話不斷推動中交待背景。《封神演義》作為話本改來的小說，又務必詳細交待每個故事的來龍去脈——假如雷震子的故事全在與姬昌相逢的時候道出，一定頗費時間，耽擱了躲避追兵的正事，無論如何是不合邏輯的，所以本劇中僅用「說來話長」一句帶過，便很是合理。但在寫黃天化的學道經歷時，就可以借他與黃飛虎的對話慢慢展開〔註141〕，蓋當時黃飛虎死而復生，正當穩定心神之際，加之陳桐並未緊追，敘些家常倒是題中應有之義。

再次，獨白的巧妙運用也能解決一些人物形象的問題，如上文中提及的降香女媧宮一事，雖然在本劇中仍屬於商容的提議，卻借紂王之口道出，避免了原著一問一答的敘事尷尬〔註142〕。《封神演義》整理者的原意是希望藉此將女媧的身世交待甚詳，但卻在人物的塑造上將紂王襯托得無知，《封神天榜》做了這種改動，在事情交待成功的同時，也將紂王的形象確立起來了。

最後則是能夠避免前後情節的雷同，如原著中殷洪和殷郊的故事都是「下山——被申公豹說反——捉放黃飛虎——大戰周營——大戰恩師——應誓而

〔註136〕第四本第二十四齣。
〔註137〕第五本第六齣。
〔註138〕第五本第二十二齣。
〔註139〕第五本第三齣。
〔註140〕第三本第一齣。
〔註141〕第四本第三齣。
〔註142〕第一本第五齣。

死——對紂王託夢」，本劇中則利用獨白將殷洪的經歷一筆帶過，且沒有寫他的託夢，但於殷郊的故事卻逐一發揮，很得詳略。誅仙陣和萬仙陣的類同也是如此處理的，在寫誅仙陣時本劇甚至將老子一炁化三清的故事全由各仙同白道出，甚至沒有寫其在誅仙陣內的戰鬥，而都由各位仙人的獨白完成〔註143〕，為後文萬仙陣的精彩預留了許多空間。

　　對於龍套的使用，則可以將許多單一的情節具象化，如寫趙公明之死時，姜子牙一面拜丁頭七箭書〔註144〕，一面使追魂使者、招魂使者、焦面鬼王等各做舞蹈〔註145〕，寫呂岳傳播瘟疫時，將原著中「命四門人，每一人拿一葫蘆瘟丹，借五行遁進西岐城，呂岳乘了金眼駝，也在當中，把瘟丹用手抓住，往城中按東南西北，灑至五更方回」改成了命八個布瘟使者「暗入西岐，布散瘟瘟，七日之內，俱令喪命」〔註146〕，凡此種種設計，都很具有舞臺感。另外，在這些龍套中，整理者加入了龍神〔註147〕、雷公、電母、風伯、雨師〔註148〕等形象，且人數不一〔註149〕，很好地調和了原著中哪吒出身故事與其他情節的不協調〔註150〕，但若按照原著的意思，則風雨雷電之神是姜子牙封神后方才出現的，本劇最後的封神榜中也有雷部、閃電、助風之神等〔註151〕，其間的關係（或矛盾）整理者有欠交代，倒是算得上本劇的白璧微瑕了。

　　自然，作為一部戲劇大作，本劇對於臉譜、舞臺及特效的使用亦對情節產生了至關重要的作用，然則本文以《封神天榜》對文學改造為主題，凡此皆不在本文的討論之列，讀者自尋專業的著作進行學習和探討便是了〔註152〕。

（八）結論

　　要之，作為宮廷連本大戲，《封神天榜》以《封神演義》為藍本，將原著的民間趣味轉變為宮廷意趣，構建的情境更為宏大，情節更為精緻，文字更為

〔註143〕第八本第十九齣。
〔註144〕原著作「釘頭七箭書」。
〔註145〕第五本第二十二齣。
〔註146〕第六本第二十一齣。
〔註147〕第七本第六齣。
〔註148〕第七本第十三齣。
〔註149〕第九本第二十三齣寫姜子牙命召四雷公、四風神。
〔註150〕見本書《封神演義成書考》一文。
〔註151〕第十本第二十三齣。
〔註152〕可參考牛剛花：《〈封神天榜〉研究》，中國戲劇出版社，2021年12月版，第四、第五章。

典雅，邏輯更為通順，不失為文章改造的一種典範。至於其中的一些對禮教的捍衛和對帝王需要的滿足與今看來是有些不妥的，但卻很好地為我們保留了其作為宮廷戲劇的一種面貌及研究清朝中葉作為政治宣傳的文學的一種樣本。

附：宮廷連本大戲《封神天榜》目次

第一本	第一齣	慶春臺挈領提綱
	第二齣	升金殿明因定劫
	第三齣	西伯侯樂宴思朝
	第四齣	女媧神論原赴會
	第五齣	為降香淫詞褻瀆
	第六齣	遇回宮神怒昏殘
	第七齣	聞邊警紂王遣相
	第八齣	奉玉勅女媧招妖
	第九齣	記私仇二奸定計
	第十齣	遊御園一女構讒
	第十一齣	直蘇護為女反商
	第十二齣	暴崇侯違朋討罪
	第十三齣	大戰爭劫營得勝
	第十四齣	邪法術愛子遭擒
	第十五齣	坐香閨佳人聞變
	第十六齣	奉善辭大大解圍
	第十七齣	隱妖形託女進宮
	第十八齣	貪狐媚加官免罪
	第十九齣	苦婆心進劍除妖
	第二十齣	毒狠計非刑殺諫
	第二十一齣	狐妖巧計殺中宮
	第二十二齣	勇將赤心救太子
	第二十三齣	失儲君老臣死節
	第二十四齣	收義子西伯長行
第二本		原闕

第三本	第一齣	遇追兵欣逢子救
	第二齣	投村店恰喜榮歸
	第三齣	宴靈臺飛熊入夢
	第四齣	求救難孝子投師
	第五齣	明君郊獵為求賢
	第六齣	賢輔垂綸欣得主
	第七齣	沙山畔戎主演陣
	第八齣	鹿臺上妲己宴妖
	第九齣	絕狐蹤將軍掘墓
	第十齣	啟君惑比干獻裘
	第十一齣	進美人妖朋合黨
	第十二齣	問病體毒計迷君
	第十三齣	逼剖心冤埋忠士
	第十四齣	遇賣菜苦死孤臣
	第十五齣	大交鋒迅掃凶氛
	第十六齣	狠撞階頃亡賢輔
	第十七齣	十款方條聞變亂
	第十八齣	三軍致討滅凶頑
	第十九齣	蔑理傷天誇勇戰
	第二十齣	擒兄誅逆順天心
	第二十一齣	正誅邪施威神鳥
	第二十二齣	父傳子託輔遺孤
	第二十三齣	逼歡娛貞姬盡節
	第二十四齣	憤冤屈良將私奔
第四本	第一齣	斬關鎖張鳳亡身
	第二齣	遇強梁陳桐祭寶
	第三齣	救難父子得相逢
	第四齣	託夢夫妻重訴苦
	第五齣	老將軍隨子投周
	第六齣	邪副帥擒人誇勇
	第七齣	黃滾為子負荊杖
	第八齣	哪吒奉命奪高關

	第九齣	入仁邦飛虎投周
	第十齣	探西岐晁田被獲
	第十一齣	二將用計總成空
	第十二齣	合宅歸仁方有用
	第十三齣	戰諸將桂芳誇勇
	第十四齣	拒邪術哪吒施威
	第十五齣	受榜文公豹賭頭
	第十六齣	求慈悲栢鑒顯聖
	第十七齣	聞仲得報求道友
	第十八齣	子牙觀水遇奇人
	第十九齣	臺成冤魂可長安
	第二十齣	神助妖仙全喪敗
	第二十一齣	二奸運敗統雄師
	第二十二齣	六月雪飛擒佞黨
	第二十三齣	兵起四魔忘守本
	第二十四齣	天教二聖共臨凡
第五本	第一齣	救生賜寶得成功
	第二齣	聞報辭君重出戰
	第三齣	聞太師計收四將
	第四齣	姜尚父理說三軍
	第五齣	能制勝子牙點將
	第六齣	湊天緣雷震見兄
	第七齣	失機逃難遇群仙
	第八齣	對坐談天誇十陣
	第九齣	拜陽魂姜尚離宮
	第十齣	絕生氣西伯哭師
	第十一齣	欲救空施仙法巧
	第十二齣	求方又得寶圖來
	第十三齣	失圖且喜得回生
	第十四齣	下書又來求破陣
	第十五齣	破二陣正可誅邪
	第十六齣	求一珠文難勝武

	第十七齣	逃生勇將遇恩公
	第十八齣	遭劫妖仙歸地府
	第十九齣	趙公明被說助商
	第二十齣	姜子牙欺敵臨陣
	第二十一齣	因借寶兄妹談心
	第二十二齣	為搶書將軍送命
	第二十三齣	申公豹報信說仙
	第二十四齣	南極翁誅陣破邪
第六本	第一齣	二正仙下界收妖
	第二齣	眾勇將衝營奏捷
	第三齣	迷道路錯認樵夫
	第四齣	盼轉輪喜生冤鬼
	第五齣	魂諫主忠心不泯
	第六齣	計說客毒志難回
	第七齣	奉朝命九公臨陣
	第八齣	為父病嬋玉當先
	第九齣	楊戩被擒原不損
	第十齣	行孫行刺反無功
	第十一齣	得袍甲楊戩請仙
	第十二齣	失寶貝行孫歸主
	第十三齣	散大夫議親巧說
	第十四齣	姜丞相設計成功
	第十五齣	仙人雙結好姻緣
	第十六齣	父女同歸仁國土
	第十七齣	冀州侯奉旨起兵
	第十八齣	先鋒官施法擒將
	第十九齣	二侯夜約共談心
	第二十齣	五瘟同謀來見帥
	第二十一齣	大交鋒共遭瘟毒
	第二十二齣	顯靈應齊奮神威
	第二十三齣	殷洪下山違誓願
	第二十四齣	馬元進帳顯神通

	第一齣	誤吞人魔頭被收
	第二齣	巧入圖殷洪廢命
	第三齣	申忠心蘇護歸周
	第四齣	奏邊報紂王遣將
	第五齣	羽翼仙入營見帥
	第六齣	元始祖降水救災
	第七齣	大鵬顯像上靈山
	第八齣	殷郊辭師收勇將
	第九齣	施毒計說反殷郊
	第十齣	報舊恩釋放飛虎
	第十一齣	識妖邪鷙嶺尋燈
第七本	第十二齣	收佛寶商營喪將
	第十三齣	空勞碌羅宣廢命
	第十四齣	應誓願殷郊喪生
	第十五齣	託夢難忘父子情
	第十六齣	擒將反成夫婦好
	第十七齣	登金檯子牙拜將
	第十八齣	升寶帳眾仙訓徒
	第十九齣	首陽山夷齊阻兵
	第二十齣	金雞嶺魏賁投見
	第二十一齣	商家命將致孔宣
	第二十二齣	周將陳兵死天化
	第二十三齣	為聘賢恰遇同心
	第二十四齣	難敵妖未能得勝
	第一齣	準提降世法收魔
	第二齣	洪錦分兵威斬將
	第三齣	為復仇火靈下界
	第四齣	因破法廣成臨凡
第八本	第五齣	狹路孤身遇公豹
	第六齣	碧遊三轉謁通天
	第七齣	得高關子牙受降
	第八齣	失軍機天祥被害

	第九齣	痛傷心元戎哭子
	第十齣	收得地眾將施威
	第十一齣	周營大宴慶成功
	第十二齣	妖術鑒爭誇祭寶
	第十三齣	變中化楊戩賺丹
	第十四齣	巧裏拙行孫盜獸
	第十五齣	陸壓飛劍斬餘元
	第十六齣	鄭倫巧逢擒賊將
	第十七齣	老韓榮一門死難
	第十八齣	小哪吒遍體幻形
	第十九齣	三教元功能破陣
	第二十齣	群妖邪媚可迷君
	第二十一齣	徐蓋知時自議降
	第二十二齣	法戒逞能偏要戰
	第二十三齣	說大義同胞反目
	第二十四齣	破邪陣忠士下山
	第一齣	得靈丹空施痘疹
	第二齣	失家鄉自盡關城
	第三齣	大會通天魔阻聖
	第四齣	明收怪象正除邪
	第五齣	定光仙自獻來投
	第六齣	鴻鈞主兩相解釋
	第七齣	彰報應公豹喪生
	第八齣	問探卒金龍亡陣
第九本	第九齣	聞兇信胥氏哭夫
	第十齣	報父仇卞吉捉將
	第十一齣	奏邊警大夫薦賢
	第十二齣	慕仁君賢侯議事
	第十三齣	巧通關行孫得符
	第十四齣	用大計芮侯誅將
	第十五齣	大數到五嶽歸天
	第十六齣	小法拙張奎喪母

	第十七齣	暗中行刺遇能人
	第十八齣	急裏貪功遭毒害
	第十九齣	奉旨掛榜為招賢
	第二十齣	無法失機全喪命
	第二十一齣	天兆起白魚躍舟
	第二十二齣	妖術猛袁洪得勝
	第二十三齣	肆兇暴紂王臺宴
	第二十四齣	察根柢神將圍擒
第十本	第一齣	照妖邪楊戩借鏡
	第二齣	鬥變化妖怪戕生
	第三齣	鄔文化夜劫周營
	第四齣	姜子牙火燒峻嶺
	第五齣	眾怪同心誇鬥勇
	第六齣	女媧協助共除妖
	第七齣	弟兄設計入關城
	第八齣	夫婦議情知詐巧
	第九齣	丁策議興勤王師
	第十齣	金吒巧用取關智
	第十一齣	遇仇家破敗被斬
	第十二齣	投仁主黎庶獻城
	第十三齣	數罪惡君臣大戰
	第十四齣	保身家奸黨議降
	第十五齣	臨回首猶戀歡娛
	第十六齣	思投生難逃劫數
	第十七齣	高樓一火自亡身
	第十八齣	金殿諸侯勸即位
	第十九齣	明君正位丹宸賀
	第二十齣	愚婦迴心白練投
	第二十一齣	宴成功明君錫爵
	第二十二齣	請勅命子牙拜師
	第二十三齣	受寶籙諸神即序
	第二十四齣	叩瓊霄列聖騰歡

五、周信芳劇本連臺本《封神榜》評介

　　周信芳編劇的連臺本《封神榜》是由《封神演義》改編的第一部白話劇。

　　周信芳（1895.1.14～1975.3.8），本名士楚，字信芳，浙江省寧波市慈谿人。生於曲藝之家，父周慰堂，工旦角，母許桂仙，工青衣。周信芳七歲登臺，配娃娃生，藝名「七齡童」，十一歲時改為諧音「麒麟童」，故其流派稱為「麒派」，與馬連良、唐韻笙並稱為「南麒北馬關外唐」。周信芳一生對傳統戲劇頗多改良，時人稱其為「國劇革新派」。〔註1〕

　　此劇最初的版本是清光緒元年（1875年）由孫春恆、景四寶、董三雄、孟六、孟七在天仙茶園首演的《興周滅紂圖》。光緒十五年（1889年）時又由響九霄、黃月山等在丹桂茶園排演，始定名《封神榜》，共計三十六本〔註2〕。在改編為連臺本劇作前，周信芳先後於民國七年（1918年）和民國十一年（1922年）編劇了兩部單本戲劇《蘇護進妲己》和《黃飛虎反五關》〔註3〕，民國十七年（1928年）將其編為連臺本戲劇，改為十六本，9月14日始與劉漢臣、小楊月樓、王芸等將首本首演於天蟾舞臺〔註4〕，同年演至十本〔註5〕。1930

〔註1〕伯龍：《國劇革新派之周信芳》，《北洋畫報》，1933年，第968期。

〔註2〕中國戲曲志編輯委員會：《中國戲曲志・上海卷》，中國 ISBN 中心，1996年12月版，第219頁。

〔註3〕王靜：《再尋麒麟童：寧波籍京劇大師周信芳》，寧波出版社，2012年8月版，第318頁、319頁。

〔註4〕中國戲曲志編輯委員會：《中國戲曲志・上海卷》，中國 ISBN 中心，1996年12月版，第219頁；然而另有一種說法是本劇於1927年演出首本，見蔡世成2011年12月的口述回憶，王靜：《再尋麒麟童：寧波籍京劇大師周信芳》，寧波出版社，2012年8月版，第137頁。

〔註5〕王靜：《再尋麒麟童：寧波籍京劇大師周信芳》，寧波出版社，2012年8月版，第320頁。

年演出第十一本〔註6〕，1931 年演出第十二至十六本〔註7〕。1932 年及 1933年再演《封神榜》〔註8〕，此後又多次演出單本戲劇如《新鹿臺恨》、《姜太公出世》等〔註9〕。本劇一至十本的劇本藏於北京戲曲研究所。

筆者未見此藏本影印或較早的排印本，但就著錄的情況來看，藏本與筆者所僅見之 2014 年上海文化出版社整理《周信芳全集》第 7 卷，即劇本第 7 卷，是完全不同的〔註10〕。如著錄本第一本是從女媧宮題詩寫起的，而《周信芳全集》第 7 卷所收錄的版本卻是從子牙下山寫起的，不知編者收錄的依據到底是怎樣的，我們也無從對劇本最終寫成的時間進行判斷，一些結論自然也是無法做出的。如本劇中「她」字作為第三人稱指代出現了 281 次，如果在本劇初排的劇本中便有這樣的規模，「她」字的發明不過 9 年，我們可以相信作者是十分受到新文化的影響的，但若是後來重版時調整至此，這種意見便失去根據了。同樣，因本卷開篇僅有《編者的話》作為總序，無卷序，故也不知其整理依據及校對的依據如何〔註11〕，例如其中文字多有不能統一處，如「哪吒」一時寫作「哪咤」〔註12〕、「秦完」一時寫作「秦宅」〔註13〕，「高蘭英」一時寫

〔註 6〕王靜：《再尋麒麟童：寧波籍京劇大師周信芳》，第 284 頁、321 頁。

〔註 7〕王靜：《再尋麒麟童：寧波籍京劇大師周信芳》，第 284 頁。

〔註 8〕1932 年演《封神榜》事見王靜：《再尋麒麟童：寧波籍京劇大師周信芳》，寧波出版社，2012 年 8 月版，第 285 頁；1933 年演《封神榜》事見伯龍：《國劇革新派之周信芳》，《北洋畫報》，1933 年，第 968 期。

〔註 9〕王靜：《再尋麒麟童：寧波籍京劇大師周信芳》，寧波出版社，2012 年 8 月版，第 321 頁、322 頁。

〔註 10〕曾自融主編：《京劇劇目辭典》（中國戲劇出版社，1989 年 6 月版）第 12～17頁著錄了北京戲曲研究所藏本每本的內容梗概，據此書，該藏本今存前十本，十一至十六本的故事梗概則是據 1931 年上海《新聞報》所記載的演出劇情整理的。因筆者未見是書，故不稱其為「北京戲曲研究所藏本」而稱為「《京劇劇目辭典》著錄本」，以下簡稱「著錄本」，所引內容皆在此 6 頁中，不一一注明。

〔註 11〕本書即黎中城單躍進主編：《周信芳全集第 7 卷・劇本・卷七》（上海文化出版社，2014 年 12 月版），整理者並未標明整理的依據，同書第 15 卷，即《曲譜・卷一》說明「根據 1930 年蓓開公司唱片記錄」，但其所整理子牙休妻一節見於著錄本而不見於《周信芳全集第 7 卷》所收內容。另，以下凡引此書，皆略作《全集》，並自後標明卷數。正文中與著錄本並提時則命名為「《全集》本」以作區分。

〔註 12〕「哪吒」之名首見於《全集・卷七》第 108 頁，「哪咤」之名首見於同書 318頁。

〔註 13〕《封神演義》中金鼇島中天絕陣陣主名秦完，本劇亦有此名，第 188 頁，「秦完」見同書第 198 頁。

作「張蘭英」〔註14〕,「毗盧仙」寫作「昆靈仙」〔註15〕等,我們也無從判斷是原文如此抑或整理者因手民之誤致此。

相對而言,著錄本《封神榜》與舊本較為接近,雖由多種傳統單折串聯敷衍而成,但情節上卻是相對完整的〔註16〕,《全集》本在著錄本的基礎上多有節略,如第五本寫蘇護與蘇全忠被妲己迫害致死後,蘇全孝欲為父報仇一事〔註17〕,與《封神演義》原著全不相同,出自著錄本第四本,同時蘇全孝此人並不復見於後文,應是作者在整理的過程中刪節了後續有關故事的結果。第九本聞仲夫人所說紂王「又逼反洪錦父子」〔註18〕,也不見於原著,而出自著錄本第八本。第五本又有渤海聖母說:「前番靈珠投生哪吒,無故擾亂龍宮,太子殞命。」〔註19〕明顯是照應前文哪吒鬧海一事的,但本劇卻並未有哪吒專門的故事。第六本中提到的「摘星樓調戲賈夫人,朝歌反了黃飛虎」〔註20〕,第九本土行孫自稱「費了千辛萬苦,那鄧九公才將他的女兒鄧蟬玉許配與我」〔註21〕,申公豹所說「我又在三仙島請去三霄娘娘,擺下黃河大陣,不想又被西岐所破,三霄娘娘也命喪陣前」〔註22〕,十本中所說「羅宣兵敗已死」〔註23〕、「費仲兄弟費極,魚肉鄉民」〔註24〕,第十六本提到的冰凍岐山〔註25〕及馬氏聯合費仲、尤渾火燒宋家莊〔註26〕及在晁雷、晁田

〔註14〕 《封神演義》中張奎之妻為高蘭英,本劇與之相同,同書308、309頁寫作「張蘭英」。
〔註15〕 《封神演義》中有毗盧仙,亦可以寫作「昆盧仙」或「毘靈仙」,本劇寫作「昆靈仙」,明顯是形近而致誤,見327頁。
〔註16〕 舊本《封神榜》由《蘇護進妲己》、《姜皇后》、《朝歌恨》、《陳塘關》、《乾元山》、《姜子牙賣麵》、《火燒琵琶精》、《文王訪賢》、《鹿臺恨》、《反五關》、《佳夢關》、《黃花山》、《黃河陣》、《絕龍嶺》、《大回朝》、《三山關》、《西岐山》、《瘟瘴陣》、《骨龍關》、《金雞嶺》、《首陽山》、《碧遊宮》、《攻潼關》、《戰澠池》、《梅花嶺》、《斬妲己》、《摘星樓》共二十七部單折戲劇組成,見中國戲曲志編輯委員會:《中國戲曲志·上海卷》(中國ISBN中心,1996年12月版),第219頁。
〔註17〕 《全集·卷七》,第103~106頁。
〔註18〕 《全集·卷七》,第272頁。
〔註19〕 《全集·卷七》,第107頁。
〔註20〕 《全集·卷七》,第152頁。
〔註21〕 《全集·卷七》,第255頁。
〔註22〕 《全集·卷七》,第266頁。
〔註23〕 《全集·卷七》,第277頁。
〔註24〕 《全集·卷七》,第278頁。
〔註25〕 《全集·卷七》,第410頁。
〔註26〕 《全集·卷七》,第431~432頁。

面前出賣姜子牙〔註 27〕等事，都不見於《全集》本，而是著錄本的內容。故可以相信，著錄本的成書時間要早於《全集》本，並且是《全集》本重編的依據。

全劇無傳統切末，只有科範，不稱「科」而稱「介」，是符合周信芳作為江南名伶的習慣的〔註 28〕。每本前有人物表、布景，臺詞多用白話而非文言，極少按照舊有戲劇或《封神演義》原著直譯，更多代之以根據當時的情境做為發揮，如比干感慨費仲、尤渾因佞言得勢時說：「可惜老夫老了，不能學時髦了。」〔註 29〕劇本中未見其服裝、臉譜等，有記載稱此劇多有創新，如將長裙飾以羽毛、袒胸露腿，紂王裝隆鼻、戴虬髯，不中不西〔註 30〕等，擺明瞭是按照話劇的方式對傳統京劇進行改造的。

（一）劇情的介紹

全劇共十六本，中間情節斷續，明顯是由單折戲劇敷衍而來的，前十一本中僅有第九本按場次劃分，每場設題目，內部另有分節，其餘各出僅做分節並設題目，而無場次，第十二至十六本則僅以場次劃分，無題目與分節。相形之下，無題目與分節的各本情節反而完整，有題目和分節的反倒前後衝突甚多。各本中「雉雞精」間寫作「雞精」〔註 31〕，有時稱之為胡嬉妹〔註 32〕，有時則乾脆將其與雉雞精視為二人〔註 33〕。燃燈的身份一時為「道人」〔註 34〕，一時為「古佛」〔註 35〕；僉押封神榜時，與元始天尊、太上老君等並稱為「七祖」〔註 36〕，後文中又一時稱姜子牙為「師弟」〔註 37〕。申公豹的身份一時為截教，如廣成子對殷郊說：「你可知申公豹他是截教，與你師叔姜尚有仇？」〔註 38〕，

〔註 27〕《全集·卷七》，第 436 頁。
〔註 28〕「科」、「介」二字均指戲劇舞臺的動作、科範而言，一般的，北方雜劇稱「科」，南戲稱「介」，可參考周貽白《中國戲劇史》的相關論述。
〔註 29〕《全集·卷七》，第 58 頁。
〔註 30〕中國戲曲志編輯委員會：《中國戲曲志·上海卷》，中國 ISBN 中心，1996 年 12 月版，第 219 頁。
〔註 31〕「雉雞精」首見於《全集·卷七》第 82 頁，「雞精」首見於同書 105 頁。
〔註 32〕《全集·卷七》，「胡嬉妹」作為角色名出現首見於第 80 頁。
〔註 33〕《全集·卷七》，第 82 頁。
〔註 34〕《全集·卷七》，第 6 頁。
〔註 35〕《全集·卷七》，第 230 頁。
〔註 36〕《全集·卷七》，第 7 頁。
〔註 37〕《全集·卷七》，第 204 頁。
〔註 38〕《全集·卷七》，第 227 頁。

一時又為闡教，如他稱元始天尊為「師尊」〔註39〕卻稱通天教主為「教主」
〔註40〕，與瞿留孫互稱「師兄」，瞿留孫又讓土行孫稱申公豹為師叔，且與瞿
留孫和姜子牙都有「同學之情」〔註41〕，顯然師出同門。前文中說「前番害了
姜氏父女，全虧了假姜環」〔註42〕，以姜環為假冒，與《封神天榜》相同，後
文殷郊卻交待「她懷恨在心，買動刺客姜環，刺王殺駕，將這一場不白之冤陷
在我母的身上」〔註43〕，是受雇於妲己的實實在在的人。

　　各本的內容是以原著為依據，按照著錄本為底本進行大刀闊斧的改編和
重排的。第一本寫子牙下山，略等於原著第十五、十六兩回，與著錄本第一本
後半及第二本的內容相同，但《全集》本無紂王題詩、蘇護反商進女及煉出琵
琶精形骸等情節。第二本寫梅伯之死與商容棄官，略等於原著第六回或著錄本
第七本中的小段，但有了較大改編〔註44〕，應是將著錄本兩本合併，便缺出一
本，故以此特別發揮、補齊。至於其所擷選的內容則是側重於紂王暴政的，以
此反映對專制制度的批判。

　　第三本寫比干之死，略等於原著二十五、二十六回，為著錄本第三本中的
一節，但刪妲己調戲伯邑考、文王逃五關事。比干路遇賣菜女的情節設計為妲
己變化賣菜女而害死比干，與《封神天榜》的情節類同，但其中多有原創且無
關於其他各本的形象和情節，如上官偉、赫胥、襄昆、連武等角色，及後三者
試圖擁立比干為天子之事〔註45〕，正符合單本戲劇的特色。《周信芳全集》第
六卷收有單本戲劇《鹿臺恨》，與本劇第三本的內容基本相同，但因為《鹿臺
恨》首演於1958年〔註46〕，正是新中國成立初期以唯物主義思想整理舊戲的
時代，故《鹿臺恨》中將一切神話劇情刪去，將妲己所宴請之妖狐改為軒轅墳
中奴隸假扮〔註47〕，並加入了武王觀黎等內容〔註48〕。

〔註39〕《全集・卷七》，第326頁。
〔註40〕《全集・卷七》，第334頁。
〔註41〕《全集・卷七》，申公豹與瞿留孫和土行孫的關係見第238～239頁，與姜子
　　　　牙有「玉虛宮同學四十年之情」，見第10頁。
〔註42〕《全集・卷七》，第91頁。
〔註43〕《全集・卷七》，第221頁。
〔註44〕原著的梅伯之死、商容棄官都因紂王造炮烙一事，本劇改為二人因姜后及姜
　　　　桓楚被殺而進諫。
〔註45〕《全集・卷七》，第71頁。
〔註46〕劉厚生：《劉厚生戲劇評論選集》（中國戲劇出版社，2015年9月版），第238頁。
〔註47〕《全集・卷六》，第143頁。
〔註48〕《全集・卷六》，第139頁。

　　第四本寫楊任被挖眼，相當於原著中第十四回的一個小節，僅有楊任所說「三害在外，一害在內」〔註49〕是見於原著的，但其他情節與原著完全不同。著錄本在第四本中除寫楊任被挖眼一事外，還寫及賈夫人的被害及黃飛虎的反叛、蘇護滅門等事體。

　　第五本寫姜子牙救助蘇全孝及隱居後與武吉的對話，見於原著第二十三回中的一節，又將原著第三十八回姜子牙獲得打神鞭及第七十二回重遇申公豹兩個細節移植到此本。救助蘇全孝一事在著錄本中為第五本最後的情節，原有情節中的廣成子、赤精子救助殷郊、殷洪及哪吒出世都被刪掉了。姜子牙隱居事見於著錄本第六本，但是著錄本第六本仍有箕子佯狂，費仲、尤渾火燒宋家莊，預備殺掉宋異人一家及聞仲次子聞夢雲等人後為聞仲所救之事，《全集》本僅在第六本中保留了聞仲救聞夢雲等事——為了加強各本之間的關聯性，作者有意將武吉獲救之後的事情列入下本中。

　　第六本繼前本之事，續講武吉脫困及文王聘請姜子牙之事，見於原著第二十三、二十四兩回，只是將武吉在坑內一日變為四十九日，並設計其因母親受餓提前一日出坑，以突出其孝行〔註50〕。但因為《全集》本刪去了火燒宋家莊一事，導致從《訓兵》一節開始講聞仲的故事，十分突兀，與前文有明顯的割裂，此情節當是將原著第二十七回「太師回兵陳十策」和第三十一回「聞太師驅兵追襲」的部分內容合而為一。其中《訓兵》、《北海》兩段與《封神天榜》中降服賽罕的兩節頗為相似。聞仲以診脈為途徑鑒出妲己為狐妖〔註51〕，聞仲有兒子聞夢龍、聞夢雲〔註52〕，與原著的設定頗有出入。

　　第七本緊承六本而作，將聞仲條陳十策當成了應許紂王出兵前的威脅，並且聞仲在陳十策後並沒有離開朝歌，僅令鄧九公統兵作戰，自己則「坐鎮朝歌，監視妲己」〔註53〕。《仙島》一節〔註54〕出自原著四十三回後半，《敲骨》、《孕婦》、《驗胎》三節〔註55〕出於第八十九回，都不見於著錄本，而是直接由原著改編的。不過，原著中聞仲死於第五十二回，並不及對此等事懲治紂王，本劇將之移至聞仲生前，大概有借聞仲之手教訓暴君，為民眾出氣的意思。

〔註49〕《全集・卷七》，第 97 頁。

〔註50〕《全集・卷七》，第 133～134 頁。

〔註51〕《全集・卷七》，第 163～164 頁。

〔註52〕聞夢龍首見於《全集・卷七》第 150 頁，聞夢雲首見於 153 頁。

〔註53〕《全集・卷七》，第 193 頁。

〔註54〕《全集・卷七》，第 184～185 頁。

〔註55〕《全集・卷七》，第 185～194 頁。

　　第八本以「九仙山」一節為界，明顯分成前後兩個單元，第一單元寫趙公明助紂伐周事〔註56〕，基本與原著第四十七、四十八兩回一致，只是將聞仲和姜子牙的初次會面放在了十絕陣之後〔註57〕，並有姜子牙一度邀請過趙公明的情節〔註58〕。第二單元寫殷郊與殷洪的故事〔註59〕，以殷郊為主要角色，將原著中的二人分別下山改為了合兵一處，溫良、馬善也都是申公豹勸說加入殷郊陣營〔註60〕，殷洪先於殷郊降商後，險些死於費仲、尤渾之手，後遇殷郊解救，共同仗劍入宮，與妲己爭執一番後預備擊殺妲己，被妲己以假死騙過，而後合兵征討岐山並與恩師抗衡〔註61〕，最終則分別死於犁鋤和太極圖中。此二事俱不見於著錄本，應是周信芳氏新加入的內容，情節反倒得其完整。

　　第九本分出十五個場次，但第二場分為「下山」和「贈寶」兩節，第三場分為「交兵」和「回營」兩節。賦節與否與場的長短並沒有一定之規，如第一場佔據六頁半，第二場兩節加在一起僅有三頁半，第四場則不足一頁。同時，儘管此本分出場次，但仍不是完整的單本戲劇，以第十二場「雲程」為界，前十一場寫的是土行孫下山降周的故事，相當於原著中的第五十三至五十六回及著錄本第十一本的故事。但是這些場次的時序很亂，如前本楊戩以多次建立奇功，如護衛姜子牙、搶奪釘頭七箭書、識鑒番天印等〔註62〕，此本卻又寫他初次下山〔註63〕，前文已寫申公豹對趙公明說姜子牙「命土行孫四處散佈謠言」〔註64〕，此本又寫申公豹與土行孫的初次相識〔註65〕。這無疑是單本戲劇連綴成篇後未經統一的結果，此種特徵也不是《全集》本特有的，著錄本中哪吒打死龍王三太子和姜子牙火燒琵琶精分別出現過兩次〔註66〕，第三本已寫過比干之死，第七本又寫比干、商容勸諫紂王未果；第六本姜子牙已成為西

〔註56〕《全集·卷七》，第195～211頁。
〔註57〕《全集·卷七》，第198頁。
〔註58〕《全集·卷七》，第196頁。
〔註59〕《全集·卷七》，第211～234頁。
〔註60〕《全集·卷七》，第215頁。
〔註61〕《全集·卷七》，第217～224頁。
〔註62〕《全集·卷七》，楊戩首次出場在第八本，第198頁，護衛姜子牙見203頁，搶奪釘頭七箭書見208頁，識鑒番天印見224頁。
〔註63〕《全集·卷七》，第241頁。
〔註64〕《全集·卷七》，第196頁。
〔註65〕《全集·卷七》，第237頁。
〔註66〕哪吒殺龍王三太子同時見於第五本和第七本，姜子牙煉琵琶精同時見於第二本和第七本。

周丞相，第七本中又在朝歌幫紂王監造鹿臺等。但《全集》本此本中各場內部的情節也不十分統一，如土行孫被懼留孫擒獲後自稱「那日來一跨虎的道長，自稱申公豹」云云〔註67〕，是出自《封神演義》原著的，而與第一場「利誘」的內容差別較大。後四場出自著錄本第十本，寫聞仲請九龍島四聖欲為趙公明報仇，尋求其師金靈聖母幫助未果並遇到辛環四人事，九龍島四聖見於原著第三十八回，原著是在張桂芳伐岐山時，本劇改在了十絕陣後，李興霸的名字被改為了李興壩。聞仲遇辛環一行在原著中本是再正常不過的下山收將的套路，本劇則改為公案，第九本第十四、十五兩場起與第十本《大審》一節共同構成完整的公案故事。此後，第十本又寫聞仲強迫紂王親征，因武王不肯與紂王對陣，姜子牙私放費仲、尤渾使其撤兵，及聞仲死於絕龍嶺一事，基本上相當於原著第五十二回或著錄本第十本的部分內容。

第十一本前半寫張奎的故事，相當於原著八十六回後半或著錄本第十一本後半的內容，但著錄本未有原本作為依據，不知其具體情節為何，但著錄本中提及的誅殺土行孫夫婦事不見於本劇劇情。《金霞冠·破冠》一節之後為後半，引入火靈聖母被殺及誅仙陣事，菡芝仙、彩雲仙子、邱引、馬遂等都在此出場〔註68〕，基本上相當於原著七十二回、七十三回前半及七十八回的部分內容，不見於著錄本。

第十二本借用了原著中七十五至七十九回的人名而對故事進行重塑，其中只有楊戩變化賺餘元及餘元造戰車之事〔註 69〕是出於原著的，但卻將餘元的弟子余化與痘神余化龍父子合併，其他的情節既不見於原著，也不見於著錄本，主角徐鳳嬌、配角徐貴等更是完全原創的角色，是作者重新編過的。但這一本中也非完整的劇情，第八場徐鳳嬌赴戰場之後，作者對其與韓升、韓變的結局都無交代〔註70〕，反而在第九場寫微子衍勸諫紂王不要濫殺百姓、官員之事，其中紂王選美女充實後宮及蘇里仁斬殺新娘娘一事〔註71〕都不見於原著和著錄本，或是作者有佚失的獨立劇本，或是別有所本。

第十三本寫丁策投軍，見原著第九十四回，本無甚出彩之處。著錄本第十三本加入了冰姑這一人物形象，對劇情進行了較大的改編，《全集》本則對著

〔註67〕 《全集·卷七》，第 254 頁。
〔註68〕 《全集·卷七》，第 327 頁。
〔註69〕 《全集·卷七》，第 346～350 頁。
〔註70〕 《全集·卷七》，第 366 頁。
〔註71〕 《全集·卷七》，第 367 頁。

錄本也有了很大的改動，如將丁美娘由丁策之妹變成了丁策之姐，冰姑在董忠之妹的身份之外，又為丁策新婚之妻，冰姑為救愛郎丁策，扮成其妹，假意逢迎費全使丁策逃過一劫而非與之同歸於盡等。但此本仍是未竟之作，南宮适被擒後〔註72〕，未曾交代其結局，該本以冰姑假意逢迎後，費全放過丁策、冰姑二人作結〔註73〕，卻仍未交代其最終的結果。且此本中許多人物臺詞未能協調，如冰姑在和丁策敘述嫂子被調戲時，有時以「哥哥」、「妹妹」相稱，有時冰姑將丁策稱為「夫君」〔註74〕，丁策將丁美娘或稱為「姐姐」，或對冰姑而言稱為「你嫂嫂」〔註75〕，十分混亂，使讀者初讀時如墮霧中。

第十四本寫梅山六怪的故事，相當於原著中第九十二、九十三兩回或著錄本第十四本，但與原著及著錄本都不同的是，該本沒有袁洪這一角色，更沒有用山河社稷圖收服袁洪之事。故事先從方弼、方相相助姜文煥攻打遊魂關寫起〔註76〕，原著中兄弟二人已死在十絕陣中，二人在伐紂中的故事也不見著錄本提及。其後又寫梅山六怪乃受妲己之邀請助竇榮守遊魂關〔註77〕，著錄本介紹不明，不知是否一致。但後文寫梅山豬妖朱子真分別對竇、魯二人說另一方有降周之舉並使其爭鬥〔註78〕，與著錄本中徹地夫人用照妖鏡辨別六怪原形有明顯不同，原本中的神話故事為現實的計策，最終以六怪獻城為結束，未交代竇、魯兩家各人的結果。

第十五本借用原著中殷破敗、殷成秀父子的名字敷衍出費仲說服殷破敗獻城而遭到殷成秀拒絕，終於父子反目的大戲，與原著迥然不同，且不見於著錄本。第十六本由馬氏與姜子牙重逢和封神臺上眾神申斥紂王兩個故事構成，大致相當於原著中第九十五、九十八回的部分內容，但均不見於著錄本。全劇最末沒有宣讀封神榜各神名諱，這是與其他封神榜的改編本明顯不同的地方。

從上述對比可以看出，著錄本的《封神榜》雖不免重複、跳躍的情節，但基本上能保證劇情是嚴格按照《封神演義》原著的順序，並擇其重要事件的，

〔註72〕《全集‧卷七》，第372頁。
〔註73〕《全集‧卷七》，第381頁。
〔註74〕《全集‧卷七》，第373頁。
〔註75〕《全集‧卷七》，第374頁。
〔註76〕《全集‧卷七》，第382頁。
〔註77〕《全集‧卷七》，第389頁。
〔註78〕《全集‧卷七》，第397頁。

保持了邏輯的前後相承。《全集》本的《封神榜》則是將原著的故事進行了節選，各本的劇情跳脫，每本的情節也多不完整。這是因為周信芳編劇的《封神榜》雖稱為「連臺本」，卻不過是以一種題材貫穿始終，因為「連臺本戲的劇情變化大，用的人要經常換，每本戲都有特定的主角、戲裏用什麼人就請什麼人，人才流動，戲就好推廣了」，何況「連臺本戲可以普及觀眾，可以增加收入，可以鍛鍊編導，可以讓演員的才能得到最大發揮」〔註79〕。故製作連臺本的本來用意是突出演員而非戲劇的邏輯的。當時參演的主要演員先後有小楊月樓、劉漢臣、王芸芳、王風琴、潘雪豔、趙如泉、趙君玉、楊瑞亭、朱雅南、楊鼎儂、劉奎官、陳鶴峰、董志揚、高百歲等〔註80〕，均為一時之選，但全劇既以周信芳氏為絕對的主角，故由其應工的生戲角色戲份較多，如姜子牙、比干、梅伯、聞仲等，相對而言，原著中另一較為重要的角色哪吒出場僅七次，共計四句臺詞，皆是報訊的功能，也是由於同一種緣故了。

（二）劇作的主旨

與原著不同，本劇開場便是子牙下山，將原著中一上崑崙時元始天尊交付封神榜的情節及姜子牙與申公豹的衝突和子牙出世的故事合併在一起，稱他為「一陣轉世」，周文王則是「宛丘大仙」轉世臨凡〔註81〕。作為原著最重要的道具封神榜在本劇中被設計成由昊天上帝下旨，太上老君、元始天尊、鴻鈞老祖、接引道人、準提道人、燃燈道人、度厄真人「七祖聚會、三教並議」的成果〔註82〕，但在全劇中僅提及47次，有20次在子牙下山一場，11次稱姜子牙為「封神榜主」，9次以「恐怕封神榜上有名」威脅截教眾仙，實際的效用遠不如原著為大。且本劇中將原著中的「懼留孫」改寫為「瞿留孫」，「文殊廣法天尊」改為「文殊廣德天尊」〔註83〕，殊失考究，又申公豹勸殷郊反水之時稱「什麼宏誓大願，不過是牙痛咒兒。人定勝天，你不要迷信。」完全不是道士的聲口。故此可知本劇已脫離了原著的宗教特徵，僅以神話為題材而已。

〔註79〕 二語皆出自周信芳自述，引自涂沛：《七齡童一麒麟童一麒派——論麒派表演的戲劇化進程》，中國藝術研究院戲曲研究所：《戲曲研究 第48輯》，文化藝術出版社，1994年3月版，第126頁。

〔註80〕 沈鴻鑫：《江南伶傑 劇界麒麟——周信芳評傳》（商務印書館，2015年11月版），第49頁。

〔註81〕 《全集·卷七》，第6頁。

〔註82〕 《全集·卷七》，第5頁、7頁。

〔註83〕 《全集·卷七》，第2頁。

　　全劇的主旨是謳歌民主，反對暴政的。那時評論家的定位，以為《封神演義》這部書與《封神榜》這部戲都是與《伊索寓言》一樣的著作，借神怪之題材批評專制，施之於當時，「簡直給有槍階級的軍閥們遙立竿影，教他們明強權的最後勝利是被循公理奮鬥的民眾得去的」〔註84〕，故這部劇有著極強的現實諷喻意義，劇中的紂王及其佞倖集團簡直成了一切專制的代表，也是軍閥政府的一種影射。作者極力刻畫紂王及其佞倖集團的殘暴顢頇，如借丁策之口感歎：「如今的世界，本來沒有天日。」〔註85〕借劉乾之口說：「但是在這種社會上過日子，要康健也不康健了。」〔註86〕是在批判當時的社會。借比干之口批評崇侯虎：「你們只圖萬歲一笑，就不顧百姓們啼哭！」〔註87〕是在批判當時的官僚階層只顧陞官、討好上司，不顧社稷民生。比干拒絕紂王同飲的邀請時說：「我不忍吸飲那人民的鮮血。」並批評紂王是「天下奉一人，獨夫殘萬民！」〔註88〕直接將矛頭對準當時的最高領導人。姜子牙在隱居時關切民眾說：「怎麼，紂王又加賦稅麼？」〔註89〕完全是對民國初年政府亂加賦稅的諷刺。毒殺聞仲未果的太醫洪水與妲己對質，被紂王喝止，洪水罵道：「你不要喝住我的話，你的專制壓迫，我也个怕了。我罵你什麼好，你實在是個昏王，你實在是個害民的賊！」〔註90〕這兩句痛罵既是對專制者虛偽嘴臉的訓斥和揭露，也是在寫專制者內部的不堅牢。在作者看來，作為專制最底層的統治工具，洪水之流是完全有機會被最高的專制者拋棄的。

　　於是作者以現實的立場兩次對紂王及其佞倖集團進行了公審。第一次出現在第十本《大審》一節，此節長達17頁，是各場（節）中最長的一段。作者寫鄧忠因費仲之弟費極殺死了自己的弟弟鄧孝，反誣張節所為，鄧忠自覺孑立一身，於是來到朝歌刺殺妲己。途中遇見張節之妹張麗珠才明真相，遇見費仲，錯認為聞仲。張麗珠被騙進費府，張節也在被費仲等人不斷屈打，並在未曾招供的情況下，被有司定下了罪名。最後借聞仲之手，方才翻案。作者借用此案，一是批判了紂王的昏暴、費仲兄弟的好色弄權，二是揭露了當時的官員

〔註84〕瘦竹：《天蟾為什麼排演〈封神榜〉》，《申報》，民國十七年（1928年）9月15日第7版。
〔註85〕《全集·卷七》，第377頁。
〔註86〕《全集·卷七》，第418頁。
〔註87〕《全集·卷七》，第57頁。
〔註88〕《全集·卷七》，第61頁。
〔註89〕《全集·卷七》，第112頁。
〔註90〕《全集·卷七》，第178頁。

「身為命官，草菅人命」〔註91〕，三是揭露了當時的權力的滲透到無孔不入的地步，鄧忠被擒獲預備公開審判時，費仲以聖智為藉口，強迫民眾觀看審判〔註92〕，目的當然是宣揚權力的可怕，殺一儆百，以儆效尤。

第二次則是在全劇的最末，群神在封神臺上對紂王你一言我一語地進行公審，太監陳青甚至將紂王的罪惡唱成了數來寶，正面告誡以紂王為代表的專制者所謂領導者應該是「國民的公僕」，否則「似這等害民的蟊賊應當早打倒，你自焚一死我的氣還不能消。」〔註93〕這一場戲是將原著中的「子牙暴紂王十罪」和紂王臨死前眾英靈對紂王的討命合二為一的。相形之下，原著中的暴十罪更多的是宣揚政治正確，討命更多是製造因果報應的恐怖。前者為政治，後者為宗教，皆遠不如本劇中發揮民眾對民主政治的嚮往與自覺而對紂王進行公審來得更具震撼力。

在作者看來，武王伐紂這一史實固然是推翻暴政的典範，但卻也並不意味著民主的發生。劇中安排，聞仲對紂王說，武王的起兵是「為民請命」而非造反，作者借紂王之口說：「自古來，哪一個亂臣賊子奪人家王位的時候，不是打著為民請命的旗號，口口聲聲說什麼驅逐暴君，廢除苛稅，整頓吏治，為人民謀幸福……但是等他們搶到了王位的時候，百姓還是百姓，當兵的還是當兵，他們的話是一句都莫有實現，國家經濟也受了影響，人民反而加多了負擔。嘿！倒楣的是人民，被利用的是人民，什麼為人民謀幸福，分明是為人民謀死亡罷了！」〔註94〕如果說這些話不過是對歷史上改朝換代的君主政治的否定，那麼在武王伐紂成功之後，商容、梅伯、比干等人的英靈質疑武王「武王封比干墓，表我的門閭，則還不是做人的鬼詐？要買人心而已。」「凡做皇帝的，不是強暴定是奸詐，哪裏有一個好東西？」「你倒戈了，還不是一個死？倒替姜子牙成全了一個軍閥。」〔註95〕只能理解為對民國初期袁世凱統一南北、段祺瑞再造共和等虛假民主和政治亂象的失望——甚至其中也不乏對蔣介石剛剛完成的北伐的失望。

作為民初政局的親身經歷者，作者不相信以「仁政」為暴力革命藉口的武王能夠對社會發生根本性的改變。要跳出「專政—革命」的循環，必須呼

〔註91〕《全集・卷七》，第 280 頁。
〔註92〕《全集・卷七》，第 274 頁。
〔註93〕《全集・卷七》，第 447 頁。
〔註94〕《全集・卷七》，第 180 頁。
〔註95〕《全集・卷七》，第 440 頁。

喚公民意識的自覺不可，因此主張以公民的聯合對抗統治者的暴政。這也是
和此前新文化運動主要人物的思想想接近的，如陳獨秀便說過：「是以立憲政
治而不出於多數國民之自覺，多數國民之自動，惟日仰望善良政府、賢人政
治，其卑屈陋劣，與奴隸之希冀主恩、小民之希冀聖君賢相施行仁政無以異
也。」〔註96〕於是作者借由《封神榜》這個題材，價格此思想變更為具象化
的表述，如其借雷開之妻胡氏之口說：「他這個皇上，早應當打倒。你想啊，
他這個皇上，是天下百姓恭敬他，方做皇上。他不替百姓服務，反而去害百
姓，殺百姓，他分明辜負了百姓。他既然辜負了萬萬人，我們辜負他一個人，
也不算什麼。」〔註97〕同時借眾英靈之口對紂王的魂靈說：「你要是再用壓迫，
我們就要結合起來反抗你。」「活著沒有結合，死了還不覺悟嗎？」〔註98〕頗
有一些勞動者聯合的意思。此外，其又在姜子牙隱居時，寫到農夫們對姜子
牙講：「可憐我們農人有的賣掉妻子，有的賣掉兒女，有的賣掉房屋。照這樣
下去，我們鄉下人還有活路麼？」「他們吃的哪一粒、哪一顆不是農人種的；
他們身上穿的哪一絲、哪一縷不是工人織的？」〔註99〕是受到當時「勞工神
聖」思想的影響的。同時諷刺紂王層層加捐稅，導致了「這個年頭，有產跟沒
有產還不是一個樣麼？」〔註100〕是其自居也將聽眾居於無產者之列。1927年，
周信芳加入田漢主持的話劇團體南國社〔註101〕，在事實上已經接受到社會主
義思想的薰陶，雖然無法說明彼時其已對社會主義思想有深刻認識，但上述
臺詞卻不免是受到了社會主義思想的影響的。

因此，對於武王伐紂這一史實，作者並沒有像傳統作家演繹時賦予其絕
對的正義性，而是賦予了其雙重的寓意：有時代表著推翻暴政的革命，但有
時又代表著外來的侵略。所以一方面廣成子與赤精子稱殷郊和殷洪為「反動
分子」〔註102〕，另一方面申公豹勸反殷郊時，故意地說道：「我看你猶疑不

〔註96〕陳獨秀：《吾人最後之覺悟》，見陳獨秀：《獨秀文存‧論文‧上》，首都經濟貿
　　　　易大學出版社，2018年1月版，第32頁。
〔註97〕《全集‧卷七》，第406頁。
〔註98〕《全集‧卷七》，第443～444頁。
〔註99〕《全集‧卷七》，第112頁。
〔註100〕《全集‧卷七》，第187頁。
〔註101〕沈鴻鑫：《江南伶傑 劇界麒麟——周信芳評傳》（商務印書館，2015年11月
　　　　版），第51頁。
〔註102〕《全集‧卷七》，第230頁。

決，分明是個亡國奴！」〔註 103〕劇中多次提到殷商將領的降周是「賣國求榮」，並在最後一本中寫姜子牙將費仲、尤渾二人斬殺、剖心，以此祭祀比干。作者借費仲、尤渾之口說：「這是我們賣國的結果」、「原來賣國奴就是畜生啊！」〔註 104〕這當然是在當時列強環伺的背景下對賣國者的諷刺，但也不免對於武王伐紂的正義性有所質疑。

於是，在刻畫守護殷商的將領時，作者並沒有完全以保守、落後的形象視之，有時甚至將個別形象刻畫為孝勇雙全的人物。如第十一本寫張奎本為潼關守將張山之子，張山為洪錦所斬後，母子流落為獵戶，張奎在狩獵遇到烏煙獸的過程中，救助了費仲、尤渾及高憕、高蘭英父女，不想卻與高氏父女發生口角。及至高憕父女投宿張家時，才知雙方為甥舅親眷，遂成其婚姻，後因救助紂王受封，夫妻同守金雞嶺。寫丁策投軍時，著錄本寫費仲之子費全見董忠妻子丁美娘貌美而與董結為兄弟，並將美娘逼姦致死。《全集》本改編為費全為董忠所救，而結為八拜之交〔註 105〕，突出了董忠之能勇。著錄本寫董忠與妻弟丁策先後趕來痛罵費全，因而被治罪。《全集》本則改為丁策與冰姑約姐丈董忠同退隱山林，但董忠執意先交令，完成工作後再作退隱打算，反為費全所擒〔註 106〕，不是在寫他們的忠君，而是在寫這些基層官員的忠於職事。在第十五本中，更是直接拋開了《封神演義》原著和著錄本中的內容，寫費仲賄賂雷開、殷破敗，三人聯袂決定獻城於周朝，遭到雷開之女雷懿姜的舉報及殷破敗之子殷成秀的反對，殷成秀臨死之前尚且大義凜然說：「你降你的周，我殉我的國，什麼叫父命？各行其志！」〔註 107〕原著中一向忠孝同構，秉承「君叫臣死，不敢不死；父叫子亡，不敢不亡」的說法，所以黃飛虎投周之時，其父黃滾與其弟、其子同時歸周，妲己不忠於國在先，其父蘇護便降周伐紂，以促成其不孝之舉。本劇中的殷成秀面對的則是忠孝之間的矛盾，雖然其還有「忠君」的意識，但卻能為自己所相信的思想與父輩決裂，不能以傳統反面愚忠的角色視之。

同時，作者相信道德的力量，認為太上老君等之所以選定姜子牙而非申公豹擔任封神榜主，是因為「一個不願貪戀紅塵，一個名利薰心。他二人的優劣

〔註 103〕 《全集·卷七》，第 217 頁。
〔註 104〕 《全集·卷七》，第 422 頁。
〔註 105〕 《全集·卷七》，第 377 頁。
〔註 106〕 《全集·卷七》，第 377 頁。
〔註 107〕 《全集·卷七》，第 415 頁。

立見也」〔註108〕。只是這道德是必須經過民主價值重塑的，比如在封神之前，柏鑑說：「少時去到封神臺前受封已畢，位列仙班，怎麼還論什麼父女母子？那都是一個幻夢罷了。」〔註109〕看上去是用佛教的立場指斥人間倫理的虛幻，但佛教為求與中國固有的文化同化，已將血緣倫理納入了其價值範疇，甚至有《目連救母變文》等世俗作品，作者在這裡指斥的虛幻實則是與當時的家庭革命思想相關的。在性別角色上，作者也主張男女平等，在楊妃說自己是「女流之輩」，勸諫紂王必無用處的時候，其弟楊任勸說：「女流就不能做事？娘娘未免小看了自己。」〔註110〕因此作者也有意改造原著中的「忠臣」形象，將之作為為民請命的英雄，如原著中比干被邀請赴鹿臺仙宴是因為「合朝文武之內，止有比干量洪」，只不過是服從王命，作為善飲之人陪侍仙宴，本劇則寫比干因聞太師缺糧、九侯造反及微子逃走等事上奏而闖入宴會〔註111〕，加強了其中的人民性。公民的自覺是自愛，公民的聯合是相愛，道德中的民主價值是愛的社會性，故作者將一切救世的方式歸結到一個「愛」字上，相信「不論神仙與人，只要曉得一個『愛』字，將愛己之心愛了同類，上天下地就永無戰爭之事了。」〔註112〕

　　對於愛中的典範，作者對愛情也有自身的思考。「愛情」一詞在劇中出現5次，分別在三場提及，即馬氏與姜子牙新婚夜後〔註113〕、琵琶精與雉雞精責斥紂王對妲己無情〔註114〕以及韓升韓變與徐鳳嬌的三角戀愛之時〔註115〕。第一處馬氏自詡為「文明女子」，與姜子牙拌嘴，是徹頭徹尾的滑稽戲。本劇許多人物的個性並不能貫徹全篇，甚至許多在前文中較為重要的人物在後文裏便丟掉了，惟有馬氏的故事保持了滑稽戲的一貫。在第十六本裏，作者寫姜子牙衣錦還鄉，向劉乾問及馬氏的情況，回答是馬氏已經將丈夫「大約妨死了七八個了」〔註116〕，用極度誇張、醜化的方式，寫馬氏離開姜子牙之後的落魄，姜子牙與其一成一敗、一貴一賤，襯托出馬氏當年的格局之小、有眼無珠，

〔註108〕《全集‧卷七》，第 6 頁。
〔註109〕《全集‧卷七》，第 442 頁。
〔註110〕《全集‧卷七》，第 92 頁。
〔註111〕《全集‧卷七》，第 56 頁。
〔註112〕《全集‧卷七》，第 450～451 頁。
〔註113〕《全集‧卷七》，第 21 頁。
〔註114〕《全集‧卷七》，第 183 頁。
〔註115〕《全集‧卷七》，第 361 頁。
〔註116〕《全集‧卷七》，第 418 頁。

其後更化用《漢書》中朱買臣馬前潑水的典故，使馬氏醜態畢現〔註117〕，對勢力之人極盡諷刺。第二處二妖以愛情綁架紂王，體現紂王因個人情感影響國家大計的昏庸無能。惟有第三處方才是愛情的本義。原著中獨立的韓榮與徐蓋的故事被整理成兒女婚姻，並用兄弟之間的誤會造成三角戀愛，使徐鳳嬌愛兄而嫁弟，又塑造韓升因徐蓋投降而殺掉徐蓋之事，使愛人徐鳳嬌成為自己的仇人，這是用西方戲劇如《皆大歡喜》及《羅密歐與朱麗葉》等敘事套路改造中國舊戲的辦法。徐鳳嬌對韓升說：「我愛你豈可殺你？」對韓變說：「我愛你是朋友之愛。」〔註118〕將真正的戀愛與朋友之間的關心分得一清二楚，正是受西方影響的戀愛觀念。但在韓升、韓變兄弟處理三角戀愛時，卻出現了中國人特有的謙讓，徐鳳嬌要二人為自己在疆場決勝，二人都因要成全對方而不肯盡力，逼得徐鳳嬌只好親臨戰場〔註119〕。

　　作者在刻畫戀愛關係時特別注意一些細節，如寫冰姑和丁策在營內見面時，兩人的對話——

　　　　丁策：你黃夜到此，難道你不怕冷麼？

　　　　冰姑：不冷。

　　　　丁策：你走了許多路程，難道你的腿不疼麼？

　　　　冰姑：不痛。

　　　　丁策：你黃夜來，莫非是思念於我？

　　　　〔冰姑羞介。

　　三問兩答之間，將新婚燕爾的甜蜜和女生的羞怯描繪得淋漓盡致。除了寫愛情外，作者另有一些細節的刻畫也極為生動，讓故事變得愈發可信。如寫姜子牙下山到宋異人家時，片雪不沾身，在遭到宋異人小孫子懷疑時，略施法術將對方定住〔註120〕，既讓舞臺變得有趣，也讓姜子牙的能力在宋異人夫婦面前得到證明，否則像原著中「數十年不通音問」的兩人，僅憑姜子牙的片語就能夠獲得親人一樣的待遇，無論如何是不符合邏輯的。

　　此外，作者還諷刺了一些民國初期的社會亂象，如朱子真調戲徹地夫人受到魯成阻礙時，說「他倒拿出少帥的架子」〔註121〕，是在諷刺張學良。惡來

〔註117〕《全集‧卷七》，第438～439頁。
〔註118〕《全集‧卷七》，第364頁。
〔註119〕《全集‧卷七》，第365～366頁。
〔註120〕《全集‧卷七》，第13～14頁。
〔註121〕《全集‧卷七》，第389頁。

斥責韓升時，說道：「要講公理去對小百姓講，我們欽差大臣是不懂公理的。」〔註122〕諷刺的是徐世昌所謂「公理戰勝」的口號。申公豹對趙公明說姜子牙「命土行孫四處散佈謠言，說你與三霄娘娘有苟且之事，你們是兄妹通姦」〔註123〕，是在諷刺民國小報的花邊新聞。在宏大歷史觀重塑的前提下，對個別細微的問題時時諷刺，既表明了作者的一些態度，也令觀眾觀賞時會心一笑，不乏趣味。

（三）劇本的改造

十九世紀末二十世紀初，正是平劇改良運動興起的時機，而上海亦即平劇改良運動的中心〔註124〕，周信芳氏在從藝初期即編演過《宋教仁》以表現宋教仁遇害事，《王莽篡位》以影射袁世凱稱帝事〔註125〕。在丹桂戲院的八年中（1915～1923年），周信芳氏演出劇目為257齣，其中新戲有209齣，占所演出戲目的八成以上，其中親自編排的戲劇則有124齣，近占所演劇目的五成〔註126〕。至於其所編排之《封神榜》則借用上海天蟾舞臺的機關布局，用半年時間籌備布景，斥資數萬〔註127〕，為觀眾呈現了一個光怪陸離的舞臺。

至於劇本，則更加考究。作為舊戲的集大成者，周信芳在整理此劇時自然也不可避免地會沿用舊戲的臺詞或結構對《封神榜》的故事進行改造，如群狐赴宴時所唱「中和聖德定三才，渙汗洪恩潤九垓」〔註128〕，出自明代朱權所編《太和正音譜》，妲己以「送往仙山練習神秘兵法，以拒叛敵」為名義逮捕兒童自食〔註129〕化用《西遊記》比丘國的故事，將楊任設計為楊妃之弟，並有與費仲在紂王駕前鬥智〔註130〕一段則化用《君臣鬥》等故事，後者的主角

〔註122〕 《全集·卷七》，第341頁。

〔註123〕 《全集·卷七》，第196頁。

〔註124〕 沈鴻鑫：《江南伶傑　劇界麒麟——周信芳評傳》（商務印書館，2015年11月版），第21頁；此處及下文「平劇」即指京劇而言，蓋當時北京尚名「北平」。

〔註125〕 沈鴻鑫：《江南伶傑　劇界麒麟——周信芳評傳》，第30頁、31頁。

〔註126〕 沈鴻鑫：《江南伶傑　劇界麒麟——周信芳評傳》，第37頁。

〔註127〕 沈鴻鑫：《江南伶傑　劇界麒麟——周信芳評傳》，第49頁。

〔註128〕 《全集·卷七》，第55頁。

〔註129〕 《全集·卷七》，第83頁。

〔註130〕 《全集·卷七》，第86～87頁。

劉墉被設計為太后義子，與本劇楊任的地位近似。後文楊任利用比干之死的圖畫勸諫紂王一段〔註131〕，全學《趙氏孤兒》；偷盜虎符〔註132〕一事則不免受到《信陵君竊符救趙》的啟發。太上老君幻化成書生點化姜子牙〔註133〕，模仿鍾離權點化呂洞賓一事，只是其幻化的書生與姜子牙的漁夫身份及旁邊的農夫、樵夫剛好構成了「漁樵耕讀」的四業，具有了一些文人的意趣。姜子牙與司馬女的仙緣〔註134〕則綜合了《紅拂女》、《桃花女》、《千里送京娘》等舊典。文王為姜子牙推車八百零八步，換得周家八百零八年的江山〔註135〕，化用的是民間傳說，此傳說一經周信芳氏引用，愈發廣為人知，以至於有文學愛好者以為此事出於《封神演義》原文〔註136〕。

在寫一些具體的歷史事件的時候，作者有意向儒家典籍或史書靠攏，這也是符合作者思想的一貫的。作者自陳：「我認為，京戲多是演的歷史故事，作為一個京劇演員，歷史知識最好能具備一些。」〔註137〕於是作者寫比干與微子、箕子共計，試圖勸說紂王，比干唱詞為：「鑒殷亡箕子狂微子逃奔，我比干許國家成為三仁」〔註138〕，化用的是《論語·微子》：「微子去之，箕子為之奴，比干諫而死。孔子曰：『殷有三仁焉。』」比干臨死前的那串對於歷史的長歎〔註139〕，是對屈原《天問》的改造，特別對商朝歷史的描述是完全出於《史記》的。姜子牙在魚腹得書《兵鈐大要》，璜玉有文，上寫「姬受命呂佐之報在齊」〔註140〕，出自《尚書大傳》，箕子唱《麥秀歌》〔註141〕出自《史記·宋微子世家》。太上老君點化姜子牙「吐舌以柔，存齒以剛」〔註142〕則是化用《說苑》中常樅與老子的典故。文王聘請姜子牙的一節〔註143〕完全譯自《六韜》中的《文韜》。第五本中姜子牙自稱「自從下得山來，鼓刀屠牛賣漿

〔註131〕《全集·卷七》，第 93〜98 頁。
〔註132〕《全集·卷七》，第 90〜101 頁。
〔註133〕《全集·卷七》，第 110〜117 頁。
〔註134〕《全集·卷七》，第 117〜129 頁。
〔註135〕《全集·卷七》，第 146 頁。
〔註136〕南懷瑾講述：《論語別裁》（上），東方出版社，2014 年 7 月版，第 357 頁。
〔註137〕周信芳：《書到用時方嫌少》，見《全集·卷十四》，第 215 頁。
〔註138〕《全集·卷七》，第 53 頁。
〔註139〕《全集·卷七》，第 78 頁。
〔註140〕《全集·卷七》，第 116 頁。
〔註141〕《全集·卷七》，第 424 頁。
〔註142〕《全集·卷七》，第 117 頁。
〔註143〕《全集·卷七》，第 144〜145 頁。

於市也」〔註144〕，第十六本中稱其育有一子名為公子灶〔註145〕等事均並不見
於前文，也不見於著錄本，應是按照歷史改造而未能與前文統一協調的結果。
此外，本劇中多有引儒家經典者，如「君子不履危邦」〔註146〕用《論語·泰
伯》「危邦不入，亂邦不居」，第六本中乾脆設計了一個四太子的形象〔註147〕，
是以周禮的制定者周公作為原型的。

　　但京劇必然是市民的藝術，藝術家要想獲得觀眾必先立足於一般市民的
興趣，增加與觀眾的互動和共情。如定光仙甫出場時便自陳「才得到金盔金
甲黃金燦爛，月餅毛豆給我解饞。」〔註148〕飛廉被徐鳳嬌掌摑，惡來揶揄
他是「五根雪茄煙作為紀念品」，是用物品代入的古代方式，跳出劇情，直
接與觀眾對話，緊接著惡來回嘴：「這就是打情罵愛，你這個阿木林哪裏曉
得」〔註149〕，「阿木林」是上海話「呆瓜」的意思。劉乾見到馬氏時說：「真
倒楣！可惜我這一拜，給只不賢惠的人磕了幾個弗失頭。」〔註150〕「弗失頭」
是蘇州話「黴頭」的意思。周信芳雖然是寧波人，但初次排演的天蟾舞臺卻
在上海，故採用地方語言直接與觀眾對話的方式，以此拉進與上海觀眾的距
離。此外，本劇不避俗語、俗詞，如劉乾質疑姜子牙時，唱道「術士如同把
屁放，哪有賣柴有酒嘗。」〔註151〕龜靈聖母與定光仙打趣互稱對方為「兔爺」
和「母王八」〔註152〕，「王八」一詞在本劇中前後出現十三次之多。妲己與
費仲合謀，慫恿紂王命太醫洪水借診病為契機毒害聞仲，反被聞仲發覺，聞
仲審洪水時，洪水答非所問，完全是民間文學的趣味，而後用藥名串聯為供
詞：「他們二人和你有桔梗，就加意的防風，不能讓你獨活，叫我用砒霜毒死
你這個白頭翁，指望燈花報喜，誰知火針刺身。」〔註153〕與相聲貫口《同仁
堂》極為類似，也是與民眾的趣味相符合的。

　　為了滿足當時市民的熱情，本劇有時也不免失於惡俗的趣味。如第一本中

〔註144〕《全集·卷七》，第 112 頁。
〔註145〕《全集·卷七》，第 433 頁。
〔註146〕《全集·卷七》，第 105 頁。
〔註147〕《全集·卷七》，第 140～143 頁。
〔註148〕《全集·卷七》，第 328 頁。
〔註149〕《全集·卷七》，以上兩處引文均見第 339 頁。
〔註150〕《全集·卷七》，第 426 頁。
〔註151〕《全集·卷七》，第 29 頁。
〔註152〕《全集·卷七》，第 328 頁。
〔註153〕《全集·卷七》，第 176 頁。

寫姜子牙與馬氏結婚、生活的一段戲，市井氣十足。大婚當日，姜子牙問馬氏：「不知你（介）玉洞桃花開未開？」其實是問其破瓜與否，馬氏賭咒未能取信子牙，便拉著他下場「來試試看」，次場姜子牙開口便唱「下山敗壞童身體，悔恨失著娶家室。」然則馬氏又唱：「只說夫妻講恩義，誰知是個無用東西。」〔註 154〕暗示前夜之事姜子牙並未使對方滿足。殷郊欲殺妲己時，紂王唱道：「捨不得你與我來搔癢，你與我脫衣裳。你與我同羅帳，你與我朝朝暮暮睡在一隻床，醉入了溫柔鄉。」〔註 155〕相比之下，原著中秉承禁慾的思想，最多只是「妲己啟朱，似一點櫻桃，舌尖上吐的是美孜孜一團和氣，轉秋波如雙彎鳳目，眼角裏送的是嬌滴滴萬種風情」，總不涉及床笫之歡，本劇由紂王之口道出，是會描繪日常人情的做法。原著中土行孫強姦鄧嬋玉的情節寫得十分香豔，最終也只是用一句「翡翠衾甲，初試海棠新雨；鴛鴦枕上，漫飄桂蕊奇香。彼此溫存交相慕戀；極人間之樂，無過此時矣」輕輕帶過，本劇則將之完全展現在舞臺上，土行孫將鄧嬋玉脫到最後竟然到了「露兜」的程度〔註 156〕，這些關於色慾的暗示雖在今日看來不乏糟粕，卻也是當時拉攏觀眾的一條十分重要的手段。

（四）結論

　　如果將本劇與同樣題材的《封神天榜》比對，會有以下六條明顯的區分：《封神天榜》的劇種是弋陽腔和崑腔，本劇則是京劇〔註 157〕；《封神天榜》的地域是北方的，本劇是南方的；《封神天榜》的劇情是連續的，本劇是片段的；《封神天榜》是重視劇本邏輯的，本劇是重視演員的發揮的；《封神天榜》的用詞是文言的，本劇是白話的；《封神天榜》的立場是貴族的，本劇是平民的。

　　僅從《全集》本所存有的劇本角度而言，本劇中的一些色慾、粗口或是糟粕，但就當時而言卻是一種拉攏觀眾的手段；其間的情節不完整、不連貫或是一種缺憾，但就當時而言，北方固以「聽戲」為主，南方卻以「看戲」為主，周信芳氏個人的手、足、眼神乃至背部無處不有戲，故在當時有「做功老生」

〔註 154〕《全集・卷七》，第 20～21 頁。

〔註 155〕《全集・卷七》，第 223 頁。

〔註 156〕《全集・卷七》，第 261 頁。

〔註 157〕《封神天榜》成書於乾嘉時期，京劇尚未形成，本劇則編於 1928 年，正是京劇的大成時代。

或「動作的大師」之稱〔註158〕。觀眾以捧角為主，故一本戲之中當突出主要角色、主要故事，而非其完整邏輯，甚至為了滿足觀眾的需求可將同一精彩情節在不同本中多次出現，如前文所引著錄本中兩次出現哪吒打死龍王及姜子牙火燒琵琶精等，對於戲劇的排演來說本是無足其怪的。只是本文是在文學研究的立場而非藝術的立場上分析，故有此一說。

在思想的立場上，作者身居民國初期的亂世，對舊式的民主有所失望，而信仰於陳獨秀等所主張的新文化，故劇情之間往往對民主和暴政有其反思。又由於作者為梨園魁首，觀眾甚廣，影響甚大〔註159〕，故此種安排對於市民的影響的，實在是不可忽略的。過去人們在研究新文化運動的時候，總是著眼於教授或學生們的宣講而忽視了民間文化再造的意義，這是不公允的，若能由周信芳氏的思想傳播研究開去，或許能打通學界對於新文化研究的另一個方向，對新文化運動本身的評價甚或可以得到更準確的重估。

〔註158〕 沈鴻鑫：《江南伶傑 劇界麒麟——周信芳評傳》（商務印書館，2015 年 11 月版），第 210～211 頁。

〔註159〕 《麒麟童的姜子牙與梅伯（一）》：「原來那天發包銀，那天煩他演《炮烙柱》，一定掛滿座，賣下來的錢，一定夠發包銀……還有的多。」見《申報》，民國十七年（1928 年）12 月 10 日，第 1 版。

六、《鋒劍春秋》與《封神演義》

　　《封神演義》的續書一向少有，因為此書本為平話發展而來，兼有講史和說經，從結構上不易仿傚。從講史方面而言，《封神演義》能用宗教的故事填充武王伐紂的框架實是因為在此故事中雖然有孟津會師、白魚躍舟等典故，但詳細戰役並不為人所知，因而可代之以聞太師布置十絕陣、金雞嶺孔宣阻兵等故事，而春秋以降的各代歷史的戰役均史有明文，作者欲拋開講史的範疇而不可得；從宗教敘事的角度而言，姜子牙以將諸天神斗俱行封賞，並沒有留給後續者以太多餘地，惟一的辦法大概是令神斗們轉世投胎，而這在一般的英雄書目如《水滸傳》、《說岳全傳》中並不罕見，作者難以用此種方式構建續書的特點。自然的，若誠心要作《封神演義》的續書則可以從武王死後周公平管蔡一事寫起，但那又不為一般的民眾所關心，文人若是自得其樂，自然有《金瓶梅》、《紅樓夢》這樣的文學性著作可以演繹，並不需要對《封神演義》進行接續或補充。

　　不過在一些神魔鬥法的小說中頗有一些講史題材的作品，其中《鋒劍春秋》一書被視為《封神演義》的續書，蓋孫臏時常被認作姜子牙轉世〔註1〕。本書主要情節是戰國末期，秦始皇預備兼併天下，王翦、王賁父子殺害孫臏父兄，孫臏下山準備收父兄之屍並復仇，中間與毛遂等人阻礙秦始皇兼併未果等事。本書成書時間不詳，或認為在順治、康熙年間〔註2〕，或認為成書於同治

〔註1〕如《月唐演義》稱孫臏為姜子牙第三次轉世，為闡教小教主，見第七十八回。

〔註2〕張兵編：《500種明清小說博覽（上）》，上海辭書出版社，2005年7月版，第736頁。

年間〔註3〕。現存有同治三年（1864年）丹桂堂刊本，整理本則有《古本小說集成》影印本〔註4〕、巴蜀出版社簡體橫排本〔註5〕等，共六十回。書前有黃淦序，其文曰：

> 五經中惟《春秋》當以理兼勢論，前此為西周，後此為戰國。自平王東遷以來，列侯創霸，功罪參半，不得謂霸者有罪無功。設當時無霸，春秋早變為戰國矣；此天下大勢也。至諸侯國各有盛衰，大夫家不無強弱。而其間忽盛忽衰，忽強忽弱，又不可以一例論，皆勢為之也。《春秋》自左氏、公、穀作傳後，先儒各種疏說，累千萬卷。予幼讀《左繡》，見其編首，摘馮天閔先生《左貫》數條，輒喜擇錄。因又採胡傳、周氏《左國輯要注》、陳氏《春秋讀》各數十條。庚子歲，予館關東梟太翁家，見《國朝匯纂》及馬氏《繹史》、姜氏《讀左義》諸書，廣為搜輯。近又於前賢論說春秋經義，擇其精鑿者，手錄增訂，匯成此編以付梓。若夫《左傳類對賦》等書，辭雖工麗，與《春秋》經旨奚涉？且無於制義，概置弗取焉。
>
> 　　時嘉慶九年孟夏望日，武林黃淦緯文氏自序。〔註6〕

黃淦為乾隆、嘉慶年間學者，著有《五經精義》等書，對經、史、文學瞭解精審。上引其序詳細寫其研習《左傳》的經過，確為黃氏所作，只不過序中所指付梓之書並非《鋒劍春秋》，而是《春秋精義》。蓋本書所謂的黃淦序言與黃氏《春秋精義》的序言完全相同，應是書商挪用過來的〔註7〕，故不能因此認定這是黃淦在敘述其寫作過程〔註8〕，更不能理解為其參考《左繡》諸書編

〔註3〕石昌渝：《中國古代小說總目白話卷》，山西教育出版社，2004年9月版，第76頁。

〔註4〕上海古籍出版社《古本小說集成》第2輯第24、25冊，2000年1月版。

〔註5〕與《走馬春秋》合編為一書，題名《萬仙鬥法全傳》，巴蜀出版社，1989年12月版。

〔註6〕本文所引《鋒劍春秋》正文文字均來自巴蜀出版社簡體橫排本，書前無序，序言轉引自丁錫根《中國歷代小說序跋集（中）》，人民文學出版社，1996年7月版，第872～873頁。

〔註7〕學苑出版社影印《詩經精義春秋精義》，1994年1月版，學苑出版社還整理了《周易精義書經精義》，但將作者名字錯寫為「黃淦緯」，實則「黃淦緯文氏」當理解為「黃淦，字緯文」。

〔註8〕是說見李明軍：《中國十八世紀文人小說研究》，崑崙出版社，2002年6月版，第71頁。

訂為《鋒劍春秋》〔註9〕。《鋒劍春秋》中未寫荊軻、燕丹，而將荊軻作為山名，以燕丹為公主封號，稱孫臏、孟嘗君為春秋時人，毛遂為孟嘗君門客、李牧為齊國人，卜商為齊國臣子等。非惟時空錯亂，乃至未通《論語》，連卜商即子夏，授徒於魏國西河都不知道，足見此書並非文人所作，更不可能是精於經史的黃淦所為。本書著者知識淺陋，如認為東方朔姓東〔註10〕，其弟竟為西方朔〔註11〕，文筆粗糙，如與海潮聖人共同下山營救五雷真人毛奔的二十三洞真人裏竟然又有「五雷真人」〔註12〕，此外，鴻濛教主又寫作「洪濛教主」〔註13〕、峨嵋扇又寫作「峨眉扇」〔註14〕、二十四洞真人又寫作「三十六洞真人」〔註15〕，前後重複、牴牾，擺明是未經嚴格整理的藝人作品。

　　王平主編《明清小說傳播研究》稱此書「以《封神》續書自居」〔註16〕，不知何據。除了序言〔註17〕中未見此種態度外，本書實為「六部春秋」最末一部，上承《走馬春秋》。按：「六部春秋」之說至遲成於晚明《孫武子救孔聖雷砲興兵》鼓詞〔註18〕，開篇即言：「春秋有六部，論的是哪一部春秋？十八國為列國春秋；十七國為越國春秋；十二國為英烈春秋；前七國為戰國春秋；後七國為走馬春秋；王翦兵吞六國為劍鋒春秋，這個叫作為六部春秋。」清代嘉慶朝已有本書故事的完整提綱，則現有故事的成型至遲應為嘉慶時期〔註19〕。書中第十三回中補敘孫臏出身，寫「齊王駕崩，閔王無道，寵信鄒妃，不理朝綱。三逐孫臏，火燒宣陽院，六國合兵，共伐無道。燕昭王金臺拜帥，重用了樂毅，興兵伐齊，攻破了郡海臨淄，杏葉林剮了鄒妃，殺了閔王」云云，都是

〔註9〕是說見潘建國：《中國古代小說書目研究》，上海古籍出版社，2005年10月版，第156頁。

〔註10〕引文見《鋒劍春秋》四十一回，東方朔自題其詩：「待等方朔來觀看，陣法計謀枉用功。」見《萬仙鬥法全傳》，巴蜀出版社，以下凡引此書皆只標明回目。

〔註11〕第四十四回。

〔註12〕第四十三回。

〔註13〕第四十三回。

〔註14〕第四十一回。

〔註15〕第四十八回。

〔註16〕王平編：《明清小說傳播研究》，山東大學出版社，2006年7月版，第524頁。

〔註17〕本書另一篇序言署名四和氏，同樣未提及《封神演義》，見丁錫根《中國歷代小說序跋集（中）》，人民文學出版社，1996年7月版，第873頁。

〔註18〕鄭振鐸：《中國俗文學史》第十三章《鼓詞與子弟書》斷為明末清初，江西教育出版社，2018年7月版，第474頁。

〔註19〕郝成文：《嘉慶朝〈鋒劍春秋〉提綱本探微》，見王安葵、馮俊傑：《中華戲曲第四十九輯》，文化藝術出版社，2014年12月版，第259～269頁。

《走馬春秋》的情節〔註20〕，只是今本《走馬春秋》只提及驅逐孫臏而非三次逐出，且並未提及孫臏住宅名為宣陽院及六國合兵等事，故今本《走馬春秋》雖係《鋒劍春秋》前傳，但此二書應據兩種說話文本。第二十二回毛遂提到十八國臨潼鬥寶，應是第一部《左傳春秋》的故事，描述秦穆公邀請十七國諸侯比賽國寶之事，兼寫各國間的政治與關係〔註21〕，而《走馬春秋》則提及「鍾無豔娘娘，大戰滄州，將燕丹公主制伏在馬下，頂門白氣升空，知他身懷六甲，有了孫臏在腹。祖母早知其情，與燕丹公主拜為姐妹，用黃金買下孫臏，與東齊治事，數年以來，屢建奇功，封南郡王。」〔註22〕可見全部六種前後相通，或寫列國政治、或寫戰爭、或寫宮廷之事，並非為闡發宗教思想所作，故不應視為《封神演義》的續書。

　　從人物上看，儘管本書沿用了《封神演義》中南極仙翁（本書稱為「南極子」）、懼留孫、土行孫等，並稱其教為「闡教」〔註23〕，同時說明土行孫為夾龍山飛雲洞懼留孫徒弟，稱南極子為「師叔」，稱「先興周滅紂那時，被七煞星張奎斬死的土行孫曾封為土府星君之職」〔註24〕，瘟部正神共有五人，皆在「紂朝時已歸虛坐」〔註25〕，而趙玄壇元帥「圓睜二目，手執金鞭」〔註26〕，同時有因有「姜太公在此」五字可以防範眾神進犯，並稱：「興周時姜太公斬將封神，那一位神祇見了他的寶號，就不敢侵犯，俱各立著不敢上前。」〔註27〕故事情節、人物形象、人物關係均與《封神演義》相合，第三十回寫相助海潮聖人的太歲爺楊任「眼睛生得古怪。當初在紂王時，諫阻起造鹿臺，

〔註20〕　今本《走馬春秋》僅十六回，至樂毅副鄒妃為止，言閔王「想念鄒妃，不覺放聲大哭，十分淒涼」，後文完全佚失，但車王府曲本有《走馬春秋》鼓詞，亦有民國上海石印本《說唱走馬春秋》，皆可參看。

〔註21〕　六部春秋今今存《走馬春秋》和《鋒劍春秋》，但全套書目由評書藝人口口相傳，有石長嶺先生完整評書，整理本則有石印紅《臨潼鬥寶》、《伍子胥鞭屍》、《護國娘娘傳》及白佩玉、李慶海等人整理《無鹽娘娘傳奇》等，十八國臨潼鬥寶事即石印紅《臨潼鬥寶》一書，為六部春秋之首；另有《十八國臨潼鬥寶》雜劇，為元代雜劇，見王季思主編：《全元戲曲第7卷》，人民文學出版社，第202～235頁。

〔註22〕　《走馬春秋》（《萬仙鬥法全傳》，巴蜀出版社，1983年12月版），第七回，本段引文為齊閔王自述，其所謂「祖母」即鍾無豔。

〔註23〕　第五十九回。

〔註24〕　第十八回。

〔註25〕　第五十九回。

〔註26〕　第五十五回。

〔註27〕　第五十六回。

被紂王剜去二目，遇著道德真君，救度上山，得兩粒金丹，放在眼眶，就長出兩隻手來，當中長出兩隻眼。上能看三十三天，下能看十八層地獄」，也與《封神演義》情節相同。稱降龍、伏虎、皓髮、長眉等人都是「仙」，而非「羅漢」〔註28〕，佛道不分，與《封神演義》相同。但本書中稱田英為小耗神轉世〔註29〕，而《封神演義》中只有小耗星，屬於占星術範疇而非一般神祇〔註30〕；第四十一回稱余化在封神榜上無名，但《封神演義》中明確記載余化封為孤辰星，不過後者或依據《封神演義》的某種早期版本而作，亦未可知。

　　此外，《封神演義》中雷部有二十四位天君，而本書僅有雷部八帥，與《西遊記》相同〔註31〕；四海龍王名諱為敖欽、敖廣、敖順、敖閏〔註32〕，與《西遊記》中的名字完全相同，《封神演義》中則為敖光、敖順、敖明、敖吉；三教主指太上老君、鴻濛教主及如來，通過對鴻濛教主的贊詞可知，此人應當為盤古〔註33〕，而《封神演義》中的三教主則為老子、元始天尊、通天教主；其中老君住在兜率宮，與《西遊記》相同，而非《封神演義》中的大羅宮玄都洞中的八景宮。

　　本書中明寫南極子為元始天尊弟子〔註34〕，但卻將他與太上老君同稱為「掌教」〔註35〕，但從第四十七回「原來此寶乃是元始天尊和太上老君所煉，因南極仙翁掌教之位，特賜此寶與仙翁」一句來看，似以老君為第一代掌教，南極子為第二代掌教。但《封神演義》中卻以元始天尊為掌教〔註36〕，南極子

〔註28〕第四十四回。
〔註29〕第三十五回。
〔註30〕劉彥彥：《封神演義：道教文化與文學闡釋》第四章，西安交通大學出版社，2016年6月版。
〔註31〕《西遊記》中八部雷神由增長天王率領，見第四回等，與本書第三十九回所列雷神姓氏相同。
〔註32〕第三十二回。
〔註33〕第三十二回讚語：「面目清奇生古怪，劈開混沌居先代，太極兩儀四象懸，三才定位分三界。自從治世守為君，萬古人王傳歷代。」第四十三回稱「洪濛教主開天闢地，左手把日，右手托月，分立兩儀，才有太極圖」，可知鴻濛教主曾開闢天地，應為盤古，不過第五十八回五位小尊者又稱自己「奉盤古至聖御旨」而來，鴻濛教主又似與盤古為二人，書中原文並未說明盤古至聖是否即鴻濛教主。
〔註34〕第十九回。
〔註35〕本書一般稱「掌教」均指南極子，但海潮聖人稱老君為「掌教」，事見三十二回。
〔註36〕《封神演義》第四十四回。

使用的法器是峨嵋扇〔註 37〕和龍鬚扇〔註 38〕，並非《封神演義》中的五火七翎扇，又稱哪吒為「上神」〔註 39〕，並沒有顧及自己與哪吒的輩分關係〔註 40〕。同時《封神演義》中僅有慈航道人而非本書中所謂觀音大士〔註 41〕，老君稱海潮聖人為師弟，亦可見與《封神演義》無關。

案：《封神演義》中所謂「一道傳三友」，乃鴻鈞道人傳老子、元始天尊、通天教主，《封神演義》中的老子即本書中的老君，並沒有海潮聖人。本書中海潮聖人地位極高，為東海掌教〔註 42〕、又名崑崙教主〔註 43〕，西華鎮人明確對南極子說：「他是長輩，你是晚輩」〔註 44〕，座下有二十四位弟子，其中包括眾仙領袖之稱的東華帝君〔註 45〕，地位應當與老君彷彿。東海教竟佔據了《封神演義》中屬於元始天尊的崑崙山，且與三清門下並列，可見其仙界結構已非《封神演義》中的闡教、截教之分，海潮聖人又稱無當老祖〔註 46〕，而《封神演義》中只有無當聖母。王翦本為九天應元雷神普化天尊託生，按《封神演義》則應為聞仲後身〔註 47〕，聞仲本金靈聖母徒弟，為通天教主徒孫輩，若海潮聖人與《封神演義》中的老子、通天教主為同一輩分，則不應收王翦為徒。此外，孫臏則稱土行孫為「老祖」，為徒孫輩，其師王禪兄弟稱南極子為「老祖」，應比土行孫等人低一輩份。孫臏又稱黃叔陽為「師叔」〔註 48〕，黃叔陽稱海潮聖人弟子金子陵為「道兄」，大概黃叔陽與金子陵並非同一師承，故只得另算他們的輩分。以黃叔陽的關係來看，其稱魏天民為「道兄」，當與孫臏之師王禪同輩，屬孫武弟子一輩〔註 49〕。但魏天民竟可以隨意派遣李天王、

〔註 37〕第十二回。
〔註 38〕第四十一回。
〔註 39〕第四十一回。
〔註 40〕第三十二回。
〔註 41〕第五十八回。
〔註 42〕第四十六回。
〔註 43〕第四十九回。
〔註 44〕第四十九回。
〔註 45〕第三十六回。
〔註 46〕第八回。
〔註 47〕雖然本書並沒有提到聞仲的名諱，但在第三十八回的五雷陣故事中，王翦現出元神，「紅袍金甲，五綹長髮，身騎玉麒麟，手執金鞭，三隻眼」，與《封神演義》中的聞仲形象相同。
〔註 48〕第十四回。
〔註 49〕按毛遂自敘，孫武弟子為王禪（鬼谷子）、王敖、黃伯陽、柳展雄（柳跖，即盜跖）、肖谷達、毛遂六人。

二郎神等〔註50〕，殊不可解。《封神演義》故事中李靖即後來李天王〔註51〕，楊戩即後來二郎神，均為姜子牙師侄，與土行孫同一輩分。魏天民輩分低於李靖、楊戩等，又與二人仙凡有別，自不當對其呼來命去。故其非接續《封神演義》可知。而本書中所引封神題材的故事尚有豎眉仙之事：「不隨老祖度函關，卻助武王鬧商朝。身騎神牛真希罕，殷商紂時早得道。」〔註52〕可見當時另有一種封神題材的資料，不必是《封神演義》，而土行孫、楊任等人的故事，亦可能出自這種史料。即便非是，也直接從封神題材的戲劇或鼓詞入手便可，原不需借助《封神演義》的原著。

　　同樣，本書雖然有許多情節與《西遊記》相合，也曾出現孫悟空與東方朔交好並因鬧天宮而被壓五指山等故事〔註53〕，但《西遊記》中明確孫悟空被壓五指山為王莽年間〔註54〕，不在此時，佛祖壓孫悟空的文字是「唵、嘛、呢、叭、咪、吽」六字真言〔註55〕，並非本書所說「六千大字真言」〔註56〕，至於孫悟空的鎖天帽、虎皮裙等是取經的過程中才出現的裝束，不應在其大鬧天宮時便出現〔註57〕，其開始相信觀音應在唐僧取經之後，並不當在被壓五指山時〔註58〕，而《西遊記》中僅有惠岸亦名木叉，非本書所謂「木岸尊者」〔註59〕，因而只能說明此書受《西遊記》故事影響不淺，但此書創作過程中卻並未參考過《西遊記》的任何抄本或刻本。

　　此書又被各家視為對《封神演義》的模擬之作〔註60〕，同樣未見根據。從故事情節上看，書中追敘龐涓用釘頭七箭書害孫臏、毛遂奪草人救孫臏性命及金沙誅仙陣一事都是照抄《封神演義》裏十絕陣中之落魂陣的，而金沙誅仙陣

〔註50〕魏天民調遣李天王見第十五回，調遣二郎神見第二十回。
〔註51〕本書亦承認李天王即李靖，見第三十八回。
〔註52〕第四十八回。
〔註53〕第四十回。
〔註54〕《西遊記》第十四回。
〔註55〕《西遊記》第七回。
〔註56〕第四十回。
〔註57〕第四十一回。
〔註58〕第五十七回。
〔註59〕第五十七回。
〔註60〕如葉永勝認為此書是《封神演義》的「仿作」，見葉永勝著《中國現代神話詩學研究》，合肥工業大學出版社，2014年6月版，第79頁；林辰認為此書是《封神演義》的「姊妹篇」，見林辰著《神怪小說史》，浙江古籍出版社，1998年12月版，第395頁。

中所謂「誅仙門」、「斬仙門」、「戮仙門」、「陷仙門」則是照抄《封神演義》中的誅仙陣，只是將「絕仙門」改成了「斬仙門」並改換了順序而已，但卻並不能說明此書模擬《封神演義》，因為另有一種可能即本書所借鑒的資料與《封神演義》編訂時借鑒的資料同源。而本書第一個重要正面角色孫燕出場即為身負血海深仇的少年將軍形象：「此人勇冠三軍，在趙國算第一二的好漢，年紀不過二十一二歲，身高一丈，腰大十圍」，「唇紅齒白，頭戴四鳳盔，身穿黃金甲，手舉金背刀，跨在豹花馬上，雄赳赳的催馬提刀」〔註61〕，與其說模擬《封神演義》，不如說模擬《呼家將》或《隋唐演義》中薛剛反唐一段更為妥當。

此書的文學成績亦在《封神演義》之下。從講史而言，《鋒劍春秋》罔顧史實較《封神演義》更甚。儘管《封神演義》的主要人物如老子、李靖等都非西周時人，但起到連接說經和講史的中心人物姜子牙確實在西周起到了舉足輕重的作用，《鋒劍春秋》的中心人物孫臏與商鞅同時，並非秦滅六國時人，故於書中地位十分突兀。就設計而言，《鋒劍春秋》基本以袍帶文貫徹始終，不像《封神演義》既有袍帶又有人情，《封神演義》與《說岳全傳》、《三俠五義》等書一樣，對主要人物如姜子牙、哪吒、雷震子等皆敘述其出身和成長，更有人情味；《鋒劍春秋》對孫臏出身及修仙後的歷程完全沒有介紹，下山即見燕昭王，完全不如姜子牙幾經波折、有市井氣。《封神演義》開篇寫紂王上香、妲己入宮，由宮廷至民間，雖然有蘇護反商一事，但並非前三十回的主要地位，《三國志演義》雖然以黃巾民變開篇，但卻把焦點聚在劉關張結義上面，《鋒劍春秋》開篇即寫秦始皇預備吞併六國，以袍帶文入話，涉及人名又多，安排全不合理，而後續情節竟然完全圍繞袍帶文開展，離開戰場的僅有秦、燕兩方向各路神仙求救之事，其事單調、重複，宛若刪去孫悟空出身源流的《西遊記》一般。事實上即便以袍帶文見長的《說唐全傳》也並未全文只寫袍帶，而是以宮廷之事和英雄故事開篇的，甚至還有熊闊海打虎這樣的短打文字；即便非重複袍帶文不可，也完全可以寫其受傷、招降，不必不是你死便是我亡，而《鋒劍春秋》除了第一回王翦招降王賁〔註62〕之外，不再見互為招降，所以第三回中被稱為「足智多謀」的屈興尚未展開其「智謀」便被白起一刀殺了，

〔註61〕 以上兩處引文俱見第一回。
〔註62〕 《史記・白起王翦列傳》：「秦使翦子王賁擊荊，荊兵敗」，明言王賁為王翦之子，《鋒劍春秋》則設計王賁、王翦本是敵軍，王翦戰敗王賁並收其為義子，一如《三國志演義》將關羽長子關平改寫為義子。

第三回至第九回中較有個性的人物孫賽花也在第九回中胡亂地死在王翦的法術之下。

　　就寫人而言，《鋒劍春秋》亦頗有失，如其寫燕昭王聽說孫操父子戰死後「不禁高樓失足，洋海翻舟，歎一聲，倒在龍椅之上」，聽說秦兵渡過易水「這一驚非小」〔註63〕，完全看不出他的「果斷神明」〔註64〕。秦始皇聽說王翦被一女將打敗兩次後竟然命刀斧手將王翦「押出轅門，梟首示眾」〔註65〕，在章邯、王翦等四人攻打易州失敗後，竟然傳旨將自己的四員名將「推出轅門，按軍法梟首」〔註66〕，有罰無賞，根本不可能獲得人心。而在秦猛、黃叔陽、朱惠珍三人吃了敗仗之後，秦始皇的表現是「先前始皇見他三位道人到來，必下座迎接，攜手攬腕，今見他敗陣回來，就有些怠慢於他，略欠一欠身」〔註67〕，喜怒形於色，莫道不是帝王應有的氣度，也不符合秦始皇所信中的韓非的法、術、勢之說。在孫臏破了混元陣之後，秦始皇竟然想到「收兵回國便了」〔註68〕，孫臏破了鎖雷陣之後，他又要「退兵回國」〔註69〕，甚至到了後期只因金子陵被困八門金鎖陣就要撤兵，「免得損兵折將」〔註70〕，毛賁敗於孫臏一陣就要「收兵回國」〔註71〕等等。甚至到了全書的最後關頭，眾仙已經為孫臏和海潮聖人說和，孫臏已經放回海潮座下十二位真人之後，秦始皇還是只能想到「明日定然搬兵回國罷」〔註72〕，完全是驚弓之鳥，一點也沒有領袖人物的氣概，其決心遠不如《三國志演義》中的劉備或是《西遊記》中的唐僧，甚至明清時期其他主流小說中也都未見過如此退縮的核心角色。

　　至於本書的第一重要的角色孫臏完全沒有應有的風骨。孫臏在燕國大廈將傾之際受命於危難，相比於《封神演義》中的姜子牙更像是《三國志演義》中的諸葛亮，甚至在孫臏不肯出山時班豹為威脅他而放火燒山不過是《三國志

〔註63〕俱見第三回。
〔註64〕第二回。
〔註65〕第十回。
〔註66〕第十二回。
〔註67〕第十五回。
〔註68〕第三十一回。
〔註69〕第三十二回。
〔註70〕第三十七回。
〔註71〕第三十八回。
〔註72〕第五十九回。

演義》中張飛為請諸葛亮而放火燒草廬的翻版，但他完全沒有主將的風度，凡是作戰多半都是親自上陣鬥法，並沒有姜子牙、諸葛亮等人從容調度的能力。且在重見齊襄王時「忙要行禮，襄王用手扶著，同步進午門」〔註73〕，初見燕昭王時「忙搶上幾步，跪下叩頭」〔註74〕，既不符合他「亞父」的身份〔註75〕，也沒有如諸葛亮與劉備君臣際遇的恩情和與在劉禪時代力挽狂瀾的地位，更沒有如姜子牙般能為文王之師、武王相父的傲骨。至於他的氣節也十分可疑，毛遂曾經幾番救他的性命，但在毛遂遭難之際，他卻沒有一次主動救助，在毛遂被金蓮子捉了之後，他只是請人吃酒，等著毛遂自己逃回〔註76〕。毛遂失陷在混元陣裡，孫臏必須讓毛遂的徒弟蒯文通以死相逼，才肯說出救助毛遂的計策〔註77〕，毛遂後來帶著蒯文通離開孫臏，恐怕也是有感於他的無情，然而孫臏隨後即大排筵宴，全無心肝。自此之後毛遂亦不再理會孫臏的事務，直到後來白猿失陷，毛遂才又現身〔註78〕，成功救出白猿後毛遂也有樣學樣，不再管孫臏死活〔註79〕，即使被迫變化應戰，也絕不扮成孫臏的模樣〔註80〕，最終在面對海潮聖人布下的森羅陣時，毛遂為孫臏出謀劃策時只教他「請人去央求於他」、「再去與他陪上幾個禮」〔註81〕，在與孫臏及四位仙人共闖森羅陣時毛遂「擠在孫臏懷中坐下」，並且對孫臏笑道：「你取杏黃旗護頂，天兵天將不能近，各樣法寶不能傷你，我身只好仗借你一光。」〔註82〕可見其對孫臏的人性已經看透、看破，並深感絕望。而孫臏本人也並沒有讓人失望，只是救了毛遂，沒有顧及同行的另外四位仙人的死活，在毛遂表示自己：「心神不定，肚饑起來」，求孫臏給自己一粒隨身的丹藥時，孫臏不但揶揄他：「得道人豈有怕饑」，而且試圖甩下毛遂獨自逃命，說道：「你且在此，等我闖出陣去，調齊眾人與掌教破陣。衝不出去，再來陪你。」〔註83〕

〔註73〕第八回。
〔註74〕第十回。
〔註75〕齊襄王稱孫臏為「亞父」，見第八回；燕昭王稱孫臏為「亞父」，見第十七回。
〔註76〕第二十六回。
〔註77〕第二十九回。
〔註78〕第四十二回。
〔註79〕第四十四回。
〔註80〕第五十二回。
〔註81〕第五十四回。
〔註82〕第五十五回。
〔註83〕第五十五回。

如果說上述各事還只算是孫臏私德有虧，那麼在他被三教聖人威脅五雷擊頂之後，當即保護家人撤退，完全不顧燕國百姓死活，便是赤裸的人性之惡。在孫臏家人平安撤退之後，「可憐燕國君臣，尚倚孫臏之兵，在城外抵擋秦兵。誰知三更時分，雷炮齊交，把一個易水燕山，差不多成了個瓦礫場。有詩一首為證：劫數難逃避，循環理由天。金湯灰燼後，白骨淚清煙。秦始皇同眾文武進城，也不用動手廝殺，只見焦頭爛額，屍橫遍地，個個都是雷炮所傷，房屋倒塌，煙消灰滅」〔註84〕。即便如此，孫臏並沒有兌現他「斷不敢違天意」的承諾，反而來到齊國，接受齊襄王的「苦留」〔註85〕，而在秦國請來毛奔出陣時，孫臏的第一反應是「欲待出去，又怕五雷之災」〔註86〕，為了開脫自己的責任，將母親的五日陽壽說成三月陽壽〔註87〕，擺明了一副畏首畏尾的小人形象。一旦與毛奔交戰佔據上風，把毛奔的鬍鬚都燒掉時，又出言輕佻：「不用惱，省得剃了，燒光了更好看」〔註88〕，儼然一副小人得志的面目。最終五瘟神駕臨臨淄時，孫臏再度欺騙了將他稱為「亞父」並相信他的齊襄王，只顧自己帶著母親的屍身逃命〔註89〕。至於其他英雄人物如孫燕、田英等人，則有始無終，田英的妻子李美容完全未展開描繪，作者便讓她稀裏糊塗地死掉了。一言以蔽，《鋒劍春秋》的人物刻畫不但是扁平的，而且沒什麼是非的觀念，僅有對經典著作情節上的模擬而未能深入其精髓。

故而在精神價值上，本書亦不如《封神演義》遠甚。儘管《封神演義》寫十絕陣時經常寫燃燈道人派人或神前往試陣，卻並不曾有本書中為了獲取救孫臏性命的「鎮物」，殺害八敗將軍取其頭顱，殺害毒女取其心臟〔註90〕的殘忍；在五雷陣中為了救孫臏一人，犧牲二百四十個重犯〔註91〕，莫說重犯並非死因，即便死罪難饒也不敢在此時提前處決，更不應死於雷擊。毛遂帶著展凱、展力、吳能三人入陣，三人均犧牲，而孫燕全不關心，卻說：「只是可惜那青牛」〔註92〕。至於佛祖隨口說出「易州百萬生靈，今日難逃雷炮

〔註84〕第三十三回。
〔註85〕第三十三回。
〔註86〕第三十八回。
〔註87〕第三十九回。
〔註88〕第三十八回。
〔註89〕第六十回。
〔註90〕第二十回。
〔註91〕第四十二回。
〔註92〕第二十九回。

之災」，而將自己提前告知孫臏，要他提前將家人撤離稱為出家人的「慈悲為懷」〔註93〕，完全沒有是非可言。此書僅有的圈點之處在於承認秦始皇統一六國是正義之師，「燕國當滅，縱有回天之本領，也不能挽回」〔註94〕，而孫臏因父兄之仇強行加入燕軍，彷彿《東遊記》中呂洞賓助兵遼國抵抗楊家將，有些逆天而行的意思。但呂洞賓助遼攻宋不過是一時的氣憤，孫臏的助燕攻秦則貫穿了全書，為全書增添了幾分「知其不可而為之」的悲劇色彩。不過也正因如此，使全書邏輯甚為牽強，如孫臏在捉住王翦之後並不敢殺他，因為「若將他斬首，有違天意，取罪不小」〔註95〕，但在海潮聖人勸孫臏「把你的人馬散了，你回上天台，修真養性，不管閒事，不失神仙之位」時，孫臏卻揚言「除非是貴人歸山，昭王爺龍歸大海，再把王翦碎屍萬段，祭了先靈，我方撤兵罷戰」〔註96〕，此處「貴人」指秦始皇，孫臏的這一番宣言又是預備逆天而戰的態度，但如果對照他前後文的所作所為，正可以看出他作為主角的色厲內荏。本書至第五十七回尚未有秦國必勝的道理，如果不是觀音和五小主的講和，李美容和襲國母的應天命而死〔註97〕，恐怕秦國也未必能夠一統天下。

　　其實，如果從題材上看，本書應與《封神演義》同源，均本自宋代平話。元刊本有《全相平話五種》，《封神演義》即本自《武王伐紂平話》，本書則本自《秦滅六國平話》，前傳《走馬春秋》即來自《樂毅圖齊平話》。按：《全相平話五種》均屬於演史平話，《樂毅圖齊平話》全名為《全相平話樂毅圖齊七國春秋後集》，以全名來看，當有前集。明末嘯花軒刊刻《前後七國志》，以《孫龐鬥智演義》為前傳，《樂田演義》為後傳，而今日所傳評書「六部春秋」中也以孫龐鬥智為主題的《金盒春秋》列於《走馬春秋》前，則應知所謂散佚於《全相平話》之外的「春秋前集」當即孫龐鬥智之事。故所謂「六部春秋」均當自原有平話改編，而非藝人或文人在《封神演義》有了影響之後的有意補敘之作。

　　具體到每一部作品上，「六部春秋」的整理程度又不盡相同。相較於《鋒劍春秋》，《走馬春秋》的整理程度更高，不但每一回都有回前詩，其開篇即言：「自古一朝帝王，尤百世不救之基。其興也有自來，其衰也有所為。周家卜年

〔註93〕第三十三回。
〔註94〕第八回。
〔註95〕第二十六回。
〔註96〕第二十七回。
〔註97〕第六十回。

八百，后稷肇基，卜世三十，幽厲作俑，平王東遷。而後王室衰微，孺葛一戰，祝犯駕，列國胥效。迨後世風愈下，列國爭衡，以強凌弱，以大吞小，遂成戰國。」〔註98〕用語十分典雅。本書中孫臏在做法時也屢次想到「不可延燒民居」〔註99〕、「不可燒及民房」〔註100〕等，較之《鋒劍春秋》更有人情。但從胭脂陣〔註101〕和碎剮鄒妃〔註102〕等故事的描寫來看，《走馬春秋》的情趣仍是市民而非文人的，本書中後宮奸妃陷害王后、太子及孫臏做法救助太子〔註103〕等事都與《封神演義》大同小異，楊公公設計保護太子〔註104〕則模仿自包公故事裏的「狸貓換太子」一案，太子落難到龔家與龔家小姐定下終身〔註105〕，模仿自呼家將等小說，也與當時的「私定公子後花園，落難公子中狀元」的戲劇模式相類似，至於龔家小姐名為金定則與《薛丁山征西》故事裏的陳金定名字相同。要之，則本書不管在姓名確定，還是在情節處理及情感態度上都是說話藝人的而非文人的，藝人在進行說話創作時有其固定的模式，借鑒包括《封神演義》在內的其他作品間或有之，但若徑稱其直接是《封神演義》的仿作或是續書，那便難免失真了。

〔註98〕《走馬春秋》第一回。
〔註99〕《走馬春秋》第八回。
〔註100〕《走馬春秋》第十二回。
〔註101〕《走馬春秋》第十三回。
〔註102〕《走馬春秋》第十六回。
〔註103〕第二回。
〔註104〕第二回。
〔註105〕第五回。

七、《封神演義》續書評介

　　自《封神演義》興起後，許多平話家都以此為底本開展故事，書中的許多情節和人物也被移植到其他的作品中，如前文介紹的《鋒劍春秋》。此外尚有民國的鼓曲《繡像黃河陣》、《繡像萬仙陣》〔註1〕等，其中不但提到三霄娘娘擺黃河陣、姜子牙封神等事，楊戩、羽翼仙、雷震子等也接連登場，連故事情節也是模擬《封神演義》的故事的。這兩部書前後相承，但卻是《說唐三傳》的外傳，《繡像黃河陣》的故事裏，樊梨花、王玉娘二人爭風吃醋的情節簡直比神魔鬥法的情節還要濃墨重彩，《封神演義》的一些元素最多只是二書的配飾而已。真正意義上的《封神演義》的續書須應是完全以《封神演義》眾人為主角或是繼承《封神演義》故事展開的，此種並不多見。以筆者的見識，只有清末及民國時期的作品六種。其中四種為短篇：

　　（一）程小珠《天宮命令一束》，又名《新封神榜》，發表於《繁華雜誌》1914年第三期第246～247頁《遊戲雜俎》專欄，以天宮的名義發表古代人物的任命狀，通篇只是「任命姬旦為國務卿，此令；任命包拯為肅政院院長，此令」等，文中既有歷史人物如包拯、諸葛亮，也有傳說中的人物如愚公、費長房等，但無帝王、教主，大概別有隱刺，後文還有《天宮電報》、《地底電報》等，與此格調相近。第四期《遊戲雜俎》專欄又有錢香如的《封人榜》，其中文字皆類如「一封作事胡塗者為爛污大家，一封呆笨無用者為飯桶大家」等，則與《封神榜》原文無絲毫關係，最多只是仿作的諧趣而已。

〔註1〕收錄於郭俊峰輯解：《中國珍稀本鼓詞集成（一）》，吉林文史出版社，2019年3月版。

　　（二）徐景雲《封神榜補：姜子牙班師遇阻　長鬚道擺陣亡身》，署名「景雲」，發表於《餘興》1916 年第 20 期，第 77～79 頁。（三）蔡石岩《封神榜補：為友報仇興師動眾　替天行道斬孽除妖》，發表於《餘興》1916 年第 21 期，第 83～86 頁。此二篇為前後承接關係，徐作寫姜子牙平定商朝後，長鬚道人為了重立成湯後裔而擺陣與姜子牙對壘，反為姜子牙所殺事。陣名「讎安」，即「籌安」二字諧音，長鬚道人現原形後為老羊，即諧音「楊」，蓋指楊度而言。其中說長鬚道人「胯下一匹花斑鴰」，在傳統文化象徵中，「鴰」為至淫之物，以此刺其品格。又說陣中有一面「召蠻聚鄙旛」，聚集了「無數的殘蠻貪鄙的厲鬼」，是對幫助袁世凱復辟的人物的諷刺。姜子牙入陣後「便覺四面八方有壓力壓將下來」，正是革命家們面對帝制傳統的壓力，非要用南極仙翁的「光明民氣旗」不可，意即僅有民眾的自覺才能掃除帝制的陰霾。蔡作則本徐作而續，寫長鬚道人的結義兄弟小猴精為了給長鬚道人復仇，會同越古大王、石壩孩兒阻礙姜子牙，為姜子牙所殺事。小猴精五百年後便是孫悟空，大約影射孫毓筠。古越大王為狐狸精，大約影射胡瑛，其住柔腸山媚骨洞，刺其諂媚無骨；石壩孩兒為李樹精，大約影射李燮和，其住森林山花柳城，刺其好色。後二者同為無恥山寡廉洞厚臉祖師之門徒，其諷刺之意不辯自明。此兩篇小說雖皆反對袁世凱及籌安會的復辟，但其謾罵多於諷刺，通篇格調不高。

　　（四）孫了紅、程悲秋《新封神榜　第？回　姜子牙兵進美人關》，署名「了紅、悲秋」，發表於《小報》1923 年第二期第 1～3 頁。寫姜子牙兵進美人關，遇到一個「眼睛綠，眉毛紅，櫻桃口兒大窟窿，瓊瑤鼻子像煙囪」的女將萬人迷，哪吒作為「荷花大少」為萬人迷的「無線電」神光擒去了，楊戩「是個大槍花」，也陷於萬人迷的「萬丈情絲」。直到後來豬頭山洋盤真人與之對陣，拋出「弗光」，才將萬人迷斬殺。作者最後說：「正是英雄難過美人關，美人也怕袁世凱。」「弗光」（degraded light）今譯為「退化光」〔註2〕，為開爾文勳爵所提出，與前文涉及之「無線電」一樣，都是用西學的方式解釋傳統的神魔鬥法，聊為戲謔而已，本無深意可言。本文的主旨即探討英雄難過美人關，文末提及袁世凱，加之文章作於曹錕主政之年，或有譏諷袁世凱、曹錕共同追求名

〔註 2〕《弗光之解說》，（英）木爾茲著，伍光建譯，李天綱主編：《民國西學要籍漢譯文獻 哲學 第 1 輯 十九世紀歐洲思想史 第 1 編 上》，上海社會科學院出版社，2017 年 4 月版，第 524 頁。

伶劉喜奎之意〔註3〕。標題中有「？」字樣，甚屬無謂，或是隨性之作，無甚
主旨可談，也未可知。

至於長篇的章回，目前所能見的只有清末兩種：

（一）光緒三十二年（1906 年）署名大陸的《新封神傳》，原載《月月小
說》第一年第 1、2、3、4、7、10 號，共十五回，後又有宣統二年（1910 年）
群學書社出版的單行本，正月印刷，三月發行〔註4〕，該版本筆者未見。今有
百花洲文藝出版社整理簡體橫排版行世，共二十回，為筆者所寓目者。

（二）光緒三十四年（1908 年）署名天悔生的《續封神傳》，共四回，有
醉經堂刊本，筆者未能得見，而江蘇省社會科學院文學研究所編《中國通俗小
說總目提要》詳細記載此書的版式、目錄及主要情節，大約此節的編者張穎、
陳速二位老師曾見，其每章標目如下：

第一回　師尚父奉詔助周　大頭鬼敗陣伏法
第二回　討賊臣先馳檄文　窺敵情詳觀陣勢
第三回　獨夫紂痛論君臣　老丞相力保義士
第四回　子牙兩攻赤膽陣　楊廣一用白頭兵〔註5〕

此書未有排印，現存舊書甚微，故筆者未能親見。其情節在《中國通俗小
說總目提要》書中有詳論，恕不備引。書中同類的內容則為今日《濟公傳》評
書吸收，如孫天嘯發布於網絡平臺的《濟公傳　第二部》中有隋煬帝陰兵復國
及孫悟空三請通天教主等事，其書傳於其父孫岩，此前之受授亦當有所本，不
過，評書中的增刪改易本是說書家不傳之秘，故筆者亦無由探討。

筆者所曾寓目者只有署名大陸的《新封神傳》一種，寫因羅剎國三妖作怪，
姜子牙在三千年後重下崑崙山，正逢庚子國變之後，姜子牙無意間到了南非，
被當做華工抓住，幸得元始天尊救助。在元始天尊的安排下，已經在日本留學
並娶了日本妻子的豬八戒十分不情願地保著姜子牙去羅剎國封神。豬八戒要
求姜子牙改稱呼、剪鬍鬚頭髮、穿洋裝，帶著他吃葷、用電燈、自來水，到龍

〔註3〕劉喜奎拒絕袁世凱、曹錕事見周寶華：《一代名伶劉喜奎》，中國人民政治協商
　　　會議南皮縣委員會編：《南皮縣文史資料　第 1 輯》，1989 年 11 月版，第 89～
　　　117 頁。
〔註4〕見大陸等《新封神傳、新舊社會之怪現狀、新列國志》的書前影印資料，百花
　　　洲文藝出版社，1996 年 7 月第一版，以下所引原文均以此為依據，以下凡引
　　　本書處，本文只標回目。
〔註5〕江蘇省社會科學院文學研究所編：《中國通俗小說總目提要》，中國文聯出版公
　　　司，1990 年 2 月版，第 1098 頁。

宮借完錢後，盜回失陷在巡捕房的封神榜。去羅剎國的途中豬八戒一度要求姜
子牙出賣封神榜的官位給錢鋪主人錢孔，但因姜子牙阻礙而罷。後來到了廣
東，姜子牙被誤會為康梁餘黨，好在豬八戒變成洋大人，才讓姜子牙躲過一劫。
到了上海，在想要維新的地主支屺廈的提議下，豬八戒主張建立一個「中立學
堂」，「取其立在中間，可新可舊。現在是新舊兩黨交戰的時節，倘將來新黨勝，
我就走新黨那邊，舊黨勝，我就走舊黨那邊」〔註6〕。姜子牙在豬八戒的推薦
下成為了中立學堂的校長，但可惜學歷不夠，只好重回日本留學鍍金。然而回
到日本的八戒發現自己的日本妻子重操藝伎舊業，一不做二不休，讓與妻子往
來最為密切的兩個留學生嫖客陳漁陽和陸醒獅分別擔任事務長和教務長，並
以二人為媒介，介紹留學生擔任教員並購買一些教材回國。到中國後，在錢孔
的安排下，族兄錢萬選也進入學堂當起了史地教員。姜子牙因不通西學，胡亂
提問，自行辭去校長職務，轉為《警私》報館的主筆；錢萬選則因受辱於豬八
戒憤而污蔑他為革命黨人。豬八戒被捉入獄，中立學堂解散，他的媳婦也跑回
日本去了。豬八戒被無罪釋放後，捐了一個山東的試用巡檢，而姜子牙則因在
《警私》報館刊登新封神榜被加上「誹謗政府、蠱惑民心」的罪名〔註7〕，報
館險被查封，只好寫信給豬八戒求助。豬八戒雖不情願，但是想到元始天尊的
囑託，還是推薦他到交涉局總辦那裡當文案。一日兩人正和交涉局的總辦一起
吃花酒，忽然被元始天尊派值日功曹宣召訓斥，豬八戒被罰投胎做海關道，姜
子牙則回到烏有洞修煉去了。

　　《月月小說》創刊於光緒三十二年十一月，此書雖不必作於此時間後，但
書中曾提及「五大臣瀛寰記」〔註8〕，應即是五大臣署名的《考察各國憲政報
告》。五大臣回國當在本年六月，七月初九清政府御前會議才使此文流傳，故
此書之作不當早於是日，應即光緒三十二年所作。書中所謂「羅剎國」即租界，
故在廣州、上海兩地均有羅剎國身影。書中對於羅剎國及外國文明本身並沒有
非議，甚至借姜子牙之目光對其他國家抱有一定肯定態度：「子牙一看街上的
路全是細沙鋪成，真個是王道平平，王道坦坦。那來往的人，都分做兩邊走。
子牙看罷，內心想道：這行人讓路的景象，我同文王治西岐也不過如此，怎麼
蠻夷之邦，竟有這樣好風俗？」〔註9〕。其所諷刺的對象乃是中國的傳統官吏、

〔註6〕第十二回。
〔註7〕第二十回。
〔註8〕第十六回。
〔註9〕第五回。

留學生、維新派和革命黨，所謂三妖便是盤剝民眾的中國官，「人原是人，但他的心卻是個野獸，他因為隨常吃不來人，攪不來世界，所以借這衣冠禽獸的樣子，來暗中吸天下人的脂膏」〔註10〕，作者借豬八戒之口說道：「至於世界上的奴才，你還沒有這資格做，必定要帶著大紅頂、拖著孔雀翎兒，才算得個完全無缺的奴才。」〔註11〕「做中國的官，不如做外國的狗。」〔註12〕作為中國新希望的維新派是「暗地裏行為，卻比守舊還壞十倍」〔註13〕，革命派則「都是革在嘴上。弄到後來，一包炸藥，一管手槍，孟孟浪浪，胡鬧一場，反把自己的命先革了。說之可恨，實在可笑。」〔註14〕曾經為革命黨的豬八戒一度自陳「我起初的革命，原不過是嘴上風光，做個上舞臺的引線，如今我已有了路了，那個還同他們去幹這無法無天的事。你要曉得，那班人大半是沒路走的朋友，若是把紅藍頂子望他頭上一壓，他必定的規規矩矩，一動也不敢動。」〔註15〕而維新與革命之敝則首在對留學生之推崇，「我們留學生就是做官的盡先班，卒業回來，起碼一個知縣」〔註16〕，但留學生的真實水平卻十分可疑，豬八戒對姜子牙說：「你把留學生看的太高了，須知去留學的不是個個人有學問，差不多不通的也有在內。以你老的資格，在留學界可算得上乘，別人不敢說，像我老豬，能識幾擔西瓜大字？然而如今倒也在留學界上大搖大擺」〔註17〕。至於留學生之祖，自然是豬八戒的師父唐僧，作者也借豬八戒之口諷刺道：「我們師父在上海青蓮閣吃茶，有幾個活觀音樣的女人過來同他答話，他閉了眼睛，紅了臉兒，只是不睬。後來走過小東門，來了一班野雞來拖我們師父，他竟是順水行舟的去了。」〔註18〕

事實上，那時有許多諷刺留學生的小說，非獨本書為是。如1903年發表於《浙江潮》的小說《愛之花》，與本書連載同年（1906年）的則有馬仰禹的小說《新孽鏡》及上海樂群小說社出版署名遁廬的《學生現形記》，連載本書的《月月小說》也在本書發表的次年（1907年）連載了吳趼人署名「我佛山

〔註10〕第十一回。
〔註11〕第八回。
〔註12〕第十九回。
〔註13〕第十二回。
〔註14〕第十四回。
〔註15〕第十五回。
〔註16〕第二回。
〔註17〕第十四回。
〔註18〕第四回。

人」的作品《上海遊驂錄》等。此類書中最負盛名者無如於十年之後民權出版部發行的向愷然署名「平江不肖生」的小說《留東外史》〔註19〕，相形之下，向著更側重於對留學生生活的刻畫，這是因為向氏曾於 1906 至 1911 年間於日本留學，所作之書乃留學生的自我批判。但《新封神傳》的作者則更側重於對留學生印象的刻板刻畫，其於留學生活不甚熟稔，卻深諳官商間的一般交往，對於更高的政策卻也不甚了然。所以本書作者身份雖然不詳，但當係低級官員或出身商家之類，其所作對留學生的批評，乃是傳統知識分子對留學生的諷刺。之所以有此態度，是因為晚清的時代實為中國的一大變局，留學生的出現破壞了傳統的士階層結構。

　　按：「士」本為西周時期貴族的最後一等級，但隨著晚周的時局動盪，貴族政治為君主政治取代，「士」便作為進入貴族的第一道門檻，成為打通上層民眾與下層貴族的第一道界線，以普通貴族乃至平民的身份成為官員的行為，便叫做「仕」〔註20〕，這個時候已經將官員的任命權力由傳統的世襲轉變為君主的任命。不過，被任命者的身份依舊與其在地方上的權力有關，或是因武力為地方有影響力的豪俠，如先秦的墨家、漢武帝時期的郭解，或是因商人的地位於政治發生影響，如先秦時期的范蠡、呂不韋，漢武帝時的卜式；被歷來史家論及的商鞅軍功授爵制度，其實並未發生足夠影響，故當時的官僚階層其實仍是傳統貴族與新興勢族的結合。秦漢時期的徵辟、察舉制度也是緣勢族的意願而發生的，以地方的官員推薦地方的勢族，故當時有「寒素清白濁如泥，高第良將怯如雞」的譏諷之辭，為時論所詬病的「九品中正制」反而借助中正官的品鑒，將地方官員推薦權變成了中央對勢族子弟的審核權，對於瓦解貴族政治是一種進步。中國最後一位出身勢族的宰相當是唐朝中期的張九齡，自隋帝楊堅草創科舉，唐帝李世民編纂《姓氏錄》以下，貴族勢力便逐步為平民中的知識階層取代，至中期而有代表平民知識階層的李林甫結束貴族政治。李林甫雖然不是中國歷史上第一個平民宰相，甚至在血統上還有一定唐朝皇室的遠親，但他卻立足於平民修訂法律、建立職業兵制（募兵制），於結束貴族政體有決定性的意義。自此以下，中國的朝政遂為平民知識階層所把持，甚至「士階層」也成為了平民知識階層的同義語。

〔註19〕關於《留東外史》的初版時間，歷來說法不同，此取徐斯年、向曉光《平江不肖生向愷然年表》的說法，該文見於 2012 年 11 月出版的《西南大學學報（社會科學版）》第 38 卷第 6 期，以下對向氏生平的介紹亦參考此文，不另。
〔註20〕詳參拙著《先秦諸子述林》，中國致公出版社，2019 年 2 月版，第 135～144 頁。

　　傳統的士階層以「讀書—做官」為入仕的主要途徑,知識階層同讀五經或四書,雖偶有餘弊,但大體公允。至於清末,此種大體上的公允被留學制度打破——中國舊知識結構已經不能滿足新的時代需求,自洋務運動始便寄希望「別求新聲於異邦」。對於清政府而言,新的知識人才與舊有官僚體系不甚相容,所以這時留學生至多留洋九年即行回國;對於知識階層來說,留學生「每年花費四五百元的本錢」〔註21〕便是將平民階層排斥在官僚體系的最好障礙,所以留學一途「門戶狹隘,路徑險阻,攀登甚難,學子往往不得其門而入,佇立風雨中;惟捨此途而外,何能躍登龍門,一身榮譽何處求。」〔註22〕這就生出了仇富的情緒。正是由於這個緣故,能夠留洋的學生又少,不容清政府細加選擇,於是有了一些了留學生「沒有卒業,撫臺就來請他」〔註23〕的局面。何況「洋話會說,那一樣不可賺錢。做官呢,出使大臣,外務部,洋務局,這幾樣美差。讀書呢,翻譯西書,教授西文,都是一碗好白飯。做生意呢,各洋行的買辦,各銀行的經手,進賬是一年動萬。就不做官,不讀書,不做生意,那洋人身邊去做個細仔,也是不醜。」〔註24〕所以,無論讀書讀到何種地步,總不至於沒有出路,這就使那些苦讀四書的人沒有了出路。特別是光緒二十一年(1905 年)廢除科舉之後,堵住了這些傳統讀書人的入仕之路,在此種情形之下,遂作小說加以諷刺。

　　從情感傾向上看,留學生自作的小說多將與所在留學國家的女子戀愛視為「文化征服」的一種方式,除《留東外史》之外,王韜《淞隱漫錄》中的《媚梨小傳》、《海外壯遊》等篇也以海外留學生獵豔為主題。如果說這些描繪為的是「用『嫖』的方式對日本人的另類『復仇』」〔註25〕,「體現了在日中國留學生人格結構中『超我』對『本我』的屈服,文明對於欲望的讓步」〔註26〕的話,那麼顯然《新封神傳》的作者「大陸」並沒有認同這種「復仇」的方式,將這種獵豔等同於豬八戒的好色,也即是在取經或求學路上的不堅定,而這種不堅

〔註21〕第二回。
〔註22〕實藤惠秀:《中國人留學日本史》,生活·讀書·新知三聯書店,1983 年 8 月版,第 35 頁。
〔註23〕第二回。
〔註24〕第三回。
〔註25〕朱美祿:《域外之鏡中的留學生形象——以現代留日作家的創作為考察中心》,巴蜀書社,2011 年 9 月版,第 44 頁。
〔註26〕朱美祿:《域外之鏡中的留學生形象——以現代留日作家的創作為考察中心》,第 53 頁。

定又剛好給了反對留學者以種種的口實。通過種種諷刺，看出作者在預備立憲之後對當時的現實和代表著未來希望的留學生的種種隱憂，導致其既不能認同軍政界的各色官僚，也不認同維新和革命，同時對工商界及媒體也頗有微詞。本書第二十回披露了元始天尊授予姜子牙的封神榜全文，開篇是一個偈子：「大千世界，以利為義。豺狼當道，安問狐狸。」正文是「第一政界諸公，可封為尖頭星官；第二軍界諸公，可封為長腳星官；第三學界諸公，可封為虎頭星官；第四商界諸公，可封為通天星官；第五工界諸公，可封為吠影星官；第六報界諸公，可封為長舌星官。」與《封神演義》的封神榜相比，沒有將更為具體的星位授予某一具體的人，而只是通過星號對某一類人進行諷刺，在這種對社會更階層的全盤否定之下，其對「羅剎國」的讚美便更顯得具有憂患意識。

本書人名多用諧音，將姜子牙當做維新派捉拿的官員名叫「楊懦」，楊即「洋」，即見到洋人便懦弱下來；豬八戒變成外國人「克中」來壓制他，「克中」便是能克制中國人的意思。兩個與豬八戒老婆有染的留學生陳漁陽和陸醒獅則疑為諷刺革命黨人，陳天華蹈海而死，故諧音「魚洋」，以為諷刺；「醒獅」則是 1905 年成刊於日本東京的革命雜誌之名，「支屺廈」即支那（中國）日益頹圮下去，商善贊、錢孔之名諷刺之意一目了然，自不待多言。本書作者署名大陸，即中國大陸之意，一則以為日本留學生之誤國，故稱「大陸」以自顯；另一方面則感慨神州大陸之陸沉，以此為名更是寄託憂國之心。

從形式上看，此書不過是用中國舊章回小說的主角為媒介映像現實，此種小說在晚清時期在在有之，或稱為「擬舊小說」〔註27〕，或稱為「翻新小說」〔註28〕，蓋因此種小說多半是首先在報刊連載的，用舊小說的舊人物、舊性格，使讀者對作者所要創作的立場一目了然，方便作者入話和讀者的接受，如本書豬八戒出場時，讀者必已經先預設他是好吃懶做、無能且好色的人，姜子牙則是老成持重、有道德修為卻離當時的生活太遠的人。從思想觀念上看，此種小說或類似於民國時期所謂「黑幕小說」〔註29〕，以今日革命史觀的眼光來看，作者對革命、維新的態度固不可取，然而於彼時卻實實在在反映了當時的人心所想和所向。

[註27] 阿英：《晚清小說史》，人民文學出版社，1980 年 8 月版，第 176 頁。
[註28] 歐陽健：《古小說研究論》，巴蜀出版社，1997 年 5 月版，第 257 頁。
[註29] 關於「黑幕小說」的創作目的，自誕生之日起就有許多分歧，至少有「禮拜六派說」、「寫實派說」、「豔情掌故說」、「勸誡近錄說」、「有聞必錄說」等，參見田若虹《陸士諤研究》，嶽麓書社，2002 年 9 月版，第 182 頁。

在某種意義上，對留學生的排斥成為了一般民眾疏離知識階層的開始。在科舉時代，一個人中了舉人後「不是親的也來認親，不相與的也來認相與」〔註30〕，做學生的介於官民之間，自然是民間的領袖，作為士紳一層影響鄉里的政治。但自從晚清排斥留學生後，學生在一般民眾心中的位置日益下降，及至抗戰時期則一變而成為空疏無用的代名詞，當時有民歌諷刺學生宣傳抗日，稱：「學生學生你別鬧，不如二踢腳，好像黃煙炮，日本佔了東三省，一時你們發了躁。當局不說打，你們想打辦不到，又無槍來又無炮，赤手空拳瞎胡鬧。」〔註31〕這種輕蔑學生的態度在科舉廢除之前幾乎是不可想像的。

要之，清末民初這一大變局非但是中外局勢和政治局勢的大變革時期，也是社會心態的大變化時期，這一時期的小說剛好為研究這個時代的心態提供了一個很好的切入樣本。惜乎今日的文學史家對這一段文學的歷史及士人和市民的心態研究都不是很夠，側重於白話文學及其變革的研究，若能對其他小說分別思考，每類都做成一大專題研究下去，庶幾能夠填補這段文學史乃至社會史的一段空白。

〔註30〕《儒林外史》第三回。
〔註31〕田濤：《百年記憶：民謠裏的中國》，山西人民出版社，2004 年版，第 215 頁。

八、索隱派與《封神演義》的研究

    舊小說的研究裏，有一派名叫「索隱派」，舊說以為此派肇始於紅學，乃至於視之為舊紅學的一個分支，並視其發軔之作為署名王夢阮、沈瓶庵於民國五年（1916年）出版的《紅樓夢索隱》〔註1〕。然則此書固是小說索隱類著作的第一部大書，「索隱」二字卻實出於《周易》，作為書籍專名則始見於司馬貞之《史記索隱》，是「探求異聞，採摭典故，解其所未解，申其所未申者」〔註2〕的意思。至於長篇小說索隱，應是以小說情節比附歷史或哲學並作過度解讀的意思，此種批評方式至遲可以推至明代中後期，如葉晝託名李卓吾批評的《西遊記》，其中說「批讀《西遊記》者，不知作者之宗旨，定作戲論。余為一一拈出，庶幾不埋沒了作者之意」〔註3〕。將小說情節和人物相比附的，則有另有昭槤的《嘯亭雜錄》——

    鍾伯敬《封神演義》荒誕幻渺，不可窮詰。然皆暗指明事，以神宗為紂，鄭貴妃為妲己，光宗常洛為殷洪，王恭妃為姜后。張維賢為聞仲者，以其行居次也。朱希忠為黃飛虎者，姓皆色也。西岐者，暗指播州楊應龍。以孫丕揚為楊任，因其家居關西，而無甚知識，以手下為耳目也。以朱廖為尤渾，以其尤劣於四明也。三教道師暗指齊、浙、楚三黨，托塔天王暗指李三才也，鄧九公者，鄭芝

〔註1〕郭豫適：《半磚園齋論紅學索隱派》，復旦大學出版社，2016年5月版，第11頁。

〔註2〕（唐）司馬貞：《史記索隱序》。

〔註3〕（明）葉晝：《李卓吾批評西遊記》（上下），天津古籍出版社，2006年10月版，第9頁。

龍也，申公豹者，申時行門下客也。至以鄒元標等江右人為梅山七
怪，尤為誣善。夫食毛踐土之士，而謗毀其君為辛紂，居然筆之於
書，其人可誅，其板可斧矣！而尚流傳世間，亦可怪也。

這是較早的索隱批評的專文，也可以說是對《封神演義》索隱的第一篇著
作了。昭槤生於乾隆四十一年（1776 年），卒於道光九年末（1830 年），較於
王、沈二人之書早近百年年，即便以刊刻時間算，則此書在光緒六年（1880 年）
由九思堂刊刻，仍較二氏之書早三十六年，算得上是索隱一派的先聲。另，王
闓運《湘綺樓日記》也有對《封神演義》的批評，其日記中光緒十九年正月二
十日寫道——

> 《封神演義》者，本擬《水滸傳》、《西遊記》而作，亦兼襲《三
> 國志》，其文有「狼筅」，在明嘉靖以後，而俗間大信用之，至以改
> 撰神號。至今言四天王、哼哈、財神、溫痘，皆本之，已為市井不
> 刊之典矣。

> 余童時喜其言太極圖有焚身之禍，蓋意在譏明太宗殺方正學諸
> 君。及其言豬狗佐白猿總戎，以譏李景隆諸將，以為各有所指。然
> 其文衍成數十萬言，必有所命意，乃能敷演。而聞仲者，又以擬張
> 江陵不學而跋扈也。其言姜環又明斥梃擊事。

> 明人喜為傳奇演義之言，而此獨恢詭不平，多所指斥，大致以
> 財色為戒，故獨重趙公明兄妹，財為兄，而色為妹，未有無財而能
> 耽色者也。置之十絕之中者，戕生多端，中年尤在財色也。十絕破
> 而殺仙，萬仙誅而沐猴冠矣。此由庶人以至天子，不可以太極圖自
> 陷於落魂也。故必以太極圖易草菅人，不可以太子入太極圖，乃憤
> 時嫉俗者之所為。

> 大要言賢智皆助逆，讒邪皆為神，唯禽獸乃可通天，甚惡道學
> 之詞，疑李卓吾之所為也。昔疑其有金丹醫方之說，嘗欲評之，今
> 乃知其仍為迂儒，故標其作意如此。至其神名，蓋別有所本，非由
> 此始，則無可考矣。

光緒十九年即 1893 年，較二氏早 23 年。王氏本係晚清今文經學之泰斗，
其索隱之方法亦是宗法《詩經》中的比興索隱之意。按：《詩經》學的解讀中
本有「詩教」之說，每以《詩經》中某一篇什影射歷史上的某事，朱熹《詩集
傳》即以此作為詮釋思路。其解釋《詩經》「賦比興」三義時說：「賦者，敷也，

敷陳其事而直言之者；比者，以彼物比此物也；興者，先言他物以引起所詠之詞也。」此說影響極大，後世的文學創作亦受此觀念的影響，漸有對史事或時世的映像。故所謂「索隱」者其實是對文學作品中的某些情節做的歷史性探源，即今日所謂「故事原型研究」及「故事類型研究」的綜合工作。然則此種研究方法本當應用於由文人獨立創作或文人參與程度較高的小說，但對於《封神演義》這樣由歷史故事演繹並經由歷代小說、戲劇不斷積累和發展的「層累型」作品並不適用，故王氏以研究經學的態度來做《封神演義》的解讀無疑是膠柱鼓瑟、緣木求魚了。

　　此外，那時候的索隱尚有：一、燕南尚生於光緒三十四年（1908 年）於保定直隸官書局排印的《新評水滸傳》，尚生之名不詳，書中言「史進」寓意《史記》和進化，「魯達」寓意這魯國的達人，也就是孔子等，這書比起《紅樓夢索隱》實在還要早些，故將《紅樓夢索隱》視為小說索隱的第一部書的意見是無法成立的。二、鄧狂言於民國八年（1919 年）在上海民權出版部出版的《紅樓夢釋真》及民國十八年（1929 年）在大東書局出版的《水滸傳索隱》。狂言本名鄧裕鼇，字服農，江陵人，參加過光緒二十九年（1903 年）的科舉，民國的時候又做過湖北省臨時議會議員。三、「樋公」於民國二十年（1931 年）於文明書局出版的《水滸傳索隱》，此人生平未詳，書未能見，持書者或以其名為趙北樋，不知的否。四、馬駿（馬君圖）於民國二十三年（1934 年）於北平中華印書局出版的《馬氏叢書第一輯》，馬氏為伊斯蘭教民，曾創辦晉城崇實中學，此書中附有《讀書索隱》、《封神傳索隱》、《白蛇傳索隱》三篇，皆以附會為能事，其中《封神傳索隱》一文又見於民國二十七年（1938 年）之《玄黃朔望刊》第一期第 10～13 頁。故索隱派的發軔並不由於紅學，而民國時期的索隱著作絕不止於紅學的著作。只是後來有賴胡適之先生開拓新紅學，是以作者曹雪芹的生平作為依據的，這就必與猜謎為特色的舊紅學處處相反，所以紅學索隱派便獨立於其他各書的索隱之外，別成一種重要的標的留存於學術的歷史中。

　　索隱派的文章固然多有對文學意象背後的深入思考，但由於缺乏對作者創作時代的瞭解和對作者原有意圖的尊重，得出的結論往往與原著毫無關聯甚或背道而馳。以上文述及的兩種《封神演義》的索隱為例，王闓運認為趙公明兄妹的形象設計是為了表明「財為兄，而色為妹」，實則趙公明固然為財神，三霄娘娘卻是被封為「坑三姑娘」即司廁之神，並非掌管聲色之神，而其所布

九曲黃河陣也並非以色惑人的工具，若以其人為女神則為色慾的象徵，則金靈聖母、龍吉公主、鄧嬋玉等無一不為女神或女將，單以此認為三霄娘娘為色慾的象徵無論如何是說不通的。同樣，以袁洪影射李景隆也十分不通，歷史上朱棣甚為輕視李景隆，李景隆也因私人原因猜忌瞿能使其兵敗垂成，小說中的袁洪卻為武王和姜子牙帶來了深重的災難，殺掉了楊任、龍鬚虎、鄭倫等名將，不但與其他梅山六怪同仇敵愾，也與前來助戰的高明、高覺、鄔文化等協同作戰，絕非李景隆之流可比。何況李景隆在靖難之役失敗後，仍被朱棣封為太子太師，遠比袁洪困死於山河社稷圖的結局要好得多。至於太極圖將殷洪化為飛灰影射方孝孺之難，應是將太極圖理解為理學冠冕的《太極圖說》，這恐怕只能算是望文生義；姜環襲擊太子與梃擊案襲擊當時為太子的朱由校確有相似之處，然則《封神演義》本刊刻於天啟年間，以此情節明目張膽地影射當時的帝王亦非民間文學所樂為，何況這種宮廷內鬥在《左傳》、《戰國策》等書中早有成例，原不需要影射才能寫作的。

馬君圖的《封神傳索隱》在《玄黃朔望刊》刊登時則乾脆寫上了「打破三百年啞謎，方知《封神傳》為富有民族意義之革命書籍」，認為「以紂王無道擬明熹宗、莊烈及福王、桂王等之昏庸，以西岐及西方之準提、接引因滿洲從來信佛也，以費仲、尤渾擬魏忠賢黨，以龜靈聖母擬客氏，以飛廉、惡來擬奸瑠杜勳、王德化輩」。這簡直是毫無道理，因為現存最早的《封神演義》版本是天啟金閶舒載陽刊本，此時崇禎尚未登基，李自成更未攻陷北京，自無杜勳、王德化輩之事，也無福王、桂王稱帝可言。那時候滿洲方興，若以此比擬儒生們所尊奉的周武王，則無異給了滿洲以政治上的正確，一方面謳歌敵軍正中朝廷的忌諱，另一方面也傷害了明末遺民的感情，《封神演義》一書勢不能於當時大行其道。以馬氏作此文時的情形來看，不過是蹈襲燕南尚生批評《水滸傳》的故智，尚生以《水滸傳》為憲政的發軔，馬君圖便以《封神演義》作為革命的隱含，卻不知是完全不具備說服力的。

1960 年衛聚賢於香港偉興印務所出版的《封神榜故事探源》上下兩冊沿用了馬君圖的思路。此書筆者未見，但就其他論文的引用情況來看，衛氏認為《封神演義》為清人託名明人的作品，並以為文武二王伐紂是影射吳三桂降清復叛的事情，西方教主是影射喇嘛教等〔註4〕，然則《封神演義》各版本尚在，其非清人所託一望可知。因此衛氏的意見，我想總可以不攻自破了。

〔註4〕〔日〕山下一夫：《西方教主考》，圓光佛學學報，第 3 期，第 241～262 頁。

九、「十兄弟」故事與明清小說比義

中國民間廣泛流傳的「十兄弟」故事最早見於明代屠本畯《憨子雜俎》：

> 古者，兄弟七人，皆絕技，曰健大一，硬頸二，長腳三，遠聽
> 四，爛鼻五，寬皮六，油炒七。健大看得須彌山可列家門屏幛，擔
> 卻歸。上帝怒，敕豐隆翳追之，並獲硬頸二。以斧斫其頸，斧數易，
> 而頸無恙。長腳三距海一萬八千里，一日夜抵家報信。遠聽四早聞，
> 偕爛鼻五赴難。西海龍王遣數千將敵之。五以鼻涕向下一摑，盡糊
> 其將之眼。於是龍王親征，獲第六，直扯橫拽而皮不窄。獲第七，
> 又入油氣鐺，炒七日七夜而體不焦。七人者終無成，老於牖下〔註1〕。

在流傳的過程中，七兄弟也會被演繹成三兄弟、四兄弟、五兄弟、六兄
弟、八兄弟、九兄弟、十兄弟等，而以「十兄弟」的故事流傳最廣，故民俗
學專家多稱其為「十兄弟」故事。故事中的「上帝」有時會表述為秦始皇，
有時會表述為財主、縣官或是土皇帝，「龍王」則被表述為財主的手下或是皇
帝的士兵等。直接表述為龍王的除了《憨子雜俎》外，僅有《三教源流搜神
大全》中的那吒故事。同時故事中的「斧數易，而頸無恙」、「入油氣鐺，炒
七日七夜而體不焦」，與《西遊記》車遲國鬥法一事極為相近；「長腳三距海
一萬八千里，一日夜抵家報信」則近似於《西遊記》中的筋斗雲。《憨子雜俎》
成書與萬曆年間，與《三教源流搜神大全》及《西遊記》成書時間相近，未
知是否相互影響。

〔註1〕鄭振鐸主編：《世界文庫》第 7 卷，生活書店，1935 年 11 月版，第 2885
頁。

　　十兄弟故事的最早改編者當屬黎錦暉所著童話故事《十姊妹》，初次發表於 20 世紀 20 年代的《小朋友》雜誌，今有海豚出版社的排印本〔註2〕。故事中有十姊妹拿著相片去總統府救父親一段情節，可以明顯看出作者將故事發生的背景定位為民國，而其中主張男女平權及反戰、反獨裁的思想也是民國時期的思潮而非原型故事所固有的，故應視其為改編本而非整理本。真正整理此故事較早的，當屬上海人民美術出版社於 1958 年 3 月出版的《十兄弟》連環畫，金江撰文，鄭家聲繪畫。該故事共分為四個部分：

　　第一個部分寫老漁夫夫妻得到寶珠，又可分為兩個故事類型：一是得到能夠許願成真的寶物的故事，這個故事類型不像漢族固有的，因為漢文化重視天志，一般勤苦且有品行的人會得到上天的幫助，如董永和七仙女的故事以及郭巨埋兒的故事，這類故事通常不會借助某個特定的靈異之物。二是國王（或勢族）奪寶的故事，如果僅從奪寶者的身份來看，這個故事亦不會來源於漢文化，因為在漢文化中國王或皇帝親自到民人家中參與奪寶的可能性不高，但不能排除此故事脫胎於漢文化並由少數民族加工的可能，漢文化中可以代替國王的是權貴或鄉紳，類似的故事有《一捧雪》、《慶頂珠》等。

　　第二個部分寫十兄弟出世，可分為四個故事類型：一是丈夫離開後妻子生育的故事，如《汾河灣》中柳迎春在薛仁貴離家後生下薛丁山。二是卵生英雄主題，民間傳說中此類故事不在少數，具體又可分為卵生英雄（如蛋娃、黑馬張三哥等）和物生英雄（如冬瓜兒、核桃格格等），在文獻中，《三教源流搜神大全》中的殷郊即為卵生太歲，《封神演義》在創作時也借鑒了這一情節以塑造哪吒。三是異形英雄主題，民間故事中常見只有一頭的怪異英雄（如只有頭的阿蠻）或只有拇指大小的善良英雄（如豆团）等。這種故事所涵蓋的社會心理最為廣泛：（一）就道德層面而言，即是對殘疾人的惻隱之心，一個習見的社會心理是認為瞽者能夠見常人所未見，知曉天機；（二）就哲學層面而言，《莊子‧大宗師》言「畸於人而侔於天」，故其書中常設計超脫世界的畸形人物，如《達生》篇的承蜩老人；（三）就宗教方面而言，仙是基於人的異化，人們對於神的塑造即對能超脫自然的人的塑造，故五百羅漢造像中一般有長手、長腳的羅漢，根據一般的解釋，長手即為攬月，長腳即為跨海，

〔註2〕黎錦暉：《黎錦暉童書》第一冊，海豚出版社，2013 年 5 月第一版，第 3～78 頁。

所謂千里眼、順風耳及飛天亦為此類,《封神演義》中的千里眼、順風耳即為高明、高覺,能入地者為土行孫,火鼻彷彿《封神演義》中的鄭倫,闊嘴則像《封神演義》種的陳奇,及《封神演義》中聞仲三眼、楊任眼眶生手、手中生眼及殷郊三頭六臂、哪吒三頭八臂等,總不能出此範疇;(四)就社會心理而言,人們對於一般英雄的想像也包含對常人超越的期許,這與宗教方面的立場有承接的作用,最典型的莫過於《三俠五義》中的五鼠故事,在明刻本《五鼠鬧東京包公收妖傳》中五鼠尚是妖邪的狀態,但到了蒙古王府藏說唱本《三俠五義》中就變成了人形的俠客,但今日流行本《三俠五義》中稱五鼠的綽號為「鑽天鼠」、「徹地鼠」、「翻山鼠」、「翻江鼠」等,亦能看出對俠客超越常人的期許。四是十人兄弟主題,出「十兄弟」故事外,十個兄弟的故事僅有《金瓶梅》中「西門慶熱結十弟兄」,如果以《金瓶梅》的故事和「十兄弟」的故事相對應,應伯爵諧音「應白嚼」,就是闊嘴巴;常峙節諧音「常時借」,就是長手;雲理守諧音「雲裏手」,就是飛天;白賚光在詞話本中寫作「白來創」,諧音「白來闖」,就是銅頭鐵臂;吳典恩諧音「無點恩」,就是厚臉皮;孫天化外號「孫寡嘴」,能說家長里短,就是千里眼、順風耳了。不過我們無法判斷「十兄弟」的故事與《金瓶梅》的發生次第,亦不敢貿然結論,故將二者略有相似處聊記於此。

另需說明的是,儘管金江撰文本稱老漁夫的妻子吞食寶珠剩下十兄弟一說影響甚大,但並非十兄弟出身的唯一解釋。其他整理的版本或稱其為母親吞食棗子所生〔註3〕,或稱其為母親撿來的石頭被母雞孵化而成〔註4〕,或稱其為上天仙童轉世〔註5〕等。此外有一種說法是十兄弟出身於墳墓當中。中國動畫《葫蘆兄弟》即來源於民間故事「十兄弟」,楊玉良作為主筆將之改編為劇本《七兄弟》,葫蘆娃的造型設計則是胡進慶初稿、吳雲初修改過的〔註6〕。通

〔註3〕 羅楊總主編:《中國民間故事叢書上海松江卷》,知識產權出版社,2016年7月版,第190頁。
〔註4〕 羅楊總主編:《中國民間故事叢書浙江寧波象山卷》,知識產權出版社,2015年8月版,第316頁。
〔註5〕 羅楊總主編:《中國民間故事叢書上海虹口卷下》,知識產權出版社,2016年7月版,第374頁。
〔註6〕 見《上海市第二中級人民法院民事判決書(2011)滬二中民五(知)終字第62號》,詳見陳立斌主編《上海法院知識產權審判新發展第1輯》,2013年版,第175～183頁。

過吉林衛視《家事》欄目對胡進慶及編劇姚忠禮等人的採訪可知，在他們所瞭解的「十兄弟」故事中，十兄弟出身於墳墓〔註7〕，這一點與《封神演義》中雷震子的出身十分相似。《封神演義》第十回寫雷震子出世：

> 眾人正尋之間，只聽得古墓旁好像一孩子哭泣聲音。眾人向前一看，果是個孩子，眾人曰：「想此古墓，焉得有孩子？必然古怪，想是將星，就將這孩兒抱來，獻與千歲看何如？」眾人果將這孩兒抱來遞與文王。

更早的元代話本《武王伐紂平話》中則直接寫道：

> 姬昌見古墓自摧，佇目視之，見一女子屍形，宛然如生；卻被大雷震破女子之腹，內有一孩兒啼。姬昌令人入墓中取出孩兒來也。左右入墓抱出。諸人不曉，唯有姬昌會之。

這與中國民間故事中另一種故事類型——鬼母故事十分吻合。此種故事最早可追溯宋代《太平廣記》卷三百二十一引南朝劉義慶《幽明錄》的《胡馥之》一則，洪邁《夷堅志·丁志》卷二《宣城死婦》則已經有了棺中生兒的記載。至於屍體崇拜，漢族可以推溯到《莊子·外篇·至樂》中道見骷髏的故事，國外可推至公元三世紀印度的《僵屍鬼故事二十五則》，中國少數民族的故事則可以追溯到託名班貢帕巴·魯珠所著《屍語故事》，時間約在公元前一世紀〔註8〕。前者或被視為藏傳佛教的密教聖典〔註9〕，後者則官方流傳於藏地，並以口述故事的方式廣泛流佈於民間。加之元代帝師八思巴即出身藏傳佛教，更能加劇故事的傳播，所以屍體元素被漢民族吸收進當時平話亦是淵源有自。

第三個部分是寫氏兄弟的日常生活。在金江整理的故事中，這個部分最為突兀。因為前文已經說過「這十個孩子見風就長，一會兒都長得和大人一樣高」，而且生下來天賦異能，在出生的時候已經具備了救父的條件，原不需要時間差。何況父親多在獄中一日，委屈和危險便多一日，十個少年平日與母親相依為命而不救助父親，於情於理皆不相宜。但在這個故事的四個部分中，只有本部分與下一部分的智鬥皇帝的情節與《憨子雜俎》的記載相同，在本故事的其他版本中，也是圍繞第三、第四兩部分展開的，即與《憨子雜俎》的內容

〔註7〕吉林衛視《家事》2015 年 9 月 7 日《中國動畫的輝煌之路》。

〔註8〕相關斷代見馬學良、恰白·次旦平措主編：《藏族文學史上修訂再版》，四川民族出版社，1994 年版，第 97 頁。

〔註9〕陳崗龍、色音：《蒙藏〈屍語故事〉比較研究》，見《民族文學研究》1994 年第 1 期。

相同，突兀的關鍵在於「救父」這一情節上。事實上，在其他版本的故事中，國王或皇帝或因十兄弟怪異、有本事而捉拿十人〔註10〕，或因其不經意的冒犯而得罪國王或皇帝〔註11〕。最為人廣泛接受的一個版本來源於鄭明進繪圖、沙永玲撰文的《十兄弟》〔註12〕故事，該故事僅有兩個部分，上部分寫十兄弟生活的日常，下部分寫與國王斗法，鬥法之理由則是十兄弟偶然看到為國王修城牆的勞工饑勞辛苦而心生惻隱，相對而言要通順許多。在另外的整理本中，則乾脆將這個強迫民眾修牆的國王定位為秦始皇〔註13〕，第十個兄弟哭塌長城的故事〔註14〕也與孟姜女哭長城的故事十分類似。在眾多的整理本中，「救父」這一情節為金江整理本所特有，或許與當時的社會環境有關。毛澤東在當年 2 月的中央政治局擴大會議上即主張為秦始皇翻案〔註15〕，同年 5 月在八屆二次會議上，甚至稱讚秦始皇是「厚今薄古的專家」〔註16〕。在這種背景下，作者勢必不會否定秦始皇或使故事具有影射秦始皇的嫌疑，故做此改動。而「救父」這一故事類型也為中國所固有，《史記·扁鵲倉公列傳》即有緹縈救父的故事，敦煌文獻中亦有《目連救母變文》，《封神演義》中幾乎除哪吒、楊戩少數英雄之外，幾乎所有的主要英雄都曾有過「救父」經歷，如金吒、木吒救李靖免於哪吒所殺，黃天化下山救黃飛虎，殷洪、殷郊助商阻周等。然則唯獨雷震子的故事與十兄弟故事共同具有三個特性：一、與父親沒有血緣關係，二、未曾經歷過父親的養育之恩，三、與父親之間互不知道彼此的面貌。不過，兩位作者均未對此做出任何說明，我們既無從判斷該故事是否經過作者

〔註10〕羅楊總主編：《中國民間故事叢書河南南陽新野卷》，知識產權出版社，2016 年 7 月版，第 197 頁；同時也見羅楊總主編：《中國民間故事叢書上海青浦卷》，知識產權出版社，2016 年 7 月版，第 267 頁。

〔註11〕羅楊總主編：《中國民間故事叢書上海松江卷》，知識產權出版社，2016 年 7 月版，第 190 頁；同時也見羅楊總主編：《中國民間故事叢書浙江寧波象山卷》，知識產權出版社，2015 年 8 月版，第 316 頁。

〔註12〕鄭明進繪圖、沙永玲編著：《十兄弟》，鄭州大學出版社，2015 年 12 月第 1 版。

〔註13〕羅楊總主編：《中國民間故事叢書山東棗莊嶧城卷》，知識產權出版社，2016 年 8 月版，第 145 頁；同時還見羅楊總主編：《中國民間故事叢書浙江寧波鄞州卷》，知識產權出版社，2015 年 8 月版，第 318 頁。

〔註14〕羅楊總主編：《中國民間故事叢書山東棗莊嶧城卷》，第 145 頁。

〔註15〕中共中央文獻研究室編：《毛澤東著作專題摘編》，中央文獻出版社，2003 年 11 月第 1 版，第 2225 頁。

〔註16〕毛澤東：《在中共八大二次會議上的講話》，見 1968 年 10 月 10 日發行《人民日報》。

改動，也不知道作者在改動時是否按照另一些民間傳說對十兄弟故事進行修正，只好聊為存疑，姑志於此。

第四個部分即智鬥皇帝，又可以分為前後兩部分。第一個部分為兄弟各顯異能，於宮廷鬥法，這個部分也是從《憨子雜俎》中延續下來的；第二個部分為兄弟團結，共同救父。「團結」是中國少數民族傳說中習見的主題，並通常以一根箭與十根（或數十根）的堅韌程度相對比，此種故事最早可見於《資治通鑒・宋紀二》：

> 阿柴又命諸子各獻一箭，取一箭授其弟慕利延使折之，慕利延折之；又取十九箭使折之，慕利延不能折。阿柴乃諭之曰：「汝曹知之乎？孤則易折，眾則難摧。汝曹當戮力一心，然後可以保國寧家。」言終而卒。

類似的故事也見於蒙古族，《新元史・太祖本紀》記載：「阿蘭豁阿嘗束箭五枝，謂其諸子曰：『汝兄弟五人，猶五枝箭，分則易折，若合為一束，誰能折之？汝五人一心，則堅強無敵矣！』其後，宣懿皇后猶引此方以教太祖云。」各民族均以此故事附會其先祖，可見團結精神在各民族中的影響力，在另一個版本的《十兄弟》故事中，十兄弟的父親很早就得了重病，奄奄一息的時候，把十個兒子叫到跟前，拿出十根筷子放在一起，讓十兄弟折斷，十兄弟做不到，但在把十根筷子分開的時候，很容易就被折斷了。老父親說：「等我死了，你們弟兄十個要團結一致，就像十根筷子在一起一樣，誰也欺負不了你們。」〔註17〕將傳統故事中的「箭」改為「筷子」，更符合老父親和十兄弟的身份，同時也符合諺語：「一根筷子容易斷，十根筷子堅如鐵」。

第二個部分又可以具體分成兩個情節：第一是十兄弟擊毀城牆，這是唯一能與沙永玲撰文的版本相契合的地方，《封神演義》中雷震子救文王時對前來追擊的殷破敗和雷開說道：「待我把這山嘴打一棍你看。」「一聲響亮，山嘴塌下一半」，與擊毀城牆異曲同工。第二是將皇帝扔在水裏，此種情節不見於中國的說經文學的故事，卻屢見於英雄傳奇，以《水滸傳》為例，就有水中捉何濤、黃文炳、劉夢龍、牛邦喜、高俅等，就整理者撰文時的背景來看，每將英雄傳奇解讀為階級鬥爭乃至於農民革命，早在1939年的《中國革命與中國共產黨》一文中，毛澤東就指出宋朝的宋江和方臘「都是農民的反抗運動，都是

〔註17〕羅楊總主編：《中國民間故事叢書山東棗莊嶧城卷》，知識產權出版社，2016年8月版，第145頁。

農民的革命戰爭」[註18]，故這個情節不排除亦是滿足當時的政治需要而做出的改動。然而僅就本故事的情節來看，老人因在水中打魚得到寶珠而得子，國王因奪珠與十兄弟樹敵而落入水中，以水開始、以水結束，不能不說是邏輯嚴謹之作。

　　經過通篇考察，我們發現廣泛流傳於民間的「十兄弟」故事與中國傳統文學作品頗有相似之處，其中與「十兄弟」故事最為接近的當屬《封神演義》中雷震子的故事。上文已指出雷震子的故事與十兄弟有如下相同之處：一、出身墳墓，二、與父親沒有血緣關係且未受父親養育之恩，三、救父親於危難之中，四、都曾擊毀城牆或山嘴。除此之外，兩個故事均具有異形兒童的色彩，「十兄弟」故事是異形兒童故事類型中最為典型的一種，主要包含兩種特點：第一是出生怪異，第二是形體怪異。《封神演義》中的異形不在少數，但能稱為「異形兒童」的則只有雷震子，蓋其獲得異形即身負風雷雙翅時僅有七歲，根據本書考證《封神演義故事年表》，哪吒現三頭八臂時已有二十四歲，殷郊現三頭六臂時已有三十歲，均不能以「兒童」目之。能夠看出雷震子的故事與十兄弟的故事確有相似之處，至於二者是否確有影響或怎樣影響，限於資料的缺憾，就非本文能遽為結論的了。

參考文獻

〔1〕劉守華，中國民間故事類型研究〔M〕，武漢：華中師範大學出版社，
　　2002。
〔2〕劉紅，傣泰民族民間故事研究〔M〕，昆明：雲南人民出版社，2017。

〔註18〕《毛澤東選集（一卷本）》，人民出版社，1964 年 4 月第 1 版，1968 年 12 月
　　　第 1 次印刷，第 588 頁。

後　記

　　2021 年的年底，我在北京潘家園舊書市場淘到了半套「明末清初小說叢刊」，除了《後西遊記》等少數幾種外，都是一些薄薄的小冊子。說來慚愧，即便是半套叢書，其中未曾寓目的也在在有之。耐著性子翻了一翻，發現其中許多的著作無論從情節邏輯、作者文筆或是人物塑造方面其實都不亞於今日所謂的「古典小說名著」。但其不能成功，大概是在當世流傳不廣——這些書並不像《水滸傳》、《西遊記》以及本書所討論的《封神演義》一樣是由不同時代的人口口相傳、整理發揮而成的，而是出於職業文人的文學塑造。當世的文人只對《聊齋誌異》式的傳統筆記小說感興趣而看不起章回小說，一般民眾又不喜歡舊評書的故實而不喜歡文人的原創，故此這一批小說便沉寥下去了。二十世紀初，新文學發生，研究古典文學的人嫌這一批書在舊社會影響甚小，難以用來解構中國的舊病灶，又不肯代為宣傳。反之，《封神演義》這樣人物刻畫不鮮明、情節又拖沓重複的小說，只因它的影響甚大，便能躋身名著之列，甚至衍生成為當下神魔故事裏的一個大 IP，不斷被各色的藝術作品詮釋。

　　我們的身邊總有一些朋友是沒有讀過《封神演義》原著的，但這並不妨礙他知道哪吒腳踏風火輪、二郎神的名字叫做楊戩——這些都是《封神演義》的專利，《西遊記》裏的哪吒沒有風火輪作為工具，二郎神也只說姓楊，與《二郎神開山寶卷》相同，稱為楊戩亦是《封神演義》的原創。道教原無闡教、截教之說，更沒有鴻鈞道人，但這一人物形象卻被改稱為「鴻鈞老祖」，一躍成為目下許多洪荒題材的小說中的終極 BOSS。更不必說稍微瞭解一點古典文學的朋友一定知道書中的被神話的姜子牙、被稱為「武成王」的黃飛虎及聞太師、

雷震子等，至於妲己的妖狐形象雖然早有成說，但也不得不承認是《封神演義》擴大其影響的。

仔細想起來，人們所批評的《封神演義》的人物形象不鮮明大概指的是一些寫作者努力塑造的龍套人物，如以「大元戎」身份奉命派去伐岐山的三山關總兵張山，此人在前文中並沒有鋪墊，伐岐的過程中又被羽翼仙、殷郊、羅宣等人奪去了風頭，而後便匆匆死掉了，最多只是起到了道教爭鬥的背景牆的作用。但在描繪太師聞仲伐岐之前，寫作者卻不但寫出了他在商朝的擎天一柱的地位，也借他條陳十策寫他的老成謀國，更在他死後寫「忠心不滅，一點真靈，借風逕至朝歌」，甚至連在最終的封神時也不乏他的英靈出場，聞仲受封時，只見「香風一陣，雲氣盤旋，率領二十四位正神，逕闖至臺下，也不跪」，這樣著重刻畫的人物不被人記住是很難的。至於書中許多法術的變化，種種神祇的異形，當然也頗為人稱道了。

也正是基於這個緣故，筆者尚在做學生的時候就對《封神演義》頗感興趣，也深有研究的信心。在拙作《水滸瑣語》的致語中，筆者曾為讀者推薦六部古典小說，計為《紅樓夢》、《水滸傳》、《金瓶梅》、《儒林外史》、《封神演義》和《三俠五義》，並以為他書勝在敘事，《封神演義》則勝在情節的離奇和想像的瑰麗。即便其文筆未臻上品，但筆者相信，只要讀者能夠翻開閱讀，便一定會對此書難以釋手，無可自拔。饒是如此，本書寫作的過程仍不在我的舒適區。因為最初的計劃是一定要弄清《封神演義》成書的本末，只有這樣才能自源而流地瞭解它的敘述方式、主題變化、歷代詮釋以及當代的影響。未成想如此一來，便很是苦讀了很多之前未能精通的領域，諸如宗教、方術及民間的信仰層面的著作，每每發出「書到用時方恨少」的感歎。如對梵文的一竅不通使我只得因循舊說至人云亦云的地步，天文、術數雖不至於是門外漢，卻在深究時仍免不了捉襟見肘。但筆者亦曾傾盡綿薄，終於作成此篇拙文，不周之處，還請方家不吝教我。

完成《封神演義成書考》後，最初的計劃是論及時下的《封神演義》的各色改編的評書、動漫、影視作品，從單田芳的《封神演義》評書講到 TVB 的《愛子情深》，從藤崎龍的漫畫講到烏爾善的《封神三部曲》。於是，我便試圖搜尋一些舊時候的連環圖畫。未成想，在舊書網站搜索的時候，竟然覓得了許多民國時候的改編本，有小說、有鼓詞、有戲劇，甚至還有《封神演義》的續書。懷著好奇買了幾部，讀上幾種，便被作者的志趣吸引——我們在講到民國

的文學的時候，總是不免受到「文學革命論」的影響，將新白話小說作為研究的主要乃至惟一方向，只是在偶而的時候會將目光瞄向舊詩、舊散文的作者，卻有意無意地忽略了在那個時候，仍有一批繼承了傳統文學筆法和題材的小說家努力地經營者長篇章回小說，以俗文學的立場將故事講給那些雖能識字卻無甚文化的普羅大眾。

這簡直和《封神演義》的作者的目的是一樣的，「俗有姜子牙斬將封神之說，從未有繕本，不過傳聞於說詞者之口」，於是他便把這些說話家的故事連綴成篇，未能如《水滸傳》、《金瓶梅》一樣邏輯縝密，更不如後來的《紅樓夢》、《鏡花緣》富有才學。但它的思維奇幻，頗得時人及後人的欣賞與傳揚，乃至其中的一些情節成為了典故，甚至小說裏一些人物的出現也改變了舊有的神譜，如以趙公明為財神，以楊戩為二郎神的名字，以黃飛虎為東嶽大帝……過去的時候，一切神祇都由帝王冊封，《封神演義》一出，便成為了民間的自我封神。這便是俗文學的力量，也是民間的文化的力量。

清人錢大昕說：「古有儒、釋、道三教，自明以來，又多一教曰小說。小說演義之書，未嘗自以為教也，而士大夫、農工商賈無不習聞之，以至兒童婦女不識字者，亦皆聞而如見之，是其較之儒、釋、道而更廣也。」雖然他是自批評的角度做此論斷的，卻也不能不說是一種的見了。以長篇章回小說小說所代表的俗文學（包括更早的變文、鼓子詞和話本等）是以具體的故事說歷史、說人情，把冰冷的貴族知識變成民間的家長里短，讓人在故事中有所思、有所悟、有所感，體諒著故事裏主人公的因緣際遇、悲歡離合。我想，俗文學的出現是中國最早普世價值的體現，也是面向普羅大眾第一次展示人文主義的力量。

自然，還原到當時的歷史情境中，俗文學的先驅們也未必有如許大的願景，他們也許就像今天的暢銷書作家一樣，只是知道讀者有這個方向的愛好，寫出這樣的作品有人買、有人讀，於是便寫，於是便出版。但我總覺得，這一段歷史總是不該忘卻的，整理和研究這一段文化的授受，不但是彌補歷史和文學史的空白，也是對社會史的一種尊重。然而說來簡單，做之何難，眼見得這些先驅們的名字漸被遺忘。不必說本書中提到的趙苕狂、傅幼圃、王塵影等人一般讀者已經不識其人，即便為學界熟悉的汪原放市面上也找不出一本獨立的傳記。在我搜索民國時期關於《封神演義》題材的書籍遺跡的時候，讀到了一部《中國通俗小說總目提要》，書中提到署名「天悔生」的《續封神傳》，可

惜以我的本領，是完全找不到它的鱗爪了。另有署名「鳳儔生」的《繪圖新出姜子牙出世八十遇文王初集》，也總是覓它不到。作為一個以讀書為業的人，未免擔憂這些民國時代的舊作有朝一日徹底離散而去，這便動了要著錄這些書的念頭。於是，我一路考察著《封神演義》在民國的流亞，一路尋檢索著種種現代學人的專著，蒐集著一部又一部泛黃的作品，翻閱著民國的舊報紙、舊戲單，尋找著俗文學先驅們的遺跡。漸漸地，先驅們的身影也越發清晰，而本書的內容也愈發厚重。

　　當然，與《封神演義》的相關研究，我依舊沒有做完，也做不完。本來還想作一篇《武王伐紂本事考》以及一篇《六韜考》，並且頗收集了一些資料，特別是對《詩經》若干篇什的詮釋，已經略有一些思路了。但是考慮到花費的時間太長，更主要的是會增加本書很大一部分的篇幅，使讀者感到負擔，所以暫時放棄下來。希望將來有出版《封神演義源流續考》的機會，那便可以此為開篇，完成一點自己微小的心願。

　　多謝讀者！

　　未來見！

常明

2023 年 1 月 5 日